ELIN HILDERBRAND

# Ein Stern am Sommerhimmel



GOLDMANN
Lesen erleben

*Buch*

Deacon Thorpe, berühmter Sternekoch und charismatischer Lebemann, erliegt im Sommerhaus der Familie auf Nantucket völlig überraschend einem Herzinfarkt. Buck, sein Agent und bester Freund, sieht sich vor die Aufgabe gestellt, die gesamte Familie im Haus auf der Insel zusammenzuführen. Deacons drei Exfrauen sind einander spinnefeind, weil sie sich gegenseitig den Mann ausgespannt haben. Dann erfahren sie auch noch, dass Deacon hochverschuldet war und das Sommerhaus, das für alle einen hohen emotionalen Wert besitzt, binnen zwei Wochen der Bank gehört, sofern die Familie nicht genug Geld auftreibt. Es dauert nicht lange, bis erste Konflikte aufbrechen und einige gut gehütete Geheimnisse zu Tage treten, die Deacons Erbe überschatten. Doch dieser schicksalhafte Sommer hält für alle eine Überraschung bereit …

Weitere Informationen zu Elin Hilderbrand
sowie zu lieferbaren Titeln der Autorin
finden Sie am Ende des Buches.

Elin Hilderbrand

# Ein Stern am Sommerhimmel

Übersetzt
von Almuth Carstens

GOLDMANN

Die Originalausgabe erschien 2016 unter dem Titel
»Here's to Us« bei Little, Brown and Company
in der Hachette Book Group, New York.



Dieses Buch ist auch als E-Book erhältlich.

FSC
www.fsc.org
MIX
Papier aus verantwortungsvollen Quellen
FSC® C014496

Verlagsgruppe Random House FSC® N001967

4. Auflage
Deutsche Erstveröffentlichung Mai 2017

Umschlaggestaltung: UNO Werbeagentur, München
Umschlagmotiv: plainpicture/Elektrons 08; FinePic®, München
Redaktion: Ann-Catherine Geuder
em · Herstellung: eS
Satz: omnisatz GmbH, Berlin
Druck und Bindung: GGP Media GmbH, Pößneck
Printed in Germany
ISBN: 978-3-442-48634-2
www.goldmann-verlag.de

*Für Anne und Whitney Gifford:*
*Danke für »mein eigenes Zimmer«.*

# *PROLOG: EIN PERFEKTER TAG*

Deacon Thorpe ist dreizehn Jahre alt und noch mehr Junge als Mann, als sein Vater Jack ihm verkündet, sie würden einen Tagesausflug machen, nur sie beide.

Deacon ist fasziniert von der Vorstellung, einen Tag außerhalb der Stadt zu verbringen. Sie haben kaum Geld für mehr als das reine Überleben. Jack arbeitet als Chef de Partie im Sardi's am Times Square und hat nur drei Tage im Monat frei.

Noch mehr freut sich Deacon über das »nur wir beide«. Jack ist der König von Deacons Welt, hauptsächlich deswegen, weil er so selten anwesend ist. Deacon sieht dem Zusammensein mit ihm mit derselben freudigen Erregung entgegen wie Astronomen einem Kometen oder einer Sonnenfinsternis.

Jack weckt Deacon um vier Uhr morgens. Sie lassen Deacons Mutter und seine Schwester Stephanie schlafend in ihrem Apartment zurück. Auf Jacks Anweisung hin zieht Deacon seine Badehose an, und Jack trägt ein leuchtend gelbes Hemd mit Kragen, das Deacon noch nie gesehen hat.

Jack zupft mit stolzem Lächeln daran. »Extra für heute gekauft«, sagt er.

Für den Ausflug hat Jack einen Oldsmobile Cutlass gemietet. Deacon wusste gar nicht, dass sein Vater Auto fahren kann. Sie wohnen in Stuyvesant Town, und wenn sie irgendwohin wollen – zur Arbeit, in die Schule, in den Park –, nehmen sie die U-Bahn oder den Bus.

»Das ist mal ein klasse Schlitten«, sagt Jack.

Er steckt plötzlich voller Überraschungen.

Deacon verschläft einen Großteil der Fahrt und wacht erst auf, als sie eine Brücke überqueren, die aussieht wie aus einem Stabilbaukasten zusammengesetzt. Im Radio läuft Elton John mit »Don't Go Breaking My Heart«. Jack singt mit: »*Oh, honey, if I get restless …*«

»Wo sind wir?«, fragt Deacon.

»Cape Cod«, entgegnet Jack, dann schmettert er: »*Whoa-ho, I gave you my heart!*«

*Cape Cod*. Das klingt irgendwie mythisch, wie *Shangri-La*.

Jack stellt das Radio leise und sagt: »Ich wünsche mir einen perfekten Tag mit meinem Sohn. Das ist doch nicht zu viel verlangt, oder?«

Um neun Uhr sitzen sie auf dem Oberdeck einer Fähre und trinken Kaffee. Deacon durfte noch nie Kaffee trinken; seine Mutter glaubt, das würde sein Wachstum hemmen. Jack scheint keine Bedenken zu haben, eine Tasse für Deacon zu bestellen. »Vielleicht willst du ein bisschen Sahne und Zucker reintun«, sagt er. »Damit er nicht so stark ist.« Aber Deacon entscheidet sich, ihn schwarz zu trinken wie sein Vater. Einige seiner jüdischen Schulfreunde hatten schon ihre Bar-Mizwa, und so betrachtet Deacon auch diesen Tagesausflug – als einen Initiationsritus, bei dem er etwas über das Erwachsenwerden lernt.

Die Fähre bringt Deacon und Jack an einen Ort namens Nantucket Island. Jack will unbedingt, dass sie sich an die Reling stellen, sobald Land in Sicht kommt. Sie passieren eine Steinmole, auf der sich Seehunde in der Sonne aalen. Echte Seehunde! Es sind die ersten wilden Tiere, die Deacon außerhalb eines Zoos sieht. Die Fähre gelangt in einen Hafen voller eleganter Motorjachten und Segelboote mit hohen Masten und komplizierter Takelage. Über ihren Köpfen kreisen Möwen. Deacon erblickt zwei Kirchtürme, einen mit weißer Spitze und einen mit goldener Kuppel, und Grüppchen grauer Schindelgebäude.

»Heute leben wir das Leben, wie es auf Nantucket üblich ist«, sagt Jack.

Auf dem Anleger mietet er wieder einen Wagen – einen sandbraunen Willys-Jeep, der keinem Fahrzeug gleicht, das Deacon je in New York gesehen hat. Er hat kein Dach, keine Fenster, noch nicht einmal Türen, sondern besteht im Wesentlichen aus zwei Sitzen und einer Gangschaltung, vier Rädern und einem Motor. Ein klasse Schlitten ist er nicht – dem Cutlass so unähnlich wie nur möglich –, doch Jack wirkt glücklicher, als Deacon ihn jemals erlebt hat.

»Spring rein!«, sagt Jack. »Auf geht's zur großen Rundfahrt.«

Sie holpern über kopfsteingepflasterte Straßen vorbei an einer Eisenwarenhandlung namens Hardy's, in deren Schaufenster zwischen Holzkohlegrill und Rasenmäher eine männliche Puppe steht, die dasselbe Hemd mit Kragen trägt wie Jack. *Erst mäht er den Rasen,* denkt Deacon, *dann grillt er ein paar Burger.* Es ist wie eine Szene aus *Drei Mädchen und drei Jungen*.

Sie kommen an einer Pizzeria vorbei, dann an einem Restaurant, das Opera House heißt.

Jack zeigt darauf. »Mein altes Jagdrevier«, sagt er. »Im Speiseraum steht eine echte britische Telefonzelle, in der ich früher immer meine französische Freundin Claire geküsst hab.«

Deacon spürt, wie er rot wird. Er kann sich nicht vorstellen, dass Jack Thorpe jemanden küsst, nicht einmal Deacons Mutter.

Sie fahren eine lange, kurvenreiche Straße entlang und passieren dabei mit grauen Schindeln verkleidete, von Rosen umrankte Cottages und Wiesen, auf denen hinter Lattenzäunen Pferde grasen. Links erhascht Deacon immer wieder flüchtige Blicke auf den blauen Hafen. Die Sonne ist sehr heiß geworden, und sein Magen fängt an zu knurren. Er hat heute bisher nur Kaffee getrunken und noch gar nichts gegessen.

Ein Leuchtturm kommt in Sicht. Er ist weiß mit einem breiten roten Streifen um die Mitte. Sie fahren an einem großen Gewässer vorbei; jenseits davon kann Deacon das Meer sehen. An einem Schild, auf dem HOICKS HOLLOW steht, biegt Jack links ab.

»Die gute alte Hoicks Hollow Road«, sagt er. »War früher mein zweites Zuhause.«

»Wirklich?«, entgegnet Deacon.

»Lustiger Name für eine Straße, oder?«

Deacon weiß nicht, was er antworten soll.

»Jedenfalls lustiger als East 28th Street«, meint Jack.

Die Straße schlängelt sich dahin, bis sie zum Sankaty Head Beach Club gelangen. NUR FÜR MITGLIEDER steht auf dem Schild. Es riecht köstlich nach Pommes frites, und Deacon würde gern glauben, dass sie hier essen werden, doch das »nur für Mitglieder« flößt ihm Unbehagen ein. Die Thorpes sind keine Familie, die irgendwo Mitglied ist. Ganz und gar nicht. Deacon vermutet, dass man ihnen gleich erklären wird, sie seien widerrechtlich hier und sollten verschwinden.

Überraschenderweise wird Jack Thorpe an der Tür jedoch nicht nur begrüßt, sondern herzlich willkommen geheißen – von einem stämmigen, rotgesichtigen Mann mit einem Namensschild, das ihn als *Ray Jay Jr., Manager* ausweist.

»Jack Thorpe!«, sagt Ray Jay Jr. »Gott, was für ein Augenschmaus! Wie lange ist es her?«

»Viel zu lange«, erwidert Jack und stellt Ray Jay Jr. Deacon vor. »Ich habe gerade zu Deacon gesagt, dass ich mir einen perfekten Tag mit meinem Sohn wünsche. Das ist doch nicht zu viel verlangt, oder? Wie wär's mit was zu essen, um der alten Zeiten willen?«

»Sollt ihr haben, Jack«, sagt Ray Jay Jr. und geleitet Jack und Deacon in den Club. Sie kommen an Schildern vorbei, auf denen DAMENGARDEROBE und HERRENGARDEROBE steht. Durch eine weiß lackierte Schwingtür gelangen sie nach draußen. Ray Jay Jr. bittet sie, an einem Tisch mit Blick auf den Swimmingpool Platz zu nehmen, der rautenförmig und mit tiefem, verlockend türkisblauem Wasser gefüllt ist. Zu beiden Seiten des Pools stehen Umkleidezelte mit gepolsterten Liegestühlen davor, auf denen wunderschöne Frauen in Bikinis an ihrer Sonnenbräune arbeiten und flachsblonde Kinder sich auf marineblau-weiß gestreiften Handtüchern rekeln. Kellner servieren Eistee mit Zitronenschnitzen, Bier und Fruchtcocktails. Hinter dem Pool ist über einen Holzzaun rot-weiß-blaues Flaggentuch drapiert, wahrscheinlich ein Überrest der Zweihundertjahrfeier.

Aus dem Lautsprecher ertönt wieder der Song »Don't Go Breaking My Heart«.

Jack hält sich ein imaginäres Mikrofon unters Kinn, während er im Falsett mitsingt. Dann sagt er zu Deacon: »Spring doch einfach rein. Ich bestell für dich.«

Jetzt begreift Deacon, dass dies der Grund für die Badehose war, und zieht sein T-Shirt aus. Er tritt an den Rand des Pools. Ein paar Kinder planschen am flachen Ende, während ein älterer Herr im Freistil seine Bahnen zieht. Das einzige Schwimmbecken, in dem Deacon bisher war, befindet sich im Stadtteilzentrum in der Avenue A, wo das Wasser nach Chlor stinkt und zu warm und immer voller kreischender Kinder und Rabauken ist, die Deacon untertauchen und ihm den Kopf so lange unter Wasser halten, bis er in Panik gerät. Im Vergleich dazu ist dieser Pool kühl und friedlich wie ein See im Paradies.

*Ich wünsche mir einen perfekten Tag mit meinem Sohn.* Dieser Satz lässt Deacon das Herz aufgehen. Zum ersten Mal in seinem Leben hat er das Gefühl, von Bedeutung zu sein.

Er springt hinein.

Zum Lunch gibt es einen doppelten Bacon-Cheeseburger mit Pommes, eine eiskalte Cola und Softeis. Ray Jay Jr. kommt, um sich zu erkundigen, wie das Essen ist, und Jack ein Bier anzubieten, aber Jack lehnt ab.

»Ich bin mit meinem Sohn hier«, sagt er.

Deacon hat noch nie erlebt, dass sein Vater ein Bier ausschlägt, schon gar nicht, wenn es umsonst ist. Jack hat ein Alkoholproblem, sagt Deacons Mutter. Sie nennt es ein Berufsrisiko, weil er ein einem Restaurant arbeitet, wo Alkohol eine allgegenwärtige Versuchung ist. Wenn Jack trinkt, passiert Schlimmes. Er gerät grundlos in Wut, wirft mit Sachen um sich, macht Sachen kaputt, beschimpft Deacon, Stephanie und ihre Mutter lautstark – und dann weint er immer, bis er zusammenklappt. Heute aber scheint Jack ein anderer Mensch zu sein. In seinem gelben Hemd mit Kragen sieht er aus wie ein Mitglied dieses Privatclubs. Im Radio läuft »Afternoon Delight«.

»Du weißt, worum es in diesem Song geht, oder?«, fragt Jack augenzwinkernd.

Deacon senkt den Blick auf seinen Teller. »Ja«, sagt er.

Jack klopft ihm verschwörerisch auf den Rücken. »Dann ist ja gut. Wollte nur wissen, ob du informiert bist.«

Deacon denkt, sie würden vielleicht den ganzen Nachmittag am Pool bei den Frauen in ihren Bikinis verbringen, doch Jack sagt: »Jetzt aber los an den Strand. Unmöglich, nach Nantucket zu kommen und nicht an den Strand zu fahren.«

Und so steigen sie wieder in den offenen Jeep, nicht ohne zwei der marineblau-weiß gestreiften Handtücher, die Ray Jay Jr. ihnen beim Hinausgehen zugesteckt hat.

»Hier habe ich vor fünfzehn Jahren gearbeitet«, sagt Jack. »Ich war der Neuling und Ray der Meister am Grill. Ich hätte dasselbe tun sollen wie er. Hätte bleiben und das Leben leben sollen, wie es auf Nantucket üblich ist.«

Deacon nickt zustimmend, obwohl er befürchtet, dass er selbst vielleicht gar nicht existieren würde, wenn Jack das wirklich getan hätte. Dieser beunruhigende Gedanke verflüchtigt sich, sobald Deacon den Strand sieht. Er ist ein langer Streifen goldenen Sandes. Der Ozean ist flaschengrün mit von weißer Gischt gekrönten Wellen. Jack und Deacon breiten ihre Handtücher aus. Jack stürzt sich ins Wasser, und Deacon folgt ihm.

Sie bodysurfen eine gute Stunde lang in den Wellen, dann lassen sie sich auf ihre Tücher fallen und dösen in der Sonne. Als sie aufwachen, ist das Licht sanfter geworden, und das Wasser funkelt.

»Hier ist sie«, sagt Jack. »Die goldene Stunde.«

Ein paar Minuten lang sitzen sie schweigend da. Deacon hat noch nie zuvor eine goldene Stunde erlebt, ist jedoch einmal mit der Familie seines Freundes Emilio in der Kirche gewesen, und so ähnlich fühlt er sich jetzt, friedvoll und andächtig. In seinem Leben in New York sieht er zu viel fern, und er und Emilio und Hector schießen in den Gassen hinter Stuy Town oft Flaschenraketen ab. Jack entfernt sich ein Stück den Strand entlang, und Deacon spürt, dass sein Vater allein sein möchte, deshalb tritt er wieder ans Wasser, wo er eine vollkommen geformte Muschelschale mit einem blau marmorierten Wirbel auf der Innenseite findet. Die nimmt er mit nach Hause, beschließt er. Er wird sie für immer behalten.

Er schleudert Steine ins Meer, bis Jack mit verträumtem, entrücktem Gesichtsausdruck zurückkommt. Deacon fragt sich, ob er wohl an seine französische Freundin Claire denkt.

»Was meinst du, sollen wir allmählich umkehren?«, fragt Jack. »Bis um sechs muss ich den Jeep zurückgegeben haben.«

Deacon nickt, aber das Herz wird ihm schwer. Er hat keine Lust, nach Hause zu fahren. Der Rest des Nachmittags ist von Melancholie überschattet. Sie holpern mit dem Jeep übers Kopfsteinpflaster und geben ihn bei der Autovermietung ab.

Er hat Jack vierzig Dollar gekostet, was Deacon wie ein Vermögen erscheint.

Auf dem Anleger holt Jack eine Portion frittierte Muscheln, zwei Hummerbrötchen und zwei Schokoladen-Milchshakes. Deacon und sein Vater verspeisen ihr Festmahl auf dem Oberdeck der Fähre, während die Sonne untergeht und das Wasser rosa und golden sprenkelt. Jack summt eine Mischung aus »Don't Go Breaking My Heart« und »Afternoon Delight« vor sich hin.

»So, das war ein perfekter Tag mit meinem Sohn«, sagt Jack. »Sollen wir runtergehen, damit du dich hinlegen kannst?«

Deacon würde am liebsten protestieren. Er möchte draußen bleiben und zuschauen, wie die Lichter von Nantucket verblassen und schließlich verschwinden, aber der Wind wird stärker, und Deacon bibbert. Er folgt seinem Vater nach unten, wo sie eine Bank für sich ergattern. Jack rollt die beiden gestreiften Handtücher zusammen – Deacon hat nie daran gezweifelt, dass sein Vater sie behalten würde; in dieser Hinsicht denkt er praktisch – und legt sie als Kopfkissen für Deacon auf das eine Ende der Bank.

»Danke«, flüstert Deacon.

Er versucht mit aller Macht, wach zu bleiben, doch das Schiff schaukelt sacht wie eine Wiege und bewirkt, dass seine Augenlider schwer werden und irgendwann zufallen. Irgendwie weiß Deacon, dass mehr als ein perfekter Tag mit seinem Vater zu Ende geht. Es ist, als könnte er in die Zukunft sehen: Eine Woche später wird Jack seine Familie endgültig verlassen und die letzten Überreste von Deacons Kindheit mitnehmen. Es gibt nichts, was einer von ihnen tun könnte, um das zu verhindern.

## *BUCK*

In seinen dreißig Jahren als Agent hatte John Buckley einige erstaunliche Taten vollbracht, die aber nichts waren im Vergleich zu dem Wunder, Deacon Thorpes ganze Familie in dem Haus auf Nantucket zusammenzubringen, damit sie alle Deacons Asche verstreuen und den beunruhigenden Zustand seiner Finanzen erörtern konnten.

Buck wusste, dass er eigentlich zurückhaltend mit dieser Selbstbeweihräucherung sein musste, denn die *ganze* Familie würde nicht zusammenkommen. Scarlett hatte sich standhaft geweigert und würde so lange in Savannah bleiben, vermutete Buck, bis ihr klar wurde, dass kein Geld mehr da war. Irgendwann in naher Zukunft würde sie wie Wile E. Coyote in den alten Cartoons, der glaubte, auf festem Boden zu stehen, unter sich schauen und bemerken, dass da nichts war als Luft. Dann würden sie mit Sicherheit von ihr hören.

Sechs Wochen waren verstrichen, aber John Buckley konnte immer noch nicht fassen, dass sein allererster Klient und bester Freund Deacon Thorpe – der berühmteste Koch Amerikas – tot war.

Am 6. Mai war ein Anruf von einer unbekannten Nummer auf Bucks Handy eingegangen, und da Deacon sich seit fast achtundvierzig Stunden nicht gemeldet hatte, nahm John Buckley ihn entgegen, weil er dachte, er sei vielleicht von seinem Freund. Er saß in einem Stuhl im Colonel's, dem letzten Friseurgeschäft alter Art in New York City, wo Handys ausdrücklich verboten waren.

Buck wusste, dass er nie wieder einen Termin bei Sal Sciosia (dem Colonel, Schlacht um Khe Sanh, Vietnam) bekommen würde, wenn er den Anruf annahm, aber er hatte keine Wahl.

Eine unbekannte Nummer konnte alles Mögliche bedeuten. Am wahrscheinlichsten: Deacon war mal wieder auf einer Sauftour, obwohl er *versprochen, geschworen*, praktisch einen heiligen Eid unter Blutsbrüdern geleistet hatte, dass es nie mehr einen Vorfall geben würde wie den vor zwei Wochen, der Deacon höchstwahrscheinlich seine Ehe gekostet hatte. Scarlett hatte Ellery von der Petite Ecole, einer der renommiertesten Privatschulen in New York City, genommen und war mit ihr nach Savannah gereist, Deacon reumütig und zerknirscht als Neuabstinenzler zurückgeblieben.

Aber Menschen blieben ihren Schwächen treu. Wenn Buck in seinen dreißig Jahren als Agent eins gelernt hatte, dann das. Dieser Anruf würde entweder vom NYPD sein oder vom Barkeeper im McCoy's, wo Deacon sturzbetrunken mit dem Kopf auf dem Tresen lag.

Buck *musste* rangehen.

»Hallo?«

»Mr Buckley?«, sagte eine amtlich klingende Stimme. »Hier ist Ed Kapenash. Ich bin Polizeichef von Nantucket, Massachusetts.«

»Nantucket?«, fragte Buck. Deacon besaß ein großes, baufälliges Sommerhaus auf Nantucket, das den Namen Amerikanisches Paradies trug, den Buck insgeheim grotesk fand. »Ist Deacon da?« Sein Tonfall vermittelte mehr Ungeduld, als er beabsichtigt hatte, und vermutlich nicht den vollen Respekt, der einem Polizeichef gebührte.

»Wir haben Ihre Nummer in seinem Handy als seinen Notfallkontakt gefunden«, sagte der Chief. »Ich nehme an, Sie sind ein Freund …? Von Deacon Thorpe …?«

»Sein Agent«, sagte Buck, dann fügte er seufzend hinzu: »Und ja, sein bester Freund. Ist er im Gefängnis?« Auf Nantucket war Deacon bisher nie in Schwierigkeiten geraten – aber was ihn betraf, gab es für alles ein erstes Mal.

»Nein«, sagte der Chief. »Er ist nicht im Gefängnis.«

Buck verließ das Colonel's halb rasiert.

Sein seit dreißig Jahren bester Freund war tot.

»Massiver Herzinfarkt«, hatte der Chief gesagt. »Ein Inselbewohner namens JP Clarke hat ihn heute Morgen gefunden und telefonisch gemeldet. Aber der Gerichtsmediziner hat den Todeszeitpunkt auf ungefähr zwölf Stunden früher festgesetzt – also auf etwa sieben, acht Uhr gestern Abend.«

»Hatte er getrunken?«, fragte Buck. »Drogen genommen?«

»Er war hinten auf der Terrasse über dem Tisch zusammengesackt«, sagte der Chief. »Mit einer Cola light. Und im Aschenbecher lagen vier Zigarettenstummel. Drogen wurden nicht gefunden, aber der Gerichtsmediziner veröffentlicht noch einen Bericht. Mein herzliches Beileid. Meine Frau war ein großer Fan seiner Sendung. Sie hat zu jedem Patriots-Spiel den Muscheldip gemacht.«

*Beileid*, dachte Buck. Das gehörte auf Deacons Blöde-Wörter-Liste. Was sollte es überhaupt heißen?

»Dann überlasse ich es Ihnen, die Familie zu informieren?«, fragte der Chief.

Buck schloss die Augen und dachte: *Laurel, Hayes, Belinda, Angie, Scarlett, Ellery.*

»Ja«, bestätigte er.

»Und Sie kümmern sich um die sterblichen Überreste?«

»Ich kümmere mich … ja, ich kümmere mich um alles.«

*Massiver Herzinfarkt*, dachte Buck. *Cola light und vier Zigaretten*. Es waren die Zigaretten, die den Ausschlag gegeben hatten, schätzte er. Er hatte Deacon *gesagt* … Aber jetzt war keine Zeit, seinem inneren Oberstabsarzt freien Lauf zu lassen. Deacon war nicht mehr da. Das war nicht fair. Es war nicht *richtig*.

»Danke, Chief«, sagte Buck, »dafür, dass Sie mich benachrichtigt haben.«

»Na ja«, sagte der Polizeichef, »das ist leider mein Job. Richten Sie auch den Angehörigen mein Beileid aus.«

Buck legte auf und ließ seinen Arm in die Höhe schnellen. Ein Taxi setzte den Blinker und hielt am Straßenrand. Alles auf der Welt war wie zuvor, und doch war alles anders. Deacon Thorpe war tot.

Dieser Tod war niederschmetternd genug, doch als Deacons Testamentsvollstrecker musste Buck sich anschließend auch mit dem Papierkram befassen, der unweigerlich folgte. Er fing mit dem Offensichtlichen an: Deacons Testament. Das Restaurant hatte er seiner Tochter Angie hinterlassen, was naheliegend war, obwohl Harv es erst einmal weiterführen würde.

Seinen zweiten größeren Vermögenswert – das Haus auf Nantucket – hatte er den drei Frauen vermacht, mit denen er verheiratet gewesen war, Laurel Thorpe, Belinda Rowe und Scarlett Oliver, die es zu je einem Drittel besitzen und die Zeit, die sie dort verbrachten, gerecht und nach den Bestimmungen des Testamentsvollstreckers unter sich aufteilen sollten.

*Na prima*, dachte Buck.

Während er die Heiratsurkunden sichtete, die Deacons Eheschließungen mit Laurel, Belinda und Scarlett bescheinigten, die Scheidungsvereinbarungen mit Laurel und Belinda, den Kaufvertrag für das Haus auf Nantucket, das sich als mit drei Hypotheken und zwei Pfandverschreibungen belastet erwies, die GmbH-Unterlagen für Deacons Vier-Sterne-Restaurant, den Board Room im Zentrum von Manhattan, seine Verträge mit ABC (uralt, nicht mehr in Kraft) und dem Food Network, seine Kontoauszüge und Courtageabrechnungen, geriet Buck immer mehr in Panik. *Das darf doch nicht wahr sein*, dachte er und durchstöberte jede Schublade im Schreibtisch des Restaurants, durchsuchte akribisch das Apartment in der Hudson Street, was in Abwesenheit von Scarlett viel leichter zu bewerkstelligen war. Jedes Blatt Papier, das Buck fand, machte die Situation schlimmer. Es war wie ein Wechselspiel aus guten Nachrichten und schlechten Nachrichten, nur dass diese Version schlechte Nachrichten und noch schlechtere Nachrichten hieß.

Deacon hatte seit einem halben Jahr keine Hypothekenzahlungen mehr für das Haus auf Nantucket geleistet und war mit der Miete für die Wohnung in New York drei Monate im Rückstand. Wo war sein ganzes Geld nur geblieben?

Buck stieß auf einen entwerteten Scheck über hunderttausend Dollar, ausgestellt auf Skinny4Life. *Skinny4Life?*, dachte Buck. Hundert Riesen? Das klang nach einem von Scarletts »Projekten«; da hatte es die von einer Frauenkooperative in Gambia gefertigten Taschen gegeben und danach eine Firma für bio-vegane Kosmetik, die vor ihrer Pleite fünfzigtausend von Deacons Dollars verschlungen hatte. Bevor Scarlett beschloss, »Geschäftsfrau« zu werden, hatte sie Fotografie studiert. Deacon hatte ein kleines Vermögen dafür ausgegeben, dass sie das University College im Südteil der Stadt besuchte – das, darauf hatte Buck ihn mehrmals hingewiesen, weder eine Universität noch ein College war. Deacon hatte für Scarlett eine hochmoderne Dunkelkammer in das Apartment einbauen lassen und ihr Kameras und Computer und Scanner und Drucker gekauft, die insgesamt den Wert eines Rolls-Royce mit Vollzeitchauffeur hatten. Die ganze Ausrüstung schlummerte jetzt hinter verschlossener Tür vor sich hin.

Buck entdeckte noch zwei entwertete Schecks, einer über vierzigtausend Dollar, ausgestellt auf Ellerys Schule, der andere für den Genossenschaftsvorstand des Gebäudes in SoHo, in dem Hayes wohnte. Buck hatte sich immer gefragt, wie Hayes sich das Apartment leisten konnte, und jetzt wusste er es: Deacon hatte dafür bezahlt. Wie es aussah, hatte er auch Angie hin und wieder einen Scheck zukommen lassen – dreitausend Dollar hier, zwölfhundert Dollar da –, und zwar mit dem Vermerk *Spielgeld für Buddy*. Und dann war da noch ein Scheck über dreißigtausend Dollar für einen gewissen Lyle Phelan, der auf den Fragezeichen-Stapel kam.

Trotz der hohen Summe all dieser Ausgaben wunderte Buck

sich. Deacon bezog nur einen Dollar Gehalt vom Board Room, um die Betriebskosten zu senken, die bekanntermaßen die haarsträubendsten aller Restaurants des Landes waren. Aber die Einkünfte aus seinen beiden Fernsehsendungen – *Vom Tag in die Nacht in den Tag mit Deacon* und *Aufgespießt* – hätten eigentlich dafür sorgen müssen, dass er zahlungsfähig blieb.

Dann stieß Buck auf die telegrafische Überweisung vom 3. Januar. Eine Million Dollar von Deacons Konto bei Merrill Lynch an … die GmbH Board Room, der das Restaurant gehörte. Buck erinnerte sich, dass Deacon ihm um Weihnachten herum erzählt hatte, einer der Investoren sei ausgestiegen, und zwar Scarletts Onkel, der Richter aus Savannah. Der Mann – Buck hatte ihn vor zehn Jahren bei der Hochzeit kennen gelernt – war im Board Room essen gewesen, und anscheinend war dabei etwas schiefgelaufen. Deacon hatte Buck nie erklärt, was genau, aber der Richter hatte am Tag darauf angerufen und gesagt, er wolle sein Geld zurück, sofort. Und Deacon hatte nicht protestiert.

Er hatte entsetzt gewirkt über den Vorfall, Buck aber schon in der nächsten Woche telefonisch mitgeteilt, er habe einen neuen Investor aufgetrieben, der seine Visionen teile. *Der Typ ist mit im Boot,* hatte er gesagt. *Garantiert.*

Der Typ, das wusste Buck jetzt, war Deacon selbst gewesen.

Buck entdeckte die Police einer Lebensversicherung über eine Viertelmillion Dollar, deren Begünstigte Scarlett und Ellery waren. Die würden wahrscheinlich die Miete für das Apartment in der Hudson Street sowie die Kosten für Ellerys Unterricht für ein paar weitere Jahre decken. Deacons geliebtes Haus auf Nantucket würde dagegen zwangsversteigert werden; die Bank würde es Ende des Monats wieder in Besitz nehmen, wenn die Erben nicht die 436292,19 Dollar aufbrachten, die für die drei Hypotheken und die Pfandverschreibungen überfällig waren. Und selbst wenn jemand die ausstehenden Schulden zahlte, waren da immer noch die allmonatlich anfallenden 14335 Dollar zu bewältigen.

So einen Schlamassel hatte Buck noch nie gesehen!

Er hatte Laurel und Hayes und Belinda und Angie kontaktiert – und Scarletts Mutter Prue eine ausführliche Nachricht hinterlassen, die sie an Scarlett weitergeben sollte, die sich weigerte, Bucks Anrufe entgegenzunehmen. Sie würden sich auf Nantucket treffen, um Deacons Asche im Nantucket Sound zu verstreuen, und dann würde Buck allen mitteilen müssen, dass es, falls sich niemand fand, der das Haus rettete, mit ihren glücklichen Inselsommern vorbei sein würde.

PIRATEN-TAXI
508-555-3965
»Pirate« Oakley
AHOI, MÄNNER!

<u>Deacons Blöde-Wörter-Liste</u>

1. Protegé
2. buchstäblich
3. Halbschwester/-bruder
4. Oxymoron
5. Schlagabtausch
6. schick
7. Syllabus
8. ausgedörrt
9. Tumult
10. Doggybag
11. flatterhaft
12. Unikum
13.
14.

*New York Post*, Samstag, 7. Mai 2016

**Populärer Fernsehkoch Deacon Thorpe mit 53 tot aufgefunden**

Nantucket, Massachusetts – Deacon Thorpe, 53, Chefkoch und Eigentümer des Board Room in Manhattan und Moderator der beliebten Sendung *Aufgespießt* bei Food Network, starb nach Angaben von Edward Kapenash, Polizeichef der Insel, am Donnerstagabend in seinem Ferienhaus an einem Herzinfarkt.

Wie Angestellte der Steamship Authority bestätigten, traf Thorpe mit einer Donnerstagmorgen-Fähre auf Nantucket ein. Am Freitagmorgen wurde er von Inselbewohner JP Clarke entdeckt.

»Ich wollte ihn abholen«, sagte Mr Clarke. »Wir hatten vor, angeln zu gehen.«

Mr Clarke erklärte, die Vordertür des Hauses, dessen Name Amerikanisches Paradies laute, sei offen gewesen, und nachdem er mehrmals nach Mr Thorpe gerufen habe, sei er eingetreten. Er habe Mr Thorpe über dem Picknicktisch auf der hinteren Terrasse zusammengesackt aufgefunden und den Notruf gewählt. Der Gerichtsmediziner kam zu dem Schluss, dass Thorpe irgendwann am Abend zuvor an einem Herzinfarkt verstorben war.

Deacon Thorpe machte 1985 seinen Abschluss am Culinary Institute of America in Hyde

Park, New York. Nach Praktika im Odeon und im Union Square Café in New York City ergatterte Thorpe den Posten des Chef de Cuisine im Solo, dem Restaurant, das maßgeblich an der Entwicklung des Flatiron District zum Magneten für Gourmets beteiligt war. Thorpe arbeitete dort von 1986 bis 1989. In dieser Zeit bot ihm ABC eine halbstündige Late-Night-Show mit dem Titel *Vom Tag in die Nacht in den Tag mit Deacon* an, die allgemein als Urahnin des Reality-TV gilt. Von 1986 bis 1989 liefen davon sechsunddreißig Folgen. 1989 ging Thorpe nach Los Angeles. 1990 wurde er Küchendirektor der Restaurantkette Raindance und hatte die Aufsicht über Filialen in Los Angeles, Chicago und New York. Während seiner Tätigkeit für Raindance entwickelte Thorpe das Rezept, für das er berühmt wurde, den Venusmuschel-Dip Casino. 2004 wurde es von der Zeitschrift *Gourmet* zum Rezept des Jahres ernannt. Bei einem Auftritt in *The Late Show with David Letterman* präsentierte Thorpe den Dip, und Letterman sagte: »Ich kann einfach nicht aufhören zu essen. Was ist da *drin*?«, worauf Thorpe bekanntermaßen antwortete: »Ein Teelöffel Crack.« Das löste einen wütenden Kommentar der Gesellschaft für ein drogenfreies Amerika aus, die Thorpe der »Verharmlosungung des Drogenkonsums« bezichtigte. Thorpe entschuldigte sich später. 2005 wählte das Food Network ihn dazu aus, eine Sendung namens *Aufgespießt* zu moderieren, die 2007 für einen Emmy als herausragende Kochsendung nominiert wurde. Im selben Jahr eröffnete Thorpe in der Upper West Side von Manhattan den Board Room, sein eigenes Restaurant, das *Bon Appétit* als teuerstes Restaurant in Amerika bezeichnete. Das Neun-Gänge-Menü wechselt wöchentlich gemäß den frischen Zutaten, die die siebenundzwanzig von Thorpe handverlesenen Lieferanten aus der Region anbieten. Über die Hälfte der Speisen wird über einem Hartholzfeuer zubereitet – Thorpe bevorzugte dafür Hickoryholz aus Nova Scotia, das ihn über fünftausend Dollar pro Woche kostete. Zu weiteren typischen Merkmalen des Board Room gehören leichte Sechshundert-Dollar-Kaschmirdecken für die Gäste und eine Karte mit achtzehn Spezial-Cocktails, kreiert von seinem Barkeeper David Disibio, der in Botanik promoviert hat. Der Festpreis für das Neun-Gänge-Menü liegt bei fünfhundertfünfundzwanzig Dollar pro Person beziehungsweise sechshundertfünfzig Dollar mit passenden Cocktails und Weinen. George Clooney, Derek Jeter und Bill Clinton essen regelmäßig hier.

Deacon Thorpe war für sein Leben abseits

des Herdes fast so berühmt wie für das hinter ihm. Mit Laurel Thorpe, seiner Highschool-Liebe, war er von 1982 bis 1988 verheiratet. Das Paar hat einen Sohn, Hayes Thorpe, 34, der für die Zeitschrift *Fine Travel* Hotels bewertet. 1990 heiratete Thorpe die Schauspielerin und Oscar-Gewinnerin Belinda Rowe; Angela Thorpe, die Tochter der beiden, wurde von ihrem Vater im Board Room für den in der Gastronomie einzigartigen Posten des Chef de Feu ausgewählt. Nach der Scheidung von Rowe im Jahr 2005 heiratete Thorpe Scarlett Oliver, eine Sensation für die Boulevardpresse, da Ms Oliver jahrelang für Mr Thorpe und Ms Rowe als Kindermädchen gearbeitet hatte. Das Paar hat eine neunjährige Tochter namens Ellery Thorpe.

Mr Thorpes Agent und langjähriger Freund John Buckley sagte am Freitagnachmittag: »Jeder, der Chef Thorpe kannte, ist schockiert und traurig über seinen Tod. Das Land hat nicht nur ein kulinarisches Genie verloren, sondern auch eine kulturelle Ikone. Die Freunde und Angehörigen von Mr Thorpe bitten die Öffentlichkeit um Diskretion und Respekt.«

***Venusmuschel-Dip Casino mit Kräuterbutterbaguette***
*(mit freundlicher Genehmigung von Deacon Thorpe)*

8 Scheiben dick geschnittener Speck, gehackt
1 grüne Paprika, gewürfelt
1 rote Paprika, gewürfelt
1 süße Zwiebel, gewürfelt
½ Teelöffel geräuchertes Paprikapulver
¼ Teelöffel frisch gemahlener schwarzer Pfeffer
4 Knoblauchzehen, gehackt
1 Tasse Venusmuscheln (frisch oder abgetropft aus der Dose), gehackt
450 g Frischkäse, gewürfelt
225 g Fontina, frisch gerieben
110 g Parmigiano-Reggiano, frisch gerieben

Ofen auf 200 Grad vorheizen. Eine runde Backform mit 23 cm Durchmesser mindestens 7 cm hoch mit Antihaftspray aussprühen.

Speck bei mittlerer Hitze in einer großen Pfanne ausbraten, bis er ganz knusprig und das Fett ausgelassen ist. Mit einem Schaumlöffel herausheben und auf einen mit Küchenkrepp belegten Teller geben.

Paprika und Zwiebel sowie das geräucherte Paprikapulver und den Pfeffer zum Fett hinzufügen. Das Gemüse unter ständigem Rühren etwa 6 bis 8 Minuten garen lassen, bis es weich ist. Knoblauch und gehackte Muscheln hinzugeben und weitere 2 Minuten kochen. Alles mit einem Schaumlöffel herausnehmen, in eine große Schüssel füllen und Frischkäse, geriebenen Käse und Speck hinzufügen und die Mischung mit einem großen Pfannenwender verrühren. In die Backform geben, in den Ofen stellen und 25 bis 30 Minuten backen, bis sie golden ist und Blasen wirft. Zusammen mit dem Kräuterbutterbaguette sofort servieren.

### *Kräuterbutterbaguette*

1 großes Ciabatta-Baguette in gut 1 cm dicken Scheiben
4 Esslöffel weiche Butter
⅓ Tasse frisch gehackte Kräuter (ich nehme Koriander, Basilikum, Thymian und Oregano)
½ Teelöffel Meersalzflocken

Ofen auf 200 Grad vorheizen. Baguettescheiben mit der weichen Butter bestreichen und mit der Kräutermischung (Zusammensetzung beliebig!) bestreuen. Die Brotscheiben etwa 10 Minuten backen, bis sie warm und golden sind, aus dem Ofen nehmen und mit Salz bestreuen. Sofort servieren.

ERGIBT 4 BIS 6 PORTIONEN

# FREITAG, 17. JUNI

## *ANGIE*

Es war der elfte Tag, an dem sie wieder als Chef de Feu arbeitete, obwohl sie versuchte, nicht in solchen Kategorien zu denken – seit elf Tagen wieder bei der Arbeit, dreiundvierzig Tage, seit Deacon gestorben war. Stattdessen bemühte sie sich, darin nur einen weiteren Freitagabend im Board Room zu sehen, den hektischsten Abend der Woche. Die Welt war zutiefst geschockt vom Tod ihres Vaters gewesen, daher hatte Harv, der Geschäftsführer – und der Einzige mit genügend Mumm für schwierige Entscheidungen –, das Restaurant für einen Monat geschlossen. Die vorderen Fenster waren mit schwarzen Gardinen verhängt gewesen, die Harv angemessen fand. Die Leute – Gäste, Fans der Kochsendungen und andere Trauernde – stellten Blumensträuße, Bilder, Gedichte, Stofftiere, Kerzen und Kreuze neben die Tür. Wenn Angie diese Liebesbeweise sah, schmerzte es sie in der Kehle. Sie hätte gern geweint, doch es wollten keine Tränen fließen. Sie war knochentrocken.

Angie hatte gedacht, die Popularität des Restaurants könnte vielleicht schwinden, oder es würde vom Kurs abkommen wie ein Schiff ohne Kapitän. Der Board Room war Deacons Kreation und Vision – vom Caprese-Salat mit von einer kleinen Farm aus dem Umland stammenden Walderdbeeren, den er zwei Tage vor seinem Tod auf die Karte gesetzt hatte, bis hin zu den glänzenden Kupfertischen und den vom Abkömmling eines russischen Zaren speziell für das Restaurant gefertigten Kaviarsets und den exklusiven Robert-Graham-Hemden, die er Dr. Disibio hinter der Bar tragen ließ. Bizarrerweise aber – oder vielleicht auch nicht; Angie war keine große Kennerin der menschlichen Psyche – hatte sich die Nachfrage nach Reservierungen mehr als verdoppelt, was kaum vorstellbar schien. Schon jetzt betrug die Wartezeit sechs Wochen.

Angie war dankbar für den Trubel. Her mit den Bestellungen! Sie stapelten sich nur so: Ananas-Habanero-Garnelen, mit Ahornsirup glasierter Räucherlachs, »sexy« gegrillter Tintenfisch. Das Freitagabendtempo hatte sich gerade von Wahnsinn zu rasender Achterbahn gesteigert, als Joel hinter Angie trat und ihr ins Ohr flüsterte: »Ich sage es ihr heute noch. Ich verlasse sie, Baby.«

Angie griff nach der heißen statt nach der kalten Zange und verbrannte sich die Hand. Sie saugte an der Haut zwischen Daumen und Zeigefinger. »Können wir später darüber reden?«, fragte sie.

Tiny, dessen Aufgabe es war, das Feuer zu schüren und darauf zu achten, dass es immer die richtige Hitze hatte, sagte: »Hau ab, Joel. Wir sind hier dabei, die Leute zu füttern.«

Er würde es ihr heute noch sagen. Er würde sie verlassen.

Angie konnte sich nicht auf ihre Arbeit konzentrieren; die Bestellungen türmten sich so hoch auf, dass sie praktisch darunter vergraben war und Julio, der Disponent, laut fluchte.

»Alles in Ordnung, Angie?«, fragte Tiny leise. »Hat Joel was gesagt, das dich geärgert hat?« Tiny war ein sanfter Riese, fast zwei Meter zehn groß. Er war seit der Wiedereröffnung des

Restaurants dafür zuständig, Angies emotionale Temperatur zu messen.

»Alles gut«, flüsterte Angie.

Joel hatte die Worte gesagt, die Angie von ihm hören wollte, seit sie nach der Weihnachtsfeier des Personals vor sechs Monaten das erste Mal miteinander geschlafen hatten. Er würde seine Frau verlassen und seine Beziehung zu Angie offiziell machen. Angies Gefühle schlugen Purzelbäume.

Der Tag von Deacons Tod war ein für die Jahreszeit unüblich warmer Donnerstag im Mai gewesen, einer jener Frühlingstage, die alle Menschen an die Freuden des Sommers denken lassen – an Spaziergänge im Park, an Picknicks im Grünen. Deacon hatte sich freigenommen und Harv erklärt, er wolle für ein paar Tage nach Nantucket, um zu angeln und einen klaren Kopf zu bekommen, was Angie für eine gute Idee gehalten hatte. Scarlett hatte Deacons ständige Trinkerei und seinen gelegentlichen Drogenkonsum satt und war nach Savannah geflogen – diesmal für immer, sagte sie. Sie hatte Ellery sogar von der Schule abgemeldet. Angie hatte Deacon versichert, dass sie zurückkehren würde. Scarlett neigte zu Ausrastern – Angie glaubte insgeheim, das liege daran, dass die Kalorien, die sie zu sich nahm, nicht genügten, um ihren Verstand anzuregen –, und außerdem hatte sie nur zwei Koffer mitgenommen. Deren Inhalt würde ihr nicht länger als zwei Wochen reichen, und sie war bereits zehn Tage weg. *Ich habe es schon wieder vermasselt, Buddy*, hatte Deacon gesagt. *Ehe Nummer drei, und ich hab sie in den Sand gesetzt. Es ist alles meine Schuld. Wenn mit einer Frau Schluss ist, ist es immer meine Schuld.*

Angie hätte fast erwidert, die Institution Ehe schiene dafür erfunden worden zu sein, Deacon ein Bein zu stellen, aber sie hielt sich zurück. Er war total aufgelöst, was Angie, ehrlich gesagt, seltsam fand. Seine Ehe mit Scarlett war doch eh nicht viel mehr als schöner Schein. Jeden Dienstagabend, wenn das Restaurant geschlossen war, ging Deacon mit Angie essen, weil Scarlett bereits um acht Uhr ins Bett ging und sowieso nichts aß. Aber dass man seinen einzigen freien Abend nicht mit seiner Frau verbringen wollte, sprach ja wohl für sich.

An jenem Donnerstagabend hatte Joel Angie nach Hause gefahren, wie sie es sich zur Gewohnheit gemacht hatten. Sie hatten sich mit dem Rest des Personals nach dem Dienst einen Drink genehmigt, wie üblich, dann hatte sich Joel wie üblich als Erster verabschiedet, Angie war ihm fünf, sechs Minuten später bis zur Ecke 60th und Madison gefolgt, wo sie in seinen Lexus stieg und sie zusammen zu Angies Apartment fuhren. Sie liebten sich schnell und dann, nachdem Angie ihnen beiden einen Cognac eingeschenkt hatte, noch einmal langsamer.

Als Joel an jenem Donnerstag aufstand, um zu gehen, klammerte Angie sich an ihn und bat ihn zu bleiben.

»Komm schon«, sagte Joel. »Du weißt, dass ich das nicht kann.«

Joel wohnte in New Canaan, einem Städtchen, das Angie nicht kannte, doch sie malte es sich als hügelig aus, als einen Ort, wo vor weißen Schindelhäusern mit schwarzen Fensterläden Kaninchen an smaragdgrünem Gras knabberten. Sie argwöhnte, dass in New Canaan nur Weiße lebten. Wenn Angie jemals bei Joel in der Rosebrook Road auftauchen würde – das stellte sie sich oft vor –, würden die Nachbarn glauben, sie sei gekommen, um zu putzen oder um sie auszurauben.

»Bitte!«, sagte Angie. Sie war sich nicht sicher, woher diese Verzweiflung kam. Sechsundzwanzig Jahre lang hatte sie ein emotional unbeschwertes, herrlich unabhängiges Leben geführt. Sie hatte mit Männern zusammengearbeitet, seit sie achtzehn war, und mit einigen geschlafen, aber keiner von ihnen war ihr nach zehn Uhr am nächsten Morgen noch wichtig gewesen. In Joel Tersigni hatte Angie sich jedoch sofort verliebt, als Deacon ihn vor zwei Jahren angeheuert hatte. Joel war attraktiv auf eine Weise, die Angies Geschmack genau zu entsprechen schien: die dunklen Haare, der Kinnbart, das durchtriebene Lächeln, der rauchige, verführerische Unterton in der Stimme. Und er hatte ein gebieterisches, charismatisches Auftreten. Er wusste jeden Gast, der zur Tür hereinkam, persönlich anzusprechen, ob es sich nun um Kim und Kanye handelte oder den Hausmeister einer Schule in Wichita, Kansas, der vorhatte, für ein Abendessen im Board Room die Ersparnisse seines Lebens auszugeben.

Und nach sieben oder acht Gläsern von Dr. Disibios gefährlichem Drachenpunsch bei ihrem Weihnachtsabendessen mit dem Motto »China« hatte Joel Angie in die Vorratskammer gezogen und sie dort verführt.

Seitdem waren über vier Monate vergangen. Inzwischen hatten sie ihre »Gemeinsamkeiten«: bestimmte Witze, Schlagwörter, Gesten. Angie ließ sich jeden Samstag von einer Jamaikanerin aus der Vorbereitungsküche für fünfzig Dollar Cornrows flechten, und jeden Donnerstag entflocht Angie sie wieder und fasste sie zu einem krausen Pferdeschwanz zusammen. Diesen Pferdeschwanz liebte Joel. Als Halb-Schwarze war sie eine Exotin für ihn, das wusste sie. Joel war in Pigeon Forge, Tennessee, aufgewachsen; seine Eltern hatten dort das so genannte Biblical Dinner Theater betrieben. Joel war nach Manhattan entflohen, das für sie eine Stadt der Sünder war.

»Ich muss los, Ange«, sagte Joel. Sie liebte es, wie er ihren Namen aussprach; sie liebte es, dass er sie Ange nannte. Der einzige Mensch, der das außer ihm noch tat, war ihr Bruder Hayes. Angie gab Joel einen langen, saftigen Kuss, der ihn aufstöhnen ließ, jedoch nicht, das wusste sie, zum Bleiben bewegen würde.

Nachdem sie die Tür hinter ihm geschlossen hatte, dachte sie: *Ich würde alles dafür tun, dass er mir gehört.*

Am nächsten Morgen rief Buck an.

*Dein Vater …*, sagte er. *Deacon … dein Dad …*

*Ja, was gibt's?*, fragte Angie.

*Er ist nach Nantucket gefahren …*, sagte Buck.

*Ich weiß. Das hat Harv mir erzählt. Zum Angeln.* Angie dachte kurz an frische Filets vom gestreiften Zackenbarsch, mariniert in etwas Olivenöl und Chilipulver, auf das Hickoryholzfeuer gelegt, bis sie nicht mehr glasig waren, und dann mit Zitronensaft beträufelt. Ein absoluter Genuss.

*Angie*, sagte Buck. *Er hatte einen Herzinfarkt. Er ist tot.*

Angie legte wortlos auf, als wäre der Anruf von Buck ein Telefonstreich.

Ihr elfter Abend endete ohne Trara. Vielleicht hatte es aber auch Trara gegeben, und Angie hatte es nicht bemerkt. Das Tuch, das sie sich um den Kopf gebunden hatte, fühlte sich an wie eine Flammenkrone, ihr Magen wie ein Knäuel Gummibänder, und ihre Füße hatten sich in ihren Clogs in Ziegelsteine verwandelt. Sie legte ein Lachsfilet aufs Feuer, war jedoch zu abgelenkt, um das Zischen zu genießen oder die Wolke aus süßem Ahornsirupurauch.

Joel würde seine Frau verlassen. Oder hatte sie ihn missverstanden oder das Wort »verlassen« falsch interpretiert?

»Alles in Ordnung?«, fragte Tiny.

»Alles gut«, flüsterte Angie.

Joel wirkte nervös, als sie im Auto saßen, zappelig – wahrscheinlich hatte er gekokst. Manchmal genehmigte er sich mit Julio in der Vorratskammer eine Line, das wusste sie, obwohl Harv bei der Wiedereröffnung eine neue Null-Toleranz-Regel eingeführt hatte. *Ab jetzt bleiben wir sauber*, hatte er gesagt. Aber wie Angie nur allzu gut wusste, taten die Menschen, was sie tun wollten.

»Ich sage es ihr, sobald ich zur Tür rein bin«, sagte Joel. »Ich hab keine Lust mehr, mit uns ist Schluss. Ich will die Scheidung.«

»Ja«, erwiderte Angie. »Okay.« Sie versuchte, nicht daran zu denken, dass sie eine Familie zerstörte. Joel war unglücklich mit seiner Frau Dory, die ein paar Blocks südlich des Restaurants als Anwältin für Fusionen und Übernahmen arbeitete und mit ihrem Gehalt ihrer beider Leben finanzierte, wie sie Joel tagtäglich ins Gedächtnis rief. Joel war zehn Jahre jünger als Dory, und er hatte ihre Zwillingssöhne Bodie und Dylan adoptiert, inzwischen Teenager, die auf den manikürten Rasenflächen der New Canaan High School Lacrosse spielten.

»Wir hatten seit drei Monaten keinen Sex mehr«, sagte Joel. »Sie ist nie zu Hause. Wir haben null Lebensqualität.«

*Drei Monate?*, dachte Angie. Joel und Dory hatten also noch miteinander geschlafen, nachdem die Sache zwischen ihm und Angie angefangen hatte? Angie berührte die empfindliche Blase, die sich auf ihrer Hand gebildet hatte. Joel fand es vermutlich angemessen, ihr das jetzt zu erzählen, weil es von der Nachricht über seine bevorstehende Trennung begleitet wurde.

»Warum heute?«, fragte sie. »Ist was Besonderes passiert?«

»Sie verhält sich neuerdings merkwürdig. Als ob sie womöglich schon Bescheid wüsste. Ich will sie verlassen, bevor ich erwischt werde. Das ist ein Unterschied, weißt du?«

»Ich weiß«, sagte Angie. In den letzten vier Monaten hatte sie höllische Angst gehabt, erwischt zu werden, nicht nur von Dory, sondern auch von Deacon. Deacon hätte es nicht gebilligt, dass Angie und Joel eine Affäre hatten, und das war die Untertreibung des Jahres. Er hätte getobt wie ein Wilder, wenn er herausgefunden hätte, dass Joel und seine Tochter miteinander schliefen. Sein erster Einwand wäre der gewesen, dass Joel verheiratet war, sein zweiter, dass Joel im Restaurant arbeitete und es, falls es zwischen ihnen schiefging, für alle peinlich werden würde. Wahrscheinlich hätte es auch noch den dritten Einwand gegeben, dass Joel irgendwie nicht gut genug für Angie war. Er sei zu alt (mit vierzig vierzehn Jahre älter als sie) und, so hätte Deacon vielleicht behauptet, ein moralisch heruntergekommener Casanova, der sich nicht nur Angies Jugend zunutze gemacht hatte, sondern auch ihre Naivität in Sachen Liebe. Deacon kannte Joel nur allzu gut; sie hatten sich oft genug miteinander betrunken und sich genügend Geschichten erzählt. Wenn Deacon es *wirklich* herausgefunden hätte, hätte er womöglich versucht, Angie irgendwie zu bestrafen – indem er aufhörte, ihr heimlich Schecks auszustellen, oder sie, schlimmer noch, von ihrem Posten entließ. Mit diesen Befürchtungen war es jetzt natürlich vorbei; an ihre Stelle war die brennende Trauer über seine Abwesenheit getreten.

»Außerdem«, sagte Joel, »möchte ich für dich sorgen.«

Joel wollte »für sie sorgen« – diese Worte waren ein regelrechtes Narkotikum. Und gleichzeitig ertönte im Radio ihr Song, »Colder Weather« von der Zac Brown Band. Angie hatte sich bemüht, realistisch zu bleiben, was Joel betraf. Männer verließen ihre Frauen nie; alles andere war eine urbane Legende. Aber mit diesem einen simplen Satz – *Ich möchte für dich sorgen* – hatte Joel Tersigni ihr den Boden unter den Füßen weggerissen. Sie stürzte. Ein Zurück, so fürchtete sie, war unmöglich.

Es gab keine Parkplätze in der 73rd Street.

»Soll ich weiterfahren und suchen?«, fragte Joel. »Und raufkommen?«

Instinktiv schüttelte Angie den Kopf. Sie fuhr morgen nach Nantucket. Dort würde sich die ganze Familie versammeln und Deacons Asche verstreuen. Angie würde zum ersten Mal seit sehr, sehr langer Zeit drei Tage mit ihrer Mutter unter einem Dach verbringen. Plötzlich war ihr alles zu viel.

»Soll ich sie doch nicht verlassen?«, fragte Joel. »Liebst du mich nicht?«

»Natürlich liebe ich dich«, sagte Angie rasch. Das versicherte sie Joel ständig, eigentlich viel zu oft. Belinda hätte ihr geraten, ein paar Zweifel zu säen, sich geheimnisvoll zu geben. Doch Angie handelte ohne Hintergedanken. Sie hatte so lange darauf gewartet, einen Herzensfreund zu finden, jemanden, dem sie alles erzählen konnte. »Aber es ist spät, und ich bin fix und fertig.«

»Schlaf doch morgen aus«, meinte Joel.

Er hörte nie richtig zu, wenn sie nicht genau das sagte, was er hören wollte.

»Ich muss packen«, sagte sie.

Er warf ihr einen verständnislosen Blick zu.

»Ich fahre nach Nantucket«, sagte sie. »Weißt du nicht mehr? Am Dienstag bin ich zurück.«

»Ein Grund mehr dafür, dass ich heute mit raufkomme«, sagte er. »Wie soll ich es vier Tage ohne deinen Körper aushalten?«

Sie wünschte, er hätte »dich« statt »deinen Körper« gesagt. Aber dann erinnerte sie sich an die Zeit vor sechs Wochen: Sobald Joel von Deacons Tod erfahren hatte, war er in die Stadt gekommen, um bei Angie zu sein. Er hatte sie in die Arme genommen und ihr Zittern absorbiert; er hatte ihr einen Cognac geholt, ihr ein Bad eingelassen, sich auf den Badezimmerfußboden gesetzt und ihre Hand gehalten. Er hatte alle Anrufe für sie entgegengenommen und an der Tür ihre besorgten (neugierigen) Nachbarn abgewimmelt, indem er ihnen sagte, Angie sei noch nicht so weit, jemanden zu sehen. Er hatte dabeigestanden, als sie ihre kostbare Sammlung von Holzkochlöffeln zerbrochen hatte – manche davon über hundert Jahre alt –, bis sie auf dem Küchenboden lagen wie ein Haufen Holzspäne, und sie dann mit Besen und Schaufel zusammengefegt. Er war in den Eckladen gegangen, um ihr Zigaretten zu holen, und hatte es irgendwie geschafft, das riesige Fenster zu öffnen, das seit Angies Einzug klemmte, damit sie rauchen konnte, ohne das Apartment zu verlassen. Er hatte zugeschaut, wie sie ihren Schneebesen auseinandernahm, bis er aussah wie eine hässliche postmoderne Blume. Er sagte ihr nicht, sie führe sich auf wie eine Verrückte, er sagte ihr nicht, sie solle mit dem Rauchen aufhören, er fragte sie nicht, warum sie nicht weinte. Joel Tersigni hatte absolut alles richtig gemacht bis auf seine Heimkehr zu Dory jeden Abend. Aber auch damit würde es jetzt vorbei sein. Er würde seine Frau verlassen.

»Such einen Parkplatz«, sagte Angie. »Ich warte oben auf dich.«

## *LAUREL*

Sie hatte eine lange Liste mit Dingen, die zu erledigen waren, bevor sie morgen früh nach Nantucket flog, und doch ließ sie sich von dem leuchtend rosa Umschlag auf ihrem Schreibtisch ablenken. Es war eine Geburtstagskarte von Deacon, die pünktlich am 2. Mai eingetroffen war. Auch wenn er sie in vielerlei Hinsicht enttäuscht hatte – ihren Geburtstag hatte er nie vergessen. Am 2. Mai und an den Tagen darauf war Laurel zu beschäftigt gewesen, um den Umschlag zu öffnen, und am 6. Mai war Deacon gestorben, und jetzt hatte sie Angst, es zu tun, denn damit würde sie zum letzten Mal von ihm hören, und zu dieser Konfrontation war Laurel noch nicht bereit.

Sie riss ihren Blick von dem Umschlag; sie würde ihn heute aufmachen, aber erst später, beschloss sie. Morgen würde sie eine Reise in die Vergangenheit antreten. Sie war nicht mehr auf Nantucket gewesen, seit sie und Deacon sich vor so vielen Jahren getrennt hatten.

Ihr gegenüber saß eine Frau namens Ursula, die drei schulpflichtige Enkel hatte. Ursula und die Kinder waren obdachlos und warteten darauf, dass Laurel ihnen eine Unterkunft beschaffte. Ursulas Tochter Suzanne, die Mutter der Kinder, war drogenabhängig, hatte Ursula all ihre weltliche Habe gestohlen und dann ihre Mietschecks gefälscht, was ihr eine Zwangsräumung aus der Sozialbausiedlung Silverhead eingetragen hatte, eigentlich ein Ding der Unmöglichkeit.

Ursula griff nach dem gerahmten Foto auf Laurels Schreibtisch.

»Ist das Ihr Freund?«, wollte sie wissen.

Als ein Klient Laurel diese Frage zum ersten Mal gestellt hatte, war sie erbleicht, doch inzwischen war das so oft passiert, dass sie sich daran gewöhnt hatte.

»Mein Sohn«, sagte sie. Das Foto, auf dem auch ein Stück von Carmelo Anthonys Trikot und seinem massigen Arm zu sehen war, zeigte sie und Hayes als Zuschauer bei einem Knicks-Spiel.

»Ihr Sohn? Sieht alt genug aus, um Ihr Lover zu sein. Ich dachte, Sie sind vielleicht eine von diesen Raubkatzen.«

»Nein«, sagte Laurel. Gegen diesen Ausdruck war sie allergisch.

»Haben Sie 'n Ehemann?«, fragte Ursula.

Laurel starrte auf ihren Computer. In der 162nd Street gab es ein Hotel, in dem sie Ursula und die Kinder für drei Nächte einquartieren konnte. Das würde genügen müssen und wäre besser als ein Obdachlosenheim.

»Zurzeit nicht«, sagte sie.

»Aber Sie waren mal verheiratet?«

»Vor langer Zeit«, bestätigte Laurel und lächelte Ursula auf eine Weise an, die dem Thema hoffentlich ein Ende setzen würde.

»Aber jetzt sind Sie geschieden?«, fragte Ursula.

»Ja. Geschieden.« Laurel wagte nicht zu erwähnen, dass ihr Exmann kein anderer war als Sternekoch Deacon Thorpe. Eins hatten ihre Klienten gemeinsam: Sie sahen sehr viel fern. Womöglich war Ursula ein treuer Fan von Deacon, einer von Millionen, die bei der schockierenden Nachricht von seinem Tod geschluchzt hatten.

»Hat Ihr Mann Sie betrogen?«, wollte Ursula wissen.

»Ich kann Ihnen bis zum Samstag ein Zimmer im Bronx Arms Hotel anbieten, ein Doppelbett und ein Kinderbett«, sagte Laurel. »Wie klingt das?«

»Das braucht Ihnen nicht peinlich sein«, sagte Ursula. »Alle Männer gehen fremd. So sind sie eben.«

Laurel musste am selben Tag noch fünf weitere Familien unterbringen, doch das leidige Gespräch mit Ursula beschäftigte sie weiter.

*Alle Männer gehen fremd. So sind sie eben.*

Laurel befahl sich, *nicht mehr an Deacon zu denken*. So war es in den letzten sechs Wochen fast jeden Tag gewesen: Er nistete sich in ihrem Kopf ein und weigerte sich auszuziehen, wie ein Hausbesetzer.

Sie öffnete den Umschlag. Die Geburtstagskarte zeigte einen tanzenden Snoopy mit hoch in die Luft gerecktem Kopf und einen vorgedruckten Text: *Jemand Besonderes hat heute Geburtstag!* Als sie die Karte aufklappte, stand da in Deacons nahezu unleserlicher Kritzelschrift: *In ewiger Liebe, D.*

*In ewiger Liebe:* Highschool, Hayes, Kochschule, die erste Fernsehsendung, Scheidung. Bei den meisten Menschen wäre dies das Ende gewesen, das war Laurel klar, aber ihre Beziehung zu Deacon, wie schlecht sie auch werden mochte – und in den ersten Jahren mit Belinda war sie richtig schlecht gewesen –, hatte immer auf einem Fundament aus bedingungsloser Liebe beruht, das früh gelegt worden war. Ihre Liebe war eine Grundzutat seines Lebens gewesen wie das Mehl oder Salz in seiner Vorratskammer. Wenn Belinda nach seiner Rückkehr nach New York zum Drehen unterwegs war, trafen Laurel und Deacon sich gelegentlich im Raindance auf einen Drink. Diese Abende hatten immer keusch geendet, doch es gefiel Laurel, dass Deacon sie Belinda verschwieg. Und dann, Jahre später, als Deacon und Belinda ihren großen Krach gehabt hatten und Belinda wütend nach Los Angeles abgerauscht war, wen hatte Deacon da angerufen?

Laurel.

Sie und Deacon hatten fünf Tage zusammen auf den Virgin Islands verbracht. Das war ein Geheimnis, das Laurel sorgfältig hütete. Keiner kannte es – weder Buck noch Hayes, niemand. Laurel stellte es sich als eine Murmel aus Obsidian vor, kompakt und schwarz, die sich in einen entlegenen Winkel ihres Gehirns schmiegte. Ab und zu kam sie herausgerollt, und Laurel erinnerte sich an die Sonne auf St. John, die Segeltouren, den Sex.

Noch später, als Deacon mit Scarlett verheiratet und wieder Vater eines Babys war, waren er und Laurel dort angelangt, wo alle geschiedenen Paare irgendwann gern landen würden – an einem Ort des Friedens und, ja, der Liebe und Wertschätzung füreinander, der Dankbarkeit für ihre gemeinsame Vergangenheit und der Anerkennung dessen, was sie gelernt hatten und woran sie Seite an Seite gewachsen waren. Laurel war immer ein lebensfroher Mensch gewesen, was es ihr erleichterte, Deacon zu vergeben. In den letzten zehn Jahren hatten sie und Deacon einmal wöchentlich telefoniert, sich an Feiertagen zusammen mit Hayes getroffen, sich gegenseitig als emotionale Unterstützung gedient. Als Laurel ihre letzte Beziehung beendet hatte – mit Michael Beale, einem Pflichtverteidiger, den sie bei der Arbeit kennen gelernt hatte –, hatte sie Deacon angerufen, um Dampf abzulassen. Und nur zwei Wochen vor seinem Tod hatte Deacon ihr telefonisch die ganze schmutzige Geschichte mit der Stripperin und dem Saab erzählt, und dass er Ellery nicht von der Schule abgeholt hatte, bis es so spät war, dass die Direktorin gezwungenermaßen Buck kontaktieren musste.

Deacon hatte Laurel auch erklärt, er werde aufhören zu trinken, und Laurel hatte ihm entgegnet, dann wäre es das Beste, sich einer Gruppe anzuschließen – das wusste sie von unzähligen Klienten –, und es fänden im Umkreis von vier Blocks um sein Apartment in der Hudson Street herum täglich fünfzehn AA-Meetings statt. *Da spazierst du einfach rein,* sagte Laurel. *Ich komme mit.*

*Nee,* hatte Deacon gesagt, *das schaff ich allein.*

*Das wird nicht klappen,* hatte Laurel gedacht, aber nicht laut ausgesprochen. Sie hatte die Erfahrung gemacht, dass Druck bei Süchtigen nicht funktionierte. Deacon würde hingehen, wenn er dazu bereit war; er würde gehen, wenn er den absoluten Tiefpunkt erreicht hatte.

Als Buck anrief und ihr mitteilte, dass Deacon an einem Herzinfarkt gestorben war, hatte sie sofort gedacht: *Kokain.* Doch der toxikologische Bericht zeigte, dass er clean gewesen war. Deacon hatte anscheinend auf der hinteren Terrasse des

Amerikanischen Paradieses eine Zigarette geraucht, eine Cola light getrunken und in den Sonnenuntergang geblickt, als sein Herz aufhörte zu schlagen.

Sie las die Karte noch einmal: *In ewiger Liebe, D.* Und dann ließ Laurel, obwohl sie eigentlich keine Zeit dazu hatte, das Gesicht in ihre Hände sinken und weinte.

## *HAYES*

Sulas Brüder wollten ihn zum Speerfischen mitnehmen; die Australier wollten mit ihm den linken Surfspot hinter dem Riff ausprobieren, und Hayes wollte mit Sula im gelben Sand liegen und sich einen Schuss setzen. Stoff gab es auf Nusa Lembogan reichlich; auf der anderen Seite der Insel residierte ein Drogenbaron, der Schiffsladungen von Lombok nach Java abfing und einen Teil davon für sich abschöpfte. Der Drogenbaron wollte amerikanische Dollar; Hayes wollte für den Rest seines irdischen Lebens high sein.

Sein Vater war seit anderthalb Monaten tot. Er hatte einen massiven Herzinfarkt gehabt, eine Bezeichnung, die Hayes gruselig fand. Der Tod war plötzlich, unerwartet, gewaltsam erfolgt.

Hayes' Mutter war am Boden zerstört, seine Schwester Angie blutleer, kraftlos, blind, taub und stumm zurückgeblieben, und Buck hatte angerufen und darauf bestanden, dass er mit der »ganzen Familie« über »Deacons Angelegenheiten« reden müsse. Hayes hatte zuerst gedacht, Buck meinte irgendwelche privaten Beziehungen von Deacon, was ihm indiskret erschienen wäre, doch dann kam er zu dem Schluss, dass es wohl um das Testament, Geld und Ähnliches gehen werde, was ein Zeichen der Hoffnung hätte sein können, wäre da nicht der unheilschwangere Unterton in Bucks Stimme gewesen. Scarlett war anscheinend noch in Savannah – zumindest *glaubte* Hayes, dass Buck das gesagt hatte. Der Empfang war schlecht gewesen.

Jedenfalls würde Hayes morgen fliegen, nach vierundzwanzig Stunden in New York landen und dann mit Angie nach Nantucket fahren.

Er hatte keine Lust dazu.

Deshalb würde er fürs Erste nicht mehr daran denken.

Hayes und Sula rekelten sich in Sulas Zimmer in einem der sechs Teakholzgebäude auf dem Grundstück der Familie. Auf dem Boden lag eine Matratze, bezogen mit einem weißen Seidenlaken, das von ihrem Schweiß immer schmuddeliger wurde, und in der Ecke stand ein buddhistischer Schrein. Der Raum roch nach welken Blumen und faulem Obst.

Sulas Familie – ihr Vater und ihre drei älteren Brüder – war nach der des Drogenbarons die zweitreichste Familie auf Nusa Lembogan. Sula war in Australien zur Universität gegangen und sprach perfekt Englisch, mit einem Aussie-Akzent, den Hayes bezaubernd fand. Sie hatte hellbraune Haut und feucht glänzende braune Augen und schoss Hayes den besten Stoff zwischen die Zehen, der ihm je untergekommen war, abgesehen von dem reinen Opium, das er in der chinesischen Provinz Jiangxi geraucht hatte. Der alte Chinese, der Hayes die Opiumpfeife gereicht hatte, hatte dazu ein paar warnende Worte geäußert (Hayes hatte den Dialekt zwar nicht verstanden, aus dem Tonfall des Mannes jedoch geschlossen, dass es eine Warnung war). Vermutlich: *Wenn du dieses Zeug einmal probiert hast, bist du sein Sklave.*

Sklave.

Süchtig.

Drogenabhängig.

Deacons Tod hätte ein Weckruf für Hayes sein müssen. *Werde clean! Achte gut auf dich!* Wir bekommen pro Leben nur einen Körper, und Hayes vergiftete seinen systematisch. Er sollte mehr grünes Gemüse essen und Vinyasa-Yoga praktizieren; er sollte alle verbotenen Substanzen meiden und seinen Alkoholkonsum auf ein Glas Rotwein am Samstagabend beschränken. Schließlich führte Hayes ein Leben, für das die meisten Menschen morden würden. Er bereiste die ganze Welt, um über die besten Hotels zu berichten. Im Six Senses im Oman war er per Drachenflieger eingetroffen; im Mount Nelson in Kapstadt hatte er an einem Tisch neben Nelson Mandela seinen Tee zu sich genommen, im Mandarin Oriental in Bangkok am Ufer des Chao Phraya gebratenen Reis und Wassermelonensaft gefrühstückt. Er hatte Beiträge über den Palácio Belmonte in Lissabon geschrieben, über den Gritti Palace in Venedig, das La Mamounia in Marrakesch und das Hotel D'Angleterre in Kopenhagen. Hayes war fast überall allen anderen um eine Nasenlänge voraus. Das allein hätte ein High für ihn sein müssen.

Er musste sehr, sehr vorsichtig sein. Wenn er vorsichtig war, würde ihm nichts passieren. Das war die Rationalisierung eines Süchtigen, das wusste Hayes schon, als er sich mit diesen Worten selbst beruhigte.

Er funktionierte, zumindest irgendwie. Er schaffte es sechs oder sieben Stunden ohne Stoff, bis das Jucken anfing. Er hatte sich das ganze linke Schulterblatt blutig gekratzt. Jetzt waren all die maßgeschneiderten Hemden, die Hayes sich in London hatte machen lassen, mit Blut gesprenkelt.

Sula erhob sich vom Bett. Sie ging in die Küche, um den Fisch zuzubereiten, den ihre Brüder gefangen hatten; sie würde ihn mit Satay-Sauce zum Abendessen servieren. Hayes schlang sich einen Batik-Sarong um die Taille und trat ins Freie, um eine selbstgedrehte Zigarette zu rauchen. (Er musste unbedingt aufhören zu rauchen. Da waren er und Angie sich einig.) Hayes sah, wie die australischen Surfer den Strand entlang auf ihn zugelaufen kamen. Ihre Neoprenanzüge hingen ihnen vom Körper wie große Fetzen Haut. Freudestrahlend checkten sie ihre Action-Camcorder.

»Hey, Kumpel«, rief einer von ihnen, ein Jugendlicher namens Macka, Hayes zu. »Fantastischer Tag, Mann. Du hättest mitkommen sollen.«

Hayes verspürte Gewissensbisse. Er hätte heute mit ihnen surfen oder mit Wayan und Ketut fischen gehen und einen Beitrag zum Essen leisten sollen; der Duft von Ingwer und Sesamöl aus der Küche, wo Sula kochte, war *Wahnsinn*.

Aber Hayes hatte lieber auf einer Wolke geschwebt und die Welt von oben betrachtet – das grüne Wasser, die sich wiegenden Palmen, die Geisterkrabben, die durch den Sand huschten.

High.

Higher.

Sula bediente Hayes, ihre Brüder, ihren Vater und die Aussies an einem Gemeinschaftstisch im Hof, wo sie einen Blick auf den spiegelglatten Teich und die Springbrunnen hatten. Sulas Vater war so reich, dass er zum Essen jeden Abend eine dreiköpfige Gamelan-Kapelle anheuerte. Die drei saßen auf Seidenkissen auf einer Plattform in einer Ecke des Hofes; Flöten- und Xylofonklänge erfüllten die Luft.

Der Fisch wurde in Bananenblätttern gedämpft, dann mit Erdnusssoße bedeckt und auf Jasminreis serviert. Heroin vertrieb jeden Hunger bis auf den nach mehr Heroin, doch sogar Hayes schlang das Essen hinunter. Der Fisch war saftig, die Soße scharf und pikant.

Richard, ein Freund von Macka, fragte Hayes: »Dann verlässt du uns also morgen, Kumpel?« Dabei warf er einen schiefen, gierigen Blick auf Sula, die gerade das Dessert auf den Tisch stellte – eine Platte mit frischen Papayas, Mangos, Rambutans, Wassermelonenschnitzen und Babybananen.

Hayes sah deutlich vor sich, was geschehen würde. Er würde die Insel verlassen, und Richard würde sich an Sula heranmachen. Das war so beunruhigend, dass Hayes seine Pläne überdachte. Er konnte sich jede Menge plausibel klingender Ausreden ausdenken: Ein drohender Wirbelsturm hindere Hayes daran, das Boot nach Bali zu besteigen; in Jakarta gäbe es politische Revolten gegen amerikanische Journalisten; in die Buchung seines Fluges von Singapur nach Heathrow habe sich ein Fehler eingeschlichen (leider habe seine Assistentin Mallory die Daten nicht noch einmal überprüft) – jedenfalls schaffe er es nicht rechtzeitig zurück in die Staaten, um am Wochenende auf Nantucket zu sein. Es tue ihm leid, nicht bei der Familie sein zu können. Er werde sich im Laufe des Sommers bei allen melden.

Das würden sie einfach verstehen müssen. Hayes war unvorhersehbaren Ereignissen ausgeliefert.

Scarlett kam auch nicht, und sie war Deacons *Ehefrau*.

Aber konnte Hayes sich Nantucket entgehen lassen? Im Ernst?

Er dachte an seinen Vater. Deacon war nicht perfekt gewesen. Er hatte Hayes und Laurel für ein schickeres Leben mit Belinda in Hollywood verlassen, doch später war er ein besserer Vater geworden, zugänglicher – sowohl emotional als auch finanziell.

Vor etwa einem Jahr, als Hayes' Drogenkonsum ein ernsthaftes Problem wurde – jeder Dollar, den er verdiente, ging an seinen Dealer Kermit –, war er mit den Zahlungen für sein Loft in SoHo in Rückstand geraten. Das Loft konnte er sich sowieso kaum leisten, und da er jetzt so viel von seinem unregelmäßigen Einkommen für seine Sucht ausgab, musste er Deacon um Hilfe bitten. Viertausend Dollar pro Monat. Deacon hatte die Schecks ausgestellt, ohne mit der Wimper zu zucken oder Hayes ein schlechtes Gewissen zu machen. »Du bist ein aufstrebender Trendsetter in deinem Gewerbe«, hatte er gesagt. »Da kannst du doch nicht in einer Bruchbude in Hell's Kitchen wohnen.« Und dann: »Ich bin immer für dich da, wenn du irgendwas brauchst. Wenn du selbst Vater bist, wirst du merken, wie gut es sich anfühlt, seinen Kindern helfen zu können.«

Deacons eigener Vater war gegangen, als Deacon dreizehn gewesen war, und nie zurückgekehrt.

*Meine Eltern wollten mich nicht,* pflegte er Hayes zu erklären. *Es war, als ob sie darauf warteten, dass ich alt genug bin, um selbst für mich zu sorgen, damit sie wieder ihr eigenes Ding durchziehen konnten.*

Und dann nahm er oft – immer, wenn er getrunken hatte – Hayes' Gesicht in seine Hände und sagte: *Aber ich will dich. Vergiss das nie. Du bist mein Sohn, und ich liebe dich und bin sehr, sehr stolz auf alles, was du tust.*

Das hatte er auch bei ihrem letzten Zusammensein gesagt – nach dem Osterdinner im Board Room. Als sie sich draußen auf der Madison Avenue in der kühlen Frühlingsabendluft voneinander verabschiedeten, hatte Deacon das Gesicht seines vierunddreißigjährigen Sohnes gepackt und gesagt: *Ich liebe dich, Hayes, und ich bin sehr, sehr stolz auf alles, was du tust.* Er hatte Hayes auf die Stirn geküsst, was immer seine Gewohnheit gewesen war – als Teenager hatte Hayes sie peinlich gefunden, aber jetzt würde er alles dafür geben, noch einmal die Umarmung seines Vaters zu spüren, die Lippen seines Vaters auf seiner Stirn.

»Ja«, sagte Hayes zu Richard. »Morgen fahre ich.« Und damit erhob er sich vom Tisch und durchquerte den Hof. Sula verneigte sich vor ihrem Vater, ihren Brüdern und den Australiern, dann folgte sie ihm.

## *BELINDA*

Ihr Telefon klingelte erst um halb acht, was in L.A. als spät galt. Wenn die Ostküste aufstand und ihr Tagewerk begann, musste die Westküste nachziehen, oder sie wurde abgehängt.

Belinda wälzte sich herum und schaute auf das Display. Es war Bob, ihr Ehemann. In Kentucky war es halb elf und ein Freitag, was bedeutete, dass er mit den Einjährigen trainierte. Wenn er jetzt anrief, war etwas passiert. Belinda wusste nicht, ob sie noch mehr schlechte Nachrichten verkraften würde. War einem der Mädchen etwas zugestoßen? Hatte Beetle, der nervöse Appaloosa, sich wieder einmal vor dem Traktor erschreckt und Laura abgeworfen oder sie, den Fuß noch im Steigbügel, hinter sich hergeschleift? Hatte Mary einen Tritt gegen den Kopf erlitten?

Die Nachricht von Deacons Tod vor sechs Wochen war ein so verheerender Schock gewesen, dass Belinda noch jetzt kaum an etwas anderes denken konnte. Wieder und wieder malte sie sich irgendwelche schrecklichen Ereignisse aus, die Gott den anderen Menschen in ihrem Leben, die sie liebte, widerfahren ließ.

Ihr Telefon quakte weiterhin wie eine Ente. Vielleicht rief Bob an, um ihr mitzuteilen, dass er sie wegen Stella verlassen werde.

Oder vielleicht wollte er ihr auch einfach sagen, dass er sie liebte, sie vermisste, ohne sie nicht leben konnte.

Belinda griff nach dem Apparat, doch sie hatte zu lange gewartet; das Quaken war verstummt. Bevor sie beschließen konnte, was sie tun sollte, rief Bob erneut an. Ein schlechtes Zeichen, befand Belinda. Bob Percil war der gefragteste Rassepferdetrainer der Welt; er verschwendete keine Zeit darauf, jemandem hinterherzutelefonieren.

»Hallo?«, sagte Belinda und versuchte dabei, sich ihre Angst nicht anmerken zu lassen. Sie zwang sich, nicht an den Anruf von vor sechs Wochen zu denken, aber er drängte sich ihr trotzdem auf: John Buckley, der sagte, Deacon habe einen Herzinfarkt gehabt. Als Belinda gefragt hatte: *Was meinst du damit, dass er einen Herzinfarkt hatte?*, hatte Buck erwidert: *Deacon ist tot, Belinda.* Und dann war Buck weinend zusammengebrochen, aber Belinda hatte immer noch nicht so recht begriffen, was er ihr da erzählt hatte. Es war zu grässlich.

Zu Bob sagte Belinda jetzt: »Liebling, wie geht's dir?«

»Habe ich dich geweckt?« Bobs Stimme hatte einen anklagenden Unterton, fand sie, aber vielleicht war sie auch überempfindlich. Bob stand jeden Morgen um vier Uhr auf; so war er nun mal gestrickt. Falls Belinda geglaubt hatte, die Ehe mit ihr, einer berühmten Schauspielerin, würde ihn verändern, hatte sie sich getäuscht. Und doch war die Tatsache, dass er sich weigerte, seine Lebensweise für sie aufzugeben, eine der Eigenschaften, die sie am meisten an ihm liebte. Bob biederte sich nicht an. Er liebte sie, ließ sich aber nicht von etwas so Vergänglichem wie Ruhm beeindrucken.

»Nein«, behauptete Belinda, obwohl ihre heisere Stimme

ihm wahrscheinlich das klare Bild vermittelte, dass sie sich in ihrer Suite im Beverly Wilshire noch auf ihrem Riesenbett rekelte, und ihn wahrscheinlich auch vermuten ließ, dass sie am Abend zuvor mit Naomi Watts geraucht und getrunken hatte. »Ist was passiert, Schatz?«

»Ich hatte gerade einen kleinen Plausch mit Joan«, sagte Bob. Joan war Mrs Greene, ihre Haushälterin und Kinderfrau, Typ Gouvernante. Sie sah ein bisschen aus wie Betty Crocker, nur dass sie eine schmale Brille mit Metallfassung trug. Belinda wusste, dass Mrs Greene mit Vornamen Joan hieß, war jedoch im Unterschied zu Bob nie aufgefordert worden, sie damit anzureden.

»Ach ja?«, sagte Belinda. Sie hatte das Gefühl, dass das Bett kippelte. Mrs Greene war Belindas schärfste Kritikerin. Sie kommentierte ständig ihren Erziehungsstil und hatte ständig etwas daran auszusetzen.

»Ja«, sagte Bob. »Sie hat mir erzählt, dass du dieses Wochenende nach Nantucket fährst. Ich habe gesagt, da müsse sie sich irren, aber sie beharrte darauf.«

»Sie hat recht«, sagt Belinda. »Ich fahre zu der Trauerfeier, bei der die Familie Deacons Asche verstreut. Das habe ich dir erzählt, Bob.«

»Ich dachte, du wärst in L.A., bei Dreharbeiten«, sagte Bob.

»Da bin ich jetzt auch«, sagte Belinda. »Ich fliege erst heute Abend an die Ostküste.«

Schweigen von Bob, dann Ausatmen. Sie stellte sich vor, wie er diese Neuigkeit mit einer zwischen die Zähne geklemmten Zigarre entgegennahm. Im Hintergrund hörte sie die Pferde auf der Bahn. Sie malte sich aus, wie Bob Stellas Hintern begutachtete, der keck auf Skyrockets Rücken wippte. Vor sieben Jahren hatte Belinda von Bob verlangt, dass er Carrie feuerte, woraufhin er Jules angeheuert hatte. Als Belinda Bob aufforderte, Jules zu kündigen, hatte er sie durch Stella ersetzt, die mit ihrem südafrikanischen Akzent, ihren großen grünen Augen und diesem Hintern die bei weitem verführerischste der drei war.

»Was ist mit den Mädchen?«, fragte Bob. »Heute ist ihr letzter Schultag.«

Es überraschte Belinda, dass Bob das wusste. Ihre Töchter Mary und Laura und deren Stundenpläne waren Belindas Terrain.

»Die müssen zu Hause bleiben«, sagte Belinda. »Ich meine, ich kann sie nicht mitnehmen.«

»Wieso nicht?«, fragte Bob. »Gehören sie etwa nicht zur Familie?«

Belinda fasste es nicht, dass er Streit mit ihr suchte. Deacon war *tot*.

»Nicht zu *der* Familie«, sagte sie spitz. Sie hatte zu ihrer Zeit etliche kaltherzige Luder gespielt, angefangen mit Lady Macbeth, erst in der zehnten Klasse und dann zwanzig Jahre später auf der großen Leinwand. Und sie war für das Remake von *Kleopatra* nominiert worden.

»Wer kommt denn noch?«, fragte Bob. Wenn Belinda sich nicht täuschte, klang er eifersüchtig. War das möglich?

»Na ja, Angie, nehme ich an, und Hayes und Laurel«, sagte sie.

»Laurel hasst dich.«

»Das ist mir klar, Bob.« Offen gesagt, war Belinda schockiert gewesen, als Buck sie zu dem Trauerfeier-Wochenende eingeladen hatte. Ihre erste Frage war gewesen: *Wird Laurel auch da sein? Ja,* hatte Buck erwidert. Auch ihre zweite Frage – *Weiß Laurel, dass ich komme?* – hatte er mit Ja beantwortet. *Und sie hat nichts dagegen?*, hatte sie noch gefragt, worauf Buck entgegnete: *Laurel ist erwachsen, Belinda.* Das war eigentlich keine Antwort auf Belindas Frage, obwohl Belinda sie damals als solche akzeptiert hatte. Vielleicht hatten sich Laurels Gefühle für Belinda – Wut, Groll, düsterer, stinkender Hass – mit Deacons Tod verflüchtigt.

Was spielte die Vergangenheit jetzt noch für eine Rolle?

Belinda dachte daran, wie sie Laurel kennen gelernt hatte. Belinda hatte Deacon begleitet, als er den siebenjährigen Hayes in Laurels Apartment in der West 119th Street brachte. Es war Spätherbst und wurde an diesem Sonntagnachmittag schon um halb fünf Uhr dunkel; Deacon und Belinda würden am nächsten Tag nach Los Angeles fliegen. Deacon schien diesbezüglich gemischte Gefühle zu hegen: Er wirkte glücklich darüber, mit Belinda ein neues Leben zu beginnen, und zugleich untröstlich, weil er seinen Sohn verlassen musste. Er fand, es sei keine gute Idee, dass Belinda mit nach oben kam, aber Belinda bestand darauf. *Wenn ich Teil deines Lebens sein soll, muss ich sie kennen lernen.* Außerdem hoffte sie, dass ihre Berühmtheit sie retten würde. Natürlich hasste Laurel sie, aber Belinda dachte, sie wäre vielleicht auch fasziniert von ihr als Filmstar. Das waren die meisten Menschen.

Laurel öffnete die Wohnungstür, und Hayes stürzte sich in die Arme seiner Mutter. Laurel beäugte Belinda über Hayes' Schulter hinweg. »Sie kommen hier nicht rein«, sagte sie.

»Ich bin Belinda«, sagte Belinda. »Belinda Rowe.« Sie streckte ihre Hand aus.

»Sie sind eine Diebin«, erwiderte Laurel und starrte Belindas Hand an, als wäre sie ein schleimiger Molch. »Eine schamlose Diebin.« Dann sah sie Deacon an. »Du kommst auch nicht rein. Geht beide. Bitte geht einfach.«

»Laurel …«, sagte Deacon. Seine Stimme, so entsann sich Belinda, war voller Tränen und Zerknirschung und noch etwas anderem gewesen. Liebe, wurde ihr heute klar. Damals aber hatte sie das zum Glück nicht erkannt. Sie hatte Deacons Arm ergriffen und ihn zum Fahrstuhl gelotst. Als sie sicher unten auf der Straße angelangt waren, hatte sie gesagt: »Sie ist bloß wütend. Sie kommt schon darüber hinweg.«

Belinda sah Laurel erst bei Hayes' Highschoolabschluss wieder. Laurel weigerte sich, mit Belinda zu sprechen, sie auch nur zu begrüßen. Es war ein Tag der giftigen Blicke, die Belinda einschüchterten – nicht, weil sie Laurel fürchtete, sondern weil sie wusste, dass Laurel jedes Recht darauf hatte, sie zu hassen. Die Party in Laurels Apartment hatte sie sich erspart; sie ließ sich in einem Salon um die Ecke die Nägel machen, während Deacon dort ein kurzes Gastspiel gab.

Bei Hayes' Abschluss an der Vanderbilt war die Situation ein klein wenig entspannter. Es gab zumindest ein eisiges Hallo, und Laurel hatte eingewilligt, sich beim Dinner im Margot Café mit Belinda und Deacon und Angie an einen – allerdings sehr langen – Tisch zu setzen, an dem Hayes' College-Freunde in der Überzahl waren. Laurel saß an einem Ende, Belinda am anderen, sodass sie nicht miteinander reden mussten. Nach dem Essen jedoch, als alle sich auf den Aufbruch vorbereiteten, stieß Belinda im Waschraum der Damentoilette zufällig auf Laurel, und ihre Blicke trafen im Spiegel aufeinander. Belinda hatte genügend Wein getrunken, um etwas von ihrer Angst zu verlieren. Sie war bereit, endlich reinen Tisch zu machen! Laurel hielt Belindas Blick lange stand, bevor sie ihr ein winziges Lächeln schenkte, das darauf hinzuweisen schien, dass sie willens war, Belinda zu verzeihen. Aber es folgten keine Worte. Laurel wusch sich die Hände, zog ein Papierhandtuch aus dem Spender und ging.

»Ich verstehe nicht, warum du dich freiwillig in eine Kriegszone begibst«, sagte Bob. »Ich dachte, du stehst auf Frieden, Liebe und Yoga.«

»Tue ich auch«, erwiderte Belinda. »Aber die Umstände sind besondere. Deacon ist *tot*, Bob.«

»Hast du mit Angie gesprochen?«, fragte Bob.

»Nicht, seit sie wieder arbeitet«, sagte Belinda. Sie hatte Angie in den letzten sechs Wochen jeden Tag angerufen, doch Angie hatte sie oft auf ihre Mailbox umgeleitet, wie eine Königin, die einen Abtrünnigen in den Kerker wirft – was, wenn Belinda es recht bedachte, bedeutete, dass sie sich wieder normal verhielt. Die Beziehung war angespannt, seit Belinda Bob geheiratet und festgestellt hatte, dass sie doch Kinder bekommen konnte. *Natürlich reiche ich dir nicht,* hatte Angie gesagt. *Natürlich willst du deine eigenen Kinder, weiße Kinder.* Belinda hatte darauf hingewiesen, dass auch Deacon ein weiteres Kind hatte, doch damit war sie auf taube Ohren gestoßen. Angie liebte ihren Vater bedingungslos.

»Sei nur vorsichtig«, sagte Bob. »Wahrscheinlich wollen sie was von dir. Geld oder einen Gefallen. Oder beides.«

»Warum musst du so zynisch sein?«, sagte Belinda. »Ist es nicht denkbar, dass jemand einfach Freude an meiner Gesellschaft hat? Nicht jeder will was von mir, Bob.«

»Wenn du wirklich meinst, du musst dahin – und das tust du ja offensichtlich –, dann rate ich dir, dich von diesen Leuten und diesem Ort zu verabschieden und endgültig alle Verbindungen mit ihnen abzubrechen. Ich meine, komm schon, Belinda – du kannst nicht mal schwimmen.«

»Ich werde sicher einen anderen Zeitvertreib finden«, sagte Belinda. »Wie früher.«

»Ah, früher«, sagte Bob. »Darum geht es in Wahrheit also an diesem Wochenende, stimmt's? Dass du die Vergangenheit wiederaufleben lässt. In das Haus zurückkehrst, das dir und Deacon gehörte.«

*Definitiv eifersüchtig,* dachte Belinda ungläubig und verspürte so etwas wie Triumphgefühle. In den zehn Jahren ihrer Ehe war immer Belinda die Eifersüchtige gewesen – seit sie Bob mit Carrie in der Sattelkammer erwischt hatte. Es war erfrischend zu erleben, wie sich das Blatt jetzt wendete.

»Nächste Woche bin ich zurück«, sagte Belinda und versuchte zu klingen wie die einflussreichste Frau des gesamten Altertums. »Mrs Greene kann sich um die Mädchen kümmern.«

»Von mir aus«, sagte Bob und legte auf.

Belinda nahm den Nachtflug nach Boston, erste Klasse. Sie setzte ihre Dodgers-Kappe und ihre Tom-Ford-Sonnenbrille auf, aber es war unmöglich, ihre rotblonde Mähne und ihren milchweißen Teint zu verdecken. Als sie sich setzte, schenkte ihr die Stewardess ein trauriges Lächeln und drückte ihren Unterarm.

»Ihr Verlust tut mir sehr leid«, flüsterte sie. »Wir haben alle geweint, als wir davon hörten.«

Mein *Verlust?*, dachte Belinda. War es vorstellbar, dass diese Flugbegleiterin seit zehn Jahren kein Klatschmagazin mehr gelesen hatte? Jeder in Amerika wusste doch, dass Deacon sich von Belinda hatte scheiden lassen, um Scarlett Oliver, ihr Kindermädchen, zu heiraten.

Die beiden hatten es die ganzen letzten Jahre von Belindas und Deacons Ehe miteinander getrieben. Er hatte sie sogar auf einen Ausflug auf die Virgin Islands mitgenommen, als er und Belinda noch verheiratet gewesen waren! Belinda erschauerte, wenn sie daran dachte, wie oft Deacon und Scarlett unter dem Vorwand, »Belinda beim Drehen zu besuchen«, miteinander verreist waren.

Belindas nächste Frage an Buck war gewesen: *Kommt Scarlett auch nach Nantucket?* Laurel war eine Sache … Scarlett dagegen eine völlig andere. Belinda konnte *keine Sekunde* mit Scarlett in einem Haus verbringen.

*Nein,* hatte Buck gesagt. *Sie hat meine Einladung abgelehnt. Sie bleibt in Savannah.*

*Natürlich tut sie das,* dachte Belinda. Scarlett würde sich mit Mummy und einem Quartett ihrer Mitdebütantinnen, die sie mit frisch gebügelten Taschentüchern versorgten, in dem verfallenden Familienanwesen verschanzen. Und der ehemalige Freund war bestimmt auch dabei – wie hieß er noch mal?

Belinda erinnerte sich nicht. Sie hatte sich bemüht, alles, was sie einst über Scarlett gewusst hatte, aus ihrem Gedächtnis zu verbannen. Scarlett war durch und durch das Südstaatenmädchen vornehmer Herkunft, obwohl sie ihre kindliche Unschuld verloren hatte. Niemand, der sich in Deacon Thorpe verliebte, blieb lange unschuldig.

In Boston stieg Belinda in eine Propellermaschine der Cape Air um, eine neunsitzige Cessna. In den fünfzehn Sommern, die sie auf Nantucket verbracht hatte, war dies für sie immer der unangenehmste Teil der Reise gewesen. Wie oft hatte sie Deacon beschuldigt, er wünsche ihr den Tod? Belinda hatte schreckliche Angst vor kleinen Flugzeugen, obwohl sie mit ihnen aufgewachsen war. Ihr Großvater war außerhalb von Iowa City Showpilot gewesen, und ihr Vater hatte die Luftpost für ganz Ost-Iowa ausgeliefert und in einer kalten Januarnacht seinen feurigen Tod gefunden – Eis auf den Tragflächen. Der einzige Grund dafür, dass Belinda überhaupt eingewilligt hatte zu fliegen, war der gewesen, dass für sie eine Ankunft per Fähre noch weniger in Frage kam. Vor Wasser hatte sie noch mehr Angst als vor Feuer und Erde.

Bob verstand nicht, warum sie trotz dieser Angst entschlossen war, ein Wochenende auf Nantucket zu verbringen (mit *diesen* Menschen, an *diesem* Ort). Darauf hätte sie entgegnen können, dass sie in ihrer Beziehung mit Regisseur James Brinegar, ihre erste als Erwachsene, nach Aspen, Jackson Hole, Sun Valley, Telluride, Whistler, Vail, Breckenridge, Alta, Snowbird und Tahoe gereist war, nur damit Jaime auf seinen Skiern immer höhere und gefährlichere Berge bezwingen konnte. Sie,

Belinda, hatte derweilen in kleidsamen Skihosen, einem Fair-Isle-Pullover und pelzgefütterten Stiefeln in der Hütte vor dem Feuer gesessen und Grog trinkend und lesend *ihre Rolle gespielt*. Sie hätte auch erwidern können, dass sie seit zehn Jahren auf einer Pferdefarm lebte, ohne je ausgeritten zu sein. Belinda besaß keinerlei Fähigkeiten außer der, so zu tun, als besäße sie welche. Sie war Schauspielerin!

Belinda bestieg das Flugzeug mit acht weiteren Personen, von denen keine auch nur im Mindesten zu befürchten schien, sie könnten in Scherwinde geraten und abstürzen. Belinda schnallte sich an und hörte zu, wie die Pilotin ihre Angaben zu Notausgängen und Verhaltensweisen im Falle einer Notwasserung herunterleierte.

Im Falle einer Notwasserung würde Belinda ertrinken. Sie hatte nie schwimmen gelernt.

*Nie schwimmen gelernt*, hatte Deacon vor vielen Jahren gestaunt.

Sie hatte die Achseln gezuckt. *Ich bin im Landesinneren aufgewachsen.*

*Heute stürzen Flugzeuge nicht mehr ab*, dachte Belinda. Es sei denn, sie wurden entführt oder von Terroristen in die Luft gesprengt. Belinda schaute sich um. Sie sah einen Mann in roten Shorts, blau-weiß gestreiftem Hemd und Slippers, eine streng dreinblickende Blondine mit Bibliothekarinnen-Brille, ein Paar in den Achtzigern, deren Haut braun und runzlig war wie Tabakblätter. Alle sahen angemessen weiß-angelsächsisch-protestantisch und nach Ostküste aus und konnten wahrscheinlich zehn verschiedene Seemannsknoten knüpfen und einen erstklassigen Gin-Tonic mixen. Keine Terroristen an Bord.

Belinda zog diskret eine Lorazepam aus ihrer Tasche und nahm sie ohne Flüssigkeit ein. Keiner der anderen Passagiere schien sie erkannt zu haben, aber sie vermutete, dass es etliche von ihnen doch getan hatten und nur zu wohlerzogen waren, um zu glotzen. Falls allerdings zum Beispiel die Bibliothekarin beobachtet hatte, wie Belinda die Lorazepam schluckte, konnte es gut sein, dass sie sich auf der Titelseite des *National Enquirer* als Tablettensüchtige wiederfand.

Es beruhigte Belinda ein wenig, dass der Pilot eine Frau war. Sie stellte sich vor, Mrs Greene würde die Maschine fliegen. Mrs Greene war viel zu kompetent, um einen Absturz zuzulassen.

Der Motor kam auf Touren. Das Flugzeug rollte vorwärts, schneller und schneller, und dann … hoben sie ab.

# SAMSTAG, 18. JUNI

# *ANGIE*

In der Hoffnung, Joel werde sich melden – er hatte gesagt, er würde es Dory erzählen, sobald er zur Tür herein war –, hatte sie das Telefon den ganzen Abend angelassen. Vielleicht hatte er gekniffen und beschlossen, es erst am nächsten Morgen zu tun, und war einfach zu Bett gegangen. Aber um halb elf ging sie, als sie kein Wort von ihm gehört hatte – weder per Anruf noch per SMS –, hinunter, um sich Zigaretten zu holen. Die Stadt war ein Hexenkessel. Der Sommer war gekommen wie ein japsender Hund.

Was war in New Canaan los?

Angie versuchte, ihr Handy zum Klingeln zu bewegen, indem sie es eindringlich anstarrte. Sie *hasste* es, sich so machtlos zu fühlen. Sie stellte sich vor, wie Joel und Dory sich anschrien, wie Dory sich in die formschöne Toilette des Elternschlafzimmers erbrach (Joel hatte ihr anvertraut, dass Dory eine Essstörung hatte, deswegen war sie auch so spindeldürr). Sie stellte sich vor, dass Dory verlangte, den *wahren* Grund dafür zu erfahren, dass Joel sie verlassen wollte. Würde Angies Name genannt werden? Würde Dory dann Belinda anrufen? Nein, nicht Belinda, denn die war zu berühmt, um sie zu belästigen, nicht einmal wegen des ungeheuerlichen Betragens ihrer Tochter.

Angie konnte Joel nicht anrufen, konnte ihm nicht simsen. Er hatte gesagt, Dory verhalte sich neuerdings »merkwürdig«, als ob sie womöglich schon Bescheid wüsste. Und wenn sie nun wirklich schon Bescheid gewusst hatte? Wenn Joel sie hatte verlassen wollen und sie ihn angefleht hatte zu bleiben? Wenn sie sich dafür entschuldigt hatte, dass sie so distanziert war und sich nur für ihre Arbeit interessierte, er für sie noch unwichtiger war als der Hund der Familie? Wenn Dory neu anfangen wollte? Sobald die Jungs im Ferienlager waren, könnten sie und Joel doch Urlaub machen, nur zu zweit – im Yellowstone-Nationalpark, in Bar Harbor. Joel und Dory würden einen Therapeuten aufsuchen, sie würden ihre Ehe kitten. Joel würde Angie aufgeben müssen. Joel und Dory würden beginnen, regelmäßig in die Kirche zu gehen – St. Mark's Episcopal –, und Joel würde sich als ehrenamtlicher Vorleser verpflichten. Er würde auf der Kanzel stehen, aufrecht und tugendhaft.

Angie gab ihrem Hunger nach und ging einen Block weiter in den burmesischen Imbiss. Dort setzte sie sich an einen der klebrigen Tische und verschlang zwei Portionen *momos.* Dann wurde ihr übel. Sie hasste es, sich so *kindisch* zu benehmen.

Ihr Kopf fühlte sich abwechselnd wie ein Strudel – Joel, Deacon, Dory, Belinda, Deacon, Deacon, Deacon – und völlig leer an. Sie dachte an zu vieles; sie dachte an gar nichts. Sie hatte das Gefühl, gleich in einem riesigen Sumpf des Selbstmitleids zu versinken. Ihr Vater war tot.

Ihr kamen ein paar Daddys-kleines-Mädchen-Erinnerungen: an Deacon, der ihre Hand hielt, während sie den Broadway überquerten, um zu Zabar's zu gelangen, wo Angie unweigerlich um einen schwarz-weißen Keks bitten und Deacon sie dazu bewegen würde, Oliven zu kosten. Oder daran, wie Angie im Zoo von San Diego auf Deacons Schultern saß – bei einem Tagesausflug von L.A. aus, wo ihre Mutter drehte –, damit sie die Giraffen besser sehen konnte. Aber hauptsächlich sah Angie sich als Dreizehn-, Vierzehnjährige, als sie nicht mehr Deacons kleines Mädchen gewesen war, sondern sein Kumpel, sein Lehrling. Er nannte sie immer Buddy, nur nicht in der Küche, wo sie für ihn schlichtweg Thorpe hieß – und dann, nachdem sie ihre Ausbildung am Culinary Institute abgeschlossen hatte, Chef Thorpe. Deacon war derjenige, der Angie beigebracht hatte, wie ein perfektes Omelett sein musste (ohne braune Flecken, sonst landete es im Müll), und wie sie ein Soufflé machen musste, damit es nicht zusammenfiel, ein Hähnchen grillen, das golden und saftig war. Nirgendwo war sie lieber gewesen als in der Küche mit Deacon.

Während sie die Treppen zu ihrem Apartment hochstieg, wurde ihr fast schwarz vor Augen. Sie schmorte in ihren Jeans. Als sie die fünfte Treppe in Angriff nahm, meinte sie, die Füße eines Mannes in Flip-Flops vor ihrer Wohnungstür zu sehen. Sie *hasste* dieses Gebäude! Jeden Tag kamen Obdachlose gemeinsam mit dem Postboten hereinspaziert, oder sie drückten auf jeden Klingelknopf in der Hoffnung, irgendjemand werde schon gleichgültig genug sein und sie hereinlassen. Aber nur wenige schafften es bis in den fünften Stock.

*Ist das Joel?* Angie wurde schwach vor Erleichterung.

Sie liebte ihn.

Als sie aber oben angelangt war, erkannte sie, dass der Mann nicht Joel war. Der Typ hier hatte struppige Haare und einen Viertagebart. Angies Nacken spannte sich an. Sie ballte die Fäuste, obwohl sie nicht die Kraft hatte – körperlich wie mental –, jemanden abzuwehren.

Der Mann schaute Angie an, und in seinen Augen sah Angie ihren Vater. Beim Anblick seines Gesichts – fast dasselbe wie Deacons – dachte sie: *Werwolf, Doppelgänger, Gespenst, Reinkarnation*. War Deacon in Gestalt dieses Junkies von der Straße zu ihr zurückgekehrt?

»Angie?«, sagte der Mann.

Angies Augen weiteten sich. *»Hayes?«* Ihr Bruder. Oder genau genommen ihr Halbbruder, obwohl Deacon »Halbbruder« und »Halbschwester« auf die Blöde-Wörter-Liste gesetzt hatte.

Wow, er sah schrecklich aus.

Hayes stand auf und nahm Angie in den Schwitzkasten. Dann brach er weinend zusammen. Darum beneidete sie ihn.

»Komm«, sagte sie. »Lass uns reingehen.«

Sie löste sich aus Hayes fester Umarmung und schloss die Wohnungstür auf.

»Ich hatte komplett verpennt, wann du ankommst«, sagte sie. »Mir ist so viel im Kopf rumgegangen. Wie bist du ins Haus gekommen?«

»Ich hab erklärt, wer ich bin«, sagte Hayes. »Deacon Thorpes Sohn, dein Bruder. Die Dame in 3B kennt dich.«

»Stimmt«, sagte Angie. »Mrs Lopresti.« Hayes sah wirklich zum Fürchten aus; Angie fasste es nicht. Sie und Deacon (sie schaffte es nicht, ihn in Gedanken wegzulassen, noch nicht) führten ein Leben mit gelegentlichem Glamour: Jeden Abend marschierten sie fünfzehn bis zwanzig Minuten lang durch den Speiseraum, um die VIPs zu begrüßen. Außerdem arbeiteten sie für bestimmte Benefizgalas – Veranstaltungen für die James Beard Foundation und die Lieblingsgalas anderer Sterneköche. Doch sie waren sich einig darin, dass sie Hayes in puncto Glanz und Gloria nicht das Wasser reichen konnten. Hayes bereiste den Planeten in der ersten Klasse von Singapore Airlines oder Emirates und trank dabei Dom Pérignon und aß Foie gras. Nach der Landung wurde er von Privatchauffeuren zu den schönsten Hotels der Welt gebracht. Er hatte seinen *eigenen Tisch* im Tiffin Room im Raffles, und einmal hatte er Angie aus einer Suite im Burj Al Arab in Dubai angerufen, wo ihm vier Butler zur Verfügung standen, darunter ein »Bad-Butler«, der fünfzig verschiedene Badesalze aus aller Herren Länder im Angebot hatte sowie Rosenblütenblätter, ein Glas kalten Jahrgangs-Krug und Erdbeeren.

*Rufst du mich an, um zu protzen?*, hatte Angie ihn damals gefragt.

*Nein*, hatte Hayes gesagt. *Ich rufe an, weil ich dich vermisse.*

Er konnte ein echtes Arschloch sein, fanden Angie und Deacon, aber Angie gegenüber war er liebevoll und aufrichtig und ließ sie immer wissen, wie gern er sie hatte. An ihrer Beziehung gab es nichts »Halbes«; seit frühester Kindheit behandelte er Angie wie eine vollwertige, richtige Schwester.

»Was ist mit dir passiert?«, fragte Angie ihn jetzt. »Du siehst aus wie eine Leiche.«

»Danke«, sagte Hayes, warf sich auf Angies Sofa und vergrub seinen struppigen Schopf in ihren Daunenkissen. »Ich war auf einer Insel vor der Küste von Bali. Von da aus hab ich ein Langboot nach Nua Dusa genommen, dann einen Bus nach Denpasar, dann eine Klapperkiste nach Jakarta, dann eine andere Klapperkiste nach Singapur, wo ich einen kurzen Aufenthalt hatte. Dann bin ich nach London geflogen und von London hierher. Das ist mit mir passiert. Ich hab seit, ich weiß nicht, vierundzwanzig Stunden nicht geschlafen.«

»Ach so«, sagte Angie. Seine Antwort erleichterte sie. Er glich einem Penner in der Ludlow Street und kratzte sich wie wild an der Schulter, was Angie sehr beunruhigte.

»Ich hab fertig gepackt«, sagte sie. »Sind wir bereit zur Abfahrt?« Sie bemühte sich, enthusiastisch zu klingen trotz ihrer Sorge um Joel – warum rief er nicht an? – und der Tatsache, dass Hayes aussah, als sei er höchstens dazu bereit, den Müll aus dem Obdachlosenheim rauszubringen.

»Zurück in die Hoicks Hollow Road«, sagte Hayes. »Unser zweites Zuhause.«

»Wo wir das Leben leben werden, wie es auf Nantucket üblich ist«, sagte Angie.

## *LAUREL*

Das Amerikanische Paradies: Es war genau wie in ihrer Erinnerung. Sie wusste gar nicht, wie sie mit der Fülle verwirrender Emotionen umgehen sollte, die sie überwältigte. Als sie mit dem kirschroten Jeep, den sie am Flughafen gemietet hatte, in die Einfahrt bog, sog sie den Atem ein. Das hier war *ihr* Haus, *ihrer beider* Haus, ein Haus, das sie und Deacon gemeinsam ausgesucht hatten, ein Haus, das sie sich nicht leisten konnten, aber Deacon hatte es sich *so sehr* gewünscht – *Hoicks Hollow Road!*, hatte er ausgerufen, *Wie aus dem Märchen!* –, dass Laurel eingewilligt hatte.

Sie hatten drei idyllische gemeinsame Sommer hier verbracht, die Art Sommer, von der die Leute schwärmen. Hayes war noch klein gewesen – vier, fünf, sechs. Er hatte als pausbäckiger Knirps angefangen, am Ende des Sommers braun wie eine Kastanie, mit einem Schopf so hell, dass er praktisch weiß gewesen war. Und in ihrem letzten Sommer hatte er Fahrradfahren gelernt. Laurel sah ihn vor sich, zunächst noch wackelig, bis er an Selbstvertrauen gewann und das Rad gerade ausrichtete, während er die Hoicks Hollow Road entlangstrampelte.

Hatten sie jemals Schuhe getragen? Nur, wenn sie abends in die Stadt fuhren, um sich Eis zu kaufen, und die ein, zwei Male pro Sommer, wenn sie die kleine Charity mit der Zahnspange als Babysitterin für Hayes angeheuert hatten, damit sie im Thirty Acres etwas trinken konnten. Ansonsten waren sie über die Düne zu Fuß an den Strand gegangen. Sie hatten gebadet und gedöst und einfache, in Wachspapier gewickelte Sandwiches gegessen, und Laurel hatte auf einer Decke Romane gelesen, während Deacon Hayes beibrachte, Steine übers Wasser hüpfen zu lassen. In späteren Sommern fuhren sie zu dritt Kanu auf dem Sesachacha Pond. Den Abend verbrachten sie immer am Strand, um die goldene Stunde zu genießen, in der die Sonne so tief sank, dass sie das Meer mit Pailletten besetzte und alles aussehen ließ, als wäre es in Honig getaucht. Darauf folgte das Wettrennen zur Außendusche; wer als Letzter kam, wurde auf halber Strecke von einem Kälteschock überrascht. An den meisten Abenden grillte Deacon Fisch, den er bei Sonnenaufgang bei den Fischern am Straight Wharf gekauft hatte. Sie aßen ihn mit gekochtem Mais und Feldtomaten von der Bartlett's Farm, einem grünen Salat und frischen Kräuterbrötchen von Something Natural.

Sie radelten überallhin; Deacons Fahrrad hatte einen Anhänger für Hayes und Laurels einen Korb, damit sie bei der Frau, die am Rondell von Sconset Sträuße anbot, Feldblumen kaufen konnte. Einmal stießen sie bei ihrem Streifzug auf ein Gestrüpp aus Blaubeersträuchern und taten sich an den Früchten gütlich, bis ihre Zungen lila waren.

In ihrem zweiten Sommer hatte Deacon einen 1946er Willys-Jeep gekauft, der aussah, als stamme er aus *Ein Käfig voller Helden*. Er ähnelte dem Jeep, in dem Deacon mit seinem Vater an ihrem letzten gemeinsamen Tag gefahren war. Er war alt und auf ein Minimum reduziert – eher Go-Kart als Auto –, sprang jedoch irgendwie immer an. Da er keine Sicherheitsgurte hatte, umklammerte Laurel Hayes auf ihrem Schoß, während sie zu dritt dahinzuckelten und der Wind durch Laurels lange Haare wehte.

Den Sonnenuntergang hatten sie jeden Abend wie eine Broadway-Show behandelt und schon früh ihre Plätze eingenommen – auf der hinteren Terrasse, mit Wein und einer Flasche Bier und einer Schachtel Cracker für Hayes, damit er bis zum Essen durchhielt. Wenn sich die Sonne über der Landschaft vor ihnen – den Golfplatz, den Leuchtturm, das Moor – bis zum Horizont gesenkt hatte, applaudierten sie. Und ein Gewitter ließen sie sich nie entgehen. Laurel entsann sich, wie sie mitten in der Nacht aufgewacht und hinaus auf die Rundumveranda gerannt war, um zuzuschauen, wie der Regen in Strömen herunterkam und die Blitze über den Ozean tanzten. Ihr viel jüngeres lebensfrohes Ich hatte die atemberaubende natürliche Schönheit der Insel bewundert. Die Hände ihres attraktiven, talentierten Ehemanns und ihres allerliebsten Sohnes haltend hatte sie gedacht: *Ich bin die glücklichste Frau auf Erden.*

Jetzt freute sie sich, dass sie ein paar Stunden früher als Buck auf Nantucket eingetroffen war. Wieder hier in diesem Haus zu sein war etwas, das sie allein erleben musste.

Das Innere des Cottages hatte sich kein bisschen verändert, nicht einmal durch den Einfluss zweier sehr starker Frauen. Laurel hatte angenommen, Belinda würde Architekten und Maler und Fliesenleger für die Bäder anheuern und Philip Bergeron, ihren Inneneinrichter, um neue Teppiche und Stoffe und Designelemente hinzuzufügen und damit die schlichte

Vollkommenheit des Hauses zu ruinieren und alles zu schmähen, wofür Nantucket stand.

Aber wundersamerweise hatte Deacon sich behauptet: Nichts durfte verändert werden, wenn es für das Überleben des Hauses nicht notwendig war – ein neues Dach, moderne Rohrleitungen. Er war gegen alle »Verschönerungen«, eine Einstellung, die er auch beibehielt, nachdem Scarlett die dritte Mrs Thorpe geworden war. Deshalb wirkte das Haus noch genauso heruntergekommen wie 1986, als Laurel es zum ersten Mal gesehen hatte.

Sie ging nach oben und nahm alles in sich auf: die Nachttische mit den Häkeldeckchen, die Vase mit dem Strauß verstaubter Plastikmargeriten darin, die Regale voller Taschenbuchromane – Peter Benchley, Robert Ludlum, Judith Krantz. An den Wänden hingen noch dieselben verblichenen Aquarelle neben den dilettantischen Ölgemälden von Mrs Innsley, der Vorbesitzerin. Im Flur am Kopf der Treppe war eine Karte von Nantucket, Martha's Vineyard und Cape Cod von circa 1838. Da standen die alten Körbchen mit Muscheln und die Einmachgläser voller Strandglas – vermutlich seit dreißig Jahren nicht angerührt. Auf den Betten lagen dieselben dünnen Quilts über fusseligen Decken auf nackten Matratzen. Laurel hoffte, dass es zumindest frisches Bettzeug gab.

Das Elternschlafzimmer beanspruchte sie für sich. Hier hatten sie und Deacon jede Nacht unter einem dünnen Baumwolllaken geschlafen, das den ganzen Tag an der Wäscheleine gehangen hatte, damit es nach Klee und Sonnenschein duftete. Laurel nahm sich das Zimmer, weil sie die Voraussicht besessen hatte, als Erste zu kommen – und der Gewinn ging an den Sieger. Es war der einzige Raum mit Doppelbett und eigenem Bad. Das Nebenzimmer teilte sie Buck zu: Es enthielt ein französisches Bett mit verschnörkeltem Kopf- und Fußende. Buck war groß; er würde diagonal darin schlafen müssen, doch Laurel war nicht bereit, auf das Doppelbett zu verzichten, nicht einmal für ihn. In den anderen Schlafzimmern standen je zwei Einzelbetten, als wäre das Gebäude früher ein Kloster gewesen.

Weiter den Flur entlang lag Hayes' Zimmer mit der Segelboottapete.

Angies Zimmer hatte eine Randverzierung aus rosa Tulpen, die sich inzwischen von der Decke löste, und enthielt ein altmodisches Puppenhaus, das schon da gewesen war, als Laurel und Deacon das Amerikanische Paradies gekauft hatten; es hatte den Innsley-Töchtern gehört. Laurel hockte sich hin, um die winzigen Möbel zu betrachten: einen Kühlschrank, der beim Öffnen ein Dutzend Eier im Karton und eine Pizza in der Größe eines Zehn-Cent-Stücks sichtbar werden ließ, einen Flügel, das weiße Himmelbett in dem dreieckigen Dachbodenraum, dessen Baldachin staubverkrustet war. Laurel erinnerte sich, dass der Makler ihr und Deacon erklärt hatte, das Puppenhaus sei der wertvollste Gegenstand im ganzen Haus, und dass sie gehofft hatte, sie und Deacon würden irgendwann eine kleine Tochter haben, die sich daran erfreute.

Dazu war es nie gekommen – dank Belinda.

Das Zimmer daneben war schmal und beengt. Es war früher vom Kindermädchen bewohnt worden, einer Frau namens Clara, die jahrzehntelang für die Innsleys gearbeitet hatte. Hier würde Laurel Belinda unterbringen.

Und schließlich am Ende des Flurs das »gute« Gästezimmer – es enthielt ganz hinten im Kleiderschrank eine antike Gepäckablage mit bestickten Gurten sowie Eastlake-Betten mit passendem Spiegel – für Scarlett und Ellery, falls sie doch auftauchten.

Das Haus war genau so groß, dass es Deacons ganze bunt gemischte Familie aufnehmen konnte. Wie hätte er es gefunden, wenn sie sich alle hier versammelt hätten? Wahrscheinlich hätte er sich Buck geschnappt und wäre in die Bar gegangen.

Laurel lächelte. *Deacon.*

Sie entdeckte einen Wäscheschrank voller Bettzeug und ließ sechs Garnituren durch die Maschine laufen, wobei sie beschloss, Belinda die fadenscheinigste zuzuteilen. Sie machte eine Wallfahrt zum Supermarkt, wo sie sich zwischen den sonnenverbrannten Familien mit ihren sandigen Beinen verlor, die hier Mortadella und Knupperkirschen und Eislollys kauften. Sie fühlte sich erbärmlich fehl am Platze und neben der Spur. Sie kaufte für eine Trauergemeinschaft ein – bedeutete das Bananen? Eine ganze Ananas oder Honigmelone? Sie mussten etwas essen, und heute Abend würde Laurel dafür zuständig sein, also belud sie ihren Wagen: Kaffee, Milch, Butter, Sandwichbrot, Erdnussbutter, Kartoffelchips, Weintrauben, drei Zucchini, eine Knolle Knoblauch, eine Schachtel Kirschtomaten, Blattsalate. War Belinda Veganerin? Wahrscheinlich. Laurel kaufte ein Brathähnchen, Steak, Eier, ein Stück teuren Parmesan, eine teure italienische Salami. Sie kaufte Knoblauchbrot und Würstchen im Schlafrock, beides tiefgefroren. Es war eiskalt im Laden, was Laurel als Zeichen für Deacons Missbilligung nahm.

*Tiefgefrorenes Knoblauchbrot?*, hörte sie ihn schimpfen.

*Du hast nichts mehr zu sagen*, dachte sie und machte sich auf den Weg zur Kasse.

Als Nächstes war das Spirituosengeschäft dran. Hier kaufte sie einen Kasten St. Pauli Girl, da Buck kommen würde, und eine Kiste Wein für alle anderen – sechs Flaschen Cloudy Bay Sauvignon Blanc, den Deacon, wie sie wusste, geliebt hatte, und sechs Flaschen von dem Luigi Bosca Malbec, den Hayes ihr schmackhaft gemacht hatte.

Sie konnte das Wochenende überleben, solange sie ausreichend gerüstet war.

Laurel war erleichtert, als Buck erschien. Er würde ihr helfen, die unerträgliche Last ihrer Trauer zu bewältigen. Buck war groß und schlank wie eh und je, sein Gesicht mit den klaren grünen Augen und den Überresten von Sommersprossen aus seiner Kindheit immer noch jungenhaft, sein rotes Haar mit Grau gesprenkelt, das sich, soweit Laurel wusste, erst in den letzten sechs Wochen gezeigt hatte. Er war in Anzug und Krawatte nach Nantucket gekommen, was Laurel ein Lächeln entlockte. Buck war in der Upper East Side Manhattans in einer irisch-katholischen Familie aufgewachsen, in der es streng und steif zuging; sein Auftreten war so geradlinig und konventionell wie das Raster der Straßen seiner Jugend. Zwanglosigkeit gehörte nicht zu seinen Eigenschaften; entspannt war er nur in der Beziehung zu Deacon gewesen.

Laurel nahm ihn gleich mit auf die hintere Terrasse. Sie befand sich etwa einen Meter über dem Garten, in dem nur Fingerhirse und Gestrüpp wuchsen. Aber die Aussicht über die Insel war atemberaubend. Das Nachbarhaus war im Vergleich dazu modern und protzig. Es hatte einen Swimmingpool.

Sie schauten beide auf den Picknicktisch. Hier hatte Deacon gesessen, als er gestorben war. Er hatte den Sonnenuntergang betrachtet, eine Tradition, die er und Laurel vor Ewigkeiten begründet hatten. Laurel konnte sich genau vorstellen, wie er da saß: zurückgelehnt und mit gespreizten Beinen oder mit einem Knöchel auf dem Knie des anderen Beins, Zigarette in einer Hand, Drink in der anderen. Der Drink war eine Cola light gewesen. Er war so vorsichtig mit Alkohol und Drogen geworden – aber das hatte, eine Ironie des Schicksals, am Ende keine Rolle gespielt.

»Setzen wir uns auf die Stufe«, schlug Laurel vor.

Buck nickte zustimmend, zog sein Jackett aus und legte es ordentlich über einen Stuhl, dann lockerte er seinen Schlips und krempelte seine Hemdsärmel bis zu den Ellenbogen auf. Laurel glaubte nicht, dass sie John Buckley schon einmal in einem solchen Zustand der *Entkleidung* gesehen hatte. Sie setzte sich neben ihn und lehnte ihren Kopf an seine Schulter.

Buck zog sie eng an sich. Laurel hatte ganz vergessen, wie gut es sich anfühlte, von einem Mann in den Arm genommen zu werden; es war eine Weile her. Sie wurde jeden Tag von dankbaren Sozialhilfeempfängerinnen und deren Kindern umarmt, und etwa alle sechs Monate hatte sie ein Date. Ihre Assistentin Sophie hatte auf Match.com ein Profil für Laurel gepostet, aber die Auswahl, die sich Laurel dort bot, hatte sie bisher nicht begeistert. Sie wünschte sich jemanden, der sowohl stark als auch mitfühlend war – Mitgefühl war für sie schon von Berufs wegen obligatorisch. Sie wünschte sich einen Mann, der fest angestellt, im passenden Alter und voller Leben war. Sobald sie all diejenigen aussortierte, in deren Profil das Wort »Fantasy-Fußball« vorkam, blieb kaum einer übrig.

»Was machen wir bloß ohne ihn?«, fragte sie jetzt.

»Ich weiß nicht«, sagte Buck.

Er klang verloren und weit entfernt, wie ein kleiner Junge, der auf einem nachlässig zusammengezimmerten Floß einen Fluss hinuntertreibt. Laurel hob ihr Gesicht zu ihm auf. Seine Augen waren rot und voller Tränen. Laurel hatte Buck vor sechs Wochen zum ersten Mal weinen sehen; sie hatte sich nie vorstellen können, dass er dazu fähig war. Deacon dagegen hatte ständig geweint. Er weinte bei Hayes' Geburt, er weinte, als er Laurel sagte, er werde sie wegen Belinda Rowe verlassen, er weinte 1986, als die Giants den Super Bowl gewannen. Er weinte, als seine Schwester Stephanie an Brustkrebs starb, und vier Jahre später beim Tod seiner Mutter, obwohl seine Mutter ihn verlassen hatte. Der Schmerz darüber, dass seine Eltern sich beide von ihm abgewendet hatten, war tief in Deacon verankert. Das erkannte Laurel schon, als sie in der Cafeteria der Dobbs Ferry High School zum ersten Mal mit ihm redete – er hatte ganz allein dagesessen und ein Black-Sabbath-Konzert-T-Shirt mit einem Loch hinten im Nacken getragen. Laurel war nie imstande gewesen, ihn von seiner Traurigkeit zu erlösen. Er wurde sehr erfolgreich und sehr populär – er war für einen Emmy nominiert worden, hatte für Präsident Bush und für Präsident Obama gekocht –, aber das befreite ihn nicht von seinen Dämonen.

»Er hat dich geliebt«, sagte Laurel zu Buck. »Er hatte Glück, einen Freund wie dich zu haben.«

»Er hat *dich* geliebt«, sagte Buck. »Ich werde nie verstehen, warum er dich verlassen hat.«

»Es ist sehr lieb, dass du das sagst, Buck«, sagte Laurel.

»Ich meine es ernst«, entgegnete Buck. »Wenn er nicht mein bester Freund gewesen wäre, hätte ich mir dich geschnappt.«

Laurel lachte ein wenig, doch als sie Buck ansah, war sein Blick ehrlich. Er beugte sich vor, und einen Moment lang dachte Laurel, er werde sie küssen, wie ein Mann eine Frau küsst.

»Hallo?«

*Was,* dachte Laurel. *Nein.* Sie löste sich von Buck und stand auf. »Warte mal. Ich glaube …«

»Hallo? Hallo?«

Laurel hörte laute Schritte im Haus, und gleich darauf trat eine Frau mit riesigem Strohhut und 50er-Jahre-Sonnenbrille auf die Terrasse.

Belinda.

Laurel hatte gewusst, dass sie unterwegs war, fühlte sich aber trotzdem jämmerlich unvorbereitet auf den Schock, sie zu sehen.

Buck stand auf und drehte sich um. »Hallo, Belinda«, sagte er.

Belinda holte tief und dramatisch Luft und fing an zu schluchzen. Hier war sie, die Frau, die Laurel ihren Ehemann und dieses Haus und ihre Sommer und ihr Glück genommen hatte. Laurel hatte viele Jahre damit verbracht, Belinda zu hassen, bis der Hass irgendwann zu Verachtung und dann Abneigung und schließlich zu Gleichgültigkeit verblasst war.

*Sie ist mir egal,* dachte Laurel. *Sie hat die Macht verloren, mich zu verletzen. Sie schafft es nicht mehr, dass ich mich wertlos und ungeliebt und hässlich und unbeholfen fühle.* Als sie Belinda jedoch weinen sah, verspürte sie ein Aufwallen der alten Wut. Aber jetzt war sie älter und klüger. Sie hatte das College und ein weiterführendes Studium absolviert, hatte sich eine interessante Karriere aufgebaut, in der sie für Menschen etwas bewirken konnte. Sie konnte ihre Emotionen kontrollieren. Sie konnte die Überlegene sein.

*Würde,* dachte sie. Was sie hier zeigen musste, war Würde.

## *Intermezzo*

*Deacon und Laurel, Teil I*

Am 21. August 1976 – der als heißester, unangenehmster Tag des Sommers in die Geschichte eingehen wird, nicht nur für die Familie Thorpe, sondern für die ganze Stadt – fährt Jack Thorpe zur Arbeit und kehrt nie mehr nach Hause zurück. Der Manager des Sardi's, ein Mann namens Fitzy, sagt, Jacks Arbeitsklamotten hingen in seinem Spind wie üblich. Wahrscheinlich ist er bloß auf einer Sauftour, sagt Fitzy. Gib ihm ein paar Tage.

Deacons Mutter Priscilla klappert alle ihr bekannten Stammkneipen Jacks ab: White Horse Tavern, Milano's, 169, Blarney Stone. Niemand hat ihn gesehen. Nach vierundzwanzig Stunden ruft sie bei der Polizei an, um ihn als vermisst zu melden. Ein Beamter namens Murphy kommt in die Wohnung und stellt Priscilla eine Menge Fragen zu Jacks Tagesablauf und seinen Gewohnheiten. Er fragt auch nach Drogen- und Alkoholkonsum, und Priscilla sagt. »Er ist der Bier-und-Whiskey-Typ, immer schon gewesen«, und Officer Murphy nickt, als ob er das billige. Er fragt, ob Jack sich in letzter Zeit seltsam betragen hat. Irgendwelche Verhaltensänderungen? Deacon sieht, wie über dem Kopf seiner Mutter die Glühbirne angeht.

»Er hat vorige Woche mit meinem Sohn einen Ausflug gemacht«, sagt sie und schaut Deacon mit roten, wässrigen Augen an; sie hat viel geweint, mehr, als Deacon erwartet hätte. »Wo seid ihr noch mal gewesen?«

»Auf Nantucket Island«, sagt Deacon.

»Was habt ihr auf Nantucket Island gemacht?«, fragt der Beamte.

Deacon zuckt die Achseln. Er hat Angst, dass der Tag in seiner Beschreibung banal klingen wird und nicht so unvergesslich, wie er war. »Mittag gegessen«, sagt er. »Schwimmen gegangen.«

»Glaubst du, dein Vater hatte vor, nach Nantucket zurückzukehren?«, fragt Officer Murphy.

»Nein«, sagt Deacon. Er ist sich ziemlich sicher, dass Jack überall ist, nur nicht auf Nantucket. Er ist sich ziemlich sicher, dass der Zweck des Ausflugs der war, die Insel ein letztes Mal zu sehen, bevor … na ja, wovor, weiß Deacon nicht.

Ein zweiter Tag verstreicht, dann ein dritter. Ende der Woche hat Priscilla sich ein Rezept für Valium besorgt und eingelöst. Deacon stiehlt fünf davon, dann weitere drei. Er nimmt die erste Tablette vorm Zubettgehen und fällt in einen traumlosen Schlaf. Die zweite schluckt er ein paar Tage später, nachdem seine Mutter ihre Schicht als Kellnerin im South Street Seaport angetreten hat. Sie verlangsamt alles und verleiht Deacon ein Gefühl der Entspanntheit und zugleich der Macht, als ob er über allem schwebe.

Wow, denkt er. Mit Valium ist jede Stunde eine goldene Stunde.

Er stiehlt noch fünf davon.

Im Jahr darauf, 1977, lernt Priscilla einen gewissen Kirk Inglehart kennen und verkündet, dass sie mit ihm nach Bermuda ziehen wird und Deacon und Stephanie nach Dobbs Ferry zu Tante Ro verfrachtet werden. Die Valiumtabletten sind natürlich längst Geschichte, aber Deacon ist jetzt in drei Schichten pro Woche im Sardi's für den Müll zuständig – sobald offenkundig war, dass Jack nicht zurückkehren würde, hat Fitzy, der Manager, sich seiner erbarmt –, und in den Küchenabfällen finden sich alle möglichen Drogen: Haschisch, Angel Dust, Lachgaskapseln sowie zerbeulte Kannen warmen Biers. Deacon sagt zu allen Ja.

Sein erster Schultag in Dobbs Ferry ist der erste Dienstag im September; er ist Neuntklässler. Er trägt Jeans und ein verlottertes Black-Sabbath-T-Shirt, das er für fünfzig Cent in der Canal Street gekauft hat. Er liebt Black Sabbath, hat sie oder sonst jemanden aber noch nie in einem Konzert erlebt. Seiner Tante Ro missfällt das T-Shirt. Sie hat ihm ein hübsches blaues Sporthemd besorgt, doch Deacon weigert sich, es anzuziehen.

»Ich werde nie ein Hemd mit Kragen tragen«, sagt er. Er erwähnt das gelbe Hemd mit Kragen nicht, das sein Vater auf Nantucket anhatte. Der Gedanke daran tut ihm weh, und er sehnt sich nach dem dicken, fetten Joint, den Bub und Marcos, die Tellerwäscher im Sardi's, ihm zum Abschied geschenkt haben.

Tante Ro muss etwas spüren, denn sie kapituliert schnell. »Wie du willst«, sagt sie.

Zu wissen, dass in seiner obersten Kommodenschublade ein dicker, fetter Joint versteckt ist, macht es erträglich, dass er auf eine Schule gehen muss, wo er neu ist und niemanden kennt. Er schafft es, die unfreundlichen Blicke zu ignorieren, die hochgezogenen Augenbrauen, weil seine Haare zu lang sind und niemand ihm beigebracht hat, sich zu rasieren, sodass er den Anflug eines Schnurrbarts hat, den Anrempler eines so massigen Mitschülers, dass er allein die Offensive Line des Footballteams bilden könnte. Deacons neue Lehrer reden und verteilen etwas, das sich Syllabus nennt (was für ein blödes Wort!): Englisch, Geschichte, Algebra. Deacon hasst die Schule. Er träumt davon, sich ein entlegenes Plätzchen am Hudson zu suchen und zu kiffen.

Er vermutet, dass die Mittagspause in der Cafeteria noch schlimmer wird, und damit hat er recht. Er stellt sich an und nimmt sich einen traurig aussehenden Burger, schlaffe, fettige Pommes und eine Schokoladenmilch. Dann sieht er sich einem Meer von Jugendlichen gegenüber, die alle schnattern und schreien wie die Wilden. Ihm bleibt nichts übrig, als sich ganz hinten in der Ecke allein an einen leeren Tisch zu setzen. Das Gute ist, dass er sich nahe dem Ausgang befindet. Wenn es wirklich brenzlig wird, kann er einfach wegrennen.

Er hat vergessen, Ketchup mitzunehmen, und als er sich umdreht, um herauszufinden, wo man welchen bekommt, sieht er ein Mädchen auf sich zukommen. Lange blonde Haare, weiße Bluse und Jeansrock, normal aussehend, eigentlich sogar hübsch. Sie lächelt ihn an und fragt: »Du bist neu, stimmt's? Was dagegen, dass ich mich zu dir setze?«

Er ist so verblüfft, dass er nicht antworten kann. Sie setzt sich und sagt: »Ich würde Black Sabbath zu gern mal sehen, aber meine Mutter ist streng. Sie würde das nie erlauben.«

»Oh, gesehen hab ich sie auch noch nie«, gibt Deacon zu. Wahrscheinlich hat er sich damit die einzige Chance vermasselt, ihr Interesse zu erregen. »Ich hab mir das T-Shirt gekauft, weil ich auf ihre Musik stehe. In einem Laden in Manhattan.«

»Ich hab gehört, dass du von Manhattan hergezogen bist«, sagt sie.

Er nickt. »Ich hab in Stuy Town gewohnt. Auf der East Side.«

»Cool«, sagt sie. »Ich liebe Manhattan, aber ich darf blöderweise nur mit meinen Eltern hin.«

Er bemerkt, dass ihr Tablett mit Essen beladen ist – mit einem Becher Gemüse-Gerstensuppe, einem Truthahn-Club-Sandwich, das sie dick mit Mayonnaise beschmiert hat, frittierten Kartoffelwürfeln, Krautsalat, zwei Kartons Schokoladenmilch und rotem Wackelpudding mit Schlagsahne. Sie beißt einen großen Happen von ihrem Sandwich ab. »Alle beklagen sich über das Cafeteria-Essen«, sagt sie. »Mir schmeckt es.«

Deacon greift nach seinem Burger. Er hat Angst, dass das Mädchen verschwindet, wenn er jetzt aufsteht, um sich Ketchup zu holen.

»Ist dein Tattoo echt?«, fragt sie.

Er nickt. Er hat es sich in Chinatown von einem Mann stechen lassen, der sich nicht einmal nach Deacons Alter erkundigt hat. »Es ist ein Seehund.«

»Ja, das sehe ich«, sagt sie, isst einen Löffel Suppe, dann ein bisschen Krautsalat und genehmigt sich einen Kartoffelwürfel. »Ich bin Laurel Simmons«, sagt sie. »Wie heißt du?«

»Deacon«, sagt er. »Deacon Thorpe.«

Sie sind beim Homecoming Game Dobbs Ferry gegen Irvington, und die Spieler der obersten Klassen und ihre Eltern sowie die Cheerleader werden angekündigt. Deacon und Laurel sitzen unter einer karierten Autodecke aneinandergekuschelt auf der Tribüne, als Laurel die Frage stellt, vor der Deacon Angst hat. Sie sind seit zwei Monaten zusammen; eigentlich müsste er dankbar sein, dass es so lange gedauert hat.

»Ich weiß, du hast gesagt, dass deine Mutter nach Bermuda gezogen ist«, wollte Laurel wissen. »Aber was ist mit deinem Vater?«

Deacon steht auf und steigt, die Hände in die Taschen gerammt, die Aluminiumbänke hinunter. Er will nicht darüber reden. Seine Schwester Stephanie geht zur Schulpsychologin, doch Deacon weigert sich, dasselbe zu tun, denn er will wirklich einfach nicht darüber reden.

Er lässt die Lichter und Geräusche des Spiels hinter sich und geht zum Parkplatz. Deacon vermisst Laurel jetzt schon. Sie verbringen nach der Schule bis zum Schlafengehen jede Sekunde miteinander. Einen Freund oder eine Freundin wie sie hat er noch nie gehabt. Der Weggang seiner Mutter war einleuchtend: Sie hat ihn und Stephanie wegen eines Mannes verlassen. Jack Thorpe dagegen ist gegangen, weil … warum? Weil er es nicht lohnenswert fand, dazubleiben und seine Kinder aufwachsen zu sehen?

Deacon hockt sich auf die Betonstufen, die zur Straße hochführen. Er könnte zu Fuß nach Hause laufen, aber es ist weit, und Tante Ro wird ihn nach dem Spiel abholen. Er hofft, dass Laurel kommt und ihn sucht, doch warum sollte sie? Er ist ein Spinner und Versager, unfähig, eine simple Frage zu beantworten. Er ist nichts wert, wie sein Vater so nachdrücklich bestätigt hat. Die Sache ist die: Deacon wusste Bescheid. Er hat den

Abschied in Jacks Verhalten gespürt, in der Art, wie er in seinen Erinnerungen schwelgte. Er hat das Lebewohl im Gesicht seines Vaters erkannt, als er am Strand auf Deacon zukam.

Ein perfekter Tag mit meinem Sohn. Das ist doch nicht zu viel verlangt, oder?

Alles, was Deacon geblieben ist, ist die Erinnerung daran. Und die Muschel.

Er sieht das Glänzen blonder Haare aus hundert Metern Entfernung, dann tritt sie aus dem Dunst klarer hervor. Als sie näher kommt, bemerkt er ihre Tränen. Er hat sie zum Weinen gebracht. Er ist ein grauenhafter, schrecklicher Mensch. Als sie ihn bibbernd auf den Stufen sitzen sieht, huscht ein Ausdruck ungeheurer Erleichterung über ihr Gesicht.

Sie liebt mich, denkt er.

Sie streckt die Arme nach ihm aus. »Du brauchst es mir nicht zu erzählen«, sagt sie.

»Ich erzähle es dir«, sagt Deacon. Sie sind ganze sieben oder acht Minuten getrennt gewesen, aber er kann gar nicht beschreiben, wie erleichtert er ist, sie wiederzuhaben. »Ich erzähle dir alles.«

Sie setzt sich auf seinen Schoß.

Er weiß nicht recht, wo er anfangen soll. »Bist du schon mal auf Nantucket gewesen?«, fragt er.

In den Weihnachtsferien ihres letzten Schuljahrs erhält Laurel die Nachricht von ihrer frühzeitigen Zulassung in Vassar. Sie hat ein Einser-Zeugnis und hätte sich überall bewerben können – Duke, Stanford, Yale –, doch sie hat sich für Vassar entschieden, weil sie in Deacons Nähe bleiben will. Er wird nur wenige Meilen von ihr entfernt sein, am Culinary Institute of America in Hyde Park.

Deacon besorgt Laurel zu Weihnachten eine silberne Halskette mit einem herzförmigen Anhänger aus Bleikristall. Laurel hat drei Langspielplatten für Deacon – London Calling, Back in Black und The River – und einen Pullover. Sie tauschen ihre Geschenke am Morgen des 26. Dezember, aber sobald sie sie ausgepackt haben, verkündet Laurel, ihr sei übel. Zwei Sekunden später kotzt sie in seinen Schoß.

Sie kommen zu dem Schluss, dass es an der Aufregung wegen Weihnachten liegen muss oder am üppigen Essen oder an irgendeinem Bazillus, der die Runde macht.

Am Morgen des 27. ist Laurel wieder schlecht, ebenso am 28. Am 29. fahren sie im Kombi von Laurels Mutter in den übernächsten Ort, nach Irvington, und kaufen einen Schwangerschaftstest.

Positiv.

Laurel schluchzt, während Deacon verwundert dasitzt und durch die Windschutzscheibe in den weißen Himmel starrt. Es ist fast 1981. Seit Laurel sich in der Cafeteria neben ihn gesetzt hat, ist Deacon in sie verliebt. Die Liebe hat ihn gerettet. Und jetzt, so scheint es, wird er Vater.

Vielleicht aber auch nicht. Laurel kann gar nicht aufhören zu weinen. Ein Baby werde ihre Zukunft ruinieren, sagt sie. Sie werde nicht wie geplant nach Vassar gehen können.

»Ich will eine Abtreibung«, sagt sie.

»Okay«, sagt Deacon. Sein Herz fühlt sich wabbelig an, wie ein platter Reifen, aber er hat Angst, seine Gefühle zu äußern. Im Geschichtsunterricht haben sie unter anderem den Fall

Roe gegen Wade diskutiert. Deacon war nur am Rande daran beteiligt, folgerte jedoch daraus, dass die freie Entscheidung ein Privileg ist, das man einer Frau gewährt, nicht aber einem Mann.

Spät am Abend ruft Laurel weinend bei Deacon an. Sie könne nicht abtreiben, erklärt sie. Sie werde das Kind bekommen.

»Okay«, sagt Deacon. Er kann gar nicht fassen, welche Freude sich in ihm ausbreitet. »Lass uns heiraten.«

1986 ist alles gut. Genau genommen sogar großartig. Deacon hat zwei Jobs. Er ist Chef de Cuisine im Solo an der Ecke 23rd Street/5th Avenue und Star der Late-Night-Show *Vom Tag in die Nacht in den Tag mit Deacon*, die, wie die Bosse des Senders es nennen, »überraschend hohe Einschaltquoten einfährt«. Da er jetzt »im Fernsehen« ist, wird er auf der Straße erkannt, und jeden Nachmittag versammelt sich ein kleines Grüppchen von Fans am Personaleingang des Solo, das auf Deacon wartet, um ein Autogramm von ihm zu ergattern. Einige dieser Fans sind Frauen, scharfe Frauen, und ein paar von ihnen geben Deacon ihre Telefonnummer. Ruf mich an, Baby. Deacon nimmt all diese Nummern mit nach Hause zu Laurel. Sie legt ein Heft mit Deacons Erfolgen an – die Kritik von Ruth Reichl in der Times (zweieinhalb Sterne), die Kritik in der Zeitschrift New York, eine Anzeige für die Sendung im TV Guide –, in das sie jetzt auch die Telefonnummern der Frauen klebt. Sie ist überhaupt nicht eifersüchtig, sondern findet es lustig und süß und sexy, dass jede Frau in Amerika Deacon begehrt.

»Nicht jede Frau«, sagt er. »Außerdem liebe ich nur dich.«

Das weiß Laurel. Sie ist diejenige, die ihn gerettet hat. Seine erste und einzige Liebe, die Mutter seines wunderbaren Sohns.

Die Show wird so populär, dass man Deacon zwei weitere Staffeln mit einer erheblichen Erhöhung seiner Gage anbietet. Der Gesamtbetrag wird im Voraus bezahlt, und als Deacon und Laurel den Umschlag öffnen, starren sie ungläubig auf den Scheck. Das hier ist mehr Geld, als sie in ihrem ganzen Leben zu verdienen erwartet haben.

Sie wissen nicht, was sie damit anfangen sollen. Sie haben sich gerade das Apartment in der West 119th Street gekauft; es ist lichtdurchflutet und für die drei bestens geeignet, und ansonsten leben sie genügsam: U-Bahn statt Taxis, Personalessen im Restaurant fast jeden Abend. Sie wissen, sie sollten das Geld sparen, es bei Kidder oder Drexel anlegen. Aber der Scheck verlangt danach, in irgendein großes, extravagantes, lebensveränderndes Projekt investiert zu werden. Das Gefühl haben sie beide.

»Du suchst was aus«, sagt Laurel. »Du hast es verdient.«

Deacon sucht sich Nantucket aus. Er ruft beim Inquirer and Mirror an, der Lokalzeitung, und bittet darum, dass man ihm den Immobilienteil zuschickt. Alle dort abgebildeten Häuser sind jedoch zu groß und zu teuer. Sie sind für Männer gedacht, die Nadelstreifenanzüge tragen und mit Junk Bonds handeln, Männer mit Aktentaschen, die Squash spielen. Aber dann stößt Deacon auf ein Angebot, das seine Aufmerksamkeit weckt: IHR »AMERIKANISCHES PARADIES« ERWARTET SIE IN DER HOICKS HOLLOW ROAD.

Deacons Nackenhaare richten sich auf.

Die gute alte Hoicks Hollow Road. War früher mein zweites Zuhause.

Die Beschreibung lautet: *Klassisches heißgeliebtes Ferienhaus in der exklusiven Hoicks Hollow Road. Dieses Cottage, das nur wenige Schritte vom privaten Idyll des Sankaty Head Beach Club entfernt und seit fünf Generationen im Besitz derselben Familie ist, braucht einen aufmerksamen, liebevollen Eigentümer, der seine vielen Reize zu schätzen weiß. Hintere Terrasse bietet weitreichende Blicke über Golfplatz, Leuchtturm und Moor. Von der vorderen Veranda aus sieht man in der Ferne das Meer. Das Haus ist voll möbliert.*

Der Preis übersteigt das, was Deacon und Laurel zahlen wollten, ist aber vertretbar. Ihm fällt auf, dass die Beschreibung irgendwie so klingt, als sei das Haus ein Waisenkind. Wie er selbst.

Seine Hände zittern, als er Laurel die Annonce zeigt. »Hoicks Hollow Road«, sagt er. »Wie aus dem Märchen!«

Sie kaufen das Haus im Juli und beziehen es sofort. Das Solo ist im Sommer sechs Wochen geschlossen, und die Dreharbeiten für die nächste Staffel von Deacons Sendung beginnen erst im September. Es ist Schicksal.

Er glaubt zu wissen, wie sich sein Vater fühlte, als er Deacon nach Nantucket mitnahm, denn er ist von Aufregung und Vorfreude erfüllt. »Ich kann es gar nicht abwarten, dass ihr die Insel seht«, sagt er zu Laurel und Klein-Hayes. »Sie ist der schönste Ort auf der Welt. Ein amerikanisches Paradies.«

Als sie in die Einfahrt biegen, kommen ihm Bedenken. Die vordere Veranda des Hauses hängt in der Mitte durch, die weißen Zierleisten müssen dringend gestrichen werden, und der Garten ist ein Flickenteppich aus Sand und Fingerhirse.

Sie steigen die wackelige Treppe hoch und ziehen die Fliegengittertür auf. In den Geruch des Hauses nach Putzmitteln mischt sich etwas Salziges und Morastiges, das aber nicht unangenehm ist. Im Sonnenlicht, das durch die Fenster fällt, tanzen Staubpartikel. Die schäbigen Möbel sind vom Leben am Strand gekennzeichnet. Deacon vermutet, dass die Sofapolster von Hunderten nasser Badeanzüge durchfeuchtet sind und unter der Veranda eine einst hochgeschätzte Sammlung von Einsiedlerkrebsen verwest, die irgendein kluges Kind vor der Sonne schützen wollte.

Deacon ist sich nicht sicher, wie Laurel reagieren wird. Bei all dem Geld, das sie hierfür ausgegeben haben, erwartet sie wahrscheinlich etwas Grandioseres.

Mit Hayes auf dem Arm folgt sie ihm nach drinnen. Sie schaut sich mit großen Augen um und holt tief Luft.

»Ich liebe es«, sagt sie.

# *HAYES*

Hayes suchte seinen Dealer Kermit in der 125th Street auf, bevor er Angie in ihrem Apartment abholte, doch es gab ein Problem. Die Polizei war vor einigen Tagen hier gewesen, deshalb hatte Kermit zwar Stoff, aber nicht genug.

»Verkauf mir einfach, was du hast, Mann«, sagte Hayes. Seine vierundzwanzigstündige Reise clean durchzustehen hatte ihn fast umgebracht. Hinter einer Reihe Mülltonnen in einer Gasse setzte er sich gleich einen Schuss – *Ahhhhh!* –, und schon war alles pure Glückseligkeit. Er hatte genug Dope für zwei Tage sowie ein halbes Dutzend Vicodin, die er zerstoßen und jeden Morgen in seinen Kaffee tun konnte. Er hatte seiner Mutter versprochen, von Samstag bis Dienstag zu bleiben, nachdem sie gesagt hatte, sie müssten darauf warten, dass die Asche mit der Post eintraf. Hayes würde sich auf Nantucket Stoff besorgen müssen, sonst würde es ihm jämmerlich ergehen.

Sie wollten die Asche im Nantucket Sound verstreuen, wie Deacon es sich immer gewünscht hatte. Sogar der Portier von Deacons Wohngebäude in der Hudson Street wusste das. Der Gedanke daran, wie Deacons körperliches Sein sich in Asche verwandelte, verschaffte Hayes einen Moment der existenziellen Kontemplation, den auch sein High nicht leichter machte. Die kräftigen Muskeln seines Vaters, sein dichter Schopf schwarzer Haare mit der Stirnlocke, die ihm ständig in die Augen fiel, all seine farbenfrohen Tattoos – der Seehund, Mr Monopoly, das Textfragment aus »Train in Vain« von The Clash, der dampfende Kessel, die Vanda-Orchidee, der Gestreifte Zackenbarsch, der den Großteil seines oberen Rückens einnahm –, seine ganze physische Persönlichkeit würde auf nicht identifizierbare Trümmer reduziert werden.

Vor ein paar Wochen hatte Hayes sich auf einem Flug von New York nach Quito voll in seine Trauer hineingesteigert, indem er sich alle verfügbaren Sendungen mit seinem Vater ansah. Er begann mit *Vom Tag in die Nacht in den Tag mit Deacon*. Sein Vater sah darin so *jung* aus; mit seinen knapp fünfundzwanzig Jahren war er fast zehn Jahre jünger, als Hayes es heute war, und wirkte eigentlich noch wie ein Teenager. Er blickte finster, kniff die Augen zusammen, warf mit Schimpfwörtern um sich – die natürlich jedes Mal durch einen Piepston ersetzt wurden, obwohl auf dem Schwarzmarkt unedierte Versionen erhältlich waren –, als würde er extra dafür bezahlt, ließ die Muskeln seiner Unterarme spielen, vollführte Zirkustricks mit seiner Bratpfanne und hielt sich ganz allgemein an das Stereotyp des Küchenchefs als schlimmer Finger. Genau genommen, dachte Hayes, hatte sein Vater dieses Stereotyp begründet. Schließlich war er lange vor Ramsay oder Bourdain im Fernsehen aufgetreten. Nach der eigentlichen Show folgten die Kameraleute Deacon downtown und filmten ihn dabei, wie er in allen möglichen Spelunken – das Milady's war wegen Deacons Geplänkel mit den altehrwürdigen Barkeeperinnen Doris und Millicent besonders beliebt – sein Guinnes mit Jameson trank. Derartig gut geölt ging er dann auf die Suche nach Essen. Die Sendung porträtierte ihn als einsamen Wolf – ein hungriger Jäger, ein Waisenknabe, ein Mogli für Erwachsene. Er aß gern tief im Herzen von Chinatown; als das Mainstream wurde, nahm er Little Ethiopa und Little Burma aufs Korn. Er liebte *momos*.

Danach fuhr Deacon mit der U-Bahn bis zur West 119th Street. An diesem Punkt wurde die Kamera pseudokünstlerisch – Deacon als Silhouette im Zug, auf dem Heimweg mit all den armen Seelen, die eine Nachtschicht hinter sich hatten, Sonnenaufgang über dem East River, die Nebeneinanderstellung von Deacon in weißer Kochjacke, Pepitahosen und Clogs und Männern in dreiteiligen Anzügen auf dem Weg zu ihren Jobs in der Wall Street oder Madison Avenue.

Der beste Teil der Sendung war für Hayes natürlich das Ende, wenn er sich selbst sah, einen kleinen Knirps, der, meistens im einteiligen Pyjama, den Flur ihrer Wohnung entlangflitzte, um seinen Vater an der Tür zu begrüßen, gefolgt von seiner Mutter, barfuß, mit offenen Haaren und im Morgenmantel. Dies war der Augenblick der Erlösung: Deacon – der erst so wütend und dann so einsam gewirkt hatte – besaß eine Familie!

Die zweite Show, *Aufgespießt*, wurde in einer Studioküche von Food Network gedreht. Hier trug Deacon Jeans, einen Hermès-Gürtel und ein schwarzes Rick-Owens-T-Shirt für vierhundertfünfzig Dollar. Dieses lässige und zugleich wahnsinnig teure Outfit war ein augenzwinkernder Hinweis darauf, dass Deacon erwachsen geworden war. Er hatte über ein Jahrzehnt bei Raindance am Ruder gestanden und war mit der höchstbezahlten Schauspielerin Hollywoods verheiratet gewesen. Er hatte sein Leben auf seine Art gelebt, und das hatte mehr oder weniger funktioniert. Er bereitete seine unorthodoxen Gerichte zu – den Venusmuschel-Dip Casino, die mit geräuchertem Hummerschwanz gefüllten *momos*, die Champagnerkaramellen mit Kartoffelchips-Salz – und ließ dabei seine Stirnlocke wippen und warf jedes Mal, wenn ein Ei nicht sauber aufgeschlagen war, finstere Blicke in die Kamera. Er tat so, als sei er immer noch der junge Wilde, aber für die Zuschauer war offenkundig, dass das gute Leben Deacon verweichlicht hatte. Er war jetzt ein sexy Teddybär. Echte Kontroversen gab es nur noch darum, dass er nach wie vor trank wie der eifrigste Student der Jameson University. Jede Folge von *Aufgespießt* endete damit, dass Deacon und seine Producer und Kameraleute und Helfer zusammen einen Whiskey kippten.

Während Hayes sich eine Sendung nach der anderen ansah, staunte er darüber, dass ein Mann, der auf dem Bildschirm so lebendig war, der fluchte und lachte und Mehl abmaß und Zwiebeln hackte und sich nur zum Spaß eine ganze Knoblauchzehe in den Mund steckte, als sei sie ein Stück Kaugummi, jetzt tot war. Er würde nie mehr zurückkehren.

Auf dem Weg zum Parkhaus sagte Hayes zu Angie: »Dad hat dich mehr geliebt als mich.«

»Halt die Klappe«, entgegnete Angie.

»Du weißt, dass es stimmt«, sagte Hayes.

»Er konnte eben besser mit Mädchen«, sagte Angie.

»Ihr habt euch viel näher gestanden. Ihr wart Freunde.«

»Unsere gemeinsamen Stunden sind protokolliert«, sagte

Angie. »Wir haben Tag für Tag miteinander gearbeitet. Hast du eine Ahnung, wie anstrengend der Umgang mit so viel Deacon war?«

»Ich würde gern mit dir tauschen«, gab Hayes zurück. Und bevor er hinzufügen konnte: *Ich hab nicht genug von ihm bekommen,* fing er an zu weinen. *Ich hab nicht genug von ihm bekommen, und nun ist er nicht mehr da.*

Angie legte Hayes einen Arm um die Schultern. »Ist alles *in Ordnung* mit dir? Ich meine, geht es dir *gut*, Hayes? Du siehst nämlich, ganz im Ernst, beschissen aus. Du siehst aus …«

Er wusste, was kommen würde. *Du siehst aus wie ein Junkie. Nimmst du* Drogen?

»Du siehst müde aus«, sagte sie. »Vielleicht sollte ich fahren.«

»Ja«, stimmte Hayes zu. »Solltest du vielleicht.«

## *BELINDA*

Der Anblick von Laurel und Buck bescherte ihr einen dramatischen Moment, doch zum ersten Mal in ihrem Leben war die Person, die sie spielte, sie selbst. Sie vergoss echte, unkontrollierbare Tränen. Der Gedanke an Deacon löste so viele Empfindungen in ihr aus: Schuldgefühl, Ekstase, Traurigkeit, Reue, Liebe, Begehren, Schuldgefühl, noch mehr Schuldgefühl, Liebe, Kummer, Verwirrung. Belinda konnte mit niemandem über diese Empfindungen reden – noch nicht jedenfalls. Vielleicht würde sie sie in zehn oder zwanzig Jahren mit Hilfe eines guten Therapeuten in ihren Memoiren klar artikulieren können. Wenn Belinda spielte, versuchte sie stets, sich die *Motivation* ihrer Figur zu vergegenwärtigen. Was hatte *sie* dazu angetrieben, nach Nantucket zu kommen? Was hoffte sie zu erreichen?

Sie war sich nicht sicher. Aber als sie Laurel und Buck sah, erkannte sie, dass auch sie in Deacon Thorpes Leben eine Hauptrolle gehabt hatte, und wenn sie in Los Angeles geblieben oder nach Kentucky zurückgekehrt wäre, wäre dort, wo sie hätte sein sollen, ein Vakuum gewesen, eine Leerstelle, hätte etwas gefehlt.

Oder war sie nur narzisstisch, wie immer?

Nach zwölfjähriger Pause war sie wieder im Amerikanischen Paradies. Es sah genauso aus wie damals, und es *roch* genauso. Das war es, was Belinda tatsächlich in die Vergangenheit zurückversetzte: der Geruch, der tröstliche Zedernholzduft der beiden Schränke im Eingang, in den sich der modrige, morastige Geruch des sonstigen abgewrackten Mobiliars und der grüne, vom Golfplatz hereinwehende Duft nach frisch gemähtem Gras mischten. Gut oder schlecht, für Belinda roch es nach Sommer und, noch beunruhigender, nach ihrer Ehe mit Deacon.

Sie hatte eine ambivalente Beziehung zu diesem Haus gehabt. Eigentlich hatte sie gar nicht nach Nantucket fahren wollen, doch Deacon hatte sie überredet. Als er Laurel verlassen hatte, war er mit Belinda nach L.A. gezogen und hatte dann verkündet, es wäre nur fair, wenn Belinda ihm drei Wochen pro Jahr – nur drei Wochen – an seinem absoluten Lieblingsort zubillige. Auf Nantucket Island.

*Aber das bedeutet Strand,* sagte sie. *Und ich kann nicht schwimmen.*

*Es ist mehr als nur Strand,* erwiderte Deacon. Es gebe eine Stadt voller Geschäfte und Restaurants und reizender Kirchen und prächtiger Häuser, die früher Walfängerkapitänen gehört hatten, alle mit polierten Türklopfern und Blumenkästen, aus denen Sommerblumen quollen. Die Straßen hätten Kopfsteinpflaster. Die Insel sei beschaulich und altmodisch, das genaue Gegenteil von Los Angeles. Sie werde sie lieben, versicherte Deacon ihr. Es gebe riesige Moore, durch die man wandern, und endlose asphaltierte Wege, auf denen sie radeln konnte. Es gebe zwei Theatertruppen, zwei Kinos und ein Museum, das sich der Geschichte des Walfangs widme. An der Ostküste der Insel liege ein winziges Dorf namens Sconset, wo alle Cottages von Rosen umrankt seien. In der Stadt gebe es zwei Buchläden und eine große Bibliothek, die Nantucket Atheneum heiße. In einem Restaurant namens Club Car werde Kaviar serviert, und nach dem Essen, wenn sich alle zum Singen versammelten, nehme ein Klavierspieler Musikwünsche entgegen. *Ich weiß doch, dass du dir keine Gelegenheit entgehen lässt, »Send in the Clowns« zu schmettern*, sagte Deacon.

Ihren wahren Einwand, dass Deacon das Haus nämlich zusammen mit Laurel gekauft und bezogen hatte, konnte Belinda nicht äußern. All seine Erinnerungen an Nantucket – bis auf den einen perfekten Tag mit seinem Vater – waren an Laurel geknüpft. Belinda würde Laurels Nachfolgerin sein, und sie hatte Angst, sie würde mit der Insel nicht so gut zurechtkommen – passte dieser Ausdruck? – wie Laurel. Deacon hatte goldene Erinnerungen an den Ort, und diese Erinnerungen waren – zwangsläufig – untrennbar mit der Person verbunden, mit der er sie kreiert hatte. Belinda sehnte sich nach einem neuen Ort, einem Ort, der für ihn keine Geschichte hatte – Montauk vielleicht oder Long Beach Island, wenn es denn am Meer sein musste. Sogar Martha's Vineyard! Aber Deacon war fest entschlossen; zumindest war Belinda scharfsichtig genug, das zu erkennen. Wenn sie Deacon behalten wollte, würde sie nach Nantucket fahren und das Beste daraus machen müssen.

Der Aufenthalt in einem Haus, das einst Laurel bewohnt hatte, war noch schwieriger als angenommen. Die Möbel stammten von den Vorbesitzern, sagte Deacon, und das merkte Belinda ihnen an – sie sahen alle aus, als seien sie irgendwann während der Großen Depression an Land gespült worden. Doch daneben gab es kleine Dinge, die Laurel hinterlassen hatte – eine Haarbürste, ein weißes Trägerhemd in der obersten Schublade der Kommode, die, wie Deacon sagte, Belindas sein sollte –, und auf einem Beistelltisch im vorderen Zimmer stand ein gerahmtes Foto, das Deacon, Laurel und Hayes am Strand zeigte, die Gesichter überflutet vom rosiggoldenen Licht des Sonnenuntergangs. Belinda hatte das Foto aus dem Rahmen genommen, zerrissen und im Küchenmülleimer vergraben.

Sie entsann sich, wie sie zum ersten Mal die Wäsche gemacht, Handtücher und ihre Unterwäsche und Shorts in die Maschine geworfen und dann, eine Stunde später, festgestellt hatte, dass es keinen Trockner gab. Sie hatte sich deswegen an Deacon gewandt, und er hatte gesagt: »Wir haben keinen Trockner, sondern hängen die Sachen an der Wäscheleine auf.«

Belinda starrte ihn an. Das »Wir«, von dem er sprach, waren er und Laurel.

»Lass mich einen Trockner kaufen«, sagte Belinda. »Bitte.«

»Nein«, sagte Deacon. Das war typisch für ihn: Wenn der Mann Nein sagte, wich und wankte er nicht. »Die Wäscheleine gehört zum Leben hier dazu. Es ist Sommer. Wir trocknen unsere Klamotten und Laken und Handtücher an der Leine. Wir kaufen keinen Trockner.«

Irgendwann entdeckte er, dass das Bild von ihm, Hayes und Laurel fehlte – Belinda wäre gut beraten gewesen, den Rahmen ebenfalls wegzuwerfen –, und er sprach Belinda darauf an.

»Was ist damit passiert?«, fragte er.

Zunächst zuckte sie die Achseln. Er schaute sie ungläubig an, bis sie zugab: »Ich habe es weggeworfen.«

Sie lag, ein Drehbuch lesend, auf dem Bett, und Deacon setzte sich neben sie.

»Pass auf«, sagte er. »Ich weiß, dass es schmerzhaft gewesen sein muss …«

»Das weißt du nicht«, sagte sie.

»O doch«, sagte Deacon. »Dein Haus in L.A. ist voller Fotos von dir mit anderen Männern – du und John Lithgow, du und Pierce Brosnan, du und Brian Dehenny …«

»Das ist nicht dasselbe«, widersprach Belinda.

»Ist es wohl«, sagte Deacon und ergriff ihre Hand. »Wir haben beide eine Vergangenheit, stimmt's? Einen Weg, der uns dahin geführt hat, wo wir jetzt sind. Ich werde versuchen, deine Vergangenheit zu respektieren und mich nicht davon bedroht zu fühlen oder eifersüchtig auf sie zu sein, und ich möchte, dass du das auch tust, okay?«

»Okay«, sagte sie, aber insgeheim war sie froh, dass das Bild weg war. Wenn Deacon im Müll gestöbert hätte, hätte er gesehen, dass sie es in der Mitte durchgerissen hatte, direkt durch Laurels Gesicht.

Es gab noch andere Dinge, die Belinda hätte verändern wollen. Offen gesagt, hätte sie das Haus am liebsten ausgeweidet und komplett neu gestaltet – oder es, besser noch, verkauft und sich ein Haus in der Stadt zugelegt: 141 Main Street war ihr Favorit. Sie hatte genug Geld, um an die Tür zu klopfen und den Eigentümern ein Angebot zu machen. Doch sie wusste, dass es keine gute Idee war, Deacon diesen Vorschlag zu unterbreiten.

In den Jahren mit Deacon hatte sie aus all den von ihm aufgezählten Gründen gelernt, Nantucket zu lieben, aber auch dafür, dass sie hier niemand belästigte. Alle wussten natürlich, dass sie Belinda Rowe war, doch sie war nie von Paparazzi verfolgt, nie beim Essen gestört, bis auf den gelegentlichen Autogrammjäger nie von Fans gehetzt worden. Sie hatte sogar im Club Car »Send in the Clowns« schmettern können und dafür freundlichen Applaus geerntet, ohne befürchten zu müssen, dass ein Foto davon auf Seite sechs der *Post* erschien. Das war eine willkommene Veränderung, die Möglichkeit, sich zu entspannen.

Sobald Belinda sich die Augen getrocknet, die Nase geputzt, ihren Hut abgenommen und ihre Haare ausgeschüttelt hatte, wandte sie sich den praktischen Seiten ihres Aufenthalts zu. Laurel war als Erste gekommen und trat auf, als fühle sie sich ganz zu Hause, obwohl es fast dreißig Jahre her war, dass sie hier gewohnt hatte.

»Wo schlafe ich?«, fragte Belinda. Das war der längste Satz, den sie je an die Frau zu richten gewagt hatte.

»In Claras Zimmer«, sagte Laurel.

»In *Claras* Zimmer?« Das Zimmer des Kindermädchens war kaum größer als ein Kleiderschrank. *Natürlich* hatte Laurel es mit seinem schmalen Bett, gedacht für eine knochenärschige alte Jungfer, Belinda zugeteilt. »Wer hat das Elternschlafzimmer?«, fragte Belinda, obwohl sie die Antwort darauf kannte.

»Ich«, sagte Laurel. »Tut mir leid, wenn dir Claras Zimmer nicht gefällt, aber das Gästezimmer ist groß genug für zwei, und ich wollte es für Scarlett und Ellery reservieren, falls sie doch auftauchen …«

»*Scarlett?*«, hakte Belinda nach. »Ich dachte …«

»Sie ist in Savannah«, sagte Laurel. »Aber Buck hat ihr eine Nachricht bezüglich des Wochenendes übermitteln lassen, und ich hoffe immer noch, dass sie kommt.«

Belinda war sprachlos. Wenn sie gewusst hätte, dass auch nur die geringste Möglichkeit bestand, dass Scarlett Oliver aufkreuzen würde, wäre sie nach Kentucky geflogen.

»Im Bad von Claras Zimmer gibt es eine Wanne«, sagte Laurel. »Ich dachte, das gefällt dir vielleicht.«

»Funktioniert die denn?«, fragte Belinda.

»Ehrlich gesagt, das habe ich nicht überprüft«, entgegnete Laurel.

»Also, vor zwölf Jahren hat sie es nicht getan«, sagte Belinda und zog instinktiv ihr Handy hervor, um nachzusehen, ob heute Abend noch Flüge nach Boston gingen. Von dort aus würde sie nach Louisville fliegen und Bob überraschen. »Gibt es hier draußen kein Mobilnetz? Immer noch nicht?«

»Am Ende der Einfahrt kann ich telefonieren«, sagte Laurel.

»Wir haben 2016!«, sagte Belinda. »Das ist ja hier die reinste Zeitreise.«

»Was du nicht sagst«, erwiderte Laurel sarkastisch.

»Und wie geht es Buck damit?«, fragte Belinda. »Der muss doch völlig angepisst sein.« Sie biss sich auf die Zunge; Mrs Greene duldete in Gegenwart der Mädchen keine vulgäre Sprache.

»Er ist im vorderen Zimmer eingeschlafen«, sagte Laurel.

»Eingeschlafen?«, fragte Belinda.

»Ja«, bestätigte Laurel. »Er ist erschöpft. Kann ich dir einen Eistee anbieten? Oder ein Glas Wein?«

Es gefiel Belinda nicht, wie Laurel die Gastgeberin spielte. Das hier war nicht *ihr* Haus; das war es seit der Amtszeit von George H. W. Bush nicht mehr. Überdies war Belinda fünfzehn Jahre mit Deacon verheiratet und siebzehn Jahre mit ihm zusammen gewesen, Laurel dagegen nur sechs beziehungsweise elf Jahre. Aber Laurel hatte immer eine gewisse Überlegenheit für sich beansprucht, weil sie Deacons erste Ehefrau gewesen war und ihn daher – einer Logik zufolge, die Belinda nicht verstand – am besten kannte.

Belinda wäre nie gekommen, wenn sie gewusst hätte, dass Laurel sich aufführen würde wie die Dame des Hauses.

»Ich nehme Wein«, sagte sie, obwohl es erst Viertel nach zwölf war. Mrs Greene war kritisch, was Belindas und Bobs Alkoholkonsum betraf. Belinda importierte kistenweise Les Monts Damnés aus der Region Chavignol in Sancerre, den sie in dem maßgefertigten Weinabteil ihres Kellers lagerte. Und Bob trank Bourbon, natürlich – sie lebten in Kentucky! Bobs Klienten, die stinkreichen Besitzer der Rassepferde, brachten ihm Flasche um Flasche Pappy Van Winkle mit – zehn, dreizehn, dreiundzwanzig Jahre alt.

Bobs Trinkgewohnheiten beurteilte Mrs Greene etwas milder, wahrscheinlich, weil er ein Mann war. Wenn Belinda vor fünf einen Korken knallen ließ, räusperte sich Mrs Greene und beäugte Belinda über ihre Brille hinweg. Mrs Greene war von Natur aus Abstinenzlerin.

»Ich habe roten oder weißen«, sagte Laurel.

»Weißen, bitte«, sagte Belinda und dachte: *Bitte lass es keinen Pinot grigio sein.*

Laurel holte eine Flasche Sauvignon blanc von Cloudy Bay

aus dem Kühlschrank, und Belinda blinzelte. Das war Deacons Lieblingswein gewesen. Er und Belinda hatten im Lauf ihrer Ehe bestimmt sechs- oder siebentausend Flaschen davon konsumiert. Nach der Scheidung konnte Belinda sich nicht mehr dazu überwinden, ihn zu trinken. Doch jetzt wurde ihr klar, dass Deacon vermutlich genau diesen Wein auch mit Laurel getrunken hatte – und mit der kleinen Hexe Scarlett!

Laurel füllte zwei Gläser. *Es wäre albern, ihn abzulehnen,* dachte Belinda. Sie und Laurel und Scarlett befanden sich jetzt auf Augenhöhe. Der Mann war tot.

Laurel hielt ihr Glas hoch. »Auf Deacon«, sagte sie.

»Auf Deacon«, wiederholte Belinda. Als sie und Laurel anstießen, dachte sie: *Deacon würde seinen Augen nicht trauen.*

Sie wusste nicht recht, wie sie sich nach Angie erkundigen sollte. Wann würde sie eintreffen?

»Also«, sagte sie. Ihr Tonfall deutete gegen ihren Willen darauf hin, dass eine *gewichtige Frage* folgen würde. Sie war Schauspielerin, schaffte es jedoch anscheinend nicht, Nonchalance zu vermitteln, wenn es um die heiklen Themen in ihrem Privatleben ging. »Wann kommen die Kinder?«

»Heute Nachmittag«, sagte Laurel. »Sie sind spät losgefahren, aber sie müssten rechtzeitig zum Abendessen hier sein.«

»Oh«, sagte Belinda. »Okay, gut.«

»Hast du nicht mit Angie gesprochen?«, fragte Laurel.

»Nicht in den letzten paar Tagen«, sagte Belinda, wobei sie mit »paar« zehn meinte, obwohl es vermutlich eher vierzehn gewesen waren. »Ich habe versucht anzurufen und bin immer auf ihrer Mailbox gelandet. Sie und ich … na ja, wir stehen uns nicht mehr so nahe wie früher.«

»Aber jetzt ...?«, sagte Laurel.

»Jetzt was?« Belinda setzte sich auf einen der Küchenhocker und zwirbelte ihr Weinglas. »Angie ist so stur.«

»Das ist sie«, sagte Laurel. »Aber das hier ... also, das ist eine große Sache. Sie wird dich brauchen, Belinda.«

»Wirklich?« Belinda nahm noch einen Schluck Wein. Sie wollte keine Moralpredigt von Laurel hören. »Nachdem ich Bob geheiratet hatte und mit Mary schwanger wurde, hat sie mich beschuldigt, sie nicht gewollt zu haben. Kannst du dir das vorstellen? Ich kenne kein Kind, das *mehr* gewollt war als Angie. Ich habe die Hauptrolle in *Geister* sausen lassen, damit ich nach Perth fliegen und dann zehn Stunden lang im Land Rover in die entlegenste Pampa fahren konnte, um sie abzuholen, und das allein. Deacon konnte nicht weg. Er hatte gerade den Küchendirektor-Job bei Raindance angenommen.«

»Wow«, sagte Laurel. »Das muss ja echt lange her sein.«

»Sechsundzwanzig Jahre«, sagte Belinda. Sie war damals selbst sechsundzwanzig gewesen. Konnte das stimmen? Dass sie Mutter geworden war, als sie so alt gewesen war wie Angie heute? Die damalige Belinda erschien ihr viel älter. 1980 hatte sie *Eine ganz normale Familie* gesehen, den Film, der ihr Leben veränderte – und mit dem Geld, das sie bei der Arbeit an der Lunchtheke von Pearson's Drug Store in Iowa City gespart hatte, war sie nach L.A. gezogen. Mit einundzwanzig hatte sie schon acht Filme gedreht. Deacon lernte sie mit dreiundzwanzig kennen. Er war Caterer bei einer Oscar-Party, die Belinda besuchte, weil sie in diesem Jahr für ihre Rolle in *Zwischen zwei Wintern* als beste Nebendarstellerin nominiert worden war. Sie war so beschäftigt damit, zu plaudern und Beileidsbekundungen entgegenzunehmen (»Sie hätten gewinnen müssen; Sie waren viel besser als Meryl …«), dass sie völlig vergaß, etwas zu essen und erst nach zahllosen Gläsern Champagner in das Essenszelt stolperte, sich in ihrem korallenrosa Slipdress von Calvin Klein auf einen Stapel Milchkästen setzte, ihre strassbesetzten Stilettos von sich schleuderte und fragte: »Kann mich bitte jemand füttern?«

Sofort tauchte Deacon auf, die Ärmel seiner Kochjacke hochgekrempelt, sodass ein paar ziemlich bunte Tattoos sichtbar waren; er rauchte eine Zigarette.

»Ich *kenne* Sie«, sagte sie. »Sie sind der böse Junge, der zur selben Zeit läuft wie Johnny Carson.«

»Ich kenne Sie auch«, sagte Deacon. »Sie sind die Primadonna, die heute Abend verloren hat.«

Belinda probierte es mit einem Schmollen. »Ich bin keine Primadonna.«

»Und ich bin kein böser Junge«, sagte Deacon.

Belinda drückte sich an ihn und warf ihm die Arme um den Hals. »Oh«, sagte sie, »ich wette, das sind Sie doch.«

Deacon entledigte sich ihrer Arme, als wären sie zwei Giftschlangen. Belinda war es nicht gewohnt, auf diese Art – oder irgendeine andere – zurückgewiesen zu werden. Sie wusste nicht recht, was sie tun sollte.

»Wenn Sie wirklich Hunger haben«, sagte Deacon, »dann folgen Sie mir.«

Er führte sie zu einem Teil des Zelts, das ihr als das Land der tausend Sandwiches in Erinnerung bleiben sollte. Es gab Türme aus Teesandwiches – mit Butter, Ei, Gurke und Radieschen – und kunstvoll gestapelte Doppeldecker-Club-

Sandwiches mit Truthahn und dicke, saftige Reubens, aus denen Käse und Sauerkraut und Russisches Dressing quollen; es gab Platten voller Wraps mit vegetarischen Füllungen in allen Regenbogenfarben. Es gab Thunfischsalat auf Pumpernickel, Hähnchensalat auf nussigem Weizenbrot, Eiersalat auf glänzenden Brioches, Buttermilchbrötchen mit Schinken, Aprikosenchutney und körnigem Senf; es gab Käsesteaks und mexikanisches Hähnchen mit vielfarbigem Pfeffer und rosiges Rinderfilet, beträufelt mit cremiger Meerrettichsoße, auf französischem Baguette. In Belindas Kopf sang ein Chor: *Iss! Iss! Iss!* Belinda griff nach dem dicksten, saftigsten Reuben, das sie finden konnte, und biss lustvoll ab.

»Ich korrigiere mich«, sagte Deacon, zog ein letztes Mal an seiner Zigarette und drückte sie mit seinem Küchen-Clog aus. »So isst keine Primadonna.«

Sie musterte ihn über ihr Sandwich hinweg. Sie hatte mehrere Folgen seiner Sendung gesehen, weil sie an chronischer Schlaflosigkeit litt und um Mitternacht, wenn *Vom Tag in die Nacht in den Tag mit Deacon* lief, immer wach war. Viel gekocht im engeren Sinne wurde Belindas Eindruck nach eigentlich nicht. Deacon hackte etwas, warf Stücke davon seinen Souschefs zu, gab ihnen Schimpfnamen, die so unanständig waren, dass sie durch Piepstöne ersetzt wurden, ließ seine Muskeln spielen, warf seinen Schopf dunkler Haare, die ihm ständig in die Augen fielen, in den Nacken und vollführte ein paar Kunststücke mit seiner Bratpfanne. Der bessere Teil der Show war Belindas Meinung nach der, in dem man zusah, wie Deacon Thorpe nach seinem Auftritt durch die Stadt zog und Ausschau nach etwas zu essen und zu trinken hielt. Es war irgendwie sexy, fand Belinda, wie er durch die dunklen Straßen streifte wie ein Tier. Sie beneidete ihn um seine Kaltblütigkeit. Es war offensichtlich, dass es Deacon Thorpe nicht scherte, was die Welt über ihn dachte. Es war ihm egal, ob die Leute ihn für einen guten Koch hielten, und er schien keine Angst davor zu haben, in Alphabet City überfallen zu werden. Er wirkte so, als ob ihn eigentlich nichts scherte.

»Das ist *richtig lecker*«, sagte Belinda, den Mund voller Corned Beef.

Er nickte kurz, dann holte er eine saubere Leinenserviette aus der Tasche seiner Pepitahose und wischte Belinda sanft die Mundwinkel ab.

Belinda aß auf und kehrte zur Party zurück. Am nächsten Tag rief sie Leif Larsen an, ihren Agenten, und fragte, ob er nicht dafür sorgen könne, dass Deacon für die Dreharbeiten zu ihrem neuen Film *Feuerrot* angeheuert wurde, die in zwei Wochen in New York beginnen würden.

»Er ist kein Filmcaterer, Bel«, sagte Leif. »Er ist Küchenchef, und falls du unkeusche Gefühle für ihn hast, muss ich dir sagen, dass er verheiratet ist. Guckst du seine Sendung denn nicht bis zum Ende? Da geht er nach Hause zu seiner heißen Ehefrau und seinem kleinen Sohn. Das sind keine Schauspieler, Babe. Das sind richtige Menschen.«

»Du findest seine Frau heiß?«, fragte Belinda. »Ich nicht.«

»Sie *ist* heiß«, sagte Leif.

»Es kann doch nicht sein, dass er *treu* ist«, sagte Belinda. »Oder?«

»Belinda«, sagte Leif. »Tu es nicht.«

»Okay«, sagte Belinda. »Ich tu's nicht.«

Aber zwei Wochen später, als sie in New York war, um mit den Dreharbeiten zu *Feuerrot* anzufangen, stattete sie Deacon im Solo einen Besuch ab. John Buckley war der Oberkellner, obwohl Belinda nur einen ungelenken, großen Rotschopf mit einer Schmachtlocke in ihm sah, den Belinda mit ihrem Glamour schwer beeindruckte. Er geleitete sie direkt zur Küche, allerdings mit der Frage: »Weiß er, dass Sie kommen? Er ist sehr beschäftigt. Wir sind voll in Aktion.«

»Nein«, sagte Belinda. »Ich will ihn überraschen.«

»Oh, okay«, sagte Buck. »Mein Name ist John Buckley, und ich bin auch Agent. Falls Sie also einen Agenten brauchen …?«

»Ich habe einen«, sagte Belinda und schlüpfte durch die Schwingtür in die Küche.

Sie fand Deacon in seiner Kochjacke, deren Ärmel ordentlich heruntergezogen waren, und mit einem marineblauen Tuch um den Kopf an einem glänzend weißen Herd vor. Sie tippte ihm auf die Schulter, und als er herumwirbelte und sie sah, wirkte er verblüfft, fast so, als ob er sie nicht erkannte.

»Hey«, sagte er schließlich.

»Ich bin's«, sagte sie. »Belinda Rowe, die Nicht-Primadonna.«

Er blinzelte. »Essen Sie hier im Restaurant? Ich kann Ihnen was rausschicken.«

»Nein«, sagte sie. »Ich wollte nur schnell Hallo sagen. Und Ihnen das hier geben.«

Er drehte sich halb um, und Belinda reichte ihm einen Zettel mit der Nummer ihres Zimmers im St. Regis darauf. Er brauchte eine Sekunde, um ihn zu lesen, dann starrte er sie eine weitere Sekunde lang eindringlich an.

»Ich bin verheiratet«, sagte er.

Belinda nickte kurz, und ihr Körper erstarrte angesichts dieser Demütigung. Sie war eine für den Oscar nominierte Schauspielerin. Leif sagte immer, sie solle sich von jedem Ärger fernhalten. Ihre Karriere näherte sich ihrem Höhepunkt; wenn sie jetzt auf den Titelseiten der Sensationspresse landete, weil sie mit einem verheirateten Mann anbandelte, würde es mit den Hauptrollenangeboten vorbei sein. Und doch war sie hier und baggerte Deacon Thorpe an, Küchenchef und böser Junge. Mit jedem Moment, den sie in dieser Küche stand, wertete sie ihren Namen ab. Und das Restaurant war noch nicht einmal besonders gut! Ruth Reichl hatte ihm in der *Times* nur zweieinhalb Sterne verliehen und gesagt, der halbe Stern sei ein Geschenk, weil *Chefkoch Deacon Thorpe so vielversprechend ist.*

Deacon gab Belinda den Zettel zurück und wandte sich wieder seinen Pflichten am Herd zu. Belinda blieb nichts anderes übrig, als sich aus der Küche zu verdrücken.

Nachts, als sie in ihrem großen, weichen Bett im St. Regis lag, ging sie hart mit sich ins Gericht. Was für eine Idiotin sie war! Sie hatte sich aufgeführt wie ein verknallter Teenager! Wie ein lüsternes Flittchen! Wenn Deacon Thorpe nun eine Klatschkolumnistin anrief und sagte: *Heute ist Belinda Rowe in meine Küche gekommen und hat mir einen unsittlichen Antrag gemacht?*

Das würde er nicht tun, da war sie sich sicher. Dafür war er zu cool. Er war cooler als jeder andere, den Belinda kannte. Das redete sie sich jedenfalls ein. Aber was wusste sie denn schon über ihn?

*Ich bin verheiratet.*

In seinen Augen war etwas gewesen, das sie glauben ließ, er begehre sie. Sie erinnerte sich daran, wie zärtlich er ihr die Mundwinkel abgewischt hatte; es hatte sich angefühlt wie ein Kuss. Aber vielleicht hatte sie diese Geste auch falsch interpretiert. Vielleicht begehrte er sie nicht, und genau *das* machte seinen Reiz aus. Seit ihrem Umzug nach Hollywood war Belinda mit drei Männern zusammen gewesen – einem Schauspieler (Stew Knightley, ungefestigt und narzisstisch), einem Produzenten (David Gordman, reich und Kontrollfreak) und vorhersehbarerweise dem Regisseur ihres Films *Zwischen zwei Wintern*, James Brinegar (Jaime war der aufgeblasenste Wichtigtuer gewesen, dem sie je begegnet war, und natürlich derjenige, in den sie sich verliebt hatte und den sie jetzt zu vergessen versuchte). Deacon Thorpe war völlig anders als Stew, David oder Jaime. Deacon Thorpe wusste vielleicht sogar, wie man mit einer Frau richtig Liebe macht.

Belinda dachte an die Ehefrau. Leif fand sie heiß, Belinda dagegen erinnerte sie an eine Cheryl Tiegs für Arme, ohne die Titten. Vielleicht war ihr etwas entgangen.

Sie kam zu dem Schluss, dass sie einer groben Fehleinschätzung unterlegen war, die ihr aber hoffentlich nicht das Genick brechen würde, und schloss die Augen.

Und dann riss sie sie wieder auf. Jemand klopfte an ihre Tür.

Jetzt trank Belinda noch einen Schluck Wein. »Ich weiß, dass du mich hasst, Laurel«, sagte sie. »Ich weiß, du glaubst, ich habe ihn dir weggenommen.«

»Das hast du ja auch«, entgegnete Laurel. »Aber ›Hass‹ ist

ein starkes Wort. Ich hasse Männer, die ihre Frauen und Kinder schlagen. Ich hasse Drogendealer und Zuhälter und Leute, die in einem Kino unschuldige Bürger erschießen. Man könnte sogar sagen, dass ich Limabohnen hasse. Aber dich hasse ich nicht, Belinda. Du bist mir nicht wichtig genug, um dich zu hassen. Du bist ohne Belang für mich.«

*Wow*, dachte Belinda. Mit einem schnellen, sauberen Schnitt hatte Laurel sie ihrer Selbstachtung beraubt. *Du bist ohne Belang für mich.*

»Außerdem«, sagte Laurel, »habe ich es dir heimgezahlt.«

»Ach ja?«, gab Belinda zurück.

Laurel bedachte sie mit einem langen, ruhigen Blick. Ihre Augen zeigten das klare Graublau von Flusskieseln. »Lust auf einen Spaziergang zum Strand?«, fragte sie.

»Zum Strand?«, wiederholte Belinda und fragte sich, ob dies wohl Teil eines groß angelegten Mordkomplotts von Laurel war. Womöglich plante sie, Belinda als Strafe für ihre Niedertracht im Meer zu ertränken. Rache war ein Gericht, das am besten kalt serviert wurde – in diesem Fall *sehr* kalt. Fast dreißig Jahre waren verstrichen, und der Ehemann, den Belinda gestohlen hatte, war inzwischen tot. Was *meinte* Laurel damit, dass sie es Belinda heimgezahlt hatte? Nistete am Fußende von Claras Bett eine Klapperschlange?

»Buck ist nicht so sehr der Strandtyp«, sagte Laurel, »und ich wollte schon die ganze Zeit ans Wasser.«

»Im Vergleich zu Buck bin ich sicher Aquaman«, sagte Belinda. »Ich bin in der Prärie aufgewachsen.«

»Komm einfach mit«, sagte Laurel. Das klang eher wie ein Befehl als wie eine Bitte.

Widerwillig stand Belinda auf, aber zuerst goss sie sich noch mehr Wein ein. Sie würde keinesfalls ohne Wein mit Laurel an den Strand gehen.

Laurel beäugte Belindas Keilabsätze. »Willst du die anbehalten?«

*Laurel erweist sich an diesem Wochenende ja als richtiger Kontrollfreak*, dachte Belinda. »Ich habe Sandalen, aber die sind in meinem Koffer vergraben«, sagte sie. »Die hier sind schon okay.«

Wieder der feste, ruhige Blick. Laurels Gesicht war leicht gebräunt und so gut wie faltenlos. *Hat sie was machen lassen?*, fragte sich Belinda. Sie glaubte nicht, dass es irgendwo eine Sozialarbeiterin gab, die zum Schönheitschirurgen ging, also vermutlich nicht. Laurel trug ein Paar türkisgrüne Gummi-Flip-Flops von der allerbilligsten Art.

»Ich bin direkt aus L.A. hergekommen«, sagte Belinda.

»Was ist mit Sneakers?«

»Keine Sneakers.«

»Treibst du denn keinen Sport?«

Belinda zuckte die Achseln. »Yoga.«

»Und beim Yoga trägst du Highheels?«, fragte Laurel.

Belinda mochte Laurel nicht verraten, dass ihre Yogalehrerin Skyler in ihre Suite im Beverly Wilshire kam. In Los Angeles vertrat sie ihren Status, ihren Lebensstil und ihre Privilegien sehr selbstbewusst. Aber Laurel war so eine Weltverbesserin – *Sozialarbeiterin* in der *Bronx* –, dass es Belinda peinlich gewesen wäre zuzugeben, dass sie eine persönliche Yogalehrerin hatte, die Hausbesuche machte.

»In Kentucky habe ich Sneakers«, sagte sie. »Natürlich.« Dann fragte sie sich, ob das überhaupt stimmte. Belinda war nicht sportlich. Wenn sie, was selten vorkam, auf die Trainingsbahn ging (wo ihr leider immer vor Augen stand, wie Bob in der Sattelkammer Carrie vögelte), trug sie Gummistiefel.

»Vielleicht solltest du barfuß gehen«, schlug Laurel vor.

»Nein«, wehrte Belinda ab. Es wäre ihr ebenso peinlich, erkennen zu lassen, wie viel Geld sie für Pediküren ausgab, und sie würde sich nicht ihre lackierten Nägel ruinieren oder Hornhaut an den Fersen riskieren, indem sie barfuß lief. »Ich behalte die hier einfach an.«

»Okay«, sagte Laurel achselzuckend.

Belinda setzte ihre Sonnenbrille und ihren breitkrempigen Strohhut auf. Sie schlichen am vorderen Zimmer vorbei, wo Buck auf dem Sofa schnarchte, und zur Tür hinaus.

Belinda bewältigte die Einfahrt besser, als sie geglaubt hatte; sie vergoss keinen Tropfen Wein. Sie überquerten die Straße, und Laurel stieg den Weg aus weißem Sand hinauf, der durch hohes Strandgras führte. Belinda blieb stehen und trank zur Stärkung noch ein bisschen Wein. Laurel zog ihre Billig-Flip-Flops aus und stapfte barfuß durch den Sand. Von hinten, dachte Belinda voller Groll, sah Laurel immer noch wie ein Mädchen aus. Sie trug ihre aschblonden Haare lang und glatt, und ihre Arme waren straff. Sie hatte Jeans-Shorts und eine weiße ärmellose Bluse an.

Belinda musste zugeben, dass sie neidisch war. Nicht direkt auf Laurels Aussehen, sondern darauf, wie wenig Mühe ihre Schönheit zu erfordern schien. Ließ sie sich beim Friseur das Grau aus dem Scheitel entfernen? Verhalf ihr im Fitness-Studio ein Einzeltrainer zu diesen Armen?

Wieder blieb Belinda stehen: mehr Wein. Der Sand war

weiß, tief und sehr nachgiebig. Ihr linker Keilabsatz wackelte hin und her und drohte zu kippen. Sie seufzte. Sie würde die Weichheit ihrer Füße opfern müssen.

»Halt mal«, rief sie. »Ich muss meine Schuhe ausziehen.«

Laurel warf ihr einen Blick zu.

»Lass nur, geh vor, wenn du willst«, sagte Belinda. »Ich bin hier nicht mehr in meiner Wohlfühlzone.«

Laurel wartete auf sie – was anständig von ihr war, fand Belinda –, und zusammen schleppten sie sich den Hügel hoch, bis sie den ramponierten Holzzaun erreichten, der sie direkt hinunter an den Strand schleuste. Vor ihnen lag der Ozean: dunkelblau, laut und majestätisch – und total beängstigend für Belinda. Jeden Sommer hatte sie Deacon – und dann Deacon und Hayes und dann Deacon und Hayes und Angie und Scarlett, das Kindermädchen – mehrere Male an diesen Strand begleitet. Dort hatte sie sich unter einem riesigen Schirm auf einen Stuhl gesetzt und Drehbücher gelesen, während alle anderen schwammen und herumplanschten und lautstark verkündeten, wie *herrlich* sich das Wasser anfühle. Es war Scarlett gewesen, erinnerte sich Belinda jetzt, die in ihrem winzigen roten Bikini herumgehüpft war – wegen ihres Namens trug sie immer Scharlachrot – und das Wasser *herrlich* genannt hatte.

Laurel streifte Shorts und Bluse ab; darunter trug sie einen geblümten Bikini. Ihr Körper sah unglaublich aus. Ihr Bauch war flach und glatt. Wie konnte das sein? Es war, als hätte sie nie Kinder geboren! Na ja, es war *ein* Kind gewesen, vor fast fünfundreißig Jahren. Wenn man mit neunzehn ein Baby bekam, schnellte der Körper danach gleich zurück wie ein Gummiband, statt auszubeulen. Belinda hatte Mary mit zweiundvierzig und Laura mit dreiundvierzig zur Welt gebracht und kämpfte seitdem gegen ihr Bäuchlein an.

Laurel stieß einen ausgelassenen Juchzer aus und rannte ins Wasser – mit großen Schritten zunächst und dem Ruf »Wie kalt! Wie kalt!«, bis sie schließlich eintauchte. Belinda setzte sich mit ihrem Wein in den Sand.

»Komm rein!«, rief Laurel.

»Nein, danke«, sagte Belinda.

Während Laurel schwamm, kehrte Belinda im Geiste zu der schicksalhaften Nacht vor beinahe dreißig Jahren zurück. Sie hatte Deacon ihre Zimmernummer im St. Regis gegeben, und er war entgegen allen Erwartungen aufgekreuzt. Er hatte sie aufs Bett geworfen und ihr das hauchdünne T-Shirt vom Leib gerissen. Sein Kuss hatte nach Tequila geschmeckt.

Nachdem es vorbei gewesen war, hatte Belinda ihm ein Glas Eiswasser angeboten, das er dankbar hinunterstürzte, und ihn gefragt: »Warum bist du gekommen?« Sie nahm an, dass er einfach betrunken war, oder der rothaarige Oberkellner hatte ihn dazu überredet, weil sie Belinda Rowe war.

»Als du in die Küche kamst, sahst du so … ich weiß nicht … einsam aus. Du sahst so aus, wie ich mich fühle«, hatte Deacon gesagt.

Sie hatte mit dem Zeigefinger sein Schlüsselbein nachgezeichnet. »Du fühlst dich einsam?«

»Immer«, hatte er gesagt.

Später, auf dem Heimweg – Belinda mit leerem Weinglas und Laurel tropfnass, ihre Kleider in der Hand –, fragte Laurel: »Du hast also noch mal geheiratet, und ihr habt zwei Mädchen?«

Belinda nickte. Solche irrelevanten Tatsachen waren bei Wikipedia zu finden, aber trotzdem wurde sie wachsam.

»Ich habe Bob Percil geheiratet«, sagte sie. »Er ist Trainer von Rassepferden. Unsere Töchter heißen Mary und Laura und sind neun und acht.«

»Ich war ziemlich erstaunt, als ich in der Zeitung ein Foto von dir sah, auf dem du schwanger warst«, sagte Laurel. »Ich dachte, du könntest keine Kinder kriegen.«

Belinda blinzelte. *Das geht dich einen Scheißdreck an*, dachte sie. Dies würde keins jener Wochenenden werden, an dem alle Geheimnisse gebeichtet wurden und Frauen, die sich vorher gehasst hatten, angesichts des Todes ihres gemeinsamen Exmanns unerwartet Freundschaft schlossen.

Doch sie wollte keinen Streit anfangen. Jedenfalls noch nicht – sie war eben erst angekommen.

»Niemand hätte überraschter sein können als ich«, sagte sie. Sie musste den Spieß umdrehen. »Was ist mit dir? Bist du mit jemandem zusammen?«

»Nein«, sagte Laurel.

»Kaum zu glauben«, sagte Belinda. »Du bist so hübsch.«

»Sei bitte nicht so gönnerhaft«, sagte Laurel.

»Bin ich gar nicht!«, sagte Belinda. »Ich habe dich vorhin in deinem Bikini gesehen. Du siehst fantastisch aus.«

Laurel kniff die Augen zusammen.

»Warum datest du nicht Buck?«, fragte Belinda. »Du weißt, dass er immer eine Schwäche für dich hatte.«

»Hör auf«, sagte Laurel.

»Es stimmt doch«, sagte Belinda. »Deacon hat ihn früher damit aufgezogen.«

Laurel lächelte auf ihre Füße hinunter, und Belinda dachte: *Vorteil Rowe.* Sie hatte ihrer Feindin ein Lächeln abgerungen. Ihr war aufgefallen, dass Buck und Laurel bei ihrer Ankunft auf der Terrasse ziemlich vertraut miteinander gewirkt hatten. Irgendwas ging definitiv zwischen den beiden vor, was die melancholische Atmosphäre des Wochenendes erheblich aufhellen würde.

Belinda setzte sich auf den großen Stein am Anfang der Zufahrt, auf den Deacon vor langer Zeit eine grüne 33 gemalt hatte. »Geh ruhig vor. Ich ziehe noch meine Schuhe an.«

»Okay«, sagte Laurel. »Ich springe schnell unter die Außendusche, dann mache ich einen kleinen Ausflug in die Stadt.«

*Die Außendusche!* Bei ihrem ersten Aufenthalt auf der Insel hatte Belinda den traurigen Zustand der Wasserleitungen im Haus beklagt. Die Duschen funktionierten in nur dreien der Bäder und brachten auch hier bloß lauwarme Spritzer hervor – gerade genug, um sich das Gesicht zu benetzen –, doch Deacon missbilligte ihre Benutzung sowieso. Das gehörte sich nicht auf Nantucket. Es war Sommer, da duschte man draußen! Er hatte recht gehabt: Belinda hatte das Duschen in der spätnachmittäglichen Sonne mit dem strahlend blauen Himmel über sich und dem Blick über die Tür hinweg auf das hügelige Moor zu lieben gelernt.

Belinda stand auf, ohne ihre Schuhe anzuziehen. Sie musste sich beeilen, sonst hatte Laurel das ganze warme Wasser aufgebraucht.

## *Intermezzo*

*Deacon und Laurel, Teil II*

Er kann nicht fassen, was er hier tut, und würde es gern auf die drei Tequilas schieben, die er nach der Arbeit mit Buck gekippt hat, aber er hat sich nie wacher gefühlt. Er sieht alles völlig klar. Er will es. Er redet sich ein, dass Laurel, falls sie es herausfindet – und er wird alles in seiner Macht Stehende dafür tun, dass sie nichts erfährt –, ihn verstehen wird.

Es ist Belinda Rowe.

Er betritt die Lobby des St. Regis und findet den Aufzug. Er drückt auf die *18*.

Er verfällt ihrem Zauber. Wie das passiert, weiß er nicht genau. Zum Teil liegt es an ihrer Berühmtheit, dem Geld, ihrem Lebensstil, ihrem Selbstbewusstsein, ihrem Glamour. Sie hat auf der Leinwand Steve McQueen, Robert De Niro und Paul Newman geküsst. Sie bewohnt ein Zimmer in einem Fünf-Sterne-Hotel und lässt sich flaschenweise Dom Pérignon und langstielige Erdbeeren in Silberschalen heraufbringen, als würde sie dafür bezahlt. Deacon schlürft Champagner aus ihrem Bauchnabel und füttert sie mit den Beeren. Sie kauft ihm eine Armbanduhr, die, wie er weiß, über fünftausend Dollar gekostet hat. *Damit du nicht zu spät zu mir kommst,* sagt sie. Er lügt Laurel an, was die Uhr betrifft und auch das, was er vorhat, wenn er ins St. Regis geht. Er erzählt ihr, er sei mit Buck zusammen. Er hasst sich fürs Lügen, aber er kann nicht damit aufhören.

Eines Nachts geht er nach der Arbeit tatsächlich mit Buck aus und beichtet seinem Freund alles; dann betrinkt er sich so sehr, dass er einen Blackout hat. Buck liefert ihn zu Hause bei Laurel ab, und als Deacon am nächsten Tag aufwacht, befürchtet er, Buck habe Laurel sein Geheimnis verraten. Buck ist, wie Deacon weiß, selbst scharf auf Laurel. Irgendwie führt das dazu, dass er Laurel in seiner Verwirrung beschuldigt, hinter seinem Rücken mit Buck zu schlafen.

Laurel ist ihm nicht böse. Sie erkennt Deacons Anschuldigung nicht als das, was sie ist: ein Eingeständnis seiner Schuld. Stattdessen lacht sie ihm ins Gesicht.

»Ich und Buck?«, sagt sie. »Hahahaha!«

Er würde gern wütend darauf reagieren, dass sie ihn auslacht, doch dazu bringt er nicht genügend Energie auf. Er ist ein furchtbarer, schrecklicher, schlechter, verdorbener Mensch, weil er seine engelhafte Frau belügt. Er fängt an zu weinen, und Laurel tut, was sie immer tut, wenn er weint: Sie zieht seinen Kopf in ihren Schoß und streicht ihm über die Haare.

Er liebt Laurel. Er wird mit Belinda Schluss machen. In einer Woche kehrt sie sowieso nach L.A. zurück. Deacon geht nach der Arbeit ins St. Regis und erklärt Belinda, bevor es zu irgendwelchen Dummheiten kommen kann, es sei vorbei. Es sei ein Fehler gewesen, sagt er. Er sei verheiratet. Er habe einen Sohn.

Belinda starrt ihn an, dann bricht sie zusammen. Deacon kann sie nicht als schluchzendes Häufchen Elend zurücklassen. Er *will* sie nicht verlassen. Er liebt sie – nicht, weil sie berühmt und glamourös und reich ist. Er liebt sie, weil sie innerlich gebrochen ist, genau wie er. Sie ist einsam, so wie er.

Belinda will, dass Deacon mit ihr nach L.A. zieht. Dort wird sie ihn bestimmten Leuten vorstellen können. Seine Karriere wird richtig Fahrt aufnehmen. Sie wird ihm ein eigenes Restaurant kaufen. Er wird sein eigener Boss sein.

*Laurel verlassen?*, denkt er. New York verlassen? Seinen Job im Solo aufgeben? Sich von Hayes trennen, dem kleinen Jungen, den er so großzieht, wie er gern großgezogen worden wäre? All das kann er sich nicht vorstellen, doch er redet sich ein, er sei für Größeres geschaffen. Da er und Laurel seinen gesamten Vorschuss in das Haus auf Nantucket gesteckt haben, müssen sie immer noch sparsam leben. Wenn er Belinda folgt, wird es für sie alle besser werden.

Er hebt Belinda vom Boden auf und trägt sie zum Bett. Er kann nach wie vor nicht glauben, dass sie ihn gewählt hat, Deacon Thorpe aus Stuy Town, obwohl sie jeden Mann auf der Welt hätte haben können.

»Komm mit mir«, fleht Belinda. »Bitte, Deacon.«

Er kann nicht Nein sagen. Es ist, als hätte er die Kontrolle über seine Vernunft abgegeben. Es ist wie schwarze Magie.

»Ja«, verspricht er. »Morgen sage ich es ihr.«

## *BUCK*

Er schlief auf den modrigen, aber erstaunlich bequemen Polstern des Bambussofas ein und träumte, er würde Laurel küssen. Auf der Terrasse war es fast dazu gekommen. Er war sehr nahe dran gewesen.

Aber dann war Belinda aufgetaucht und hatte alles ruiniert. Buck fragte sich, wie er noch einmal eine Situation herbeiführen konnte, in der es möglich wäre, Laurel zu küssen. Er war zweimal verheiratet gewesen, doch meistens hatte er das Gefühl, überhaupt keine Erfahrung mit Frauen zu haben.

Wie hätte Deacon es gefunden, wenn er Laurel geküsst hätte? Er hätte entweder gesagt: *Weiter so, Kumpel!*, oder er wäre vor Wut und Eifersucht explodiert.

Beim Aufwachen wusste Buck nicht recht, wo er war. Dann fiel es ihm ein. Er »lebte das Leben, wie es auf Nantucket üblich ist«. Er war bisher erst einmal in diesem Haus gewesen, im Sommer 1987, und das war so schrecklich gewesen, dass er in den dreißig Jahren seiner Freundschaft mit Deacon nie wieder hergekommen war. Dieses Haus mit seinen feuchten, klapprigen alten Möbeln und dem hartnäckigen Geruch nach Salzsumpf hatte Bucks Vorstellung von einem »Paradies« so wenig entsprochen wie nur möglich. Bei seinem letzten Besuch hatte es das ganze Wochenende über geregnet, sodass Buck entweder endlos mit Deacon, Laurel und Hayes Monopoly spielte oder Däumchen drehte, während Hayes schlief und Laurel und Deacon oben Sex hatten. Buck und Deacon hatten in dem 1946er Willys-Jeep, den Deacon sich als »Inselwagen« zugelegt hatte, einen »Ausflug« zum Spirituosenladen gemacht. Der Jeep hatte kein Dach und keine Türen. Buck hatte einen Schirm über sie gehalten, während Deacon gefahren war, doch der Schirm war im Wind umgeschlagen, und Buck war bis auf die Knochen durchnässt und durchfroren zurückgekehrt, wogegen auch der längste Aufenthalt unter der Außendusche nicht geholfen hatte.

Buck stand auf. Er musste sich erleichtern und kam fast um vor Hunger. Die erste Tür, die er aufmachte, war die eines Schranks, der einen gelben Regenmantel, ein Paar Gummihosen mit Hosenträgern und mehrere Schirme enthielt. Buck versuchte sich vorzustellen, welche Umstände Gummihosen erforderten – die Bekämpfung eines Brandes? Er probierte es mit einer zweiten Tür und fand dahinter Papiertücher, Putzmittel, einen Besen und einen Mopp vor. Schließlich trat er durch die Schiebetür ins Freie und pinkelte, da keiner in der Nähe war, von der hinteren Terrasse. Er trug immer noch die Hälfte seines Anzugs, verspürte aber ein wenig Verbundenheit mit der Natur. Er war hier tatsächlich ein bisschen entspannter, ein bisschen weniger Großstädter. Buck schloss kurz die Augen und hörte ein fernes Tosen, das, wie ihm klar war, vom Meer herrührte.

Es war ziemlich überwältigend für einen Jungen, der mit Taxihupen und Rettungswagensirenen aufgewachsen war.

Buck trat zurück in die Küche. Im Kühlschrank waren Käse und Cracker und grüne Weintrauben und ein gebratenes Hähnchen. Er verfrachtete alles auf die Arbeitsfläche und fing an, sich daran gütlich zu tun. Er konnte sich nicht entsinnen, jemals *so* hungrig gewesen zu sein. Er brachte nicht einmal die Geduld auf, die Cracker mit dem Käse zu belegen, sondern stopfte sich beides einzeln in den Mund. Er riss dem Hähnchen einen Unterschenkel ab, schlang ihn hinunter und sah sich dann durstig im Kühlschrank nach Bier um. Mitten am Tag zu trinken war etwas, das er nur gemeinsam mit Deacon getan hatte.

Ganz unten entdeckte er einen Kasten St. Pauli Girl. Den musste Laurel gekauft haben, weil sie wusste, dass es Deacons und Bucks Lieblingsbier war. Deacon hatte St. Pauli Girl immer »das Mädchen, das wir uns teilen« genannt.

*Das Mädchen, das wir uns teilen.* Buck dachte wieder daran, Laurel zu küssen. Es hätte Deacon kein bisschen gefallen, da war er sich jetzt sicher.

Buck griff nach einer Flasche St. Pauli Girl und drehte den Deckel mit dem Unterarm ab, ein Trick, den Deacon ihm gezeigt und für dessen Beherrschung Buck nur acht oder neun Jahre gebraucht hatte. Er reckte die Flasche in die Luft und sagte: »Auf uns, zwei egoistische Mistkerle.« Und dann trank er.

»Buck?«

Er wirbelte herum, als Belinda, nur mit einem Handtuch bekleidet, in die Küche tänzelte – und da dies das amerikanische Paradies war, wo *dürftig* nie aus der Mode kam, war das Handtuch dünn und fadenscheinig und gerade groß genug, um Belindas berühmten Hintern zu bedecken. Buck wandte sich wieder dem Hähnchen zu.

»Ich bin gerade aufgewacht und hatte Hunger«, sagte er.

»Ja«, entgegnete Belinda. »Du hast dir ein schönes Kraftnickerchen gegönnt.« Sie setzte sich auf einen der Hocker. »Ich nehme ein Bier, wenn du mir eins anbietest.«

*Wollte* er das? Er war zu sehr Gentleman, um ihr zu gestehen, dass sie ihn in einem seltenen Moment der Introspektion störte und er sich lieber in Ruhe vollstopfen und den Verlust des besten Freundes, den er je gehabt hatte, betrauern würde. Also öffnete er noch einmal den Kühlschrank und holte zwei weitere Biere hervor – eins für Belinda und noch eins für ihn. Wieder drehte er die Deckel mit dem Unterarm ab. Beim ersten Mal, als er allein gewesen war, hatte er damit wohl Deacon beeindrucken wollen. Diesmal dagegen tat er es, um Belinda zu imponieren.

Sie zog die Augenbrauen hoch und nahm die Flasche entgegen. »Danke«, sagte sie.

Er konnte sie nicht anschauen, ohne dass sein Blick dorthin schweifte, wo das Handtuch in ihrem Dekolleté verknotet war. Durch den dünnen Frotteestoff zeichneten sich ihre erigierten Brustwarzen ab. Als sie die Flasche an die Lippen führte, lockerte sich das Tuch; der Knoten drohte aufzugehen. *Du lieber Gott.*

»Wo ist Laurel?«, fragte er. Die Küchenuhr zeigte halb drei an; die Kinder würden erst gegen halb sechs eintreffen. Laurel musste ihn retten.

»Sie ist in die Stadt gefahren«, sagte Belinda. »Wollte im Buchladen stöbern und dann im Flowers on Chestnut einen Strauß für den Esstisch besorgen.«

Buck nickte. *Komm nach Hause, Laurel,* dachte er. *Ich brauche dich hier.*

»Ich muss mit dir und Laurel was Geschäftliches besprechen.«

Belinda schüttelte den Kopf; ihr Handtuch lockerte sich noch ein bisschen mehr. »Wir reden jetzt nicht über Geschäfte, Buck. An diesem Wochenende ehren wir Deacons Andenken.«

»Oh, das weiß ich …«, sagte Buck. »Ich möchte ja auch nicht unsensibel sein oder materialistisch, aber es gibt Dinge, die ihr wissen solltet, du und Laurel.«

»Was sollte ich denn wissen wollen?«, fragte Belinda. »Deacon und ich haben uns vor über zehn Jahren scheiden lassen. Bis auf Angie haben wir keine gemeinsamen Interessen.«

»Das stimmt nicht«, wandte Buck ein. »Das Testament …« Er zögerte. Er musste vorsichtig sein. Im Alcatraz seines Gehirns – wo er Gedanken bewahrte, die nicht entkommen durften, verbarg sich Folgendes: Belinda war der einzige Mensch in Deacons »Familie«, der dieses Haus retten konnte. Sie konnte die 436.292,19 Dollar zur Begleichung der Schulden und vielleicht auch die künftigen Hypothekenzahlungen aufbringen. Das wären Peanuts für sie. Doch Buck hatte Angst, sie darum zu bitten. Sie war einschüchternd und herablassend. Vielleicht würde sie ihre Hilfe anbieten, wenn er ihr einfach sagte, dass ein Drittel des Hauses ihr gehörte. Womöglich hielt sie ihn für einen ungehobelten Kerl, weil er Deacons finanzielle Probleme zur Sprache brachte, obwohl sie doch eigentlich trauern sollten – aber schließlich waren es *echte* Probleme. Dieses Haus würde in weniger als zwei Wochen an die Bank zurückfallen und die Schatzkiste der Thorpeschen Erinnerungen an glückliche Sommer gleich mit ihm.

»Das Testament?«, sagte Belinda und lachte. »Hat Deacon *mir* was vererbt? Das kann ich kaum glauben.«

Sie erhob sich und ergriff mit beiden Händen ihre Bierflasche, und das gab den Ausschlag – ihr Handtuch fiel zu Boden.

»Upps«, sagte sie, »mein Handtuch«, machte jedoch keine Anstalten, es aufzuheben oder sich zu bedecken. Belinda Rowe stand nackt vor ihm.

Buck spürte eine unangenehme Regung in seiner Hose und verfluchte sich. Er wurde hart. Er konnte nichts dagegen tun; er war ein Mann. Er fand Belinda nicht einmal besonders attraktiv! Sie war nicht annähernd so schön wie Laurel. Na gut, Korrektur: Belinda Rowe war schön, eine Ikone sogar, für Buck aber zu sehr Porzellanpuppe. Er mochte echte Frauen lieber.

Belinda kam auf ihn zu.

O *nein!*, dachte er. Es gefiel ihm gar nicht, was sich da anbahnte. Belinda war nicht blöd; sie wusste, was sie tat. Röte stieg ihm den Hals hoch und breitete sich auf seinen Wangen aus. Das war neben den roten Haaren und den Sommersprossen der Fluch eines Iren – seine helle Haut gab jede Gefühlsregung preis.

»Das ist wirklich ein starkes Stück«, sagte sie, entwand ihm sanft das Bier und stellte es auf die Küchentheke. Dann schlang sie ihm die Arme um den Nacken und drückte sich an ihn. Er konnte nicht anders als aufzustöhnen. Es war eine Weile her, dass er mit einer Frau zusammen gewesen war, und obwohl er auf keinen Fall wollte, dass zwischen Belinda Rowe und ihm etwas passierte, schaffte er es nicht, ihren nackten an ihn gepressten Körper, ihre langen rotblonden Haare und ihren berauschenden Duft zu ignorieren.

*Okay, es ist schrecklich*, dachte er, vergaß es aber gleich wieder, als sie vor ihm auf die Knie sank und seinen Reißverschluss aufzog.

*Nicht, Belinda,* sagte er. Vielleicht sagte er es aber auch nicht, sondern dachte es nur, als sie ihn in den Mund nahm und an ihm leckte und saugte, bis er in explosiven Schwällen kam und dabei zweimal leise aufschrie.

Belinda kehrte beiläufig zu ihrem Hocker zurück und wickelte sich das Handtuch wieder um ihren Körper.

Buck machte eilig seine Hose zu. »Ich dachte, du wärst verheiratet«, sagte er.

»Bin ich auch«, sagte sie.

Buck war plötzlich erschöpft und sehr, sehr enttäuscht von sich selbst. Er ertrug es nicht, sich Laurel in der ruhigen, vergeistigten Atmosphäre des Buchladens dabei vorzustellen, wie sie einen Roman aus dem Regal nahm, die Klappentexte las und ihn sorgfältig wieder einordnete, bevor sie einen anderen Roman auswählte. Wenn sie herausfand, was gerade vorgefallen war, würde sie … jede Achtung vor ihm verlieren? Ihn ekelhaft nennen? Nein, sie würde ihn verstehen, das war das Niederschmetternde. Laurel bildete sich ein, dass Belinda hübscher und begehrenswerter war als sie, mit Sicherheit jedoch berühmter und gefeierter. *Natürlich hast du sie gelassen, Buck,* würde sie sagen. *Ist schon okay.*

Aber es war nicht okay.

Jetzt liebte Buck Laurel noch mehr.

Er fing an, das Essen von der Theke zu räumen und wegzustellen. »Normalerweise trinke ich tagsüber nicht«, sagte er.

»Nein, ich auch nicht«, sagte Belinda. »Aber verzweifelte Situationen erfordern verzweifelte Maßnahmen.« Sie trank ihr Bier aus und reichte ihm die Flasche. »Ich gehe mal duschen.«

## *ANGIE*

Sie nahmen die Sechzehn-Uhr-Schnellfähre. Als Angie die Kirchtürme und die grauen Schindelgebäude und die Segelboote im Hafen sah, der vom Licht der spätnachmittäglichen Sonne überflutet war, ging es ihr ein wenig besser. Sie war zu Hause.

Sie verließen das Schiff und spazierten den Anleger entlang. Hayes winkte einem Taxi; sich um Reiseabläufe zu kümmern war seine Spezialität, das wusste sie, aber trotzdem beneidete sie ihn um seine Selbstsicherheit. Er war in der Welt zu Hause, sie in der Küche.

Das Taxi war ein schwarzer Lincoln Continental mit Portaltüren. Der Fahrer trug einen langen Samtmantel, einen Dreispitz mit Feder und eine Augenklappe. Er streckte Hayes eine Hand entgegen. »Ich heiße Pirate«, sagte er.

*Ach du Schande, nehmen wir lieber ein anderes Taxi,* dachte Angie. Aber Hayes' Miene heiterte sich auf. Er war ein großer Fan vom Straßentheater, erinnerte sich Angie jetzt. Da machte er gern freiwillig mit.

»Das gibt's nicht«, sagte Hayes. »Ein Pirat auf Nantucket.«

»Der einzig wahre«, sagte Pirate. Er öffnete schwungvoll die hintere Tür, verbeugte sich tief und bedeutete Angie, sie möge einsteigen. »Wo wollen Sie hin?«

»Hoicks Hollow Road«, sagte Hayes.

Pirate bahnte sich seinen Weg durch die Stadt. Das Verdeck des Lincoln war offen, und Pirate zog so viel Aufmerksamkeit auf sich, dass Angie das Gefühl hatte, Teil eines Autokorsos zu sein. Alle Fußgänger winkten. Kleine Kinder schrien: »Pirate! Pirate!«

»Ich glaube nicht, dass ich Sie schon mal gesehen habe, Mann, aber Sie scheinen eine lokale Berühmtheit zu sein«, sagte Hayes.

Pirate war zu beschäftigt damit, seine Show abzuziehen, um zu antworten. Angie ließ sich in ihren Sitz sinken, checkte über ihre Sonnenbrille hinweg jedoch die Umgebung. Sie holperten mit Pirate über das Kopfsteinpflaster der Main Street und kamen am Hadwen House mit den weißen Säulen vorbei und am Three Bricks, das für Angie immer das neunzehnte Jahrhundert heraufbeschwor, als Männer zum Walfang aufgebrochen waren und Frauen Reifröcke getragen hatten. Überall waren Leute, ebenso wie in Manhattan, aber die Menschenmenge in Nantucket war so homogen wie die Gebäude mit den Zedernschindeln. Fast alle waren blond, gebräunt, attraktiv, gut gekleidet.

»Welche Nummer in der Hoicks Hollow?«, fragte Pirate.

»Dreiunddreißig«, sagten Hayes und Angie gleichzeitig.

Pirate trat auf die Bremse, und Angie hielt sich am Sitz vor ihr fest.

Pirate beäugte Hayes im Rückspiegel. »Sind Sie ein Freund von Deacon Thorpe?«

Hayes legte einen Arm um Angie. »Wir sind seine Kinder.«

Pirate warf Angie im Rückspiegel einen verwirrten Blick zu.

»Ich bin adoptiert«, sagte sie.

Pirate schaute skeptisch drein, was Angie zur Genüge kannte. Am CIA hatte sie einen Lehrer gehabt, der erst geglaubt hatte, dass Angie Deacon Thorpes Tochter war, als Deacon zur Abschlussfeier erschienen war.

»Ihr Verlust tut mir sehr leid«, sagte Pirate. »Ihr Vater war ein guter Mensch, ein großzügiger Mann. Ich hab ihn von der Fähre zum Haus gefahren, als er das letzte Mal hier war.«

*»Wirklich?«* Hayes war munter gestimmt, aber natürlich hatte er auch die ganze Fahrt über geschlafen, den Kopf auf seiner weichen Wildlederreisetasche. Angie hatte versucht, auf der Fähre ein Nickerchen zu machen, während Hayes Zigaretten rauchte und mit einem sehr kulivierten Paar, das ein Käsegeschäft in Yountville, Kalifornien, besaß, Bloody Marys trank. Angie hatte gehört, wie Hayes sagte: *Ich liebe die Auberge du Soleil; es gibt in ganz Napa oder Sonoma wirklich nichts Vergleichbares. Ein Glas Chardonnay von Stags' Leap auf der Terrasse im Vier-Uhr-Sonnenschein – also, tut mir leid, das ist unschlagbar.* Und sie hatte gedacht: *Der Mann kann mit jedem über irgendwas reden.* Hayes beugte sich vor, damit er sich besser mit Pirate unterhalten konnte. »Tatsächlich? Dann waren Sie also einer der Letzten, die unseren Vater lebendig gesehen haben?«

»Das weiß ich nicht.« Pirate wirkte plötzlich unangenehm berührt, und Angie wurde klar, dass ihm diese Zuschreibung vielleicht nicht gefiel.

Sie war froh, dem Taxi zu entkommen, so sehr sie auch alles fürchtete, was vor ihr lag.

»Haben Sie eine Karte, Mann?«, fragte Hayes. »Damit wir später mit Ihnen feiern können?«

*Später mit Ihnen feiern?*, dachte Angie. War Hayes auf *Dro-*

*gen?* Was sollte es später zu *feiern* geben? *Später* erwarteten sie lediglich jede Menge schmerzhafter Konfrontationen mit der Familie.

Pirate reichte Hayes seine Karte – die ein Totenkopf mit gekreuzten Knochen zierte, sehr originell – und holte dann mit eindrucksvollem Getue ihr Gepäck aus dem Kofferraum des Lincoln.

»Bitte rufen Sie an«, sagte er. »Ich wäre gern Ihr Fahrer, solange Sie auf der Insel sind.« Er und Hayes schüttelten sich die Hände, Hayes gab ihm dreißig Dollar, und Pirate sprang über die Tür hinweg auf den Fahrersitz. Angie verdrehte die Augen, dann wandte sie sich zum Haus um und starrte es beklommen an.

Eine schreckliche Erinnerung an Deacons und Scarletts Hochzeit überfiel sie. Angie war sechzehn Jahre alt gewesen und hatte *nicht* mitkommen wollen. Einstmals hatte sie Scarlett geliebt, regelrecht angebetet. Aber Scarletts zweites Auftauchen in Angies Leben – als ihre künftige Stiefmutter – gefiel Angie sehr viel weniger. Ihr ehemaliges Kindermädchen – das sie im Bethesda Fountain im Central Park hatte schwimmen lassen und ihr geholfen hatte, mitten im April eine ausgewachsene Halloween-Party auszurichten – gab jetzt die gellenden Sex-Geräusche von sich, die aus dem Schlafzimmer ihres Vaters drangen.

Die Hochzeit wurde in der drückend heißen ersten Juliwoche in Scarletts Heimatstadt Savannah, Georgia, gefeiert. Die Luft roch sumpfig, und die Bäume waren mit Spanischem Moos behängt, das Angie noch nie gesehen hatte; es erinnerte sie an in einem Abfluss verfangene Haare. Die Brunnen auf den Plätzen waren trocken; der Fluss stand still und bot eine Brutstätte für Mücken in der Größe von Spatzen. Die alten Villen waren schön, doch Angie kam nicht über die Tatsache hinweg, dass sie höchstwahrscheinlich von Sklaven gebaut worden waren. Scarletts Eltern lebten im schönsten Haus von Savannah; das musste sogar Angie einräumen. Es war ein mit gelben Schindeln verkleidetes viktorianisches Gebäude mit Giebeln und einer prachtvollen Rundum-Veranda mit üppigen Hängefarnen – womöglich die einzigen Topfpflanzen, die in dieser Stadt gediehen –, einer Schaukel und einer Reihe Schaukelstühle. Als Deacon und Angie an die riesige Haustür klopften, öffnete ihnen eine schwarze Bedienstete in türkisgrüner Uniform und blütenweißer Schürze.

Sie sah zuerst Angie an, dann Deacon und dann wieder Angie. »Kann ich Ihnen behilflich sein?«, fragte sie.

»Ich bin der Bräutigam!«, rief Deacon aus.

»Ich hole Mrs Oliver«, sagte das Dienstmädchen.

Deacon und Angie warteten vor der Tür. Es war das erste Mal von tausend Malen, dass Angie sich wünschte, abreisen zu können.

Mrs Oliver erwies sich als Scarletts Mutter Prudence, von ihr Nahestehenden Prue genannt; Angie stand der Frau ganz sicher nicht nahe und beschloss, sie gar nicht anzusprechen, nicht einmal mit Mrs Oliver. Prue war einfach eine ältere Version von Scarlett mit denselben schwarzen Haaren, ihre zu einem Nackenknoten zusammengefasst, demselben blassen Teint, demselben knallroten Lippenstift. »Deacon«, sagte sie und sprach seinen Namen so aus, dass er sich auf »bacon« reimte. »Sie sind hier.«

»Das bin ich«, sagte Deacon. Er schüttelte Prue die Hand und schob dann Angie vor, als sei sie ein Gastgeschenk. »Und das ist meine Tochter Angie.«

»Ja«, sagte Prue. »Von Angie habe ich schon viel gehört.«

Angie vermutete, das hieß, man hatte Prue vorgewarnt, dass Angie schwarz war.

Es gab vieles, das ihr an dieser Hochzeit unangenehm aufstieß. Angie nahm als einzige Angehörige von Deacon daran teil – Hayes war entschuldigt, weil er sich bei seinem ersten Einsatz für die Zeitschrift in der Schweiz aufhielt –, und der einzige weitere Gast aus Deacons Leben war Buck, der als Trauzeuge fungierte.

»Zurückspulen und wiederholen«, sagte Buck zu Scarletts Onkel, dem Berufungsrichter, der das glückliche Paar vermählte. »Beim letzten Mal war ich auch schon Deacons Trauzeuge.«

Die Zeremonie wurde in dem akribisch gepflegten Garten hinter der gelben Villa abgehalten. Angie schmorte in dem langärmeligen blauvioletten Spitzenkleid, das Scarlett für sie ausgesucht hatte. Es war von Givenchy, aber wenn schon! Reiner Sadismus, ein dunkelhäutiges Mädchen bei dreiundvierzig Grad in einen kratzigen Stoff zu stecken, der auch noch eine ekelerregende Farbe hatte.

Noch schlimmer als die Hitze und Scarletts Verwandte (selbsternannte Konföderierte und damit Rassisten, nahm Angie an) oder die Tatsache, dass die Thorpes so erbärmlich in der Unterzahl waren, war es, wie sehr Deacon sich mühte, Scarletts Familie dazu zu bewegen, dass sie ihn mochten, ihn akzeptierten, ihn für gut genug befanden. Angie verstand nicht, wieso er das tat. Scarlett war ihr *Kindermädchen* gewesen, sie hatte für *sie* gearbeitet. Als sie jedoch versuchte, diesen Punkt mit Deacon zu klären, sagte er: »Scarlett kommt aus einer alten Südstaatenfamilie, Schätzchen. Sie ist als Mitglied der höheren Gesellschaft aufgewachsen.«

Deacon trug einen Anzug aus Leinenkrepp und eine Fliege, und Angie stieß ein bellendes Lachen aus und sagte: »Was habt ihr mit meinem Vater gemacht?«

Es reichte nicht, dass Angie ihren Vater verlor; anscheinend verlor er sich auch selbst. Verschwunden waren sein cooles Auftreten, seine Verwegenheit und das, was Angie als seine grundsätzliche Überlegenheit allen anderen Männern auf der Welt gegenüber ansah. Im Gespräch mit Scarletts Richter-Onkel und ihren Eltern – Prue und Brace, Scarletts lebendigem Leichnam von einem Vater – wirkte Deacon regelrecht unterwürfig. Er erwähnte bestimmt sechzig Mal, dass Angie an der Chapin, »einer renommierten Privatschule für Mädchen auf der Upper East Side von Manhattan« nur glatte Einser bekomme und dass es Teil seines eigenen »Fünfjahresplans« sei, »in Midtown mein eigenes Restaurant zu eröffnen, sobald ich die richtige Gruppe von Investoren zusammenhabe«.

*Seit wann musst du mit meinen Zensuren prahlen,* dachte Angie, *oder deine Ziele darlegen?*

Das Schlimmste passierte jedoch, als sie mit Champagner anstießen, bevor die Torte angeschnitten wurde. Angie war inzwischen sturzbetrunken, dank eines Studenten von der Ole Miss, der ihr eine großzügige Menge Rum in jede ihrer Colas gekippt hatte.

Deacon erhob sein Glas und sagte: »Scarlett und ich haben etwas zu verkünden.«

*Was denn?*, dachte Angie. Verheiratet waren sie ja schon. Was kam denn noch?

»Ich bin schwanger«, sagte Scarlett.

Von den Versammelten folgten mehrdeutige Reaktionen – abfälliges Murmeln, Hört-Hört von anderen. Angies Reaktion war dagegen eindeutig: Sie kotzte in das Gras zu ihren Füßen.

Jetzt stiegen sie und Hayes in fast vollkommenem Gleichschritt die Stufen zur vorderen Veranda hinauf. Ein Bodenbrett vor der Fußmatte war locker, und Angie wäre beinahe darüber gestolpert.

Hayes holte zwei weiße Tabletten aus seiner Tasche. Er steckte sich eine in den Mund, spülte sie mit einem Schluck der wässrigen Bloody Mary hinunter, an der er sich festhielt, seit sie die Fähre verlassen hatten, und hielt Angie die andere hin.

»Vicodin«, sagte er. »Die lässt alles ein bisschen verschwimmen.«

Angie starrte die Tablette an. Es gab vielfältige Gründe für ihren Kummer – den Tod ihres Vaters, Joels rätselhaftes Schweigen und dann … was immer sie in diesem Haus erwartete. Doch Angie überraschte sich selbst mit der Feststellung, dass sie gar nicht *wollte*, dass alles verschwamm. Sie wollte es ganz deutlich spüren. Hauptsächlich wollte sie weinen.

»Nein, danke«, sagte sie.

Hayes zuckte die Achseln, steckte die Tablette wieder ein und hielt die Tür auf. »Nach dir«, sagte er.

Laurel und Buck saßen, Getränke vor sich, auf Hockern in der Küche. Als sie Hayes und Angie erblickten, sprangen sie auf.

»Ihr habt es geschafft!«, rief Laurel aus. Sie umarmte Hayes, und Buck umarmte Angie.

Angie hätte Buck gern mit tausend albernen Fragen bestürmt: *Hat mein Vater mich geliebt? Hat er mich für talentiert gehalten? Für intelligent? War er stolz auf mich?*

*Hat er über mich und Joel Bescheid gewusst?*

*Hat er mich ebenso sehr geliebt wie Hayes oder Ellery?*

Buck ließ Angie los; er und Laurel vollführten einen kleinen Tanzschritt und wechselten die Partner. Buck schloss Hayes kumpelhaft in die Arme; Laurel umarmte Angie.

»Angie, meine Süße«, sagte sie.

»Es ist so merkwürdig, ohne ihn hier zu sein«, sagte Angie. Sie war jeden Sommer ihres Lebens mit ihrem Vater in dieses Haus gekommen. Direkt hinter Laurel befand sich der Türrahmen, wo am Ende jedes Sommers mit Bleistift die Größe von Angie, Hayes und Ellery markiert worden war. *Zuhause ist da, wo die Striche sind,* dachte Angie. Deacon pflegte das Messen am letzten Tag ihres Aufenthalts vorzunehmen und sagte dann immer: *Sieh mal, wie du gewachsen bist!*

»Ich bin seit fast dreißig Jahren nicht mehr hier gewesen«, sagte Laurel. »Es sieht noch genauso aus wie in dem Sommer, in dem wir es gekauft haben, jedenfalls annähernd. Für dich ist es bestimmt schwierig. Du erwartest sicher, dass er jede Sekunde in diesem verrückten Jeep in die Einfahrt biegt.«

»Der Jeep hat letztes Jahr endgültig den Geist aufgegeben«, sagte Angie. »Wir dachten alle, *das* wäre das Ende der Welt, aber nein. Das ist jetzt gekommen.«

»Angie?«

Eine neue Stimme.

*O nein.*

Als Angie sich umdrehte, betrat Belinda die Küche.

»Mom?«, sagte Angie. Sie hatte natürlich gewusst, dass ihre Mutter kommen würde – Buck hatte es ihr erzählt, und Belinda hatte es in den zwei Dutzend Nachrichten, die sie auf Angies Telefon hinterlassen hatte, selbst bestätigt –, aber Angie war überzeugt gewesen, dass Belinda wegen Laurel kneifen würde. Belinda und Laurel hassten einander, und Belinda hasste auch Scarlett. Obwohl Scarlett nicht anwesend war – Buck hatte gesagt, sie würde gar nicht kommen –, war dies jetzt genau genommen ihr Haus, und wie sollte Belinda *damit* gelassen umgehen, wo Scarlett doch ihr Kindermädchen gewesen war?

Angie war eine Idiotin; sie hätte die Vicodin nehmen sollen.

»Liebling«, sagte Belinda und warf sich in Angies Arme. Belinda war so viel kleiner als Angie, dass es aussah, als hätten sie die Rollen getauscht und Belinda wäre das Kind und Angie die Mutter. Angie hätte Belinda mühelos hochheben können. Stattdessen reagierte sie mit einer halbherzigen Umarmung. Deacons Tod hatte nichts daran geändert, dass Belinda eine hinterhältige, bombastische Katastrophe war.

»Bombastisch«: Das war ein Deacon-Wort. Er hatte es geliebt – aber nur zur Beschreibung einer einzigen Person benutzt.

»Wann bist du angekommen?«, wollte Angie wissen.

»Heute Morgen«, sagte Belinda. »Ich habe den Nachtflug von L.A. genommen, aber ich hätte früher kommen sollen. Dann hätte ich vielleicht ein anständiges Zimmer gekriegt.« Sie warf Laurel einen Blick zu.

»Warum? Wo wohnst du denn?«, fragte Angie.

»Laurel hat mir Claras Zimmer zugeteilt.«

Angie musste lächeln. Sie versuchte sich vorzustellen, dass Belinda Rowe, die gefeiertste Schauspielerin der Neuzeit, in dem schmalen, klösterlichen Bett in Claras engem Gemach schlief. Deacon hatte im Laufe der Jahre die verschiedensten Geschichten über Clara Beck zum Besten gegeben; sie war das Kindermädchen der fünf Innsley-Sprösslinge gewesen und davor das von Mr Innsley selbst. Deacon hatte sie als sehr hausbacken und sehr streng beschrieben. Daher war Claras Zimmer als Ort der Bestrafung benutzt worden. Als Angie mit fünf oder sechs am Strand ein anderes Kind mit Sand beworfen hatte, war sie gleich zurück ins Haus verfrachtet und gezwungen worden, sich für zwanzig Minuten auf Claras ehemaliges Bett zu setzen. Es war ihr erschienen wie eine Ewigkeit. Mit siebzehn war sie völlig betrunken und bekifft von einer Party am Gibbs Pond zurückgekehrt und hatte in Claras Zimmer schlafen müssen. Es war ihr vorgekommen, als drängen die Wände immer näher auf sie ein, und das Bett hatte sich gedreht. In dieser Nacht hatte Angie den Geist von Clara Beck gesehen. Sie hatte ein hochgeschlossenes elfenbeinfarbenes Nachthemd getragen und rosa Schaumstoffwickler in den Haaren. Angie war zu bedröhnt gewesen, um Angst zu haben; sie hatte die Augen vor der Erscheinung verschlossen und dann in den Papierkorb gekotzt.

»Ja, du findest das natürlich sehr amüsant«, sagte Belinda. »Aber Tatsache ist, dass dies früher mein Haus war. Ich war länger mit Deacon verheiratet als Laurel oder Scarlett, und ich verdiene Respekt.«

Den letzten Satz äußerte sie mit ihrer üblichen Theatralik,

als wäre er ein Text, den sie probte. Es gab so vieles an der Frau, das Angie störte. Es würde ihr leichterfallen, die Dinge an Belinda aufzuzählen, die sie positiv fand.

Ihre Mutter hatte schönes Haar.

Sie kleidete sich äußerst geschmackvoll.

Als Gastgeberin bei *Saturday Night Live* war sie viel witziger gewesen, als Angie erwartet hatte.

Vor langer Zeit hatte Belinda Muttergefühle in sich entdeckt – wie eine Ader aus reinem Silber, die durch Felsgestein verläuft – und war durch die staubigen, trockenen Weiten des australischen Outbacks dorthin gereist, wo Angie in einem »Waisenhaus für Eingeborene« aufwuchs.

Diese Gefühle waren jedoch irgendwann in Angies Jugend verschüttet worden oder versiegt, und Belinda hatte sich immer wieder für ihre Karriere und gegen ihre Mutterschaft entschieden – fürs Filmen, Filmen, Filmen. In Vietnam hatte sie vier Monate lang für *Das Delta* gedreht! Sie hatte schließlich den Oscar dafür erhalten, aber wenn schon!

»Wenn du so unglücklich bist«, sagte Angie, »warum ziehst du dann nicht in ein Hotel? Ruf im Cliffside an.«

»Ich möchte hier bei dir sein, Liebling«, sagte Belinda. »Und ich wollte mich richtig von deinem Vater verabschieden.«

Hayes, Buck und Laurel verzogen sich taktvoll auf die Terrasse, sodass Angie und Belinda jetzt allein waren.

*Mich richtig von deinem Vater verabschieden?* Höchstwahrscheinlich war sie gekommen, um sicherzustellen, dass die anderen nicht über sie tratschten.

»Du kannst nichts für mich tun«, sagte Angie. »Ich meine, du kannst ihn mir nicht zurückbringen.«

Belinda zwirbelte ihre Haare mit den Händen und legte sie sich auf den Kopf. Das war eine Geste der Nervosität; Angie hatte immer gefunden, dass sie das eitle kleine Mädchen offenbarte, das Belinda gewesen sein musste. »Ich weiß genau, wie du dich fühlst, Liebling. Ich habe meine beiden Eltern verloren.«

»Du weißt *nicht* genau, wie ich mich fühle«, widersprach Angie. »Du hast deine Eltern gleich nach der Highschool *verlassen* und nie wieder mit ihnen gesprochen. Dein Vater ist bei einem Flugzeugabsturz gestorben, und Dad musste dich zwingen, zur Beerdigung zu fahren. Und bei der Beerdigung deiner Mutter warst du nicht, weil du in Schottland gedreht hast. Alles, was dich je interessiert hat, war deine Karriere, Mom. Deine Eltern waren dir nie wichtig. Du hast die beiden nie so geliebt, wie ich Deacon geliebt habe.«

»Ihr habt euch sehr nahe gestanden«, sagte Belinda, als gäbe sie in einem Punkt nach. »Aber es war ein bisschen …«

»Ein bisschen was?

»Ein bisschen unnatürlich«, sagte Belinda. »Ihr zwei wart ständig zusammen, Tag und Nacht, bei der Arbeit, zu Hause, bei euren gemeinsamen Dienstags-Abendessen. Du hattest nur einen Abend in der Woche frei! Den hättest du mit Freundinnen verbringen sollen oder mit einem Freund. Du hättest tanzen oder ins Kino gehen sollen, statt dich um die emotionalen Krisen deines Vaters zu kümmern.«

»Ich habe mich nicht um seine emotionalen Krisen gekümmert«, sagte Angie, wenn auch mit stockender Stimme. Denn genau das hatte sie getan, Woche für Woche. Sie hatten sich etwas gekocht und zu viel getrunken, und um elf Uhr oder Mitternacht hatte Angie zu Deacon gesagt, er solle zu Scarlett nach Hause gehen, und er hatte erwidert: »So betrunken kann ich nicht zu Hause aufkreuzen. Sie bringt mich um.« Und dann hatte er noch mehr getrunken.

Aber dass ihre Mutter recht hatte, jedenfalls teilweise, machte sie nur noch wütender. »Das lasse ich nicht zu. Ich will nicht, dass du mir sagst, du wüsstest, wie ich mich fühle, weil du selbst deine Eltern verloren hast! Du hast deine Eltern gehasst, und du hast Deacon *gehasst,* und du bist sicher *froh* darüber, dass er tot ist!« Sie schluckte. Ihr Mund war staubtrocken, und sie brauchte wirklich ein Glas Wasser.

»Angie, bitte«, sagte Belinda. »Sprich nicht so laut.«

»Sag mir nicht, was ich tun soll!«, sagte Angie. Mit noch einem emotionalen Gepäckstück wurde sie nicht fertig. Sie vermisste Deacon. Sie wollte, dass Joel anrief. Angie stürmte aus der Küche. Ihr kleiner Rollkoffer stand am Fuß der Treppe. Sie hatte für drei Tage gepackt, aber würde sie tatsächlich drei Tage mit ihrer Mutter unter einem Dach durchhalten?

Sie stieß die Fliegengittertür auf und genoss den Knall, mit dem sie hinter ihr zuschlug. Fast wäre sie wieder über das lockere Bodenbrett gestolpert und womöglich kopfüber die Verandatreppe hinuntergeflogen, doch es gelang ihr, sich zu stabilisieren. Sie rannte die Einfahrt entlang, aber an deren Ende wusste sie nicht weiter, und die Sonne war heiß. Sie hatte Durst. Sie war hier nicht in der Stadt – es gab keinen Kiosk an der Ecke, keinen burmesischen Imbiss, keinen Coffeeshop. Ein Stück weiter lag der Sankaty Head Beach Club; da war ein Getränkeautomat, aus dem sie sich als Kinder heimlich Cola geholt hatten. Angie konnte aber auch zum Haus zurückgehen und sich den uralten Pickup nehmen, mit dem Deacon den Willys-Jeep ersetzt hatte. Er stand in der Garage, doch die Schlüssel hingen an einem Haken in der Küche, und dorthin wollte Angie nicht.

Sie zog ihr Handy hervor. Sie würde Joel anrufen. Sie wollte hören, wie er sie Ange nannte. War es denkbar, dass sie sich nur wegen des Namens, den er ihr gegeben hatte, in den Mann verliebt hatte? Passierte anderen Menschen so etwas auch?

Ihr Leben lang hatte Angie das Gefühl gehabt, ihr Herz sei ein Stein, kompakt und undurchdringlich. Erst bei Joel war der Stein aufgebrochen, und es hatte sich gezeigt, dass er einen Hohlraum voller glitzender Kristalle enthielt.

Sie wählte Joels Nummer. Ihr Anruf wurde direkt auf seine Mailbox geleitet, und Angie legte auf.

Sollte sie Hayes per SMS mitteilen, dass sie allein nach New York zurückfahren würde? Dabei *wollte* sie gar nicht zurück. Sie liebte Nantucket mehr als jeden anderen Ort auf der Welt. Sie waren immer im August hergekommen, aber Angie fand es jetzt, im Juni, noch schöner hier. Sie wollte bei ihrem Bruder und Laurel und Buck sein. Sie wollte Leute um sich haben, mit denen sie reden konnte, Leute, die Deacon gekannt hatten. Und das Verstreuen der Asche durfte Angie nicht verpassen.

Die Sonne war heiß, und sie konnte das Meer riechen und hören. Das Leben leben, wie es auf Nantucket üblich ist: Deacon müsste da sein, angeln und schwimmen. Heute Abend würde die Sonne hinter der Terrasse untergehen, und er würde nicht hier sein und sein Glas erheben oder klatschen, als ob er Gott applaudierte: *Wieder ein gelungener Tag, Herr.* Deacons Tage waren Vergangenheit.

Angie schrie, so laut sie konnte. *Aaaaaajjjjjaaa! Iiiijjjaaa!*

*Iiiijjjaaa!* Sie schrie so laut, dass ihre Kehle schmerzte. Es war keiner da, der sie daran hinderte. Ob man sie im Haus hören konnte? Wahrscheinlich nicht.

*Aaaaaajjjjjaaa!*

Wenn sie in Manhattan derartig schrie, würden ihre Nachbarn die Polizei rufen. Man würde sie aus der Wohnung werfen oder festnehmen. Oder einweisen. Auch das liebte Angie an Nantucket: Es stand ihr frei zu schreien.

*Jooooohoooiiaa!*

Ein Wagen kam um die Kurve, ein silberner Jeep Wrangler mit offenem Verdeck. Der Fahrer war ein massiger, bärtiger Bär von einem Mann mit einer Blues-Brothers-Sonnenbrille. Angie hörte im Geiste sofort Deacons Stimme: *Es sind hundertsechs Meilen bis Chicago, wir haben einen vollen Tank, ein halb volles Päckchen Zigaretten, es ist dunkel, und wir tragen Sonnenbrillen.* Worauf Angie hatte antworten müssen: *Tritt drauf!* Stattdessen machte sie den Mund zu, starrte auf die Straße und wünschte sich, der Jeep möge rasch vorbeifahren, damit sie wieder durchdrehen konnte. Zu ihrer großen Bestürzung hielt der Wagen vor ihr.

»Hey«, sagte der Typ am Steuer. »Alles in *Ordnung* mit dir?«

Angie nickte stumm, weil sie dachte, wenn sie so täte, als spräche sie kein Englisch, würde er vielleicht weiterfahren. Dann bemerkte sie in seiner Mittelkonsole etwas, das aussah wie ein Weckglas voller Eistee. Vielleicht war es auch Whiskey auf Eis. Auf jeden Fall brauchte sie es dringend. Sie hatte solchen Durst.

»Könnte ich einen Schluck davon haben?«, fragte sie. »Ich bin völlig ausgedörrt.«

*Ausgedörrt?*, dachte sie. Wieso um alles in der Welt hatte sie das gesagt? Im Board Room kamen ständig Gäste an die Bar getrabt und verkündeten Dr. Disibio, sie seien »ausgedörrt«, und sie klangen alle wie Trottel. Deshalb hatte Deacon »ausgedörrt« auf Platz acht der Blöde-Wörter-Liste gesetzt.

Der Typ reichte ihr das Glas. »Von dem hier? Das ist Sonnentee, ungesüßt, mit Minze und Zitrone. Selbstgemacht.«

»Das hört sich wirklich gut an«, sagte Angie. »Darf ich?« Sie nahm das Glas entgegen, und ehe sie sichs versah, hatte sie es geleert. Der Tee war so frisch und zitronig, dass er ihr wie der Nektar der Götter vorkam.

»Wow«, sagte der Typ. Er grinste und streckte seine Hand aus. »Ich heiße JP Clarke. Hast du dich verlaufen? Soll ich dich irgendwohin fahren? Hier wohnen ziemlich konservative Leute – genau genommen ist dies hier eine Privatstraße, also … Ich möchte nicht, dass du dich dem Beschuss der Nachbarn aussetzt, indem du einfach so rumirrst.«

»*Du* bist JP?«, sagte Angie. Sie *fasste* es nicht. Deacon hatte in den letzten Jahren dauernd über JP geredet, doch Angie hatte ihn nie kennen gelernt, obwohl Deacon immer betont hatte, dass Angie ihn lieben würde. *Großartiger Typ, ein echter Einheimischer, Naturbursche, angelt, jagt, kennt die besten Plätze auf der Insel. Ihr beide würdet euch gut verstehen.* Deacon war JP beim Brandungsfischen draußen am Great Point begegnet, und daraus hatte sich eine Freundschaft entwickelt. Im Oktober hatte JP Deacon in den letzten Jahren stets Kammmuscheln geschickt, und Angie und Deacon hatten einen Teil davon roh gegessen, mit einem Spritzer Limettensaft und einer Prise Salz. Hobo-Ceviche nannte Deacon das Gericht. Außerdem schickte JP Rehrücken von dem einzigen Bock, den er jeden November schoss, und Deacon marinierte ihn drei Tage lang, dann grillte er ihn so, dass er rosig und perfekt gegart war, und servierte ihn als Personalessen.

Angie hatte geglaubt, JP wäre etwa so alt wie ihr Vater, aber er sah nicht älter als dreißig aus.

»Ich *bin* JP«, bestätigte er. »Und wer bist du?«

»Angie«, sagte sie. »Angie Thorpe.«

»Angie Thorpe.« JP schob sich seine Sonnenbrille auf den Kopf, als wollte er sie besser betrachten können. »Ach du liebes bisschen. Dein Vater« – an dieser Stelle zögerte er und schaute blinzelnd durch die Windschutzscheibe auf den Leuchtturm – »war ein feiner Mensch. Einfach – ich weiß nicht – ein Original? Anscheinend finde ich nicht die richtigen Worte. Er war supercool in jeder Hinsicht. Ich bin glücklich darüber, ihn gekannt zu haben.«

»Ihm ging es mit dir ebenso«, sagte Angie. »Er hat ständig über dich gesprochen. Okay … die Konfitüre, die du ihm geschickt hast? Die Fuchsrebenkonfitüre? Er hat ein Glas mit nach Hause genommen und es auf Toast gegessen und mit dem anderen Glas eine Soße zubereitet, die er zu einem Fasanen-Tagesgericht servierte – und genau an dem Abend kam Pete Wells, der Restaurantkritiker der *New York Times*. Und welches war das erste Gericht, das Wells begeisterte? Der knusprige Fasan mit der Fuchsrebensoße.« Angie dachte mit Herzklopfen an jenen Abend zurück. Es war Joel gewesen, der geargwöhnt hatte, dass der Gast, der als Albert Emerald reserviert hatte, in Wahrheit Mr Wells war. Er war sofort in die Küche gekommen, um Deacon und Angie zu informieren, und Deacon hatte das Tagesgericht hinausgeschickt.

Aber dann kam ihr plötzlich ein weniger angenehmer Gedanke. »O Gott«, sagte sie zu JP. »Du bist derjenige, der ihn gefunden hat.« Sie schloss die Augen, und die dunkle Welt drehte sich um sie.

»Ja«, sagte JP. »Tut mir leid.«

»*Mir* tut es leid«, flüsterte Angie.

JP deutete mit einem Nicken auf den Beifahrersitz. »Ich wollte gerade zu deiner Familie und euch fragen, ob ihr was braucht. Und ich hab Erdbeeren mitgebracht, die meine Mutter von der Bartlett's Farm geholt hat.« Er zeigte auf eine Kühlbox hinter ihm. » Soll ich dich zum Haus zurückfahren.«

»Ich bin mir nicht sicher, ob ich da hinwill«, sagte Angie.

»So schlimm schon?«

Angie nickte.

»Ist Laurel deine Mutter?«, fragte JP. »Sie klang am Telefon richtig cool.«

»Sie *ist* richtig cool«, sagte Angie. »Aber sie ist nicht meine Mutter. Meine Mutter ist … Belinda. Belinda Rowe.«

»Ach so«, sagte JP. »Also, in *Brillante Tarnung* fand ich sie toll.«

»Wie jeder andere Mann in Amerika«, sagte Angie.

»Ich bin nicht so typisch, wie du vielleicht glaubst. Ich lebe den ganzen Sommer über als Ranger draußen auf Coatue. Du bist jederzeit eingeladen, in meiner Hütte zu wohnen.«

Angie lächelte. Der Typ war großartig. Sie stellte sich vor, wie es wäre, den ganzen Sommer in einer Einzimmerhütte auf der unberührten, einsamen Landzunge Coatue zu verbringen. Da draußen gab es nichts als Sand, Wasser und Meeresvögel. »Du würdest staunen, wenn du wüsstest, wie gut mir das gefallen würde.«

»Das Angebot steht«, sagte JP. »Du könntest mir helfen, die Regenpfeifereier zu schützen und Touristenjeeps aus dem Sand zu ziehen.«

Angie errötete.

»Vielleicht sollten wir nicht sofort zusammenziehen«, sagte JP. »Vielleicht solltest du erst mal einfach ins Auto springen. Ich fahre dich nach Hause, und du kannst alle mit selbstgepflückten Erdbeeren überraschen.«

»Abgemacht«, sagte sie.

## *HAYES*

Er fühlte nichts, musste aber so tun, als ob, sonst kam man ihm auf die Schliche. Seine Mutter hatte in ihrem Job tagtäglich mit Junkies zu tun; sie kannte die Symptome. Er durfte sich nicht kratzen, und er musste seine Konzentration aufrechterhalten, damit er nicht einnickte.

»Ich würde gern auspacken und vor dem Essen vielleicht noch mal schwimmen gehen«, sagte er zu Laurel. »Oder …? Ich weiß nicht … ist das schlimm? Ich meine, wir müssen doch nicht schiwe sitzen, oder?«

Laurel musterte ihn eine Sekunde lang, und er dachte: *Sie weiß Bescheid.*

Sie fing an, lautlos zu weinen, und Hayes umarmte sie fest. Seine Mom. Sie war immer noch so hübsch, so *jung,* erst vierundfünfzig. Und immer noch so cool, die coolste Person, die Hayes kannte. Er hatte seinen Vater geliebt, doch das zwischen ihm und Deacon war eher eine zwanglose, unbeschwerte Freundschaft gewesen, und auch das erst später im Leben.

Nachdem sein Vater Laurel und ihn verlassen hatte, war Hayes ziemlich wütend gewesen. Er erinnerte sich, wie Deacon jeden Monat für ein Wochenende nach New York gekommen war, um mit Hayes »Zeit zu verbringen«, was ein Yankees-Spiel bedeutet hatte oder Drachenfliegen im Park oder einen

Besuch bei den Dinosauriern im Naturkundemuseum. All das war gut und schön gewesen, nur dass Hayes schon mit acht oder neun gespürt hatte, dass sein Vater sich zu sehr bemühte. Er fragte Hayes im Laufe eines Wochenendes mindestens vierzig Mal, ob er sich amüsiere, und dann folgte die Litanei über seinen eigenen Vater.

*Er wollte mich nicht*, sagte Deacon.

*Aber ich will dich*, sagte er.

Kuss auf die Stirn, egal, wer zuschaute.

Die Wochenenden waren besser, wenn Buck dabei war. Buck hatte keine Kinder, deshalb behandelte er Hayes wie einen Erwachsenen, und Hayes blühte auf – sie sprachen über die Knicks und über Politik; außerdem minderte es den Druck auf die Vater-Sohn-Beziehung. Also war die Situation manchmal okay und manchmal nicht, aber jeder Besuch endete auf dieselbe Weise: Hayes aß im Manchester Diner in der Nähe von Laurels Apartment mit seinen Eltern zu Abend. Seine Mutter und sein Vater hielten sich an den Händen, und Hayes konnte sehen, dass die Luft zwischen ihnen elektrisch aufgeladen war. Meistens brach sein Vater als Erster in Tränen aus, dann folgte seine Mutter, gelegentlich war es aber auch umgekehrt. Jedenfalls weinten beide unter Garantie und verbrauchten einen Stapel Papierservietten, mit denen sie sich die Nase putzten und die Augen wischten, und da kein Kind seine Eltern weinen sehen möchte, hasste Hayes die Wochenenden mit seinem Vater schon dafür, wie sie endeten.

Es war besser geworden, nachdem Deacon und Belinda Angie adoptiert hatten, weil Deacon sich jetzt mehr am Familienprogramm beteiligte, aber trotzdem erinnerte sich Hayes nur daran, Zeit mit Angie und deren Kindermädchen Scarlett verbracht zu haben, das Deacon später heiratete.

Wen konnte es wundern, dass Hayes drogensüchtig geworden war?

Er drückte seine Mutter an sich. Er liebte Laurel; sie war immer sein Fels in der Brandung gewesen, sein Vorbild, sein Leitstern, seine beste Freundin. Hayes war tieftraurig über den Tod seines Vaters, ganz zu schweigen von seiner *Angst*. Deacon hatte ein krankes Herz gehabt, was also *hieß das für Hayes?* Nichts Gutes, da war er sich sicher. Wenn er aber seine Mutter verloren hätte … das wäre eine ganz andere Geschichte gewesen. Hayes konnte sich keine Welt ohne Laurel darin vorstellen. Whitney Jo, seine letzte feste Freundin, hatte ihm erklärt, er hänge *zu sehr* an seiner Mutter, deshalb sei er auch mit vierunddreißig noch unverheiratet. Für ihn reiche keine Frau an sie heran.

Laurel wischte sich die Augen mit ihrem Hemdkragen. »Ich habe mich sehr bemüht, höflich zu Belinda zu sein.«

»Oh«, sagte Hayes. »Stimmt ja.« Seine Mutter und Belinda kamen nicht miteinander klar – ganz und gar nicht. Das hatte früher für einige peinliche Familienzusammenkünfte gesorgt. Als Heranwachsender hatte Hayes Belindas Filme nicht sehen oder mit den Sachen spielen dürfen, die Belinda ihm gekauft hatte; er durfte nicht einmal ihren Namen aussprechen – sonst bekam seine Mutter diesen traurigen, erschrockenen Gesichtsausdruck. Gott sei Dank war es okay, dass er über Angie redete; seine Mutter hatte Angie immer gemocht. Selbst mit Scarlett fand Laurel sich ab. Sie war nicht begeistert von ihr – es hatte seine Mutter »enttäuscht«, dass Deacon das »Vorhersehbare« getan und sich in das Kindermädchen verliebt hatte. Aber, so hatte Laurel gesagt: *Ich bin sicher, sie hat ihm die Aufmerksamkeit geschenkt, die Belinda nicht für ihn hatte.*

War es wirklich so gewesen? Wahrscheinlich. Als Deacon Scarlett geheiratet hatte, hatte Hayes sich eingestehen müssen, dass sein Vater in puncto Frauen ein hoffnungsloser Fall war. Ein Grund dafür, dass Hayes Whitney Jo nicht geheiratet hatte, war der gewesen, dass er fürchtete zu versagen, ebenso wie Deacon.

»Stimmt ja«, sagte Hayes. »Gut gemacht, Mom.«

»Es hat keinen Sinn, an altem Zorn festzuhalten«, sagte Laurel. »Deacon ist tot.«

Hayes nickte. Es war sechs Wochen her, und er erwartete jetzt nicht mehr, dass jemand verkündete, es sei alles ein Witz oder ein Irrtum gewesen, und dass Deacon wieder auftauche.

Seine Mutter hatte seine Frage bezüglich des Schwimmens noch nicht beantwortet, daher wiederholte er sie. »Also … ist der Strand okay? Nicht okay?«

»Ich bin gestern schwimmen gewesen«, sagte Laurel, »und es war sehr therapeutisch. Wir sind hergekommen, um Deacons Andenken zu ehren, und eins weiß ich genau: Er würde nicht wollen, dass wir drinnen sitzen und heulen.«

Hayes atmete erleichtert auf. Er wusste, dass sie hier waren, um zu *trauern*, was immer das bedeutete, und dass sie am Montag die Asche verstreuen würden – doch bis dahin waren es noch zwei Tage. Zwei Tage waren unter den gegebenen Umständen eine *sehr lange Zeit*.

»Wir essen erst gegen halb acht«, sagte Laurel. »Du hast also Zeit, dich zu entspannen.«

Hayes fühlte sich schlapp. Sobald er allein war, konnte er sein High auffrischen. Dafür brauchte er einen kleinen Brocken; seine Toleranz war während seines Aufenthalts auf Bali beträchtlich gewachsen – er und Sula hatten sich vier- oder fünfmal täglich einen Schuss gesetzt. Aber zunächst musste er an der Landmine in der Küche vorbei.

Belinda.

»Hallo, Hayes«, sagte sie mit dieser berühmten Stimme und gab ihm Luftküsse auf beide Wangen, eine Form der Begrüßung, in der Hayes sich Gott sei Dank auch hervortat.

»Wie schön, dich zu sehen, Belinda«, sagte er, ohne es ernst zu meinen.

»Gleichfalls«, sagte Belinda, die es sicher ebenso wenig ernst meinte.

»Wo ist denn Angie?«, fragte Hayes und gratulierte sich dazu, dass ihm das Fehlen seiner Schwester auffiel. Entscheidend dafür, dass die Welt seinen Zustand nicht bemerkte, war, dass er seine Umgebung ständig kontrollierte. Angie war hier gewesen; jetzt war sie weg. »Ist sie nach oben gegangen?« Das war Hayes' Ziel. Hinauf in sein Zimmer zu gehen, die Tür zu schließen, sein kostbares H hervorzuholen, das er in einem sicheren Versteck verwahrte. Sich einen Druck zu setzen. Aber nur einen Krümel. Schon der Gedanke daran brachte seine Zähne zum Klappern.

»Ich habe gehört, du hast letzten Monat im Escondite Naomi getroffen«, sagte Belinda.

Zack, aus heiterem Himmel stand er im Regen. Er wiederholte sich im Geiste den Satz und klopfte ihn nach Orientierungspunkten ab. Der Name Escondite kam ihm vage bekannt vor. Es war … ein Hotel? Im letzten Monat war Hayes natürlich auf Bali gewesen, davor in Ecuador und Peru, davor in Vegas, wo er im Aria gewohnt hatte. Und davor im Shutters on the Beach in Santa Monica. Das war Belindas Terrain. Er versuchte, sich an etwas in seiner Zeit in Kalifornien zu erinnern, an irgendetwas außer der schieren Größe der Muskeln des Dealers, den er in Venice Beach aufgetrieben hatte. Und wer war Naomi?

»Naomi Watts?«, hakte Belinda nach. »Im Escondite? Dem Rockclub?«

*Ja!*, dachte Hayes. Er war auf Empfehlung der Rezeptionistin im Shutters ins Escondite gegangen, um sich eine Band namens Pretty Little Demons anzusehen. Es gab dort einen Burger, der Fat Albert hieß, einen Bacon-Cheeseburger mit Ahornsirup, der auf einem glasierten Brötchen aus Donut-Teig serviert wurde – der Rezeptionistin zufolge so lecker, dass sie dafür morden würde –, und Hayes hatte einen bestellt, aber nicht gegessen. Naomi Watts war blond, das wusste er, also musste sie die Frau gewesen sein, die ihn am Arm gepackt hatte, als er aus der Herrentoilette gekommen war. Er war sich nicht sicher gewesen, ob sie es war oder Kate Beckinsale.

»Ja!«, sagte Hayes. »Ich hab Naomi im Escondite gesehen. Prima Burger haben die. Und wir haben eine phänomenale Band gehört. Sie besteht aus zwei kleinen Mädchen – die sind, ich weiß nicht, *Siebtklässlerinnen* oder so, aber sie rocken echt ab!« Er schlenkerte mit den Händen wie beim Trommeln und war selbst beeindruckt davon, dass er immer wieder mit solchen Gesten aufwarten konnte.

Belinda kniff die Augen zusammen. »Alles in *Ordnung* mit dir, Hayes?«, fragte sie.

*Sie weiß Bescheid*, dachte er. Zumindest hatte sie einen Verdacht.

»Mir geht's gut«, sagte er. »Abgesehen davon, dass mein Vater tot ist.«

Belinda musterte ihn weiterhin auf entnervende Weise.

»Wo ist Angie?«, fragte Hayes. Er erinnerte sich nicht, ob sie ihm darauf schon geantwortet hatte.

»Oh, die ist abgedüst«, sagte Belinda und deutete mit dem Kopf auf die Haustür. »Hat irgendwelche Flausen im Kopf.«

*Flausen?*, dachte Hayes.

»Hayes, Schatz, komm mit«, sagte Laurel, seine Retterin. Sie zog Hayes an der tickenden Zeitbombe Belinda vorbei und die Treppe hoch.

Sein Zimmer war das Zimmer des kleinen Jungen, der er bei seinem ersten Aufenthalt auf Nantucket gewesen war, mit derselben blauen Tapete mit den Segelbooten, inzwischen ausgeblichen und verstaubt, aber so vertraut, als wäre das Muster in Hayes' Herz geprägt. Die Tapete war nicht für ihn ausgesucht worden, sondern für eins der Innsley-Kinder, doch eins der ungeschriebenen Gesetze dieses Hauses lautete, dass sich nichts ändern durfte. Über der Kommode hing immer noch der bullaugenförmige, mit Schiffstau gerahmte Spiegel. Deacon war tot und würde nie wieder da sein. T. O. T. – und der blöde Spiegel hatte unbeschadet überdauert. War Hayes der einzige Mensch, der begriff, wie fürchterlich ungerecht das war?

Hayes ließ sich auf das Bett fallen, das ihn durch die Sommer seiner Kindheit, die Sommer seiner Jugend bis in seine Sommer als Erwachsener, manche davon mit Whitney Jo – sie hatten es fast kaputtgemacht –, und bis heute begleitet hatte.

Laurel setzte sich neben ihn und strich ihm die Haare aus dem Gesicht. »Wir stehen das schon durch«, sagte sie.

Seine Mutter brauchte Trost – so viel spürte Hayes –, und er wusste, dass er ihn ihr spenden sollte; er war ihr Sohn. Aber im Moment schaffte er es nicht, diesen langen und kurvenreichen Weg zu gehen. Er war zu … müde.

Ihm fielen die Augen zu. Er hatte Angst, dass er sie nie wieder würde öffnen können. Er wollte, dass Laurel das Zimmer verließ und die Tür mit einem deutlichen Klicken hinter sich schloss.

»Mom«, sagte Hayes, »es tut mir leid. Die weite Reise hat mich fertiggemacht. Ich brauche nur ein kleines Nickerchen …«

»Natürlich, Lieb…«, sagte Laurel, und dann hörte er nichts mehr.

## *BUCK*

Er konnte sich kaum überwinden, Belinda anzuschauen. Die Erinnerung an das, was zwischen ihnen vorgefallen war, verstörte ihn zu sehr. War es wirklich passiert? Nun ja, hier war sie … angezogen zumindest, goss sich ein Glas Wein ein und schenkte ihm ein durchtriebenes Lächeln.

»Bier?«, fragte sie.

»Nein, danke«, sagte er. Er hatte im Laufe des Tages schon fast einen Sechserpack getrunken, sodass ihm bereits leicht schwindelig war. Er hatte jede Chance verspielt, Belinda wegen des Hauses um finanzielle Hilfe zu bitten, das wurde ihm klar. Er konnte ihr eine Gefälligkeit abverlangen, aber nicht zwei, und sie durfte auf keinen Fall ausplaudern, was heute Nachmittag geschehen war.

»Hör mal«, sagte er. »Wegen vorhin …«

Belinda wedelte mit der Hand. »Schon vergessen«, sagte sie.

Er war erleichtert, zugleich jedoch auch ein bisschen beleidigt. *Schon vergessen*?

Er musste an die Luft.

»Ich glaube, ich gehe mal an den Strand.«

»In *den* Klamotten?«, fragte Belinda.

Er trug immer noch die Hälfte seines Anzugs. Als er seiner Sekretärin Margaret erzählt hatte, dass er übers Wochenende nach Nantucket fahren werde, war ihr fast die Kinnlade heruntergefallen. (Margaret hatte sowieso etwas von einer Marionette an sich – übertriebenes Make-up, langes Kinn.)

»Was *wollen* Sie denn da?«, hatte sie gefragt.

»Mich von meinem besten Freund verabschieden«, hatte er geantwortet und Margaret, die ein großer Deacon-Thorpe-Fan war, damit zum Weinen gebracht. *Alle Frauen sind große Deacon-Thorpe-Fans,* dachte Buck. Es war zum Auswachsen.

Margaret war in der Mittagspause in ein Sportbekleidungsgeschäft gegangen und hatte Buck Boardshorts gekauft. Sie waren blau-rot gestreift und ähnelten irgendwie einer Schiffsflagge. Buck hatte sie verblüfft angestarrt.

»Sie fahren auf eine Insel«, sagte Margaret. »Da wollen Sie doch vielleicht schwimmen gehen.«

*Schwimmen?,* hatte er gedacht.

Bevor Buck zu seinem Spaziergang aufbrach, ging er nach oben, probierte die Boardshorts an und begutachtete sich im Spiegel. Es sah aus, als trüge er Clownshosen, aber wenn schon. Andere Länder …

Er beschloss, Laurel zu fragen, ob sie mitkommen wolle. Vielleicht würde er am Strand versuchen, sie zu küssen. Das wäre dann wie eine Szene aus einem Nicholas-Sparks-Roman; diese Romane hatte Bucks Exfrau Mae verschlungen, als wären die Seiten Kartoffelchips. Dabei hatte sie stets geweint, und Buck hatte gelernt, sie zu trösten und sich anzuhören, wie sehr Noah Allie liebte, und Buck hatte genickt und ihr Papiertaschentücher gereicht – und sie damit fast immer ins Bett bekommen.

Laurel war in der Küche und putzte Spargel. Belinda saß auf der Terrasse und las ein Drehbuch, deshalb sprach Buck leise. »Hey, ich mache einen Strandspaziergang. Hast du Lust mitzukommen?«

»Hätte ich«, sagte sie. »Aber ich bin heute Abend fürs Essen zuständig, und alle haben große Erwartungen.«

»Soll ich hierbleiben und dir helfen?«, fragte er.

»Nein«, sagte sie. »Genieß deinen Spaziergang.« Sie zwinkerte ihm zu. »Ich hätte nie gedacht, dass ich John Buckley mal in Boardshorts sehen würde, aber sie stehen dir ziemlich gut.«

Sie wollte wohl bloß nett sein. Er hatte schön kräftige Beine – dreimal pro Woche fünfundvierzig Minuten auf dem Laufband und an zwei Tagen der Woche Gewichte mit seinem Trainer Lexi –, doch sie waren irisch blass.

»Okay«, sagte er. »Ich bin bald zurück.«

Als er die Straße erreichte, fing sein Handy an, zu piepsen und zu läuten und zu blinken wie ein Flipper. Drei verpasste Anrufe von einer unbekannten Nummer, zwei verpasste Anrufe von Margaret. Das war kein gutes Zeichen. Margaret arbeitete samstags von acht bis zwölf, einer der Gründe dafür, dass Buck ihr ein solches Vermögen zahlte. Ein weiterer war der, dass sie immer ans Telefon ging, wenn er anrief, vierundzwanzig Stunden am Tag, sieben Tage die Woche, zu Thanksgiving, Weihnachten, am Muttertag. Margarets Kinder waren erwachsen, aber noch ohne Nachkommen, die sie in Anspruch nahmen; sie und ihr Ehemann Del, Buchhalter im Ruhestand, geisterten allein durch ihr großes Haus in Katonah. Wann immer Buck Margaret anrief, war sie bereit zu helfen.

Er kümmerte sich nicht um die Mailbox, sondern rief Margaret direkt zurück. »Was gibt's Neues, Goose?«

Normalerweise gab er damit einen unbeschwerten Ton vor, doch Margaret antwortete sehr sachlich. »Scarlett hat angerufen«, sagte sie. »Sie hat versucht, Sie zu erreichen.«

»Ich habe hier draußen keinen Empfang«, erklärte Buck.

»Zu ihrer Überraschung kommt sie nicht mehr an Geld ran«, sagte Margaret. »Visa lehnt ab, AmEx lehnt ab, sechs Benachrichtigungen von der Bank, dass ihr Konto überzogen ist. Sie will wissen, was zum … Kraftausdruck … los ist.«

»Haben Sie ihr erzählt, dass kein Geld mehr da ist?«

»Ich dachte, das überlasse ich Ihnen«, sagte Margaret. »Ich bin hier nur die Sekretärin.«

Buck wünschte sich, Margaret wäre die Art Sekretärin, die für ihn die Drecksarbeit erledigte – Scarlett mitteilte, dass Deacon eine Million Dollar eingesetzt hatte, um sein Restaurant zu retten, nachdem ihr Onkel seine Investition zurückgezogen hatte, und dass sie lieber ihre Projekte und Wie-werde-ich-schnell-reich-Pläne aufgeben und den besten Job annehmen sollte, den ein Abschluss am University College ihr einbringen würde.

»Ich kümmere mich darum«, sagte Buck. »Haben wir was von Harv gehört oder vom Wirtschaftsprüfer?« Es war seine letzte Hoffnung, dass der Board Room sich doch noch als Goldgrube erwies und Buck einige von Deacons Investitionen würde zurückfordern können.

»Noch nicht«, sagte Margaret.

»Okay«, sagte Buck, obwohl es nicht okay war. Eines Tages würde er seine Memoiren schreiben und ihnen den Titel *Bestraf den Boten nicht für die schlechte Nachricht* verpassen. »Danke, Margaret.«

»Gern geschehen«, sagte Margaret. »Genießen Sie das Wochenende.«

Das Wochenende genießen! Dafür standen die Chancen schlecht.

Buck ging barfuß über die Düne, bis er vor sich das glitzernde Meer sah. Es war so viel schöner als der East River oder auch der Hudson. Der Ozean hatte etwas Wildes, Lebendiges. Der Strand war leer, bis auf die Möwen.

Als Buck sich dem Ufer näherte, dachte er an Scarlett. Sie hatte Deacon mit gutem Grund verlassen; an ihrer Stelle hätte Buck vielleicht dasselbe getan. Deacon war natürlich auch früher schon auf Sauftour gegangen, aber die zwei Wochen vor seinem Tod war die schlimmste gewesen – in mancherlei Hinsicht. Scarlett hatte sich zu siebentägigen »Schweigeexerzitien« ins Omega Institute in Rhinebeck zurückgezogen. Das waren ihre neuesten Interessen: Yoga, Achtsamkeit, eine Auszeit von Technik, um ihr Gleichgewicht zu finden, ihre Mitte, und Lärm und Konflikte auszuschließen. Es war Scarletts Methode, Stress zu bewältigen, während es bei Deacon Alkohol und Drogen gewesen waren.

Es war ein Dienstag, also war das Restaurant geschlossen. Um halb sechs bekam Buck einen Anruf von Madame Giroux, der Direktorin von Ellerys Schule. Ellery sei nicht abgeholt worden, und das Sekretariat habe beide Eltern nicht erreichen können. Es hieß, Madame Oliver sei nicht in der Stadt und auch nicht telefonisch zu erreichen, aber alle zehn Anrufe bei Monsieur seien direkt auf der Mailbox gelandet, und an seinem Arbeitsplatz habe niemand abgenommen. Dann ließ Madame Giroux einen Wortschwall in sehr wütendem Französisch auf Buck los, der, soweit er verstand, darauf hinauslief, dass sie die Situation inakzeptabel fand. Mr Buckley sei als Notfallkontakt angegeben. Würde er die Kleine bitte abholen? Sie sei reichlich traumatisiert.

Buck fuhr im Taxi zur Schule. Der Verkehr war um diese Tageszeit ein Albtraum, sodass er erst nach sechs dort ankam, und Ellery war in der Tat verweint und zitterte, als hätte man sie in eine Kühlkammer gesperrt. Buck entschuldigte sich überschwänglich bei Madame Giroux mit ihrem Chignon, ihrem Bleistiftrock und ihrer Attitüde französischer Überlegenheit, dann verfrachtete er Ellery in das wartende Taxi. Er rief Deacon an – Mailbox. Er rief Angie an, die abhob und einwilligte, sich mit Buck und Ellery in Deacons Apartment zu treffen, damit Buck die Jagd nach seinem Freund aufnehmen konnte.

Er wusste nicht, wo er anfangen sollte, also begann er mit dem Offensichtlichen – McCoy's –, doch Sarah sagte, sie habe Deacon seit Wochen nicht gesehen. Buck erwog, im Five Points nachzuschauen und dann jede Bar auf der Bowery abzuklappern, aber sein gesunder Menschenverstand riet ihm, nach Hause zu fahren und abzuwarten. Irgendwann würde das Telefon klingeln, und bis dahin war Ellery zumindest in Sicherheit.

Kurz nach zehn erhielt Buck einen Anruf von einer unbekannten Nummer.

»Mr Buckley?«, sagte eine weibliche Stimme.

*Ach du Schande*, dachte Buck. »Ja?«

»Ich heiße Taryn Ross«, sagte die Stimme. »Ich bin Tänzerin im Skirtz Gentlemen's Club. Ihr Freund Deacon ist in meinem Wagen ohnmächtig geworden, und ich kriege ihn nicht wieder wach.«

Buck traf sich mit Taryn Ross im dritten Geschoss eines Parkhauses in der 12th Avenue. Sie trug kirschrote Hotpants, hochhackige Riemchenpumps und ein graues Kapuzenshirt der New York Giants, das Buck als Deacons wiedererkannte. Deacon war hinter dem Lenkrad eines 1994er Saab-Cabrios zusammengesunken. Bucks erste Frau Jess hatte genau dasselbe Modell gefahren, als er sie kennen lernte. In der Mittelkonsole stand eine offene Flasche Champagner von Billecart-Salmon.

»Wessen Auto ist das?«, fragte Buck.

»Meins«, sagte Taryn.

»Und Sie wollten ihn *fahren* lassen?«

»Nein«, sagte Taryn und klimperte mit den Autoschlüsseln. »Er sagte, dass es ihm gut geht und dass er mir Nantucket zeigen will, aber er war echt schwer betrunken, und wir haben uns beide eine Menge Koks reingezogen.«

»Was heißt eine Menge?«, fragte Buck.

»Genug, um ihn glauben zu lassen, dass er fahren kann. Aber dann ist er irgendwie einfach vornübergekippt. Zuerst dachte ich, er ist tot, aber ich hab nachgesehen, und er atmet.«

»Na prima«, sagte Buck.

»Tut mir leid«, sagte Taryn. »Als er reinkam, war ich *so* überrascht. Ich bin mit seinen Sendungen aufgewachsen. Ich hab für meine Schwiegereltern sogar mal den Venusmuschel-Dip Casino gemacht.«

»Sie sind verheiratet?«

Taryn nickte und steckte ihre Hände in die Taschen des

Sweatshirts. Wahrscheinlich hatte Deacon es ihr geliehen, weil sie oben ohne war.

»Na ja, er auch«, sagte Buck. »Er hat eine Frau zu Hause und ein Kind.«

»Es ist nichts passiert«, sagte Taryn achselzuckend. »Er wollte mir bloß Nantucket zeigen. Er sagte, wir würden mit der Fähre übersetzen.«

»Ich schaffe ihn hier mal raus«, sagte Buck. Er beäugte Taryn Ross und fragte sich, ob er sie bezahlen musste, damit sie die Sache nicht auf Facebook postete, und kam zu dem Schluss, dass die Antwort Ja lautete. Er reichte ihr zwei Hundert-Dollar-Scheine. »Danke, dass Sie mich angerufen haben.«

»Kann ich Ihnen noch was sagen?«, fragte Taryn. »Er wirkte traurig. Einfach sehr, sehr traurig.«

Am nächsten Nachmittag um zwei Uhr, als Deacon endlich aufwachte, teilte Buck ihm mit, was geschehen war, weil er sich mit Sicherheit nicht daran erinnern würde.

»Also, Ellery geht es gut. Du hast sie in der Schule vergessen, aber ich hab sie abgeholt.«

Deacon zog, wie zu erwarten, eine verzweifelte Miene. »Nein.«

»Doch«, sagte Buck. »Du hast zu viel getrunken, du bist ins Skirtz in der 32nd zwischen 11th und 12th gewandert, du hast eine Tänzerin namens Taryn kennen gelernt. Blond. Kommt dir irgendwas davon bekannt vor?«

Deacon schüttelte den Kopf, und sogar das sah aus, als ob es wehtäte.

»Anscheinend habt ihr beide ganz schön was weggeschnieft;

dann hast du gesagt, du wolltest ihr Nantucket zeigen, also seid ihr ins Auto gestiegen. Mit einer richtig guten Flasche Schampus.«

Deacon schloss die Augen. »Bin ich gefahren?«

»Nein«, sagte Buck. »Das Mädchen war schlau. Sie hat die Schlüssel behalten.«

»Gott sei Dank«, sagte Deacon. »Ist mit Ellery alles in Ordnung? Weiß Scarlett Bescheid?«

»Ellery geht es gut. Angie hat sich um sie gekümmert. Scarlett ist in einem Ashram oder so, und es kann sein, dass sie schon Bescheid weiß oder dass die Überraschung noch auf sie wartet.«

»Okay«, sagte Deacon, und sein Atem roch stark nach Whiskey. »Tut mir leid, Buck. Es ist alles ein bisschen schwierig momentan.«

»Man könnte glauben, du hättest einen Todeswunsch.«

»Hab ich nicht«, sagte Deacon. »Ich werde aufhören zu trinken.«

Buck starrte ihn an.

»Ich meine es ernst«, versicherte Deacon. »Und keine Drogen mehr. Ich muss lernen, mit mir zu leben.«

Als Scarlett nach Hause kam, erzählte Deacon ihr die entschärfte Version der Geschichte: McCoy's, die Zeit vergessen, völlig verschwitzt, Ellery abzuholen. Es tue ihm mehr als leid, und er wisse, dass er ein Problem hatte. Er werde aufhören zu trinken.

*Ich glaube dir nicht*, sagte Scarlett. Sie nahm Ellery von der Schule, sie packte zwei Koffer, sie flog nach Savannah.

Jetzt war Deacon tot, und Scarlett hatte kein Geld mehr. Zunächst war Buck, nachdem er Deacons Testament gelesen hatte, der Gedanke unangenehm gewesen, Scarlett darüber informieren zu müssen, dass sie nur ein Drittel des Hauses auf Nantucket erben würde und die anderen zwei Drittel an Laurel und Belinda fielen. Jetzt aber war das ein rein akademischer Punkt. Ein Drittel von nichts war nichts.

Buck stapfte ans Wasser und ließ sich die Wellen über die Füße schwappen. Dann streifte er sein T-Shirt ab, legte es mit dem Telefon außer Reichweite des Ozeans auf den Sand und stürzte sich ins Meer. *Herrlich*, dachte er, während er hinauspaddelte und die Wogen anschwollen und über ihm zusammenschlugen. Das brauchte er, um einen klaren Kopf zu bekommen und sich auf das vor ihm Liegende vorzubereiten.

## *ANGIE*

JP setzte Angie vor der Tür ab, weigerte sich jedoch, mit hineinzukommen. »Ich wollte nur die Erdbeeren vorbeibringen«, sagte er. »Ich besorge euch am Montag ein Boot, damit ihr die Asche verstreuen könnt, und dann lerne ich ja alle kennen.«

»Weißt du, wer inzwischen Dads Hausmeister ist?«, fragt Angie. »Nailor ist im Ruhestand; hat jemand anders seine Stelle übernommen? Auf der Veranda ist ein Bodenbrett locker, das schon zweimal versucht hat, mich umzubringen.«

»Dein Dad hat meinen Freund Tommy A. angeheuert«, sagte JP. »Aber der ist um diese Jahreszeit total beschäftigt, und außerdem will ich nicht, dass er dich sieht, sonst sind meine Chancen dahin.«

Angie lächelte in sich hinein. Ihre Kollegen in der Küche zogen sie ständig auf, doch es war eine Weile her, dass jemand mit ihr geflirtet hatte. Na ja, bis auf Joel.

»Ich kann morgen früh vorbeikommen und das Brett reparieren«, sagte JP.

»Das musst du nicht …«, sagte Angie.

»Angie«, erwiderte JP, »ich möchte aber.« Er strich sich mit der Hand über seinen Bart. »Es ist schwer, nicht zu wissen, wie man helfen kann. Es wäre mir eine Ehre, wenn ich das Brett reparieren dürfte.«

»Okay«, sagte sie. »Vielen Dank.« Sie sprang aus dem Jeep, ging die Verandatreppe hoch und wich dem kaputten Brett vorsichtig aus. Sie winkte JP zu, als er rückwärts aus der Einfahrt fuhr.

Belinda stand gleich hinter der Haustür Wache.

»Was *machst* du hier, Mutter?«, fragte Angie, packte den Griff ihres Koffers und stieg die Stufen hinauf.

Belinda folgte ihr. »Dieser Freund von dir ist ja *goldig.*«

»Er ist kein Freund von mir«, sagte sie. »Er war ein Freund von Deacon. JP war derjenige, der ihn gefunden hat.«

»Oh«, sagte Belinda leise.

Angie trat in ihr Zimmer, wo ihr Blick auf das alte Puppenhaus fiel. Sie erinnerte sich, wie sie mit Scarlett immer wieder die Möbel umgestellt hatte, wie sie auf dem grob behauenen Küchentisch Butter und Eier serviert und die dreistöckige Festtagstorte und die winzigen Teetassen für das elegante Esszimmer reserviert hatten. Das Sofa im Wohnzimmer war mit rosa Chintz bezogen und mit Kissen in der Größe von Briefmarken dekoriert. Angie hatte sehr wenige materielle Dinge so sehr geliebt wie dieses Puppenhaus. Sie seufzte.

»Lass uns unsere Zimmer tauschen«, sagte Belinda. »Hier gibt's ja nicht mal einen Kleiderschrank. In Claras Zimmer ist zumindest einer.«

»Ich brauche keinen Kleiderschrank«, sagte Angie. »Ich hab keine Haute Couture mitgebracht.«

»Sei bitte nicht so garstig, Liebling«, sagte Belinda. »Es ist sowieso schon alles schwer genug für mich.«

Angie legte sich auf ihr Bett. Die Kissenbezüge rochen nach Zuhause, irgendwie tröstlich. »Geh, Mutter.«

Belinda schloss die Tür, stand aber nach wie vor im Zimmer. Das war *nicht* okay, doch hatte Angie erwartet, dass ihre Mutter sich änderte? Ihr Modus Operandi war folgender: Meistens war sie abwesend, unterwegs beim Drehen, aber wenn sie da war, ließ sie Angie keine Sekunde lang in Ruhe. Angie war sechsundzwanzig und Belinda eine Helikopter-Mutter.

»Ich glaube, dein Vater würde wollen, dass du dir einen Freund zulegst«, sagte Belinda.

»Ich habe einen Freund«, entgegnete Angie und kniff die Augen zusammen. Das passierte ihr immer wieder: Sie gab wertvolle Informationen preis, nur um Belinda zu beweisen, dass sie nicht alles wusste.

»Wer ist es?«, fragte Belinda.

»Niemand«, sagte Angie. *Joel Tersigni,* dachte sie. Sie sehnte sich danach, seinen Namen laut auszusprechen. Das Problem an einer heimlichen Liebesaffäre war, dass sie mit keiner Menschenseele darüber reden konnte. Wenn Angie eine gute Freundin gehabt hätte, eine, der sie sich anvertrauen konnte, wäre die Situation vielleicht ein kleines bisschen erträglicher. In ihrer Kindheit hatte Angie Scarlett gehabt, der sie alles erzählte, was sie ihrer Mutter nicht erzählen konnte. In der Highschool war es dann Pierpont Jones gewesen, lustig und wild, aber nicht sehr verschwiegen, was Geheimnisse betraf. In der Kochschule und bei der Arbeit in der Küche hatte Angie ausschließlich männliche Freunde gehabt.

*Konnte* sie Belinda von Joel erzählen?, fragte Angie sich. Würde es ihre Beziehung verbessern, oder würde Belinda die Information für sich nutzen, wie sie alles für sich nutzte?

Angie wusste, was ihre Mutter sagen würde. Sie würde

Angie raten, Joel anzurufen, um herauszufinden, was los war. Sie würde sagen: *Du verdienst es, mit Respekt behandelt zu werden.* Und damit hätte sie recht.

Angie stand auf. »Entschuldige«, sagte sie. »Ich muss mal telefonieren.«

Angie ging an ihrer Mutter vorbei aus dem Zimmer, die Treppe hinunter und aus dem Haus. Als sie am Ende der Einfahrt endlich ein Netz hatte, wählte sie Joels Nummer. Bestimmt würde er nicht abnehmen. Joel war ein Feigling. Warum hatte es so lange gedauert, bis Angie das klar wurde?

Das Telefon klingelte ein Mal, dann sagte die Stimme einer Frau: »Hallo, Angie.«

Angie stammelte. »Ich … ich …«

»Hier ist Dory Tersigni, Angie«, sagte die Frau.

*Leg auf!*, dachte Angie. *Leg auf!* Joel hatte Dory sein Handy gegeben – oder, noch wahrscheinlicher, Dory hatte Joel das Handy weggenommen und auf Angies Anruf gewartet.

»Ich weiß, dass du eine Affäre mit meinem Mann gehabt hast«, sagte Dory. »Seit dem 20. Dezember, nach der Weihnachtsparty. Ich weiß, dass sie sich hauptsächlich in deinem Apartment in der East 73rd Street abgespielt hat. Ich weiß von euren Tausenden SMS und freizügigen Fotos und unzähligen Telefonaten. Ich weiß alles, Angie.«

Angie öffnete den Mund. *Kontern*, dachte sie. Sie wusste auch so einiges. Sie wusste, dass Dory magersüchtig war und Bulimikerin, dass sie eine Strohpuppe war, vertrocknet und reizlos im Bett und unfähig, Joels gewaltigen sexuellen Appetit zu stillen. Sie wusste, dass Dory Joel in der Hand hatte, finanziell und auch weil er wegen der Jungen Schuldgefühle empfand. Sie wusste, dass Dory eine bombige Anwältin war, hartnäckig bei Verhandlungen, zäh und unnachgiebig. *Sie verliert nie*, hatte Joel Angie einmal erklärt, doch bei ihm hatte das negativ geklungen. Jetzt, da Angie sich in direktem Wettstreit mit Dory befand, hätte sie sich eine weniger ernstzunehmende Gegnerin gewünscht.

»Ich würde bitte gern mit Joel sprechen«, sagte sie.

»Das kommt nicht in Frage«, sagte Dory. »Euer kleines Techtelmechtel ist vorbei.«

»Techtelmechtel«, wiederholte Angie.

»Was?«, fragte Dory.

»Es war kein Techtelmechtel«, sagte Angie. »Ich liebe ihn. Und er liebt mich.«

»Joel Tersigni weiß nicht, was Liebe ist«, sagte Dory. »Weißt du, mit wem er vor dir geschlafen hat?«

»Wie bitte?«

»Mit Karen, der Empfangsdame. Und davor mit Winnie. Du bist nur eine in einer langen Reihe. Obwohl ich zugeben muss, dass ich überrascht bin. Eigentlich zieht er Blonde vor, je blasser, desto besser.«

»Hör auf«, flüsterte Angie.

»Du schläfst mit meinem Ehemann und willst, dass *ich* aufhöre? Ich sage dir, wer aufhören wird. *Du* wirst aufhören. Wenn du Joel jemals wieder anrufst oder simst oder eine E-Mail schickst oder Rauchsignale, werde ich die Presse kontaktieren und sie über die widerlichen Vorkommnisse hinter den Kulissen von Deacon Thorpes Restaurant informieren. Du bist nicht irgendeine Unbekannte, Angie Thorpe. Dein Vater war eine Berühmtheit, und deine Mutter ist noch berühmter. Ich bin sicher, die Boulevardblätter würden sich begeistert darauf stürzen!«

»Bitte«, sagte Angie. »Mein Vater ist *tot*.« Bei diesen Worten fing sie an zu weinen. *Endlich*, dachte sie. Es fühlte sich an wie Regen nach einer Dürre; es fühlte sich so *gut* an, und doch fand Angie es abscheulich, dass es Dory war, die diese Tränen ausgelöst hatte. »Mein Vater ist tot!«

»Ich kannte Deacon nicht gut«, sagte Dory. »Aber man kann wohl annehmen, dass er sich für dich geschämt hätte. Das hätte jeder Vater.«

Die Überzeugung in Dorys Stimme verschlug Angie den Atem. Deacon *hätte* sich geschämt. Er *wäre* enttäuscht gewesen. Mit Sicherheit hatte er über Joels Affären mit Karen und Winnie Bescheid gewusst, den beiden hohlen Blondinen, die mit Joel im Service gearbeitet hatten. Winnie war nur drei oder vier Monate im Board Room geblieben. Joel musste sich sofort an sie herangemacht haben, und es war vermutlich ihre Trennung gewesen, die sie dazu veranlasst hatte, sang- und klanglos zu gehen.

»Es tut mir leid«, flüsterte Angie. »Es tut mir leid, Dory.«

Sie wartete auf eine Antwort, doch es kam keine. Dory hatte aufgelegt.

## *LAUREL*

Der erste volle Tag war mehr oder weniger eine Achterbahn gewesen, und Laurel war froh, dass sie sich jetzt ein Glas Wein einschenken konnte.

»Noch eins für mich«, sagte Belinda. »Bitte, Laurel.«

»Und eins für mich«, sagte Hayes. »Bitte, Mom.«

Laurel öffnete eine weitere gekühlte Flasche von dem Cloudy Bay. Sie goss Belinda ein Glas ein, die schwarze Jeans und eine schwarze Seidenbluse anhatte, als wolle sie sich gleich im Angelika einen ausländischen Film ansehen. Hayes trug Cargo-Shorts und ein zerrissenes Ramones-T-Shirt. Er hatte sich seit einer Woche nicht rasiert, und seine Augen waren rot gerändert. Er stank fürchterlich. Wäre es zu Mom-artig von ihr, wenn sie ihm vorschlüge, vor dem Essen zu duschen, wie sie es getan hatte, als er ein Teenager gewesen war? In den letzten Jahren hatte Laurel sich daran gewöhnt, dass Hayes gut frisiert und wunderbar gekleidet war. Er mochte eng geschnittene Anzüge; er trug bunt gemusterte Robert-Graham-Hemden und teure Seidenkrawatten und italienische Schuhe. Er hatte mit seiner Gesichtsbehaarung experimentiert – Kinnbart, Unterlippenbärtchen, Koteletten –, aber nie schlampig oder ungepflegt gewirkt wie heute. Heute sah er aus, fand Laurel, wie einer ihrer Klienten im Sozialamt. Und er kratzte sich wie wild am Arm, was sie vage alarmierte.

*Drogen?*, dachte sie.

In der Highschool hatte er Gras geraucht und im College, vermutete sie, irgendwann Kokain und LSD ausprobiert. Sie wünschte, er wäre noch mit Whitney Jo zusammen. Whitney Jo stammte von den Prärien in Kansas. Sie trug Trucker-Mützen über ihren Zöpfen, hatte ein sympathisches, strahlend weißes Lächeln und war ohne jede Arglist.

Laurel verspürte den Drang, Hayes nach Whitney Jo zu fragen, doch das wäre wirklich etwas grässlich Mom-haftes gewesen.

Sie hob das Glas. »Prost, Schatz«, sagte sie zu Hayes. »Deine Anreise war bestimmt die reinste Odyssee.«

Sie stießen an. Hayes nahm einen ausgiebigen Schluck und kratzte sich am Arm.

»Ich glaube, ich hab dir noch gar nicht erzählt«, sagte er, »dass der Taxifahrer, der uns hergebracht hat, auch Dad kutschiert hat. Er hat sich an die Adresse erinnert.«

»Wusste er, was passiert ist?«, fragte Laurel.

»Ja«, sagte Hayes. »Inzwischen weiß ja wohl alle Welt Bescheid.« Er kratzte sich am Arm. Das Gekratze gefiel Laurel gar nicht. *Betäubungsmittel,* dachte sie. *Opiate.*

Sie mahlte frischen Pfeffer auf die Steaks. »Heute gibt's was Einfaches«, sagte sie. »Steaks und Spargel. Morgen Abend kocht Angie.«

»Am Montag sollten wir, wenn wir die Asche verstreut haben, Pizza essen«, schlug Hayes vor. »Zu Ehren Dads.«

»Das ist eine wunderbare Idee, Schatz«, sagte Laurel.

»Fand ich auch!«, sagte Hayes enthusiastisch. Zu enthusiastisch? Vielleicht war Laurel überempfindlich. »Ich leg mich oben mal ein bisschen hin«, fügte er hinzu, nahm sein Glas und verschwand aus der Küche.

Und ließ Laurel allein mit … Belinda.

»Wie geht's Angie?«, fragte Laurel.

»Keine Ahnung«, sagte Belinda. »Sie erzählt mir ja nichts. Einmal ist ihr rausgerutscht, dass sie einen Freund hat, aber dann wollte sie nicht sagen, wer es ist. Ich glaube … na ja, ich glaube, sie hat ihn erfunden.«

»Ich habe Deacon immer wieder mal gefragt, ob es jemand Besonderen in ihrem Leben gibt«, sagte Laurel. »Er meinte, sie sei zu beschäftigt für einen Freund.«

»Deacon und ich haben darüber geredet, als ich ihn vorigen Herbst in New York sah. Ich sagte, dass ich mir Sorgen mache, und er meinte, ich soll mich entspannen.« Belinda versenkte sich in ihren Wein. »Da habe ich ihn zum letzten Mal gesehen – im September. Und du?«

»Ich habe ihn oft gesehen«, sagte Laurel. »Hayes und ich waren Ostern im Board Room essen. Und dann habe ich ungefähr zwei Wochen vor seinem Tod mit ihm gesprochen, kurz nachdem er aufgehört hatte zu trinken …«

»Er hat aufgehört zu trinken?«, fragte Belinda. »Deacon?«

Laurel nickte, wurde aber nicht ausführlicher. Belinda musste nichts von der Stripperin und dem Saab erfahren. »Und dann hat er mir am 2. Mai eine Geburtstagskarte geschickt.«

»Er hat dir eine Geburtstagskarte geschickt?«, fragte Belinda. »Ich glaube, in siebzehn Jahren hat der Mann kein einziges Mal an meinen Geburtstag gedacht. 30. September. Kann man sich wohl nicht so gut merken.«

»Deacon und ich waren Freunde«, sagte Laurel.

»Das liegt daran, dass du nicht wieder geheiratet hast«, sagte Belinda. »Bob hätte es nicht geduldet, dass ich mit Deacon befreundet bin.«

»Glaubst du?«

»Das weiß ich«, sagte Belinda. »Bob ist sehr eifersüchtig.«

»Da bin ich sicher«, sagte Laurel und schaute in Richtung Haustür. »Buck ist schon eine ganze Weile weg. Meinst du, er ist ertrunken?« Sie bemühte sich, unbeschwert und beiläufig zu klingen, doch seit dem Beinahekuss auf der Terrasse hegte sie ziemlich überwältigende Gefühle für Buck. Jedes Mal, wenn sie daran dachte, überkam sie ein leichter Schwindel.

»Wahrscheinlich weicht er mir aus«, sagte Belinda.

»Warum sollte er?«

»Wir hatten heute Nachmittag einen kleinen Zusammenstoß«, sagte Belinda und wedelte mit der Hand. »Nichts von Bedeutung. Schon vergessen.«

»Heute Nachmittag? Als ich in der Stadt war?«

»Ja«, bestätigte Belinda. »Aber wie ich sagte, es war nichts von Bedeutung. Bestimmt ist es ihm peinlich.«

Laurels Magen verkrampfte sich. Ihr gefiel Belindas Gesichtsausdruck nicht. »Was sollte ihm peinlich sein?«

»Na ja …«, sagte Belinda und beugte sich vor, als wollte sie ihr etwas anvertrauen, doch dann knallte die Fliegengittertür zu, und zwei Sekunden später trat Buck in die Küche, tropfnass und mit sandigen Füßen.

»Hey, wir haben gerade von dir gesprochen«, sagte Laurel, griff sich ein kaltes Bier aus dem Kühlschrank und machte es ihm auf. »Wie war das Meer?«

»Großartig«, sagte Buck. »Danke.« Er nahm einen ordentlichen Schluck von dem Bier. »Hört mal, ich muss gelegentlich mit euch über einige juristische Angelegenheiten sprechen.«

»Belinda wollte mir gerade von dem Zusammenstoß erzählen, den ihr beide heute Nachmittag hattet«, sagte Laurel.

Buck fiel die Kinnlade herunter. Er sah Belinda an. »Keine Ahnung, wovon du redest«, sagte er und schwang sich auf einen der Hocker an der Theke. »Euch ist doch vermutlich beiden klar, dass Deacon finanzielle Probleme hatte?«

Laurel nickte, obwohl dies neu für sie war.

»Ich wünschte, Scarlett wäre hier«, sagte Buck.

»Ich nicht«, meinte Belinda.

»Na ja, ob es dir gefällt oder nicht, sie war Deacons Ehefrau, also betrifft das auch sie«, sagte Buck.

»Sie ist labil«, sagte Belinda. »Und impulsiv. Wenn Deacon finanzielle Probleme hatte, dann deshalb, weil Scarlett eine Verschwenderin ist.«

Laurel spürte, wie ihre Höflichkeit bröckelte. »Scarlett ist nicht hier, um sich zu verteidigen. Und woher willst du ihr Ausgabeverhalten kennen?«

»Hast du vergessen, dass sie mein *Kindermädchen* war?«, fragte Belinda. »Ich habe sie mit einem Hundert-Dollar-Schein zu Gristedes geschickt, um Milch zu kaufen, und sie kam mit Pennys zurück.«

In diesem Moment trat Angie in die Küche und tippte Belinda auf die Schulter. »Ich konnte dich von oben hören«, sagte sie. »Du glaubst, ich habe meinen Freund erfunden?«

»Liebling«, sagte Belinda.

»Du glaubst, ich bin wie … ein Kind mit einer imaginären Freundin?«

»Na ja, du hattest January«, sagte Belinda. »January hat dich jahrelang begleitet.«

*January*, dachte Laurel. Sie hatte sie ganz vergessen, doch jetzt erinnerte sie sich deutlich daran, dass Angie sich eine Freundin namens January ausgedacht hatte.

»January war so lange meine Freundin, weil ich *jung* war!«, sagte Angie. »Und ich war *einsam*! Und du warst *nie da*!«

»Liebling, bitte beruhige dich«, sagte Belinda.

»Er heißt *Joel Tersigni*!«, sagte Angie. »Er ist Speiseraummanager im Boarding Room.«

»O Gott«, sagte Buck. »Bitte erzähl mir nicht, dass du dich mit Joel eingelassen hast. Der ist doch mit diesem Drachen verheiratet, der für Wilson and Oskam arbeitet.«

»Angie!«, sagte Belinda.

»Was ist, Mutter?«, fragte Angie. »Hast du noch nie mit einem verheirateten Mann geschlafen?«

»Ich zünde mal den Grill an«, sagte Laurel und sah Buck mit hochgezogenen Augenbrauen an. »Vielleicht kannst du uns beim Essen über den Rest ins Bild setzen.«

## *BUCK*

Bestraf den Boten nicht für die schlechte Nachricht.

Buck saß auf der Terrasse auf seinem Stuhl, ein Bier trinkbereit neben sich. Unter dem Vorwand, Laurel beim »Tischdecken« zu helfen, hatte er jeden Schrank in der Küche geöffnet, bis er rechts unten neben dem Herd den Schnaps gefunden hatte: Jameson, Tanqueray Ten, Mount Gay, Jack Daniel's und ein Einweckglas mit einer durchsichtigen Flüssigkeit – Deacons Schwarzgebrannter, der ihm, wie er wusste, den Schmelz von den Zähnen ätzen würde.

Er wartete, bis jeder Platz genommen und Laurel die Platte mit Steaks und Spargel, die Schüssel mit dem Salat und den Brotkorb hingestellt hatte.

»Tut mir leid, dass es etwas so Einfaches ist«, sagte sie.

»Mom«, sagte Hayes und schüttelte dann, da ihm weitere Worte fehlten, den Kopf.

Hayes sah gar nicht gut aus, fand Buck. Und er schien seinen Rasierapparat verlegt zu haben.

Buck hob sein Bierglas. Er wusste nicht genau, was er sagen sollte. Er war als Katholik aufgewachsen und hatte vermutlich als Einziger das Gefühl, dass ein Gebet angebracht wäre. Schließlich saßen sie an dem Tisch, an dem Deacon gesessen hatte, als seine Seele seinen Körper verließ. Sollte Buck das erwähnen? Er hielt sich für einen Meister in sozialer Kompetenz – das erforderte sein Beruf –, aber manche Situationen bargen zu viele emotionale Schlaglöcher, die geschickt zu umschiffen waren. Er würde zunächst als Freund sprechen, beschloss er, und dann in den Agentenmodus umschalten.

»Auf Deacon«, sagte er. »Ehemann, Vater, Freund, Sternekoch und ein Mann wie kein anderer. Ich weiß, dass ich für uns alle spreche, wenn ich sage, dass ein helles Licht erloschen ist.«

»Auf Deacon«, sagte Laurel und stieß mit Buck an.

Belinda belud ihren Teller mit Salat. Hayes legte sich ein Brötchen auf seinen Teller und starrte es dann an, als wäre es ein Saurierei. Angie bediente sich von Steak und Spargel, rührte ihr Besteck jedoch nicht an. Nur Laurel haute rein. Deacon hatte immer gesagt, sie äße wie ein Fernfahrer.

Essen ist für sie wie Sex, hatte Deacon Buck vor Jahrzehnten anvertraut. Sie kriegt nie genug davon.

Buck errötete, als er sich daran erinnerte. Aber er musste bei der Sache bleiben. »Also«, sagte er.

Laurel wandte sich ihm zu, ebenso wie Angie. Belinda spießte einige Blätter auf. Hayes starrte das Brötchen an.

»Deacon ist Ende letzten Jahres in finanzielle Schwierigkeiten geraten, die zu einer Lawine angewachsen sind.«

Hayes kippte sich den Inhalt seines Weinglases in den Mund. Laurel, die ihn dabei beobachtete, entwich ein leiser Seufzer.

»Ich fange ganz von vorn an«, sagte Buck

»Die Spannung bringt mich noch um«, sagte Belinda.

»Deacon hat Scarlett dieses Haus hinterlassen. Und dir, Laurel. Und dir, Belinda. Genau genommen erbt jede von euch ein Drittel.«

Laurel rang nach Luft. »Du machst Witze!«

Sogar Belinda wirkte verblüfft. »Wie nett von ihm«, sagte sie. »Mir hätte er nun wirklich nichts hinterlassen müssen.«

»Seine Absicht war, dass ihr drei eure Anteile euren gemeinsamen Kindern weitervererbt«, sagte Buck. »Und dass ihr es euch auf eine Weise teilt, die der Testamentsvollstrecker für vernünftig erachtet.«

»Du also?«, fragte Belinda.

»Ja, ich«, bestätigte Buck.

»Also, lass mich raten … Laurel kriegt den Sommer, Scarlett kriegt Frühling und Herbst, und ich kriege den Februar.«

»Hör auf, Mutter«, sagte Angie.

»Aufhören womit, Liebling? Ich glaube, wir wissen alle, dass Buck in Laurel verknallt ist.«

»Belinda!«, sagte Laurel.

»Es gibt nur ein Problem«, sagte Buck. »Das Haus ist bis unters Dach verschuldet. Es fällt am 1. Juli an die Nantucket Bank zurück, wenn die ausstehenden Forderungen nicht beglichen werden.«

»Wie hoch sind die?«, fragte Angie.

»Vierhundertsechsunddreißigtausend …«

»O Gott«, sagte Laurel.

»Zweihundertzweiundneunzig Dollar und neunzehn Cent.«

»Die neunzehn Cent hab ich«, sagte Hayes und schenkte der Tischrunde ein breites Grinsen.

»Das ist zu schade«, sagte Belinda. »Wirklich.«

»Mutter«, sagte Angie.

»Was?«

»Du kannst es dir leisten«, sagte Angie.

»Ich kann mir mein Drittel leisten«, sagte Belinda. »Also ungefähr hundertfünfzig Riesen. Aber Laurels und Scarletts Anteil bezahle ich nicht.«

»Das verlangt auch keiner von dir!«, sagte Laurel.

»Na ja, es drängt schon ein bisschen«, sagte Buck. »Uns bleiben weniger als zwei Wochen.«

»Bob hat mich gewarnt, der einzige Grund für eure Einladung sei, dass ihr was von mir wollt«, sagte Belinda. »Und jetzt stelle ich mit Entsetzen fest, dass er recht hatte.«

»Keiner will was von dir«, sagte Laurel.

»Aber wenn wir das Haus verlieren …«, sagte Angie.

»Es passiert ständig, dass Menschen ihre Häuser verlieren«, sagte Belinda. »Jeden Tag kann überall in Amerika jemand seine Hypothekenzahlungen nicht leisten.«

»Ihr verliert das Haus, wenn die Rückstände nicht komplett bezahlt werden«, sagte Buck. »Unter Garantie. Und dann kommt noch die monatliche Rate von vierzehntausend Dollar dazu.«

»Wow«, sagte Hayes.

»Keiner bittet dich um irgendetwas«, sagte Laurel zu Belinda. »Aber wie typisch für dich, das zu denken.« Sie warf Buck einen finsteren Blick zu. »Ich fasse es nicht, dass du das beim Essen aufs Tapet bringen musstest.«

»Das …« Das wolltest du doch!, hätte Buck fast gesagt. Doch er spürte, dass jedes Wort aus seinem Mund die Sache nur noch schlimmer gemacht hätte, und schnitt sich ein Stück Steak ab. »Sehr lecker.«

Der Rest der Tischrunde schwieg.

## *HAYES*

Er fühlte sich wie eine Libelle auf einem Teich, die die Oberfläche streift, ein, zwei Sekunden lang schwebend verweilt, um die Realität in sich aufzunehmen, und dann weiterfliegt. Hayes starrte sein Brötchen an. Er hatte eine ziemlich genaue Vorstellung davon, wie es schmecken würde, war aber so high, dass es ihm schwerfiel, sich darauf zu konzentrieren, was er damit anfangen sollte. Es aufschneiden? Um die Butter bitten?

Das Gespräch wurde rasch zu einem brennenden Gebäude, dem Hayes entfliehen musste. Deacon hatte finanzielle Probleme gehabt, und sie würden das Haus verlieren. Das Haus auf Nantucket! Hayes hatte immer geglaubt, sein Vater sei reich. Er war im Fernsehen! Er bekam Tantiemen und Wiederholungshonorare. Er wurde praktisch jeden Monat in der *New York Times* erwähnt – und dauernd in *Bon Appétit* und *Saveur* zitiert. Der Board Room war das heißeste Restaurant in Amerika.

Aber Buck übertrieb nicht, das merkte Hayes. Deacon war völlig pleite gestorben – schlimmer noch, verschuldet. Hayes dachte schuldbewusst an das viele Geld, das Deacon ihm in den letzten Jahren zugesteckt hatte. Wahrscheinlich annähernd vierzig Riesen. Deacon hatte Hayes erlaubt, über seine Verhältnisse zu leben, ein Apartment in SoHo zu bewohnen, in dem er nur vier-, fünfmal monatlich übernachtete. Hayes kam sich vor wie der größte Egoist aller Zeiten. Es war ihm nie eingefallen, sich bei Deacon zu erkundigen, ob die Zahlungen an Hayes' Hausverwaltung ihn belasteten. Deacon hatte sie angeboten! Er war der Dad. War er einer von den Menschen gewesen, die geben und geben und geben, auch wenn sie nichts mehr haben? Anscheinend.

Laurel fragte nach Deacons Kochbuch. War das eine potenzielle Geldquelle? Angie sagte lachend, das »Kochbuch« sei ein Ordner voller unzusammenhängender Notizen und nicht erprobter Rezepte.

Hayes beschloss, sich einzumischen.

»Aber Dad *hatte vor*, ein Kochbuch zu schreiben?«, fragte er. »Es gibt was, aus dem man etwas machen kann?«

Angie zuckte die Achseln. »Ich glaube schon.«

Hayes fragte sich, warum sein Vater nicht *ihn* um Hilfe gebeten hatte; schließlich war er der Schriftsteller in der Familie. Es hätte ein Vater-Sohn-Gemeinschaftsprojekt werden können, ein Buch, auf dessen Umschlag ihrer beider Namen, ihrer beider Fotos zu sehen waren. Es hätte Deacon Geld eingebracht und Hayes vielleicht an die Spitze des Impressums von *Fine Travel* befördert oder ihm sogar als Sprungbrett in die Redaktion des *Condé Nast Traveler* gedient. Hayes liebte seinen Job, auf alle Fälle, aber er war noch nicht am oberen Ende der Leiter angekommen, und hin und wieder packte ihn der Ehrgeiz wie ein Wirbelwind, und er malte sich aus, wie er höher und immer höher kletterte.

»Er wusste, dass er es nie schaffen würde«, sagte Angie. »Das hat ihn umgebracht.«

Alle schwiegen. »Hat ihn umgebracht« war keine angemessene Metapher mehr. Aber die Idee mit dem Kochbuch ließ Hayes nicht los. Wenn er und Angie nun Deacons Notizen nahmen und es zusammen schrieben? Sie hatte das Fachwissen und er das schriftstellerische Talent. Es könnte ein posthumer Tribut an ihren Vater sein mit ihrer beider Fotos auf dem Einband, ein Sohn und eine Tochter, einer weiß, eine schwarz, einer leiblich, eine adoptiert – das wäre eine PR-Goldgrube! Aber wahrscheinlich würde es nicht rechtzeitig fertig sein, um ihnen das Haus zu erhalten. Nein, definitiv nicht.

Angie warf ihre Serviette auf ihr nicht angerührtes Essen. »Ich weiß nicht, wie es euch geht, aber ich kann heute Abend nicht mehr darüber sprechen.«

Laurel streckte die Hand aus und strich Angie über den Rücken. »Auch das geht vorbei«, sagte sie.

Hayes starrte sein Brötchen an. Diesen Satz sagte Laurel seit Ewigkeiten, und obwohl er in diesem Moment aufmunternd gemeint war – was einem heute schlimm erschien, würde morgen weniger schmerzhaft sein und nächsten Monat oder nächstes Jahr noch weniger –, fand Hayes den Gedanken generell deprimierend. Alles verging, dann folgte etwas anderes, wir erlebten vierunddreißig oder vierundfünfzig belanglose Jahre der Menschheitsgeschichte – dann starben wir. Das widerfuhr allen; niemand konnte dem Tod entrinnen.

»Entschuldigt ihr mich?«, fragte er und stand auf. Vielleicht lag es an der Anwesenheit seiner Mutter, dass er sich wie ein Neunjähriger benahm.

»Schatz, du hast ja gar nichts …«, sagte Laurel, doch Hayes wartete den Rest nicht ab. Er trug seinen Teller ins Haus und ging hoch auf sein Zimmer.

Später, als es dunkel war und sich scheinbarer Frieden über das Haus gesenkt hatte, rief Hayes Pirate an, den Taxifahrer. Konnte Pirate ihn abholen? Ihm helfen, Stoff zu besorgen?

Zunächst keine Antwort. Hayes geriet in Panik: War er in einer Leitung der Taxizentrale gelandet?

»Klar, Mann«, sagte Pirate dann. »Bin in 'ner Viertelstunde da.«

Pirate kreuzte wie versprochen in dem 65er Lincoln auf. Er trug seinen Samtmantel und die Augenklappe, und seine Haare sahen aus, als sei auf seinem Kopf ein Rabe gestorben. »Bereit zum *Feiern?*«, fragte er Hayes laut und enthusiastisch wie ein durchgeknallter College-Student – oder wie John Belushi vielleicht, Minuten vor seinem Tod.

»Klar, Mann«, sagte Hayes. Im Grunde stahl er sich aus dem Haus wie ein Teenager. Er hatte erwogen, Laurel einen Zettel zu hinterlassen, auf dem er ihr mitteilte, dass er ausgegangen sei, aber dann kam er zu dem Schluss, dass sie das nicht beruhigen, sondern nur ängstigen würde. Sie hatte ihn vorhin so argwöhnisch angesehen, also würde sie, wenn sie wüsste, dass er weg war, womöglich sein Zimmer durchsuchen. Sie war nicht naiv; sie hatte von Berufs wegen mit Lügnern und Dieben, mit Drogensüchtigen und Ganoven zu tun.

Pirate fuhr in halsbrecherischem Tempo die Polpis Road entlang, wo es nur wenige Laternen gab. Hayes schaute zu ihm hinüber. Sein unbedecktes Auge war mit manischer Intensität auf die Straße gerichtet.

»Bist du schon high, Mann?«, fragte er.

»Klar, Mann«, sagte Pirate. »Wir haben schon richtig Party

gemacht. Hoffentlich bist du auf einen Wahnsinnsabend vorbereitet.« Er nahm die nächste Kurve so schnell, dass die Reifen des Lincoln quietschten und Hayes befürchtete, ihm könne übel werden. Er sollte Pirate bitten, umzukehren und ihn nach Hause zu bringen. Er brauchte Schlaf und Wasser und ein paar Stunden, in denen er clean war. Doch dann verflüchtigte sich dieser Gedanke. Was Hayes brauchte, war ein großartiges High. Traurige Tatsache.

Aber er war noch auf etwas anderes aus, nämlich auf Informationen.

»Also, Pirate«, sagte Hayes mit leiser Stimme, die besänftigend wirken sollte. »Ich muss dich was fragen, Kumpel. Erinnerst du dich an Einzelheiten bei meinem Dad? Erinnerst du dich daran, was er gesagt oder getan hat oder wie er drauf war?«

»Klar, Mann«, entgegnete Pirate. »Das tu ich.«

Hayes wartete darauf, dass er weitersprach. Ein paar Momente des Schweigens verstrichen, und Hayes nahm an, dass Pirate – das *konnte* nicht sein richtiger Name sein; Hayes hätte ihn fragen sollen – sich sammelte, doch als es schien, als ob keine Antwort folgen würde, sagte er: »Woran genau erinnerst du dich?«

»Oh«, sagte Pirate und schüttelte den Kopf, als erwachte er aus einem Traum. »Er war einfach richtig cool. Ich meine, er war *Deacon Thorpe*, Mann. Ich hab seine Sendung gesehen, seit ich … ich weiß nicht, ein Kind war. Und dann steigt er plötzlich in mein Taxi.«

»Genau«, sagte Hayes. An Fan-Begeisterung war er gewöhnt. Deacon wurde überall erkannt, und er hatte eine Frau geheiratet, die noch berühmter war als er. Hayes hatte auf Twitter

Beiträge von Mario Batali und Bobby Flay und Eric Ripert gelesen und die endlose Verwendung des Begriffs »kulturelle Ikone« gesehen. Das alles war zwar erfreulich, aber nicht das, worauf Hayes aus war. Er wollte etwas Persönlicheres. »Wie wirkte er? Als er zu dir ins Taxi stieg, meine ich. War er aufgekratzt? Still? Hat er Witze gerissen?«

»Er war cool«, sagte Pirate. »Er hat gesagt, ich soll ihn in die Hoicks Hollow Road 33 fahren. Er hat gesagt: ›Geh nicht über Los, zieh keine zweihundert Dollar ein.‹ Das ist aus Monopoly. Einem Brettspiel.«

»Ja, ich weiß«, sagte Hayes. Deacon war ein leidenschaftlicher Monopoly-Spieler gewesen. Auf die Innenseite seines rechten Unterarms hatte er sich Mr Monopoly tätowieren lassen.

Pirate beugte sich vor, wie um besser sehen zu können, und Hayes dachte: *Wenn du besser sehen willst, nimm doch die blöde Augenklappe ab.* »Er hat mir erzählt, wie er zum ersten Mal nach Nantucket gekommen ist. Bei einem Tagesausflug mit seinem Alten.«

»Das hat er dir erzählt?«, fragte Hayes. »Hat er irgendwas über das Haus gesagt?« Hayes war wie hypnotisiert von den leuchtenden Kreisen auf dem Armaturenbrett. Sie fuhren nur vierzig Meilen pro Stunde, doch weil das Verdeck geschlossen und es dunkel und die Straße kurvenreich war, fühlte es sich an, als würden sie gleich in eine andere Realität abheben. »Hat er gesagt, dass er es verlieren würde?«

»Verlieren?«, sagte Pirate. »Nein, Mann. Er war ganz aufgeregt, als wir in die Hoicks Hollow Road einbogen. Er sagte, hier sei sein …«

»Zweites Zuhause«, ergänzte Hayes. »Genau.«

Auf der Polpis Road hielt Pirate an. Er stieg aus dem Wagen, ging ein Stück den Radweg entlang und machte einen Anruf. Hayes lehnte seinen Kopf an den Sitz. Er sollte sofort nach Hause fahren: *Geh nicht über Los, zieh keine zweihundert Dollar ein.* Das Amerikanische Paradies würde an die Bank zurückfallen, genauso wie eins der kleinen grünen Häuser bei Monopoly, vom Brett gefegt werden und wieder in die Tresore der Bank wandern. Hayes musste eine Möglichkeit finden, es zu retten. Aber zuerst brauchte er Drogen. Bei seinem momentanen Konsum würde er morgen keine mehr haben. Schon bei dem Gedanken daran kamen ihm fast die Tränen. Wie war er nur so geworden? Er hatte doch vorsichtig sein, aufpassen wollen.

Er sollte aussteigen und Angie anrufen, damit sie ihn abholte. Angie konnte er die Wahrheit sagen, und sie würde wissen, was zu tun war. Sie würde stinksauer sein, aber einen Plan aushecken.

*Steig aus!*, dachte Hayes. *Lauf weg!* Doch er rührte sich nicht von der Stelle.

Pirate stieg wortlos wieder ein.

»Alles klar?«, fragte Hayes.

»Ja«, sagte Pirate. »Alles klar.«

Pirate drosselte das Tempo, als sie sich dem Kreisverkehr näherten. Sie fuhren auf die Hooper Farm Road, und dann nahm Pirate einige Abzweigungen, über die Hayes den Überblick zu behalten versuchte, aber als er seine Augen für ein, zwei Sekunden schloss und dann wieder öffnete, waren sie auf einem Feldweg. *Auf dem Weg zur Hölle*, dachte Hayes.

»Wohin fahren wir, Mann?«, fragte er.

»Zu 'ner Party«, sagte Pirate. »Privatparty.«

Er fuhr bis ans Ende des Weges, wo keine Häuser mehr standen. Vor sich sah Hayes nur dürres Kieferngestrüpp.

Pirate hielt an und stieg aus. Wollte er, dass Hayes mitkam? Ja. Pirate wedelte mit dem Arm.

Sie gingen einen sandigen Pfad entlang, der in den Wald führte. Mit tiefen Atemzügen mühte sich Hayes, sein hämmerndes Herz zu beruhigen. Sie waren auf Nantucket, in einem Märchensommerland, wo nie etwas Schlimmes passierte.

Hayes lauschte angestrengt auf die Geräusche einer Party. Er hatte sich ein großes, schön gelegenes Strandhaus mit jungen, eleganten Gästen und Pyramiden aus sehr hochwertigem Kokain vorgestellt. Oder ein Lagerfeuer, an dem ein Trupp überprivilegierter Jugendlicher in Dreihundert-Dollar-Jeans und Rip-Curl-T-Shirts nepalesisches Haschisch rauchte. Aber es war vollkommen still.

Plötzlich trat ein Mann aus den Schatten. Er war riesig, ein Goliath. Hayes dachte kurz an den Dealer, bei dem er in Venice Beach Heroin gekauft hatte. Im Vergleich zu dem Typ hier war er die Kleine Meerjungfrau gewesen.

Pirate legte Hayes eine Hand auf die Schulter. »Hayes Thorpe, ich möchte dir gern …«

Doch Hayes verstand den Namen des Riesen nicht, denn in dieser Sekunde traf dessen Faust, groß wie ein Ziegelstein, auf Hayes' Gesicht. Sein Kopf schnellte nach hinten, und er dachte: *Gebrochener Kiefer.* Pirate drückte Hayes mit einer Hand die Arme hinter den Rücken und leerte mit der anderen seine Hosentaschen. Dreihundertfünfzig Mäuse, wusste Hayes.

»Bitte«, presste er hervor. Er wünschte, er hätte die gegenwärtige Situation als Möglichkeit in Betracht gezogen und eine Waffe mitgenommen. In seinem Gepäck befand sich ein Kris, ein asiatischer Dolch, den Sula ihm geschenkt hatte, als er Nusa Lembongan verließ. Er habe ihrem Großvater gehört und sei mit einer mystischen Energie aufgeladen, die dafür gesorgt habe, dass Sulas Familie so reich und mächtig geworden sei, hatte sie gesagt. Hayes hätte jetzt nur zu gern den Kris mit seiner gewellten Klinge hervorgezogen und ihn Pirate in sein gesundes Auge gestochen.

»Junkie«, sagte der Goliath und holte mit der Faust zum K.-o.-Schlag aus, mit dem er Hayes die Nase zertrümmerte. Hayes' Gesicht war warm und nass vom Blut. Er fiel zu Boden, und sandige Erde füllte seinen Mund. Jemand trat ihm gegen das Bein, was er aber kaum spürte. Er würde einfach hier liegen bleiben und in seinem eigenen Blut ertrinken.

»Wie viel?«, hörte Hayes den Goliath fragen.

»Ein paar hundert«, entgegnete Pirate.

»Du hast doch gesagt, er ist *reich*«, sagte der Goliath.

»Ich dachte, er hätte mehr«, sagte Pirate. »Ich hab dir ja erzählt, wer sein Vater ist, oder? Sein Vater ist Deacon Thorpe, der Sternekoch.«

*War*, dachte Hayes, bevor er das Bewusstsein verlor. *War*.

# SONNTAG, 19. JUNI

## *BUCK*

Er wachte mitten in der Nacht auf und wusste wieder nicht, wo er war. Dann fiel es ihm ein: Er lebte das Leben, wie es auf Nantucket üblich war, in Deacons Haus, aber Deacon war tot.

Ein Schmerz wie ein Stich ins Herz. Mit demselben Schmerz wachte Buck jetzt seit sechs Wochen jeden Tag auf. Er hatte gehofft, dass es ihm auf Nantucket besser gehen würde, doch das Gegenteil traf zu. Auf der Insel zu sein, die Deacon so sehr geliebt hatte, in dem Haus, das ihm so teuer gewesen war, umgeben von seinen Frauen und Kindern, ließ Buck bloß glauben, Deacon käme jeden Moment zur Tür herein. Es war leicht, sich vorzustellen, dass er unterwegs war, um etwas zu erledigen, und sich mit dem Heimkommen nur sehr verspätete.

Bucks Bett war einen halben Meter zu kurz für ihn und hatte ein unnachgiebiges Fußende.

Er stand auf, um die Toilette zu benutzen. Das Haus war alt, und die Böden knarrten; das Wasser rauschte laut in den Rohren. Wahrscheinlich würde er alle damit aufwecken, dass er einfach bloß pinkelte.

Unter der Tür von Laurels Zimmer bemerkte er einen Lichtschein. War sie wach? Er überlegte nicht lange, sondern klopfte.

»Komm rein«, sagte sie.

Buck schlüpfte in den Raum und schloss die Tür hinter sich.

Laurel saß im Bett. Ihre Decken waren weiß, glatt und sauber gefaltet wie Origami-Papier; er liebte Laurels ruhige, ordentliche Perfektion. Seine zweite Frau Mae hatte ihr gemeinsames Bett nicht ein einziges Mal gemacht. Es war jeden Abend gewesen, als ginge man in einem Haufen schmutziger Wäsche schlafen, und das hatte sie, vermutete Buck, letztendlich entzweit – sein Bedürfnis nach Makellosigkeit, ihres nach Chaos.

Laurel trug ein taubengraues Pyjamaoberteil mit rundem Ausschnitt und eine schmale schwarz gerahmte Brille. Sie las ein Buch mit dem Titel … Buck verrenkte sich den Hals bei dem Versuch, ihn zu erkennen, und hoffte, es möge einer der beiden Romane sein, die er in den letzten drei Jahren zu lesen geschafft hatte … aber nein, es war *Euphoria* von einer Autorin namens Lily King. Buck hatte nie davon gehört, doch der Titel klang vielversprechend.

*Euphorie.*

»Störe ich?«, fragte er.

Laurel sah auf und lächelte. Die Brille war unglaublich sexy. »Überhaupt nicht«, sagte sie. »Ich konnte nicht schlafen.«

»Ich auch nicht«, sagte Buck und schaute sich nach einer Sitzgelegenheit um. Es gab jedoch nur einen Schaukelstuhl aus dünnem Rohr, der unter seinem Gewicht definitiv zusammenbrechen würde.

Laurel klopfte auf die Bettkante. »Setz dich hierher.«

Buck hockte sich neben sie aufs Bett. Sie legte ihr Buch auf den Nachttisch. »Ich bin fix und fertig wegen des Hauses«, sagte sie. »Ich habe nicht erwartet, dass ein Teil davon an mich fällt, aber ich finde es einfach grässlich, dass die Familie es verliert. Die Kinder …«

»Tut mir leid, dass ich es beim Essen zur Sprache gebracht habe«, sagte Buck. »Ich wusste nicht, wann ich euch alle wieder mal zusammen antreffen würde.«

»Ich war nicht wütend auf dich«, sagte Laurel. »Ich war sauer auf Belinda. Ich will nicht, dass sie für das Haus bezahlt. Ich habe keine Lust, mein Leben lang in ihrer Schuld zu stehen.«

»Sie ist aber eindeutig die Einzige von uns«, sagte Buck, »die dafür die Mittel hat. Du hast ja wohl keine hundertfünfzig Riesen übrig, oder? Und danach fünf Riesen monatlich?«

»Nein«, sagte Laurel und beäugte Buck über ihre Brille hinweg. »Was meinte Belinda, als sie sagte, ihr beide hättet einen Zusammenstoß gehabt?«

Ihm stockte der Atem. *Belinda.* Die Nachricht von ihrem schrecklichen Intermezzo wäre fast schon vor dem Abendessen wie Giftgas durchgesickert. Er erwog zu lügen. Doch Buck war auf eine katholische Schule gegangen und von Nonnen aufgezogen worden; noch heute sprach sein Gewissen mit der Stimme von Schwester Mary Agatha zu ihm. Er hörte, wie sie sagte: *Die Wahrheit kommt immer ans Licht.* Sie hatte sich auf Richard Nixon und Watergate bezogen, aber der Satz galt in allen Bereichen. Die Wahrheit kam immer ans Licht.

»Ich bin mehr oder weniger verliebt in dich, seit ich dich zum ersten Mal gesehen habe«, sagte Buck. »Das weißt du doch, oder? Seit damals – als ihr, du und Hayes, zum ersten Treffen mit mir im Restaurant gekommen seid.«

Er dachte zurück an diese frühesten Tage: Buck hatte tagsüber ein Praktikum bei William Morris gemacht und zum Geldverdienen als Oberkellner im Flatiron District im Solo gearbeitet, wo Deacon Thorpe gerade zum Chef de Cuisine ernannt worden war. Buck hatte verzweifelt einen eigenen Klienten gesucht und als Oberkellner jedem hübschen potenziellen Model seine Karte zugesteckt in der Hoffnung, er könne Schönheit vielleicht in Talent verwandeln, doch daraus hatte sich noch nichts ergeben.

Bucks direkter Vorgesetzter in der Agentur, ein Mann namens Gus, hatte Buck geraten, aus dem üblichen Schema auszubrechen. »Such dir eine Schlittschuhläuferin«, hatte er gesagt. »Oder einen Tennisspieler.«

*Oder einen Koch*, hatte Buck gedacht. *Deacon.*

Womöglich konnte er ein *Vermögen* damit verdienen, dass er aus dem zerzausten, unflätigen, zweiundzwanzigfach tätowierten, als brillant geltenden Deacon Thorpe einen Star machte! Prominente Köche waren noch kein Phänomen – aber Buck spürte, dass sie eins werden *könnten*.

Er hatte ein Treffen für die Stunde vor dem Personalessen anberaumt. Daran nahmen Laurel und Hayes immer teil – das hatte Deacon mit den Restaurantbesitzern vereinbart –, und so waren sie auch bei dem Treffen dabei.

»Ich weiß nicht, was du vorhast, Mann«, sagte Deacon. »Ich hoffe, du willst nicht, dass ich ein Kochbuch schreibe, denn in der Highschool war ich in Englisch wirklich schlecht.«

»Kein Kochbuch«, sagte Buck. »Ich dachte an … Fernsehen vielleicht?«

»Fernsehen? Wie Julia Child, meinst du?«

»Und dieser andere Typ …«, fügte Laurel hinzu. »Der sparsame Gourmet.« Sie lächelte Buck an, und er spürte, wie sein Gesicht heiß wurde. »Deacon könnte fürs Kochen tun, was Bob Ross mit seinen TV-Kursen fürs Malen getan hat. *Nur die kleine Andeutung eines Baums hier drüben* … Ich finde, das ist eine prima Idee.« Sie beugte sich über den Tisch und klopfte mit der Hand darauf. Ihre Fingernägel waren gefeilt, aber nicht lackiert. Buck hätte in den Ausschnitt ihres weißen Sommerkleides spähen können, doch da gab es nichts zu sehen; sie war flachbrüstig. Und leicht gebräunt mit langen sandfarbenen Haaren. Laurel Thorpe war eine natürliche, ungeschminkte Schönheit. »Kriegst du das hin?«

Er hatte es hingekriegt – für sie. So viele Jahre später konnte John Buckley zugeben, dass er sich für Laurel mit Kalt-Akquisen abgerackert und seine Chefs genervt hatte. Deacon durfte Probeaufnahmen bei ABC machen, wo die Programmleitung auf der Suche nach Late-Night-Material war, das zur selben Zeit laufen sollte wie Johnny Carson, und man bot Deacon eine halbstündige Sendung mit dem Titel *Vom Tag in die Nacht in den Tag mit Deacon* an. Deacon war damals jung und wild gewesen, authentisch und hungrig.

Jetzt lächelte Laurel. »Ich erinnere mich, wie nervös du warst. Ich dachte, das sei die Aufregung, deinen ersten Klienten unter Vertrag zu nehmen.«

»Der Grund warst du«, sagte Buck. Laurel hatte Deacon gehört – sie war seine Frau gewesen –, aber es hatte Buck schon überwältigt, ihr einfach nur gegenüberzusitzen. Er entsann sich, dass er professionell, selbstsicher, eindrucksvoll hatte klingen wollen. »Also, der Zusammenstoß mit Belinda …«

»Ja?«, sagte Laurel. »Habt ihr euch gestritten?«

»Gestritten?« Buck *wünschte*, sie hätten sich gestritten. Sie hätten sich streiten *sollen*. »Nein.« Er seufzte. »Sie, na ja …

sie hat mich angebaggert. Sagt man das überhaupt noch? Sie hat mich angemacht … als du heute Nachmittag in der Stadt warst … und ich habe es zugelassen.«

»Du hast mit ihr *geschlafen*?«, fragte Laurel.

»Nicht direkt«, sagte Buck. »Aber so ähnlich.«

»Du …?« Laurel wedelte mit der Hand, als wollte sie ihn verscheuchen. »Erzähl's mir nicht. Ich will es gar nicht wissen. Aber du meinst, dass zwischen euch beiden was vorgefallen ist? Was Sexuelles?«

Buck nickte. Er sah Schwester Mary Agatha vor sich, ihr teigiges weißes Gesicht, in ihre Haube gepresst. »Ich hatte einen schwachen Moment.«

»Einen schwachen …? Okay, wow.« Laurel schob ihre Brille hoch. »Wow. Ich fasse es nicht. Ich finde es ehrlich gesagt ekelhaft.«

»Laurel«, sagte er.

»Mir ist klar, dass du tieftraurig bist«, sagte Laurel. »Und das vernebelt dir vielleicht den Verstand. Aber ich dachte, dass da etwas ist zwischen dir und mir. Du hättest mich auf der Terrasse fast geküsst, stimmt's? Oder hab ich mir das eingebildet?«

»Nein, hast du nicht«, sagte Buck. »Ich war *kurz davor*, dich zu küssen. Ich *wollte* dich küssen. Ich habe den ganzen Tag daran gedacht, dich zu küssen. Wie ich schon sagte, Laurel, bin ich seit Ewigkeiten mehr oder weniger verliebt in dich.«

Laurel ergriff ihr Buch, und eine Sekunde lang glaubte Buck, sie werde es nach ihm werfen, aber stattdessen schleuderte sie es quer durch den Raum. Von wegen Euphorie. »Ich dachte immer, du wärst anders als alle anderen, Buck. *Besser* als alle anderen. Mit deinen Anzügen und Taschentüchern und eleganten Manieren wirkst du wie ein Mann aus einem anderen Zeitalter. Aber jetzt stellt sich heraus, dass du genauso bist wie dein Freund Deacon. Du hast keine Selbstbeherrschung! Belinda klimpert mit den Wimpern, und du ergibst dich? Du *weißt*, warum sie dich angemacht hat, oder? Sie wollte beweisen, dass sie dich mir wegnehmen kann. Das ist ein *Sport* für sie, Buck!« Laurels Stimme war leise, aber wütend. »Heute Morgen, als wir am Strand waren, hat sie mir vorgeschlagen, dich zu daten. Und dann zieht sie dir nur Stunden später den Reißverschluss runter? Vermutlich kann sie nicht anders. Sie muss das stehlen, was vielleicht mir gehören könnte. Und ich soll mich zurücklehnen und es zulassen, weil ich die Nette bin. Weißt du, was den Netten passiert, Buck? Sie verlieren. Sie verlieren jedes Mal.«

»Nein, Laurel …«

»Jetzt sage *ich* dir mal was«, sagte Laurel. »Ich erlaube nicht, dass Belinda meinen Schuldenanteil bezahlt. Das will ich nicht.«

»Laurel, bitte …«

»Raus mit dir, Buck. Ich will kein Spiel mitspielen, bei dem du mit jeder Frau in diesem Haus schläfst!«

»Das tue ich doch nicht, Laurel«, sagte Buck.

»Mit Belinda heute Nachmittag, mit mir heute Nacht«, sagte Laurel. »Ich weiß, dass du nicht in mein Zimmer gekommen bist, um mit mir Scrabble zu spielen oder über Papua-Neuguinea zu diskutieren. Du bist gekommen, weil du gehofft hast, flachgelegt zu werden.«

»Nein, ich …«

»Falls Scarlett aufkreuzt, machst du dich an *sie* ran«, sagte Laurel. »Der klassische Hattrick.«

»Nein, ich …«

»Und weißt du auch, warum? Weil du die ganzen Jahre über *neidisch* auf Deacon warst. Du wolltest all das, was er hatte. Gib's zu!«

Laurel fielen die Haare ins Gesicht; ihre Wangen glühten. Das Schreckliche war, dass Buck sie nie schöner gefunden hatte als in diesem Moment, in dem sie ihn mit der Wahrheit konfrontierte. Ja, er hatte Deacon beneidet. Es war unmöglich gewesen, *nicht* neidisch auf ihn zu sein. Der Mann hatte ein Talent und eine Anziehungskraft und Ausstrahlung besessen, die für Buck beispiellos gewesen waren.

»Ich war neidisch auf Deacon, ja«, sagte er. »Aber darum geht es hier doch nicht …«

»Raus aus meinem Zimmer, Buck«, sagte Laurel. »Bitte.«

Buck erhob sich, um zu gehen. Dies war mit Sicherheit das letzte Mal gewesen, dass er jemandem die Wahrheit gestand. Von jetzt an würde es nur noch Lügen und Ausflüchte für ihn geben.

Laurels Telefon klingelte. Buck drehte sich zu ihr um.

»Geh schon«, sagte Laurel. »Es ist wahrscheinlich nur mein anderer Liebhaber.« Sie sah auf das Display, dann hob sie ab. »Hallo?«

Buck wartete an der Tür für den Fall, dass Laurel ihn brauchte, obwohl zu bezweifeln war, dass er etwas anderes bewerkstelligen würde, als die Situation noch mehr zu vermasseln.

»O Gott«, sagte Laurel. »Buck?«

Buck wirbelte herum.

»Die Polizei«, sagte Laurel. »Hayes ist im Krankenhaus.«

Laurel wollte fahren, aber Buck blieb hartnäckig. »Du bist zu aufgeregt«, sagte er. »Sag mir einfach, wo ich hinmuss.«

»Er liegt nicht im Sterben«, sagte Laurel. Es klang, als müsste sie sich selbst überzeugen. »Er wurde überfallen, haben sie gesagt. Und ausgeraubt.«

»Auf Nantucket? Ich dachte, hier gibt es keine Kriminalität.«

»Ich hab gelesen, dass man hier letztes Jahr einen Prostituiertenring ausgehoben hat«, sagte Laurel. »Er wurde von einem einheimischen Immobilienmakler geführt, und seine Kunden waren hochrangige Geschäftsleute, die hier Urlaub machten. Für mich ein weiterer Beweis dafür, dass alle Männer verdorben sind.«

Buck hielt auf dem Krankenhausparkplatz, und Laurel eilte zum Eingang der Notaufnahme, ohne auf ihn zu warten. Sollte er ihr folgen? Wenn Deacon an seiner Stelle wäre, würde er das tun, aber Deacon war ja auch Hayes' Vater, Buck nur ein jämmerlicher Ersatz. War er mehr als ein Geier, der sich an den Hinterlassenschaften seines besten Freundes gütlich tat?

Ja, verdammt noch mal! Er liebte Laurel. Er liebte sie mehr, als er seiner Erinnerung nach jede andere Frau geliebt hatte, einschließlich seiner zwei Ehefrauen. Wie spektakulär er die Sache vergeigt hatte! Er hätte Belinda sagen müssen, sie solle ihn in Ruhe lassen. Er hätte sie wegschubsen sollen. Natürlich war Laurel verletzt! Warum hatte er etwas anderes erwartet?

In dieser Sekunde ging die Tür des Jeeps auf, und Laurel stieg ein, und Hayes kroch ächzend auf den Rücksitz. Sein Gesicht war geschwollen und voller Blutergüsse, seine Nase war bandagiert, und er hatte ein Veilchen.

»Er will nicht mit der Polizei kooperieren«, sagte Laurel. »Er weigert sich zu sagen, wer das getan hat.«

»Mom«, sagte Hayes mit nasaler Stimme, »ich *weiß* nicht, wer es war.«

»Ich verstehe nicht, was du da draußen wolltest«, sagte Laurel. »Ich dachte, du bist zu Bett gegangen wie wir anderen auch.«

»Mir ist die Decke auf den Kopf gefallen«, sagte Hayes. »Ich bin an das Nachtleben gewöhnt, Mom. So ticke ich nun mal.«

»Wie bist du in die Stadt gekommen?«, fragte Laurel. »Ja wohl nicht zu Fuß.«

»Ich hab ein Taxi gerufen, weil ich was getrunken hatte«, entgegnete Hayes. »Der Fahrer und ich haben uns über die Route gestritten, also hat er angehalten, und ich bin ausgestiegen. Und dann bin ich wohl ausgeraubt worden. An mehr erinnere ich mich nicht.«

»Die Polizei hat ihn im Wald gefunden«, sagte Laurel zu Buck. »Sein ganzes Bargeld ist weg, ebenso seine Kreditkarten und sein Führerschein.«

»Was hat der Arzt gesagt?«, wollte Buck wissen. »Irgendwas gebrochen? Gehirnerschütterung?«

»Nein«, sagte Hayes. »Mein Gesicht wird eine Zeitlang wie eine Halloween-Maske aussehen und wehtun, aber das ist alles. Sie haben mir Schmerzmittel mitgegeben.«

## *Intermezzo*

*Deacon und Belinda, Teil I*

Los Angeles besteht aus Swimmingpools und Wodka-Martinis. Wenn Belinda Deacon ihren Freunden und Kollegen als Küchenchef vorstellt, fragen alle ausnahmslos: »Oh, wie Wolfgang Puck?« Puck hat die ganze Stadt im Griff. Jeder isst im Spago. Ist hier überhaupt Platz für einen weiteren Koch?

In ihrem neuen Leben bezahlt Belinda alles. Sie kleidet Deacon neu ein. Sie kauft ihm Gucci-Slipper, die kneifen, behauptet aber, sie würden sich weiten und sich Deacons Füßen anpasssen. Er erzählt ihr nicht, dass er noch nie ein richtiges Paar Schuhe besessen hat. Bisher hat er sich mit Chuck Taylors, Flip-Flops und Küchenclogs durchs Leben geschlagen.

Belinda hat in Beverly Hills ein Haus mit beheiztem Pool und Fitness-Studio und Dampfsauna und Heimkino gemietet. Die Küche ist größer als Deacons und Laurels ganzes Apartment in der West 119th Street. Das verursacht Deacon zunächst Schuldgefühle, intensiv und bohrend, die ihn sehr deprimieren. In New York war er beschäftigt, hier in L.A. dagegen ist seine Zeit unstrukturiert. Wenn Belinda auswärts dreht – was öfter vorkommt, als er erwartet hat –, weiß er nichts Rechtes mit sich anzufangen. Theoretisch gibt es eine ganze Stadt zu erkunden; er könnte ins Getty Museum gehen oder an die Strände von Malibu oder nach Disneyland fahren.

Er ist noch nie in einem Disney-Etwas gewesen und findet die Idee spannend. Doch stattdessen liegt Deacon im Bett und sieht fern, und wenn er dann aufsteht, geht er etwas trinken. In eine elegante Bar – ins Wiltshire oder Beverly Hills Hotel – kann er nicht, denn da würde man ihn erkennen und es Belinda zutragen. Also sucht er sich Spelunken aus, in Compton oder South Central oder Anaheim.

Wenn Belinda in der Stadt ist, geht es Deacon besser. Sie sehen sich im Vorführraum Filme an und lieben sich danach immer auf den extrabreiten Liegesesseln. Sie legen sich an den Pool – Deacon in die Sonne, Belinda unter einen Schirm. Deacon schwimmt, Belinda taucht nicht einmal ihre Füße ins Wasser. Deacon zieht sie damit auf. Das sei dasselbe, wie koffeinfreien Kaffee zu trinken oder alkoholfreies Bier, sagt er. Der Witz am Kaffee sei das Koffein, der Witz am Bier der Alkohol, und der Witz an einem eigenen Swimmingpool der, darin zu schwimmen. Belinda lässt sich nicht überreden.

Sie gehen zu einem Dodgers-Spiel; sie fahren mit dem Riesenrad auf dem Santa Monica Pier. Belinda nimmt Deacon auf eine Party am Mulholland Drive im Haus von James Brinegar mit, der ihr Regisseur in *Zwischen zwei Wintern* war. Jaime ist ein supercooler Typ, intellektuell und belesen, aber auch sehr amüsant, außerdem ein riesiger Clash-Fan. Er zeigt Deacon in seiner Männerhöhle seine Sammlung von Memorabilien, darunter ein Foto von Jaime mit Joe Strummer am Strand von Ibiza, und Deacon hofft, einen Freund gefunden zu haben.

Jaime holt einen Spiegel hervor und zieht darauf zwei lange Kokain-Lines. Schon bei ihrem Anblick fängt Deacon an zu zittern.

»Wir schniefen um die Wette«, sagt Jaime. »Wer zuerst fertig ist, kriegt den Rest von der Line des Gegners.«

»Alles klar«, sagt Deacon, voller Zuversicht, dass er gewinnen wird. Und das tut er auch.

Vielleicht ist Jaime wütend darüber, dass er in seinem eigenen Haus geschlagen wurde, denn er wendet sich Deacon zu und sagt: »Du weißt, dass ich Belinda gebumst habe, oder?«

Kokain verwandelt Deacon auch unter besseren Umständen in ein Monster. Als er Jaime die Worte »Belinda gebumst« aussprechen hört, streckt er ihn sofort mit einem Fausthieb ins Gesicht zu Boden, wo er wie ein Wahnsinniger auf ihn eintritt. Im Nebenraum hört jemand Glas splittern und kommt hereingestürzt, um Jaime das Leben zu retten.

Die Polizei führt Deacon in Handschellen ab. Belinda weint. Sie darf nicht im Streifenwagen mitfahren, folgt Deacon aber in ihrem Jaguar zur Wache. Ihre Prominenz und Schönheit sorgen dafür, vermutet er, dass er nur wegen Trunkenheit und nicht wegen tätlicher Beleidigung angeklagt wird.

»Er sagte, dass er mein Mädchen gebumst hat«, erklärt Deacon dem Beamten, der ihn festgenommen hat. »Was sollte ich denn sonst machen?«

Belinda hatte versprochen, Deacon ein eigenes Restaurant zu verschaffen, damit er sein eigener Chef sein könnte, doch nach seiner Verhaftung und der damit verbundenen Demütigung kann er sich nicht dazu überwinden, sie daran zu erinnern. Irgendwann verzeiht Belinda ihm und befindet, es sei ritterlich von ihm gewesen, ihre Ehre zu verteidigen. Sie kauft Deacon einen Porsche 911 – seinen eigenen verdammten Porsche! Er müsste der glücklichste Mann in L.A. sein, und doch ist er es irgendwie nicht.

Es ist immer sonnig, was Deacon deprimiert. Er fängt an, sich nach den trüben New Yorker Novembertagen zu sehnen. Er hat Sehnsucht nach einem Gewitter, nach etwas, das seinem Temperament entspricht. Er ruft Laurel und Hayes jeden Tag an, manchmal mehr als einmal, aber Laurel geht immer öfter nicht an den Apparat. Ein Wochenende im Monat verbringt Deacon mit Hayes in New York, und jedes Mal erwägt er zu bleiben. Er und Laurel reden darüber, wieder zusammenzukommen, was stets damit endet, dass Laurel sagt: »Du wirst sie *nie* verlassen. Das weiß ich einfach. Sie ist zu stark, und du bist nicht stark genug.«

Deacon befürchtet, dass sie recht hat. Ein beliebter Zeitvertreib in Kalifornien ist die Selbstfindung, und Deacon lässt sich mitreißen. Er muss sich unbedingt selbst finden. Er braucht einen Job. Deacon und Belinda essen im Spago. Sie essen im Ivy. Deacon spielt mit dem Gedanken, sich in einer der beiden Küchen einen Job zu suchen, aber wie kann er als Chef de Partie arbeiten, wenn er mit der gefragtesten Schauspielerin Hollywoods liiert ist?

Als der Sommer im Anmarsch ist, überredet Deacon Belinda, mit ihm nach Nantucket zu fahren, obwohl er sich bereits in der Sekunde, in der sie zustimmt, Sorgen macht. So sehr er das Haus auch liebt, wenn er es mit ihren Augen anschaut, sieht er nur seine Mängel: das abblätternde Linoleum in der Küche, Zimmer, die seit fünfundzwanzig Jahren nicht gestrichen worden sind, Sand, der sich dauerhaft zwischen Dielenbrettern festgesetzt hat.

Die Situation verschlimmert sich noch dadurch, dass sie mitten in einer Schlechtwetterfront eintreffen – prasselnder Regen und Windböen bis zu fünfzig Meilen pro Stunde. An einem sonnigen Sommertag ist Nantucket der herrlichste Ort auf Erden, im Regen jedoch kaum zu ertragen. Sie sind noch keine Stunde im Haus – gerade genug Zeit für Belinda, um ihre »tapfere Miene« zu vervollkommnen –, als der Strom ausfällt. Deacon denkt, dass dies entweder das best- oder das schlimmstmögliche Szenario ist. Er macht Feuer, holt Kissen und eine Decke aus dem Schlafzimmer und baut ein Nest. Im Schrank findet er eine Tüte Marshmallows – bingo!

»Gemütlich, oder?«, fragt er sie. Er hat Angst, dass sie die Nase über ihn rümpfen oder losschreien könnte, denn bei diesem Sturm fühlt sich das Haus an wie ein von Gott geschüttelter Würfelbecher. Das Leben mit Belinda, weiß er inzwischen, ist ein Gefängnis aus großen Erwartungen.

Sie überrascht ihn damit, dass sie sich an ihn kuschelt und ihren Kopf an sein Herz schmiegt. »Stimmt«, sagt sie.

Hier, in der primitiv ausgestatteten Küche des Hauses auf Nantucket, beginnt Deacon, Rezepte zu entwickeln. Belinda ist ein Leckermäulchen, also macht er einen fluffigen Champagnerkuchen mit Champagnerglasur und Erdbeeren in Champagnersirup.

Als sie davon kostet, gerät sie in Verzückung.

»O mein Gott«, sagt sie. Sie meint, sie sei noch nie so verliebt in jemanden oder etwas gewesen wie in ihn … und diese Torte. »Lass uns ein Baby machen.«

Sechs Monate später ist Belinda trotz aller Bemühungen immer noch nicht schwanger. Sie geht zum Arzt und lässt sich untersuchen und besteht darauf, dass er dasselbe tut. Er wichst in einen Becher, damit seine Spermienzahl überprüft werden kann. Sie ist ausreichend, aber das habe er schon vorher gewusst, erklärt er Belinda, denn Laurel sei schwanger geworden, ohne dass sie es darauf angelegt hätten. Das bringt Belinda zum Weinen. Sie fühle sich wie eine Versagerin, sagt sie. Sie hat das Gefühl, keine vollwertige Frau zu sein. Mit seinem eigenen Geld bucht Deacon eine Suite im Four Seasons in Santa Barbara. Er füllt sie mit Wodka-Martinis ab und macht sich ans Werk.

Nicht lange darauf bekommt sie ihre Periode.

Jetzt fühlt er sich wie ein Versager. Aber dann ruft ihn aus heiterem Himmel Luther Davey an, Eigentümer der TruBlue Entertainment Group, und sagt, er werde demnächst drei Restaurants mit dem Namen Raindance eröffnen, eins in L.A., eins in Chicago und eins in New York, und hätte für alle drei gern Deacon als Küchendirektor.

Deacon sagt sofort zu. Er fragt Belinda nicht nach ihrer Meinung, was ein Fehler ist. Sie wird hysterisch, als er es ihr erzählt. Sie nimmt die Muschelschale, die Deacon vor so vielen Jahren bei dem Ausflug mit seinem Vater auf Nantucket fand und die einen Ehrenplatz auf dem Kaminsims hat, und wirft sie in den Swimmingpool. Deacon ist so wütend, dass er sie am Unterarm packt. Ihr Arm ist zart; er könnte ihn ihr mühelos mit einer Hand brechen. Er könnte sie in den Pool schleudern und zusehen, wie sie ertrinkt. Aber er kommt zur Vernunft. Er lässt Belinda los und taucht auf den Grund des Beckens, um seine Muschel zu retten.

Er tritt den Job bei Raindance an.

Er unterschreibt einen vierzigseitigen Ehevertrag, und danach werden er und Belinda auf einer Klippe oberhalb des Pazifiks von ihrem Yogi getraut. Buck ist der einzige Gast bei der Zeremonie.

Belinda beschließt, ein Baby zu adoptieren. Irgendwie findet sie in einem Waisenhaus im australischen Outback ein Neugeborenes, und ehe Deacon sichs versieht, fliegt Belinda nach Perth, um ihre neue Tochter Angela abzuholen. Sie werden sie nach ihrem Lieblingssong von den Rolling Stones Angie nennen.

Als Angie fünf Jahre alt und bereit für den Kindergarten ist, setzt Deacon sich für einen Umzug nach New York ein. Er ist sowieso die Hälfte der Zeit dort, und er will nicht, dass Angie weiter in L.A. aufwächst. Sie verdient etwas Besseres. Sie ist das coolste Kind, das Deacon kennt, und obwohl Los Angeles die zweitgrößte Stadt des Landes ist, sind Schwarze dort nicht so integriert wie in New York. Man schaue sich nur Rodney King an!

Die Sache mit Rodney King kann Belinda unmöglich abstreiten. Sie kann auch nicht abstreiten, dass in Kalifornien im Wesentlichen blonde Mädchen vorherrschen. Angie wird hier vielleicht nicht diskriminiert, könnte aber leicht ignoriert oder übersehen werden.

Belinda gibt nach. Sie wird einem Umzug nach New York zustimmen. Sie werden sich in den Waldorf Towers ein Apartment mieten. Angie wird auf eine Privatschule gehen – die Chapin, die Spence oder die Nightingale Bamford.

Aber … Belinda wird nicht mehr so oft zu Hause sein wie in L.A. (War sie denn in L.A. oft zu Hause? Deacon hat all seine freien Tage mit Angie verbracht, ihr gezeigt, wie man Saft aus einer Zitrone presst, ein Ei aufschlägt, Mehl abmisst.) Belinda steht in Verhandlungen darüber, in *Das Delta* die Mai Hanh zu spielen – eine Rolle, die ihr wichtiger ist als das Atmen –, doch das bedeutet drei bis sechs Monate Dreharbeiten in Vietnam. Es ist egal, wo Deacon und Angie sind, denn Belinda wird auf keinen Fall bei ihnen sein.

*Wir müssen uns ein richtiges Kindermädchen zulegen,* sagt Belinda. Keine mexikanische Haushälterin wie in L.A., sondern ein Mädchen, das professionell und gut organisiert und lustig und freundlich ist. Eine Mary Poppins.

Belinda spricht mit dreißig Mädchen. Es sind dicke Mädchen, Gruftie-Mädchen, britische Mädchen; es ist eine Frau mit Schnurrbart dabei, die Deacon mit ihrer Liste von Regeln erschreckt. Eine Frau hat einen Abschluss in Molekularbiologie; ein Mädchen mit roten, wunden Nasenlöchern geht eindeutig gern feiern.

Und dann Nummer einunddreißig: Scarlett Oliver aus Savannah, Georgia.

Deacon ist zufällig zu Hause, als Scarlett eintrifft. Sie ist groß und schlank und hat dunkle Haare, die ihr bis zur Taille reichen, und ein perlweißes Lächeln. *Zu hübsch,* denkt Deacon sofort. Die stellt Belinda niemals ein.

Scarlett offenbart, dass sie eine Debütantin aus Savannah ist. Die wird Belinda nie anheuern. Es wird eins der Interviews werden, die vier Minuten dauern.

»Was genau bedeutet ›Debütantin‹?«, fragt Belinda.

»Na ja«, sagt Scarlett, »es bedeutet, dass ich ein Debüt hatte. Das ist ein Ball, auf dem man in die Gesellschaft eingeführt wird.«

»Ich wurde in *Brillante Tarnung* halb nackt in die Gesellschaft eingeführt«, sagt Belinda und lacht dann über sich selbst. »Haben Sie den gesehen?«

»Nur ungefähr vierzigmal«, sagt Scarlett. »Er ist mein Lieblingsfilm.«

*Au weia,* denkt Deacon. Alle Kandidatinnen waren ausnahmslos glühende Fans von Belinda. Alle haben sie um ein Autogramm gebeten, sogar das Gruftie-Mädchen.

»Ich würde Sie gern Angie vorstellen«, sagt Belinda.

*Was?,* denkt Deacon. Wenn Scarlett Angie kennen lernen darf, heißt das, dass sie die erste Hürde überwunden hat. Kann das sein? Deacon steckt seinen Kopf durch die Küchentür und sieht Scarletts graziöse lange Beine in Jeans-Shorts. Er weiß nicht, ob er darum beten soll, dass sie eingestellt oder dass sie nicht eingestellt wird.

Sie wird eingestellt. Deacon fasst es nicht. Sie ist viel zu schön, und Belinda findet, so berühmt sie auch ist, andere schöne Frauen bedrohlich.

»Warum hast du Scarlett genommen?«, fragt er.

»Bauchgefühl«, sagt Belinda. »Sie hat sich so gut mit Angie verstanden. Angie hat sich an sie geklammert, als sie gehen musste. Das hat sie bei keiner anderen getan. Ich spüre, dass sie dazu bestimmt ist, unser Leben zu teilen.«

Was Belinda sagt, passiert. Scarlett verbringt tagein, tagaus vierundzwanzig Stunden bei ihnen und trägt dabei Trägerhemdchen und kurze Blüschen, die ihren vollkommen flachen, blassen Bauch enthüllen. Deacon versucht, sich gegen ihre Schönheit und ihre Unschuld zu immunisieren. Und gegen ihren Südstaatenakzent. Sie bringt Angie die Wendung »Gib mir was Süßes« bei. Wenn Scarlett das sagt, spitzt Angie die Lippen und gibt ihr einen Kuss. Dann sagt Scarlett: »Jetzt gib Daddy was Süßes.« Und Angie gibt Deacon einen Kuss, während er Scarlett anschaut.

Belinda dreht so lange in Vietnam, dass Deacon vergisst, wie sie aussieht. Er ist sehr beschäftigt im Raindance, schafft es aber, sich im August zehn Tage freizuschaufeln, die er mit Angie, inzwischen sechs, und dem vierzehnjährigen Hayes auf Nantucket verbringen will. Deacon bildet sich ein, dass Hayes, um sein Taschengeld aufzubessern, auf Angie aufpassen werde. Doch dieser Plan wird in einer E-Mail von Belinda zunichtegemacht.

*Hayes ist kein geeigneter Babysitter*, schreibt sie. *Wenn er am Strand einem Mädchen hinterherläuft oder in sein Skimboarden vertieft ist, wird Angie ertrinken. Nimm Scarlett mit, bitte. Ich flehe dich an. Sonst habe ich keine Ruhe.*

Und so verreisen die vier zusammen – Deacon, Scarlett, Hayes und Angie. Auf Nantucket glauben alle, Scarlett sei Deacons Geliebte; er bekommt es satt zu erklären, dass er nach wie vor mit Belinda verheiratet, sie aber bei Dreharbeiten im Ausland ist. Scarlett sei nur ihr Kindermädchen, wie Mary Poppins. Irgendwann macht er sich die Mühe nicht mehr.

Hayes ist fasziniert von Scarlett und folgt ihr auf Schritt und Tritt. Deacon kann sich nur ausmalen, welche unzüchtigen Gedanken Hayes hinsichtlich Scarlett hegt, was ihm als Ablenkung von seinen eigenen unzüchtigen Gedanken dient. Er schläft im Elternschlafzimmer und Scarlett gleich nebenan. Sie ist ihm so nahe, dass er hören kann, wie sie sich nachts im Bett umdreht, was ihm schmerzhafte Erektionen verschafft.

Und dann zündet Deacon eines Abends gerade den Grill auf der Terrasse an, während Scarlett unter der Außendusche steht. Er hört sie quietschen, als das Wasser kalt wird. Sie dreht es ab und sagt: »Deacon?«

Er erstarrt und fühlt sich ertappt.

»Ja?«, sagt er. Er überlegt, wo sich die Kinder aufhalten. Angie ist vermutlich oben und spielt mit ihrem Puppenhaus, ein Zeitvertreib, dem sie sich stundenlang widmen kann.

»Kann ich irgendwas tun, damit das Wasser wieder warm wird?«, fragt Scarlett.

»Nichts«, sagt er. »Außer siebenundvierzig Minuten warten.«

Sie späht über die Tür der Dusche. »Du könntest reinkommen und zusammen mit mir warten.«

Hier ist sie also: eine Einladung. Die unausweichlich war, glaubt er. Belinda ist weit weg, und er und Scarlett spielen Ehepaar, wenn sie gemeinsam einkaufen und sich in der Juice Bar ein Eis teilen – er leckt zuerst daran, dann sagt sie: *Gib mir was Süßes*, und sie leckt. Überdies sind sie im Urlaub auf einer Insel, die dreißig Meilen vom Festland entfernt ist, und damit nicht mehr in ihren üblichen Rollen gefangen. Sie fühlen sich befreit, sicher.

»Scarlett«, sagt er. Sein Tonfall ist halb streng (*Wie kannst du nur!*), halb flehend (*Bitte nicht!*).

Sie lächelt ihn an. Sie ist so hübsch! So süß! So hilfsbereit! Doch so ein Mensch will Deacon nicht sein. Er geht ins Haus und beschließt, den Urlaub abzukürzen. Am nächsten Tag verlassen sie Nantucket.

***Champagnerkuchen mit Erdbeeren in Champagnersirup***

1¼ Tassen Mehl
1 Teelöffel Backpulver
¼ Teelöffel Salz
½ Tasse Butter
1½ Tassen Zucker
1 großes Ei
2 große Eiweiße
1 Teelöffel Vanilleextrakt
½ Tasse Vollmilch

Backofen auf 175 Grad vorheizen. 20 x 20 cm große Backform mit Butter einfetten, etwas Mehl hineingeben und die Form schütteln, bis der Boden und die Seiten bedeckt sind. Überschüssiges Mehl wegkippen.

Mehl, Backpulver und Salz miteinander verrühren.

Die Butter mit dem Zucker in der Schüssel eines Rührgeräts bei mittlerer Geschwindigkeit etwa 3 Minuten lang schaumig schlagen. Das Ei und die Eiweiße nacheinander hinzufügen und die Masse zwischendurch jeweils eine Minute lang schlagen. Vanilleextrakt hinzufügen. Die Hälfte der trockenen Zutaten hineingeben und alles bei niedriger Geschwindigkeit rühren, dann die Milch hinzufügen. Den Rest der trockenen Zutaten beigeben und die Masse rühren, bis sie einheitlich und glatt ist.

Teig in die vorbereitete Form gießen und 27 bis 32 Minuten backen, bis an einem in die Mitte gesteckten Zahnstocher nichts mehr kleben bleibt. Vor dem Glasieren vollkommen auskühlen lassen.

### *Champagnerglasur*

½ Tasse Butter
110 g weicher Frischkäse
4½ Tassen Puderzucker
3–5 Esslöffel Champagner
1 Teelöffel Vanilleextrakt

Butter und Frischkäse in der Schüssel eines Rührgeräts bei mittlerer Geschwindigkeit schaumig schlagen. Bei niedriger Geschwindigkeit nach und nach den Puderzucker hinzufügen und die Masse rühren , bis sie einheitlich ist. Solange sie noch krümelig aussieht, Wand und Boden der Schüssel immer wieder abkratzen. Langsam den Champagner hineinträufeln, 1 bis 2 Teelöffel auf einmal. Den Vanilleextrakt hineinrühren.

Glasur bei mittlerer bis hoher Geschwindigkeit etwa 3 bis 4 Minuten lang rühren, bis sie dick und cremig ist. Wenn sie zu flüssig ist, mehr Puderzucker hinzugeben, ½ Tasse auf einmal. Ist sie zu dick geworden, mehr Champagner hinzufügen, jeweils 1 Teelöffel. Kuchen, sobald er ausgekühlt ist, mit der Masse bestreichen.

### *Erdbeeren in Champagnersirup*

1½ Tassen Zucker
¼ Tasse Wasser
⅔ Tasse Champagner
500 Gramm geputzte Erdbeeren, teils in Stücken, teils ganz

Zucker, Wasser und Champagner bei mittlerer Hitze in einem Topf erwärmen. Ständig rühren, bis sich der Zucker aufgelöst hat und die Mischung anfängt zu sieden, dann 2 Minuten lang kochen. Die Erdbeeren hinzufügen, sie 2 bis 3 Minuten köcheln lassen und dann mit einem Schaumlöffel in eine Schüssel geben. Sie können auch in ihrem Sirup in den Kühlschrank gestellt und zusammen mit dem Kuchen serviert werden. Ich ziehe es vor, ihn mit dem Sirup zu beträufeln und die Erdbeeren extra zu servieren.

## *ANGIE*

Als sie das Hämmern hörte, eilte sie ans Fenster. JPs silberner Jeep stand in der Einfahrt, und er selbst war dabei, das wackelige Brett auf der Veranda zu befestigen, wie er es versprochen hatte. Zumindest war er zuverlässig.

Im Gegensatz zu Joel Tersigni.

Angie zog sich etwas über und ging nach unten.

Die Sonne schien ihr in die Augen, als sie die Tür öffnete. »Guten Morgen«, sagte sie. »Kaffee?«

JP kniete mit einer Stichsäge und einem Werkzeugkasten vor sich auf der Veranda, eine verkehrt herum aufgesetzte Baseballkappe auf dem Kopf. Seine Blues-Brothers-Sonnenbrille lag auf dem Geländer. Angie bemerkte erstmals die Farbe seiner Augen. Sie waren braun – nicht tiefbraun wie ihre eigenen, sondern eher rötlichbraun. Er grinste sie an. »Sehr gern.«

»Du bist früh unterwegs«, sagte sie.

»Ich hab heute Rangerpflichten«, sagte er. »Aber du hattest recht: Dieses Brett ist der Traum jedes Orthopäden.«

Angie hätte JP fast erklärt, dass es sinnlos sei, das Brett oder sonst etwas hier zu reparieren, da sie das Haus verlieren würden. Doch JP brauchte nichts von den internen Angelegenheiten der Familie Thorpe zu erfahren. Er hielt Deacon für einen Superhelden, und dabei sollte es bleiben.

Angie ging in die Küche, um Kaffee zu holen; nach dem Gespräch mit Dory am Vortag hatte sie nichts essen können, aber Kaffee aufgesetzt, denn ohne den konnte sie nicht leben. Ein Haus war ein Haus war ein Haus, fand sie. Menschen verloren dauernd ihre Häuser, genau wie ihre Mutter gesagt hatte. Sie konnte ohne dieses Haus leben.

Doch sie mochte nicht auf den Türrahmen schauen, an dem sie und Hayes und Ellery gemessen worden waren. Sie fragte sich, ob die neuen Eigentümer die Markierungen übermalen würden. Sie tat drei tiefe Atemzüge, dann strebte sie mit dem Kaffee auf die Veranda zu.

Sie wollte eben hinaustreten, als Belinda die Treppe herunterkam.

*Das darf nicht wahr sein*, dachte Angie. Es war lange her, dass sie mit ihrer Mutter im selben Haus aufgewacht war, aber sie entsann sich, dass es zu Belinda Rowes Markenzeichen gehörte, lange zu schlafen.

Heute allerdings anscheinend nicht. Vielleicht hatte das Hämmern sie geweckt, obwohl sie nicht verärgert wirkte, nur ein wenig desorientiert. Sie trug ihr weißes Spitzennachthemd und einen Morgenmantel aus weißer Seide und hatte sich ihre Schlafmaske in ihre berühmten rotblonden Haare geschoben. Ihr Make-up war abgewaschen. Angie staunte immer darüber, wie normal ihre Mutter ungeschminkt aussah.

»Guten Morgen, Liebling«, sagte Belinda.

»Guten Morgen«, sagte Angie. »Es gibt Kaffee.«

»Wunderbar«, sagte Belinda, aber statt sich der Küche zuzuwenden, folgte sie Angie zur Haustür hinaus auf die Veranda. »Oh, hallo«, sagte sie zu JP, der da nach wie vor kniete. »Kein Wunder, dass ich von einem Riesenspecht geträumt habe.«

Angie verdrehte die Augen. JP sprang auf und streckte Belinda die Hand entgegen. »Ich bin JP Clarke«, sagte er. »Ich war ein Freund von Deacon.«

»Hallo, JP«, sagte Belinda. »Ich bin Angies Mutter.«

Seit über zehn Jahren, als sie Schülerin an der Chapin gewesen war, hatte Angie nicht mehr gehört, dass Belinda sich als »Angies Mutter« vorstellte. Sie musste zugeben, dass ihr das fast schmeichelte. Sie hätte ebenso gut sagen können: *Ich bin Belinda Rowe,* dann hätte JP gedacht: *Schauspielerin und Oscar-Preisträgerin, ehemaliges Gesicht von Chanel und Covergirl von* Vogue *(fünfmal),* Vanity Fair *(zweimal) und* Time *(in ihrer Rolle als vietnamesische Filmheldin Mai Hanh).*

»Nett, Sie kennen zu lernen«, sagte JP. »Das mit dem Lärm tut mir leid. Ich wollte das Brett gleich heute Morgen reparieren, bevor sich jemand verletzt.«

»Danke«, sagte Belinda. »Das wäre mit Sicherheit ich gewesen. Ich habe sehr unpraktische Schuhe mitgebracht.«

Das veranlasste JP wie Angie, auf Belindas nackte Füße zu starren. Ihre Zehennägel waren babyblau lackiert.

Angie reichte JP seinen Kaffee, den er dankbar entgegennahm. »In der Küche ist Kaffee, Mutter«, sagte Angie.

»Und, JP, leben Sie das ganze Jahr über auf Nantucket?«, fragte Belinda.

»Ja«, erwiderte er. »Ich bin Ranger draußen auf Coatue.«

»Na, *das* ist ja mal interessant«, sagte Belinda.

»Ist es, wenn man die Natur mag«, sagte JP.

»Meine Mutter mag die Natur nicht«, sagte Angie.

»Doch, Liebling, das tue ich«, sagte Belinda. »Was genau *macht* denn ein Ranger?«

»Ich bin halb Polizist, halb Umweltschützer«, sagte JP. »Einerseits behalte ich die Touristen im Auge. Vergewissere mich, dass sie auf den vorgeschriebenen Wegen bleiben, helfe ihnen, wenn sie im Sand feststecken. Andererseits kümmere ich mich um die wildlebenden Tiere. Ich zähle Regenpfeifereier und melde die Sichtung von Seehunden und Haien. Außerdem fische ich und sammle Muscheln.«

»Und was tun Sie in der Nebensaison?«, fragte Belinda.

»Mutter«, sagte Angie.

»Ich gebe Schülern Nachhilfeunterricht in Mathe«, sagte JP. »Ich hab am MIT Mathe studiert.«

»Tatsächlich!«, sagte Belinda.

»Allerdings nicht zu Ende«, sagte JP. »Das Studium hat mir gefallen, aber die Großstadt nicht. Ich hab Nantucket vermisst, also bin ich nach dem ersten Semester zurückgezogen. Das Unterrichten lässt mir Zeit, das zu tun, was ich wirklich liebe. Im Herbst sammle ich Jakobsmuscheln, und im November gehe ich auf die Jagd.«

»Mein Mann jagt auch!«, rief Belinda aus.

»Mit Bogen oder Gewehr?«, fragte JP.

Belinda ließ die Schultern hängen. »Keine Ahnung«, sagte sie. »Er hat eine Jagdhütte in Tennessee. Aber ich weiß nicht, welche Tiere er schießt oder womit er schießt.«

Angie schüttelte den Kopf. Ihre Mutter klang wie eine dumme Pute. »Drinnen gibt's Kaffee, Mutter«, sagte sie.

»Ja«, sagte Belinda. »Das habe ich schon die ersten beiden Male verstanden.«

»Wahrscheinlich ist es nur eine Sache von Stunden, bis die Paparazzi herausfinden, dass du hier bist«, sagte Angie. »Dann willst du doch bestimmt nicht im Nachthemd auf der Veranda stehen.«

»Es war schön, Sie kennen zu lernen, Angies Mutter«, sagte JP.

»Gleichfalls …!«, sagte Belinda. Ihre Stimme verklang, und es wurde offensichtlich, dass sie seinen Namen bereits vergessen hatte. Sie verschwand im Haus, und JP machte sich wieder an die Arbeit.

Angie setzte sich hinter ihm auf die oberste Stufe und blickte aufs Wasser.

»Wie geht es dir?«, fragte JP.

Sie wollte gerade »gut« sagen, doch dann dachte sie: *Wieso lügen?*

»Ging schon besser«, sagte sie.

Er hämmerte mit solcher Wucht auf das neue Brett ein, dass Angies Hintern vibrierte, und ihre Zähne klapperten.

»Ich bin hier fast fertig«, sagte JP. »Wenn du dann Zeit hast, nehme ich dich auf einen kleinen Ausflug mit.«

»Einen Ausflug?«

»Um dich abzulenken.«

»Ich dachte, du hättest Ranger-Pflichten?«

»Hab ich auch«, sagte JP. »Aber der Ausflug dauert nur eine Stunde oder so, dann bringe ich dich zurück.«

»Bitte nichts mit Menschen«, sagte Angie. »Menschen schaffe ich nicht.«

»Nichts mit Menschen«, versprach JP.

Sobald sie in den Jeep gestiegen waren und die Einfahrt hinter ihnen lag, überkam Angie ein Gefühl der Befreiung.

»Ich muss mich für meine Mutter entschuldigen«, sagte sie.

»Das musst du nicht.«

»Wir verstehen uns nicht besonders«, sagte Angie. »Mein Vater stand mir viel näher.«

»Er hat ständig über dich geredet«, sagte JP.

»Wirklich?« Angie hätte sich gern erkundigt, was Deacon erzählt hatte, aber die Frage blieb ihr im Halse stecken, und ehe sie sichs versah, weinte sie wieder. Vielleicht war es ja peinlich, vor einem fast völlig Fremden loszuheulen, doch sie war über den Punkt hinaus, an dem es sie kümmerte, was man von ihr hielt. Es gab nur zwei Menschen, die zählten – Deacon und Joel –, und beide hatten sie verlassen.

»Hey«, sagte JP. Er griff hinter sich und reichte Angie ein sauberes, gefaltetes weißes T-Shirt. Vorn war ein schwarzes Oval mit der Inschrift BOX aufgedruckt. Angie starrte es durch ihre Tränen hindurch an.

»Die Box«, sagte sie. Die Chicken Box war der großartigste Tanzschuppen der zivilisierten Welt, und doch konnte sie nur an die Regentage denken, die sie und Deacon in der dunklen Höhle verbracht hatten, um Billard zu spielen, eiskaltes Bier zu trinken und Songs aus der Jukebox zu spielen. Wie bei allem anderen auf Nantucket folgten sie auch hier einer Tradition: Angie drückte als Erstes immer »Beast of Burden«, und dann wählte Deacon »Fool in the Rain«.

»Genau«, sagte JP. »Putz dir ruhig die Nase damit.«

Sie nahm sein Angebot an. Das T-Shirt war weich und roch nach Kiefernseife.

»Es ist mir unangenehm, dein T-Shirt zu beschmutzen«, sagte sie.

»Es ist mir unangenehm, dass ich keine Papiertaschentücher dabeihabe«, sagte JP. »Das Shirt kann ich waschen.« Er bog rechts in die Wauwinet Road ein, und Angie lehnte ihren Kopf an den Sitz und versuchte, die Landschaft in sich aufzunehmen. Die Vegetation war hier üppiger als anderswo auf der Insel; hohe Laubbäume warfen durchbrochene Schatten auf die Straße. Sie passierten die Scheune der Künstlerkolonie, die auf dem Polpis Harbor wippenden Segelboote, den Squam Swamp mit seinem drei Meilen langen Naturpfad, wo Angie in ihrer Kindheit Salamander und Frösche gefangen hatte. Schließlich erreichten sie das vom Naturschutzverein betriebene Pförtnerhaus. JP winkte der darin sitzenden Frau zu und rief: »Hey, Maggie!«

Als sie auf die Sandpiste kamen, die nach Coatue und Great Point führte, schaltete JP in den Vierradantrieb. Zu beiden Seiten erstreckten sich einsame, windgepeitschte Strände mit Seegras; links lag der Coskata Pond und rechts der ewig blaue Ozean.

»Ich hatte ganz vergessen, wie unberührt es hier ist«, sagte Angie.

»Du lebst in Manhattan?«, fragte JP.

Sie nickte. »Ich hab ein winziges Apartment in der East 73rd Street, also in der Upper West Side, aber es besteht nur aus einem quadratischen Zimmer mit Bett und Sofa. Meine Mutter hat gedroht, mir ihren Inneneinrichter zu schicken, aber bisher hab ich sie davon abhalten können.«

»Gut gemacht«, lobte JP. »Ich selbst bin kein Großstadtmensch, wie ich deiner Mom schon sagte.«

»Einen größeren Gegensatz zu dieser Landschaft kann es nicht geben«, sagte Angie.

JP hielt vor einem kleinen, schindelverkleideten Cottage mit überdachter Veranda. »Hier ist es«, sagte er. »*Mein* quadratisches Zimmer mit Bett und Sofa. Minus Sofa.«

»Ja, aber die *Aussicht*!«, sagte Angie. Das Cottage stand auf einer sandigen Lichtung mit Blick auf Coatue, die schmale Landzunge mit den fünf Spitzen, und das ruhige blaue Oval des Coskata Pond, der von hohen Gräsern und Rohrkolben umstanden war. In der Ferne konnte Angie die Silhouette der Stadt Nantucket ausmachen – mit ihren Kirchtürmen und den Villen in der Orange Street.

JP sprang aus dem Wagen, und Angie folgte ihm, wenn auch zögernd. Sie war sich nicht ganz sicher, was für ein Ausflug dies werden sollte. Sie fragte sich, ob JP womöglich zu den Männern gehörte, die einem Mädchen nachstellen, das absolut wehrlos ist. Er bemerkte, dass sie zurückblieb.

»Das hier ist nicht das, was du denkst«, sagte er. »Ich schwöre. Wir müssen nicht mal reingehen.«

»Ich riskiere einen Blick«, sagte sie und stieg die Stufe hoch auf die Veranda, an deren Geländer ein Muschelrechen lehnte und ein Muschelkorb aus Draht voller Schuhe – Arbeitsstiefel, Flip-Flops, Chuck Taylors. An einer provisorischen Wäscheleine flatterte ein Paar Boardshorts.

»Möchtest du Sonnentee?«, fragte JP. »Heute Morgen frisch aufgebrüht.«

»Du hast Tee gekocht *und* bist zu uns gekommen, um das Brett zu reparieren?«

»Die Sonne geht um Viertel vor fünf auf«, sagte JP. »Ein

pflichtbewusster Ranger ist ebenso früh dran. Ich hatte sogar Zeit, meine Angelrute ein paarmal in den Pond zu werfen.« Er trat in das Cottage, und Angie steckte ihren Kopf hinein. Ein Bett, wie angekündigt, ein Tisch mit einem Stapel Mathe-Lehrbücher, gekrönt von einem Exemplar von Petersons *Field Guide to Eastern Birds*, und eine Küchenzeile. Auf dem Herd war eine gusseiserne Bratpfanne zu sehen, auf einem Bord über der Spüle eine Reihe Einweckgläser. JP nahm zwei davon, füllte sie mit Eis, goss dann den Sonnentee darüber und fügte jeweils einen dicken Limettenschnitz dazu. Er bemerkte, wie Angie den Raum begutachtete.

»Ist alles ziemlich primitiv«, sagte er. »Eher wie in einem Ferienlager. Hinter der Tür da befindet sich eine Toilette, und dann gibt es noch eine Außendusche.«

»Was braucht man sonst schon?«, meinte Angie. Sie hatte sich Joels und Dorys Haus in der Rosebrook Road in New Canaan immer als gigantisch und glamourös vorgestellt – mit geschwungener Auffahrt und weißen Säulen und einem Swimmingpool mit Wasserfall. Joels und Dorys Schlafzimmer enthielt bestimmt ein Himmelbett, das mit allerfeinster Wäsche bezogen war, und in ihrem Bad gab es sicher einen in den Boden eingelassenen Whirlpool. Irgendetwas musste Joel dort doch festhalten, etwas, das begehrenswerter war als Angies Körper und ihre Liebe.

JP hielt ihr geduldig das Teeglas hin. Ihr wurde klar, dass sie einen Moment lang in Gedanken versunken gewesen war. Sie nahm das Glas entgegen, und zusammen traten sie wieder auf die Veranda.

»Ich mag das Haus deines Vaters«, sagte JP. »Es ist so ein richtiges altmodisches Sommercottage. Das Haus meiner Großeltern war genauso. Es lag am Ende der Massasoit Bridge Road, weit draußen im Hinterland von Madaket. Als Kind bin ich jeden Nachmittag hingeradelt, um in den Wellen zu schwimmen und dann ein paar Runden Euchre zu spielen. Meine Großmutter hat immer einen Snack gemacht, den sie Spezi nannte. Es war ein mit Speck umwickelter Cracker, der unter den Grill gelegt wurde, bis er knusprig und goldbraun war. Klingt vielleicht verrückt, aber es ist das Leckerste, was ich je gegessen habe.«

Angie zog die Augenbrauen hoch. Falls sie je für JP kochte, würde sie etwas Besseres zustande bringen als einen in Speck gewickelten Cracker. Aber vielleicht auch nicht; er wirkte ziemlich begeistert.

»Das Haus meines Vaters ist …« Angie zögerte. »Also, Deacon hat immer gesagt, es sei unser zweites Zuhause, aber für mich ist es einfach mein Zuhause. Verstehst du? Es ist der einzige Ort, wo ich Frieden finde.«

JP lächelte versonnen. »Ja, verstehe.«

Während sie schweigend nebeneinander auf der Veranda standen, sog Angie das Bild der Landschaft begierig in sich auf. Diese wahnsinnige Schönheit, die ihr gestern noch Trost gespendet hätte, erzeugte jetzt nur Schmerz – weil sie sie verlieren würde.

»Was ich dir eigentlich zeigen wollte«, sagte JP, »ist hinten. Komm.« Sie gingen um das Cottage herum, vorbei an der Außendusche zu einer Tür, hinter der eine Kammer lag.

Er zog einen kompakten Schaumstoffwürfel hervor, auf den ein Reh gemalt war. Dann griff er nach einem schwarzen Kasten, der aussah, als könnte er einen Elektrobass enthalten.

Er öffnete ihn und hob einen kunstvoll gearbeiteten Apparat heraus, der tatsächlich einem exotischen Instrument ähnelte, doch Angie erkannte schnell, dass sich um einen Schießbogen handelte.

»Die meisten Frauen missverstehen die Jagd«, sagte JP. »Sie halten sie für brutal, ein Überbleibsel aus unseren Tagen als Höhlenmenschen. Aber ich liebe das Jagen, weil es Geschicklichkeit und Geduld erfordert. Es ist nicht das Töten, das mich morgens um fünf auf den Hochsitz lockt; es ist der Reiz des Jagens. Die Beziehung zwischen Mensch und Tier ist älter als alle historischen Aufzeichnungen.«

Angie nickte. Ihr war klar, wieso Deacon sich Hals über Kopf in diesen Typen verliebt hatte. Deacon wusste Puristen zu schätzen. Er bewunderte Integrität bei Menschen und dem, was sie taten. Es gefiel ihm, wenn Dinge richtig erledigt wurden und nicht auf die schnellste und einfachste Weise.

»Du schießt jedes Jahr nur einen Bock?«, fragte sie.

»Einen einzigen«, bestätigte JP. »Ich stelle Kameras auf und beobachte die Tiere den ganzen Sommer lang, sehe ihn dabei zu, wie sie wachsen. Manchmal gebe ich ihnen Namen.« Er grinste. »Sicherlich klinge ich wie ein Trottel.« Er zählte eine bestimmte Anzahl Schritte ab und stellte die Zielscheibe in den Sand. Als er zurückkam, nahm er den Bogen zur Hand.

»Dies, Angie Thorpe, ist ein Compoundbogen. Das hier ist das Visier, und wenn du da durchguckst, siehst du die Pins. Der oberste, der grüne, ist für die Dreißig-Meter-Entfernung, und nach dem richten wir uns aus, weil das die Entfernung unserer Zielscheibe ist. Ich lege jetzt diese Lösehilfe an, das Release« – er zog sich eine Schlaufe mit daran befestigtem Clip über das

Handgelenk – »und dann nocke ich den Pfeil auf. Und dann spanne ich die Sehne.« Als er an der Sehne des Bogens zog, sah Angie, wie sich die Muskeln seines Unterarms strafften. »Und dann einfach loslassen.« Der Pfeil zischte mit einem hörbaren *Wuusch* durch die Luft und traf gleich unterhalb des Rehs auf den Würfel.

»Au weia!«, sagte JP. »Ich bin schrecklich aus der Übung. Und vielleicht auch ein bisschen nervös, weil ich versuche, dich zu beeindrucken.«

Angie lächelte auf ihre Füße hinab. JP nahm den Bogen von seiner Schulter. »Jetzt bist du dran«, sagte er.

»Ich weiß nicht, was ich tun soll«, sagte sie.

»Ich zeige es dir.« JP legte Angie den Bogen behutsam in die Hand und holte einen Pfeil mit leuchtend rosa Befiederung hervor. »Der hat eine Übungsspitze. Damit kann man niemanden umbringen. Den benutzen wir nur im Training.« Er befestigte das Release an Angies Handgelenk; es ließ sich umschnallen wie eine Armbanduhr. Dann nockte er ihren Pfeil auf. »Jetzt ziehen.«

Die Sehne nach hinten zu ziehen war nahezu unmöglich. Angies linker Arm schob sich nach vorn; er zitterte vor Anstrengung, und es gelang ihr, die Sehne ein Stück zurückzuziehen, aber nicht weit genug.

»Fester ziehen«, sagte JP.

Sie wollte ihm gerade sagen, das schaffe sie nicht, dafür sei sie nicht stark genug, aber dann biss sie die Zähne zusammen und zog die Sehne aus Leibeskräften nach hinten. Sie hatte gelernt, in fünfzehn Sekunden zehn Zwiebeln zu würfeln und eine Seezunge mit derselben Anmut zu filetieren, mit der Leonard Bernstein die New Yorker Philharmoniker dirigiert hatte. Wenn sie das schaffte, konnte sie auch einen Pfeil abschießen.

»Gut so«, sagte JP. »Jetzt das Visier einstellen, und wenn du bereit bist, betätigst du das Release.«

Angies Arm gab nach, als sie nach dem Release griff, und der leuchtend rosa Pfeil segelte etwa einen Meter über die Zielscheibe hinweg und prallte auf den Sand.

»Versuchen wir's noch mal«, sagte JP.

Auch der zweite Pfeil flog über den Würfel hinweg. Der dritte traf einen guten Meter vor ihnen auf den Boden. Die Muskeln in Angies Unterarm brannten. Die Sonne schien ihr ins Gesicht, und sie schwitzte in ihrem weißen T-Shirt. Sie dachte daran, wie ihre australischen Vorfahren das trockene, heiße blutrote Terrain des Outbacks durchstreift haben mochten. Sie hatten doch bestimmt Fertigkeiten als Bogenschützen besessen, die irgendwie auf Angie übergegangen waren?

Der vierte Pfeil schweifte weit nach links ab.

»Du hast die Zielscheibe nicht mehr im Visier«, sagte JP.

»Hab ich wohl!«, entgegnete Angie.

»Nein«, sagte JP. »Du musst den Pin justieren.«

»Das *tue* ich ja!«, sagte Angie. »Wozu mache ich das hier überhaupt? Du hast gesagt, es würde mich ablenken, aber es bewirkt nur, dass ich mich beschissen fühle, weil ich es nicht schaffe.« Sie funkelte ihn an. »War das deine Absicht? Dass ich mir vorkomme wie eine Versagerin?«

»Ich dachte, es würde dich auf andere Gedanken bringen. Auf was anderes, das du dir wünschen kannst.«

Angie lachte ungläubig. »Ich *will* mir nichts anderes wünschen! Ich wünsche mir meinen Vater zurück! Ich wünsche mir, dass Joel mich anruft und mir erklärt, was zum Teufel los ist! Und ich wünsche mir, dass wir unser Haus behalten!« Sie hob den Bogen über ihren Kopf und hatte gute Lust, ihn von sich zu schleudern, doch sie vermutete, dass er viel Geld gekostet hatte, deshalb ließ sie ihn langsam wieder herunter.

JP nahm ihr den Bogen ab. Er nockte einen Pfeil auf, zog die Sehne nach hinten und löste das Release. Der Pfeil traf das Reh ins Herz.

»Ich bringe dich nach Hause«, sagte er.

»Warte«, sagte sie. »Lass es mich noch einmal probieren.« Sie hatte nie daran gedacht, mit Pfeil und Bogen zu schießen, aber es war ihr zuwider, sich vor einer physischen Herausforderung zu drücken. In der Küche des Board Room war sie die Einzige, der Deacon zugetraut hatte, das Feuer zu übernehmen. Tiny und Julio drängten sie immer, sich für einen der Kochwettbewerbe im Fernsehen, etwa *Iron Chef*, zu bewerben. Doch im Gegensatz zu ihrem Vater verspürte Angie kein Verlangen, vor einer Kamera zu kochen.

JP sammelte die Pfeile ein, während Angie ihr Handgelenk ausschüttelte. Es war ihr peinlich, was sie gesagt hatte.

Sie justierte den Pin und zog die Sehne nach hinten.

»Stell dir vor, die Zielscheibe wäre mein Arsch«, sagte JP.

Angie war dankbar für den unbeschwerten Ton seiner Stimme, büßte aber an Konzentration ein; sie musste ihre Haltung verändern und von vorn anfangen.

»Bitte Ruhe auf den billigen Plätzen«, sagte sie.

JP gab vor, sich mit einem Reißverschluss den Mund zuzuziehen. Angie malte sich aus, wie Deacon von oben im Himmel, einem wilden blauen Himmel, auf sie herabblickte. Doch dann verwarf sie diesen Gedanken. Sie glaubte nicht an den Himmel. Oder vielleicht doch, aber ihr wurde klar, dass sie hier nicht schoss, um Deacon etwas zu beweisen – oder Joel oder JP. Sie tat es, um sich selbst etwas zu beweisen.

Sie löste das Release.

Der Pfeil verfehlte sein Ziel, aber nur um wenige Zentimeter.

»Besser!«, rief JP aus. Er holte sein Handy aus der Hosentasche und überprüfte die Uhrzeit. »Ich bringe dich jetzt zurück. Muss gleich Touristen retten.«

»Okay«, sagte Angie und reichte ihm widerstrebend den Bogen.

Auf der Heimfahrt sagte Angie: »Eine Frage: Was hat mein Vater dir über mich erzählt?«

JP schob seine Blues-Brothers-Sonnenbrille hoch in sein buschiges Haar und starrte durch die Windschutzscheibe. »Ich schätze, da müsste es eher heißen: Was hat er mir *nicht* über dich erzählt? Er hat mir erzählt, dass du intelligent und tough und eine erstklassige Köchin bist und dass du jeden Mann, den er kennt, unter den Tisch trinken kannst. Und er hat mir erzählt, du seist die schönste Überraschung seines Lebens gewesen.«

»Überraschung?«, fragte Angie.

»Er hat gesagt …« JP zögerte und strich sich mit der Hand über den Bart. »Zunächst mal musst du die Situation berücksichtigen, in der wir für gewöhnlich miteinander redeten. Unsere Gespräche fanden meistens vor Sonnenaufgang auf der

Fahrt nach Great Point statt. Wir wurden nachdenklich. Es hatte wohl was damit zu tun, dass die Sonne über den Horizont kam und der Nebel sich lichtete, und mit dem Geräusch der Wellen, die auf den Sand schlugen, mit dem Geschrei der Möwen. Wenn man in solchen Momenten redet – und Deacon redete gern –, dann über was Wichtiges.«

»Ja, aber was meinte er mit ›Überraschung‹?«, fragte Angie.

»Er hat mir erzählt, wie er dich als Baby zum ersten Mal im Arm hielt. Er hatte die Sache mit der Adoption wohl eher Belinda zuliebe mitgemacht, dich aber nicht mit abgeholt und nach Hause gebracht. Also hat Belinda dich ihm in die Arme gedrückt und gesagt: ›Hier ist deine Tochter‹, und Deacon meinte, er hätte runtergeschaut auf dieses dunkelhäutige Kind, das nicht das geringste bisschen mit ihm zu tun hatte.«

»Super«, sagte Angie. »Wenn du wolltest, dass es mir besser geht, hast du jämmerlich versagt, das weißt du hoffentlich.«

»Warte doch mal ab«, sagte JP. »Dann hast du wohl mit deiner winzigen Babyhand seinen Finger gepackt und nicht mehr losgelassen. Anscheinend hattest du einen erbarmungslos festen Griff, und Deacon erzählte mir, er habe gespürt, dass zwischen dir und ihm etwas passierte. Dass du ihn irgendwie erwähltest oder in Besitz nahmst und er sich sagte: *Wenn du mich nicht loslässt, Buddy, lasse ich dich auch nicht los.*«

Angie blinzelte unter Tränen. »Diese Geschichte hat er mir nie erzählt«, sagte sie. »Er hat nie darüber gesprochen, wie ich als Baby war.«

»Er sagte, dass es danach Tag für Tag besser wurde. Als du fünf oder sechs warst, hat er dir beigebracht, ein Ei aufzuschlagen. Und das gefiel dir so gut, dass du darauf bestandest, dir das Ei aus dem Karton selbst auszusuchen, und dann sagtest du: ›Das mache ich allein.‹«

Angie lachte und wischte sich die Augen. In diesem Moment sah sie den jungen Deacon ganz deutlich vor sich: seine dunklen, zerzausten Haare, das Grün-Braun seiner Augen, seinen Dreitagebart, seine tätowierten Arme, sein Lächeln, den Zahn, der seinen Schneidezahn ein kleines Stückchen überdeckte. Sie konnte seine Stimme hören: *Okay, Buddy. Mach es allein.*

»Und dann, als du allmählich erwachsen wurdest«, sagte JP, »wurdet ihr beste Freunde, meinte er. ›Ich hätte nie gedacht, dass meine Tochter meine Freundin sein könnte. Aber Mann, es gab Tage, an denen sie der einzige Mensch war, den ich ertrug. Sie war mir nie zu viel, sondern immer genau richtig. Meine kleine Angie war die schönste Überraschung meines Lebens.‹«

Angie schnäuzte sich wieder in das Box-T-Shirt, während JP vom Strand auf die Sandpiste einbog, die sie zurück zum Pförtnerhaus und in die Zivilisation befördern würde. Sie wollte nicht, dass dieser Ausflug jemals endete. Sie hätte Ewigkeiten damit verbringen können, mit JP herumzufahren und sich anzuhören, was Deacon über sie gesagt hatte.

»Er hat dir eine Menge erzählt«, sagte sie.

»Es hat mich zu der Zeit auch sehr interessiert«, sagte JP. »Als wir dieses spezielle Gespräch führten, war meine Freundin gerade schwanger. Und dein Dad redete darüber, wie es ist, Kinder zu haben.«

»Oh«, sagte Angie.

»Molly hatte eine Fehlgeburt«, sagte JP. »Und kurz darauf

hat sie sich von mir getrennt.« Er lachte ein wenig, ein gutmütiges Lachen, fand Angie, wenn man die Umstände bedachte. »Jetzt ist sie mit meinem Freund Tommy A. zusammen, auch ein Grund dafür, dass ich ihn nicht das Dielenbrett auf eurer Veranda reparieren lassen wollte.«

»Oh«, sagte Angie erneut. Sie wusste nicht, was sie sonst noch sagen sollte.

»Jetzt muss ich dich was fragen«, sagte JP. »Du hast vorhin gesagt, du wolltest, dass Joel anruft. Wer ist Joel?«

Angie schaute zum Fenster hinaus, während sie am Wauwinet vorbeifuhren, und erhaschte im Rückspiegel einen Blick auf sich selbst. So kraus und wirr hatten ihre Haare bisher nur nach einer Achterbahnfahrt in Coney Island ausgesehen. Ihre Wangen waren rosig, was entweder bedeutete, dass sie heute Morgen Sonne abbekommen hatte oder dass sie verlegen war. »Joel Tersigni.« Gott, es tat gut, seinen Namen auszusprechen. »Er ist der Mann, mit dem ich zusammen war, ein verheirateter Mann, der seine Frau meinetwegen verlassen wollte, sagte er. Aber irgendwas ist schiefgegangen, oder er hat seine Meinung geändert. Joel ist jedenfalls weg. Er hat genau in dem Moment gekniffen, in dem ich ihn am meisten brauchte.«

JP sah Angie lange unverwandt an. »Joel ist ein Trottel«, sagte er.

Jetzt *spürte* sie, wie sie errötete. »Und was ich über das Haus gesagt habe …«

»Ich weiß Bescheid über das Haus«, sagte JP.

»Ach ja?«

»Deacon hat es mir erzählt«, sagte JP. »Als er zum letzten Mal hier war … wollte er ein paar Sachen zusammenpacken.

Die Muschel von dem Ausflug mit seinem Dad und dein Puppenhaus. Ich sollte ihm nach dem Angeln dabei helfen.«

»O Gott«, sagte Angie. Die Muschel, das Puppenhaus, der blöde Spiegel in Hayes' Zimmer, die alte Landkarte von Nantucket, das Holzbrett mit dem sichelförmigen Brandmal, auf dem sie immer Tomaten schnitten, der schwarze gesprenkelte Hummertopf aus Emaille, der Bilderrahmen, den sie und Scarlett an einem regnerischen Nachmittag aus Kammmuschelschalen geklebt hatten, das Kartenspiel mit den nackten Frauen in der Schublade des Beistelltischchens unter der hässlichen Lampe – all das hatte Deacon sicher behalten wollen. Der Großteil der Einrichtung hatte ursprünglich den Innsleys gehört, aber der Atmosphäre des Hauses haftete etwas an, das Deacon bestimmt eintüten und mitnehmen wollte. Seinen Geruch nach Sonnenschutz und nassen Handtüchern, die Geräusche, die es machte, wenn es nachts zur Ruhe kam, die Aussicht auf den Leuchtturm bei Sonnenaufgang. »In Wahrheit ist mein Vater nicht an einem Herzinfarkt gestorben, oder? Er starb an gebrochenem Herzen.«

»Wahrscheinlich etwas in der Art«, sagte JP.

Sie fuhren schweigend die Straße entlang, bis JP links in die Hoicks Hollow Road einbog, und Angie merkte, dass ihre gemeinsame Zeit zu Ende ging. »Danke für den Ausflug«, sagte sie.

»Du musst dich nicht bedanken«, sagte er.

»Bogenschießen war vermutlich genau das, was ich brauchte«, sagte sie.

»Ich könnte dich morgen früh abholen, und wir probieren es noch mal?«

Es erschreckte Angie, wie schnell sich ihre Stimmung bei dieser Aussicht hob. Sie würde doch nicht das Vorhersehbare tun und sich in den nächstbesten Mann verlieben, der freundlich zu ihr war, oder?

»Gern«, sagte sie.

»Prima, dann ist das verabredet. Ich hole dich um halb neun ab?«

*Verabredet,* dachte Angie.

Sie war so abgelenkt, dass es einen Moment dauerte, bis sie die Frau mit dem Strohhut bemerkte, die den Straßenrand entlangspazierte.

»O Gott«, sagte sie. »Da ist meine Mutter.«

JP hielt neben Belinda. »Können wir Sie nach Hause mitnehmen?«

»Nein, danke. Ich gehe zu Fuß«, sagte Belinda. Sie wirkte verstört. Wenn Angie sich nicht irrte, waren Tränen in ihrer Stimme.

»Mom, was ist los?«, fragte Angie.

»Nichts«, sagte Belinda. »Fahrt ihr ruhig vor. Wir sehen uns zu Hause.«

»Bist du sicher?«, wollte Angie wissen.

Belinda nickte und winkte ihnen nach.

JP bog in die Einfahrt. »Sieht aus, als hättet ihr Besuch«, sagte er.

»Was?« Angie schaute auf und erblickte einen ihr fremden schwarzen Wagen vor dem Haus. Ihr erster Gedanke war, dass sie von den Paparazzi entdeckt worden waren, was auch erklären würde, warum Belinda so aufgelöst die Straße entlangirrte.

Doch das Auto schien keinen Haufen wildgewordener Sensationsreporter zu beherbergen. Dafür wirkte es zu würdevoll. Vielleicht war der Präsident gekommen, um seine Anteilnahme zu bekunden? Deacon hatte sowohl für Bush als auch für Obama gekocht. Oder war es ein großer alter Mann der kulinarischen Szene – Jacques Pépin womöglich?

Der Chauffeur des schwarzen Wagens stieg in einem schwarzen Anzug aus. Er öffnete die hintere Tür, und ein langes, wohlgeformtes Bein wurde sichtbar.

Angie rang nach Luft. Scarlett war hier.

## *BELINDA*

Am Sonntagmorgen setzte Belinda ihren breitkrempigen Strohhut und ihre Tom-Ford-Sonnenbrille auf und schlüpfte in Laurels wahrlich grauenhafte türkisgrüne Flip-Flops. Sie machte sich auf die Suche nach einem Mobilfunknetz, damit sie Bob anrufen konnte.

Sie beschloss, in Richtung Stadt zu wandern, obwohl der Ausblick in die andere Richtung pittoresker war. Sie brauchte Bars auf ihrem Display, nicht den hügeligen grünen Golfplatz und den rot-weißen Leuchtturm. Sie schleppte sich die Straße entlang und spürte dabei jeden Kiesel und jede Muschel unter den dünnen Schaumstoffsohlen von Laurels armseligen Tretern.

Belinda beschäftigten so viele Probleme, dass sie gar nicht wusste, wo sie anfangen sollte.

Nummer eins: das Haus. Deacon hatte sich in ein tiefes Loch befördert, aus dem er nicht mehr herausgekommen war, sodass sie das Haus verlieren würden. Niemand hatte sie direkt darum gebeten, doch es war klar, dass alle dasselbe dachten: Belinda sollte anbieten, ihnen das Haus zu bewahren. Angie liebte es, womöglich mehr als alle anderen zusammen. Mit seiner Erhaltung könnte Belinda das Wohlwollen ihrer Tochter zurückgewinnen. Doch Belinda hatte ein großes Problem damit, auch Laurels Anteil zu bezahlen – abgesehen davon, dass sie *auf keinen Fall* für Scarlett mitbezahlen würde. Andererseits konnte sie nicht zulassen, dass Angie auf Nantucket kein Haus mehr besaß, also musste sie eine Lösung finden.

Numer zwei: Buck. Belinda hatte sich ihm am Tag zuvor praktisch aufgezwungen. Was war eigentlich los mit ihr? Sie hatte bemerkt, wie Buck sie ansah, und gedacht: *Warum nicht?* Ihr Selbstbewusstsein konnte etwas Auftrieb gebrauchen. Es war schwierig, in einem Haus zu wohnen, in dem Laurel den Thron einnahm, obwohl sie Herrscherin über eine längst besiegte Nation war. Das galt allerdings auch für Belinda. Laurel hatte den strategisch klugen Schachzug getan, als Erste einzutreffen. Sie hatte Belinda das schlechteste Zimmer zugewiesen – und das »gute« Gästezimmer für jemanden reserviert, der noch nicht einmal kam! Und dann hatte sie gesagt, Belinda sei *ohne Belang für sie*. Nun ja, *ohne Belang* würde sie jetzt, da sie mit Laurels potenziellem Liebhaber intim gewesen war, nicht mehr sein. Belinda wusste, dass sie sich wie eine rachsüchtige Achtzehnjährige verhielt, eine noch schlimmere Version der Taffy, die sie in ihrer zweiten Filmrolle in *Teenager auf Abwegen* gespielt hatte. Belinda hätte Laurel fast alles erzählt, um ihr zu beweisen, dass sie doch nicht so irrelevant war. Aber Gott sei Dank hatte sie geschwiegen. Buck würde darüber hinwegkommen. Belinda musste allmählich ein besseres Vorbild für …

Nummer drei: Angie. Angie hatte sich anscheinend in eine Ehe gedrängt. Doch statt die Ehe zu zerstören, war Angie am Ende selbst am Boden zerstört. Und das, obwohl sie schon ihren Vater verloren hatte und das Haus verlieren würde. In mancherlei Hinsicht war Angie sehr stark. Sie war intelligent, begabt, ausdauernd. Und sie wurde immer schöner – ihre Haut war seidenweich, ihre Augen strahlten, ihre Haare waren zu einem wilden, buschigen Pferdeschwanz zusammengefasst, ihr Körper war schlank und wohlgeformt. Sie hatte volle Lippen und lange, graziöse Finger und ein leichtes sexy Kratzen in der Stimme. Aber Angie besaß nicht die Selbstsicherheit anderer Mädchen in ihrem Alter. Sie interessierte sich nicht für Kleider oder Schuhe oder dafür, einen Mann dazu zu bringen, dass er machte, was sie wollte. Sie war leicht zu verletzen, weil sie mit ihrem ganzen Herzen liebte. Sie hielt nichts zurück.

Nummer vier: Bob. Buck hatte gestern zu Belinda gesagt: *Ich dachte, du wärst verheiratet.* Ja, Belinda *war* verheiratet, mit Bob Percil, der weithin als der beste Rassepferdtrainer des Landes, wenn nicht der Welt galt. Belinda hatte ihn im Oktober nach ihrer Trennung von Deacon beim Breeders' Cup kennen gelernt. Bob war ein auf raubeinige Weise attraktiver, Bourbon trinkender, Zigarren rauchender, in Kentucky geborener und aufgewachsener Typ der alten Schule, der Pferde besser behandelte als Menschen. Er war schroff und manchmal humorlos und stark auf seine Arbeit konzentriert, immun gegen die meisten von Belindas Hollywood-Reizen und gegen ihre Theatralik – und aus all diesen Gründen hatte Belinda sich in ihn verliebt. Jahrelang war Deacon für sie der Inbegriff von Männlichkeit gewesen, doch als sie Bob traf, erkannte sie, dass Deacon labil war wie ein halbwüchsiges Mädchen.

Deshalb war Belinda glücklich gewesen, Bob zu heiraten und den emotionslastigen Unsinn mit Deacon hinter sich zu lassen. Sie zog nach Louisville, Kentucky, und dann wurde sie schwanger, was sie für physiologisch unmöglich gehalten hatte. Sie drehte ein Jahr lang keine Filme, sondern blieb auf der Pferdefarm und kümmerte sich um Mary, ihr Baby. Ihr eigenes Baby! Belinda stellte Mrs Greene ein und wurde erneut schwanger. Erst nach der Geburt von Laura merkte Belinda, dass Bob sich im Umgang mit seinen jungen Stallgehilfinnen nicht beherrschen konnte.

Die Erste, die Belinda mit ihm in der Sattelkammer erwischt hatte, war Carrie gewesen. Mary war damals zwei Jahre und Laura neun Monate alt. Darauf waren Jules und jetzt Stella gefolgt. Vögelten Bob und Stella gerade im Elternschlafzimmer?, fragte sich Belinda. Sie hatte seit ihrem Abflug aus L.A. nicht mehr mit Bob gesprochen.

Kein Empfang.

Belinda sah, dass sich ein Fahrzeug näherte, ein verblichener waldgrüner Jeep Wagoneer mit hölzernen Seiten und einer Reihe bunter Aufkleber auf der Stoßstange, ein Wagen, den Belinda kannte. Er gehörte Mrs Glass. Konnte es sein, dass die Frau noch lebte? Noch *Auto fuhr*? Sie war vor vielen Jahren, als Belinda regelmäßig nach Nantucket kam, schon eine alte Dame gewesen. Der Wagoneer verlangsamte sein Tempo von zehn auf fünf Meilen pro Stunde und hielt vor Belinda an.

Mrs Glass kurbelte ihr Fenster herunter. Sie trug eine Sonnenbrille, wie sie nach einer Kataraktoperation verordnet wird.

»Entschuldigung«, sagte die Frau. »Wer sind Sie?«

Belinda schenkte Mrs Glass ihr gewinnendstes Lächeln. »Mrs Glass? Ich bin es, Belinda Rowe.«

»Ich kenne Sie ganz sicher nicht«, sagte Mrs Glass.

»Ich bin Belinda Rowe«, sagte Belinda, diesmal lauter.

»Sie dringen hier *unbefugt ein*«, sagte Mrs Glass. »Ich bin Mrs Dustin Glass aus der Hoicks Hollow Road Nummer 21, und mein Ehemann, müssen Sie wissen, war achtzehn Jahre lang Präsident der Anwohnergemeinschaft. Dies ist eine Privatstraße. Sie ist nur für Anlieger.«

»Ich kenne Ihren Mann«, beteuerte Belinda. »Dusty. Ich war verheiratet mit …«

»Ich weiß nicht, wer Sie sind«, sagte Mrs Dustin Glass. »Ich lebe seit 1945 in dieser Privatstraße, und davor habe ich die Sommer mit meinen Eltern in der Baxter Road in Sconset verbracht.«

»Ich weiß«, sagte Belinda. »Ich war mit Deacon verheiratet. Mit Deacon Thorpe, dem Sternekoch …?« Sie zögerte und hielt in Mrs Glass' Gesicht Ausschau nach Zeichen des Wiedererkennens, doch deren Miene war ausdruckslos, der Blick ihrer wässrig-blauen Augen trotzig. »Wir wohnen in der Nummer 33. Im Amerikanischen Paradies.«

»Im Amerikanischen Paradies? Das Haus gehört den Innsleys.«

Belinda lächelte. »Das tat es vor langer Zeit«, sagte sie. »Dann hat mein Mann es gekauft. Ich habe in den neunziger Jahren hier mit ihm gelebt. Ich bin Belinda Rowe.«

»Und wenn Sie die Königin von Saba sind«, sagte Mrs Glass, »Sie benutzen unerlaubt eine Privatstraße. Ich werde der Sache auf den Grund gehen.« Entschlossen kurbelte sie ihr Fenster wieder hoch.

Belinda beobachtete den Wagoneer, bis er in die Einfahrt von Nummer 21 bog. Unfassbar, dass Mrs Glass sie nicht erkannte! Hatte Belinda ihr nicht Autogramme für ihre Enkelinnen gegeben? Hatte Deacon ihr und Dusty nicht eine Drei-Beeren-Pie mit Zitronen-Rosmarin-Kruste gebacken? Aber Mrs Glass hatte wohl trotzdem recht – Belinda gehörte nicht hierher. Sie gehörte nach Los Angeles oder nach Louisville, Kentucky, zu ihren Töchtern und ihrem treulosen Ehemann.

Sie passierte den Sankaty Head Beach Club, NUR FÜR MITGLIEDER, und verdrehte die Augen. Sie und Deacon hatten ihre ganze Ehe hindurch auf der Warteliste gestanden, und als ihre Mitgliedschaft endlich in Betracht gezogen worden war, hatten sie sich getrennt. Belinda hatte ganz vergessen, dass Nantucket ein einziger großer Privatclub für Yankee-Blaublüter war, die alte Schlitten fuhren – obwohl sie wahrscheinlich genug Geld auf dem Konto hatten, um sich eine Shelby Cobra zu kaufen –, nur um irgendwie ihre Genügsamkeit und Zurückhaltung zu beweisen.

Aber vielleicht besaß der Beach Club ja etwas so Neumodisches wie einen Booster, denn plötzlich hatte Belinda ein Netz! Sie blieb stehen und wählte Bobs Nummer.

»Hier Bob Percil«, sagte er.

Belinda wusste, dass Bob sich immer so meldete, egal, wer anrief, doch trotzdem sehnte sie den Tag herbei, an dem er auf sein Display sehen und sie mit einem »Hey, Baby« begrüßen würde. Er musste nicht einmal treu sein, solange er ihr die zärtliche, verführerische Aufmerksamkeit schenkte, die sie als seine Ehefrau verdiente.

»Bob«, sagte sie. »Ich bin's, Belinda.«

Keine Antwort.

»Bob?«

»Ich bin hier.«

»Ich bin auf Nantucket«, sagte Belinda.

»O ja«, sagte Bob. »Ich weiß.«

Belinda konnte die Pferde auf der Trainingsbahn hören – Hufe auf Erde, Wiehern, Pfeifen. Bob war mit seinem Leben beschäftigt. Belinda hatte geglaubt, jemanden zu heiraten, der nichts mit dem Showgeschäft zu tun hatte, sei eine gute Idee – bei Meryl Streep hatte es geklappt –, aber was hatten sie und Bob eigentlich gemeinsam?

»Wie geht's den Mädchen?«, fragte sie.

»Die hatten am Freitag ihren letzten Schultag«, sagte Bob. »Und seitdem sind sie mit Stella wanderreiten. Gestern Abend waren sie bis zum Dunkelwerden mit ihr unterwegs, und heute Morgen ging es gleich wieder los.«

*Stella,* dachte Belinda. Sie wusste, sie sollte sich darüber freuen, dass ihre Töchter draußen waren und ihre sehr teuren Pferde ritten. Mädchen, die ritten, interessierten sich viel später für Jungen und Make-up und Zigaretten als ihre nichtreitenden Altersgenossinnen.

»Arme Stella«, sagte Belinda. »Das gehört ja wirklich nicht zu ihrem Job. Du wirst sie dafür extra bezahlen müssen.«

»Nee«, sagte Bob. »Sie tut es gern. Sie liebt die Mädchen.«

*Großartig,* dachte Belinda. Bob meinte damit vermutlich, dass Stella irgendwann Marys und Lauras Stiefmutter werden würde. Sie fragte sich, ob Mrs Greene wohl ein Auge zudrückte. Mrs Greene mochte es nicht, wenn Belinda nicht zu Hause war, der Arbeit wegen oder aus anderen Gründen. Sie glaubte fest an gemeinsame Mahlzeiten mit der ganzen Familie und ans Vorlesen vorm Einschlafen. Sie bereitete diese Mahlzeiten gern zu – da sie eine traditionelle Südstaatenköchin war, musste Belinda angesichts von Brathähnchen, Nudelsalat, Kohlgemüse, Maisbrot und Zitronencremekuchen immer an sich halten –, wollte aber, dass Belinda und Bob sich mit den Mädchen, deren Haare gebürstet und deren Hände gewaschen sein mussten, im Esszimmer an den Tisch setzten. Und Mrs Greene blieb nie länger als bis acht Uhr, was bedeutete, dass entweder Belinda oder Bob für das von Mrs Greene so genannte »Vorlesen und Einkuscheln« zuständig waren, das sie für die Entwicklung der Mädchen für lebenswichtig hielt.

Belinda war sich ziemlich sicher, dass Bob die beiden, wenn sie selbst nicht da war, Chips und Salsa essen und Reality-Shows auf Netflix sehen ließ, bis sie einschliefen.

Jetzt erblickte sie am Ende der Straße eine Staubwolke; ein weiteres Auto näherte sich. Wahrscheinlich noch jemand, der Belinda erklären würde, sie gehöre nicht hierher. Sie schloss die Augen.

»Bitte grüß die Mädchen von mir«, sagte sie. »Und sag ihnen, dass ich sie vermisse.«

Bob räusperte sich. »Stella hat am Telefon in den Stallungen eine Nachricht abgehört. Der Anruf war um vier Uhr morgens gekommen.«

»Wirklich?« Belinda wusste nicht, warum Bob ihr das erzählte. Die Hälfte seiner Kunden lebte in Dubai, Hongkong, Macao. Das Telefon in den Stallungen klingelte die ganze Nacht über.

»Der Anruf war von Laurel«, sagte Bob und räusperte sich erneut. »Laurel Thorpe. Sie sagte, sie hätte mir was zu erzählen. Hast du eine Ahnung, was das sein könnte?«

Belinda hätte fast das Telefon fallen lassen. *Leg auf!*, dachte sie. Später konnte sie ja so tun, als sei die Verbindung unterbrochen worden. Sie musste nachdenken!

Laurel hatte Bob angerufen. Es gab etwas, das sie ihm erzählen wollte. Offensichtlich etwas über Belinda. Hatte sie herausgefunden, was mit Buck vorgefallen war?

»Äh …«, sagte Belinda. »Wir hatten gestern Abend eine Diskussion über das Haus. Es wird wohl eine Zwangsvollstreckung stattfinden. Deacon hat mir ein Drittel hinterlassen und Laurel ein Drittel und Scarlett ein Drittel. Aber die Schulden müssen bezahlt werden.«

»Die übernimmst du doch nicht, oder?«, sagte Bob. »Über wie viel Geld sprechen wir?«

»Über hundertfünfzig Riesen für meinen Anteil.«

Bob stieß einen Pfiff aus. »Da hat sich Deacon ja ganz schön reingeritten.«

»Stimmt.« Belinda wusste, was Bob dachte: *Deacon mag ja ein großartiger Koch gewesen sein, aber er war ein schlechter Geschäftsmann*. Wohingegen Bob ein großartiger Pferdetrainer und ein noch besserer Geschäftsmann war. Die Ställe warfen jedes Quartal einen Riesenprofit ab.

»Lass es sein, Belinda«, sagte Bob. »Ich will nicht, dass du unser Geld verschleuderst.«

*Unser Geld*. Den Ratschlag ihres Buchhalters und ihres Agenten Leif Larsen ignorierend, machte Belinda finanziell gemeinsame Sache mit Bob, denn so hatte sie es auch mit Deacon gehalten: Was ihr gehörte, gehörte ihm, gehörte ihnen beiden. Natürlich war Belinda nicht naiv – das Geld, das sie mit *Das Delta* verdient hatte, bunkerte sie auf einem Anderkonto, das Leif verwaltete. Als sie es das letzte Mal überprüft hatte, waren gut fünf Millionen darauf gewesen. Die behielt sie für sich, für alle Fälle.

»Ich weiß«, sagte sie jetzt.

»Also, was ist?«, fragte Bob. »Meinst du, Laurel hat angerufen, um mich um Geld zu bitten? Irgendwie glaube ich das nicht. Es klang nicht danach.«

»Ach ja? Wonach klang es denn?«

»Nach etwas anderem.«

Danach, dass Laurel das mit Belinda und Buck herausgefunden und Bob angerufen hatte, um es ihm zu erzählen.

Wow, eins musste Belinda ihr lassen: Das war eine wirkungsvolle Abschreckungstaktik.

»Vergiss es einfach«, sagte Belinda und bemühte sich, ihre Stimme ruhig klingen zu lassen. »Ich kümmere mich um Laurel. Tut mir leid, dass sie dich aufgescheucht hat.«

»Kein Problem«, sagte Bob. »Ich muss zugeben, Belinda, dass sie meine Neugier geweckt hat.«

»Halt dich da bitte raus, Liebling«, sagte Belinda. »Die Situation hier ist so schon heikel genug.«

»Gut«, sagte Bob. Sie hörte, wie er Rauch ausatmete. Würde er es dabei belassen? O *bitte, bitte, bitte.* »Wann kommst du nach Hause?«

»Mittwoch«, sagte sie. »Am Mittwoch bin ich wieder da.« In Wahrheit würde sie bereits am Dienstag kommen, aber wenn sie Mittwoch sagte und schon dienstags aufkreuzte, würde sie *ihn* bei dem ertappen, was *er* dann tat. Er war der Fremdgänger, nicht Belinda, abgesehen von der winzigen Eskapade mit Buck, die ganze zwei Minuten gedauert hatte. Nicht zu *fassen,* dass Laurel im Reitstall angerufen hatte!

»Dann sehen wir uns am Mittwoch«, sagte Bob. »Gib mir Bescheid, wann dein Flieger landet, dann lasse ich dich von Tenner abholen.«

Tenner war der Chauffeur; Fahrten zum Flughafen gehörten zu seinen Aufgaben, doch war es zu viel verlangt, dass Bob Belinda selbst abholte, mit den Mädchen oder ohne sie?

»Ich liebe dich«, sagte Belinda.

»Okay dann«, sagte Bob und legte auf.

*Okay dann*. Überschwänglich war Bob nie, aber normalerweise konnte man sich bei ihm auf ein »Ich dich auch« oder zumindest ein »Gleichfalls« verlassen. Heute gönnte er ihr nicht einmal das. Heute war Bob Percil argwöhnisch – oder vielleicht auch nur abgelenkt von der Gangart von Shadow, seinem preisgekrönten gescheckten Grauen. Belinda legte auf und trat beiseite, um dem sich nähernden Wagen auszuweichen. Im Gegensatz zu Mrs Glass, die fuhr wie ein Faultier auf Barbituraten, lenkte der Chauffeur dieses Autos *viel* zu schnell.

*Geh vom Gas!*, dachte Belinda. Der Wagen war eine elegante schwarze Limousine wie von einem Fahrdienst, fast schon eine Stretchlimo, und in Belindas Kopf türmten sich Fragezeichen. Aber dann wurde ihr klar, dass in der Hoicks Hollow Road vielleicht ein Investmentbanker oder ein Firmenanwalt wohnte, der es gewöhnt war, so ein Nantucket-untypisches Fahrzeug zu nutzen.

Es kümmerte Belinda nicht weiter. Im Geiste rückte Bob auf der Liste ihrer Probleme von Platz vier auf Platz eins vor. Tränen traten ihr in die Augen. Es war so ungerecht! Belinda erlaubte sich einen klitzekleinen Seitensprung, der jetzt zum Kapitalverbrechen wurde, während Bob jahrelang herumgevögelt hatte – wahrscheinlich viel öfter, als Belinda glaubte. So war es doch immer, oder? Sie dachte, er habe es mit drei Mädchen getrieben, während es vermutlich dreißig gewesen waren.

*Laurel!* Was hatte Laurel *getan*?

Belinda hörte ein weiteres Fahrzeug hinter sich. Die Hoicks Hollow Road wurde ja regelrecht zur Autobahn! Als sie sich umdrehte, sah sie einen silbernen Jeep auf sich zukommen. Er hielt an, und Belinda erkannte darin Angie und den süßen, bärtigen Ranger.

»Können wir Sie nach Hause mitnehmen?«, fragte der Ranger.

Belinda wäre gern eingestiegen. Ihr war so heiß, dass sie fast japste – dieser Spaziergang war das Sportlichste, was sie seit Monaten unternommen hatte –, doch sie war zu aufgewühlt für ein Gespräch und hatte keine Lust zu erklären, warum.

»Nein, danke. Ich gehe zu Fuß«, sagte sie. »Fahrt ihr ruhig vor.«

Der Jeep entfernte sich.

Als Belinda die Einfahrt zum Amerikanischen Paradies erreichte, hielt sie sich die Seiten. Sie sah den silbernen Jeep – und dahinter die glänzende schwarze Limousine.

*Was?*, dachte sie.

Und dann … sah sie sie alle, wie sie da in einem grotesken Tableau auf der Veranda standen: Angie, der Ranger, Laurel, Buck, ein kleines Mädchen in einem silbernen, paillettenbesetzten Partykleid und eine hochgewachsene, auffallende Frau mit modisch kurzgeschnittenen schwarzen Haaren.

Der Kurzhaarschnitt war es, der Belinda verunsicherte. *Wer war das?* Dann kam sie darauf.

Scarlett war hier.

Sie hatte den Oscar als Beste Hauptdarstellerin gewonnen und war mehrfach als Beste Hauptdarstellerin und Beste Nebendarstellerin nominiert worden und hatte einen Emmy als Beste Hauptdarstellerin erhalten – und doch bewältigte sie die schauspielerische Aufgabe nicht, die ihr dieser Moment abverlangte.

Sie drehte sich wieder zur Straße um. Eigentlich könnte sie zum Beach Club zurücklaufen und sich von dort aus ein Taxi bestellen, das sie zum Flughafen brächte, wo sie eine Maschine chartern würde, mit der sie diesem gottverlassenen Felsen entkommen konnte. Sie schaute auf ihre Füße in Laurels schäbigen Flip-Flops; sie waren kaum besser als die Einweg-Treter, die man nach einer Pediküre bekam. Und Belinda war erhitzt und müde. Sie sah die Straße entlang in die andere Richtung. Vielleicht konnte sie an Mrs Glass' Tür klopfen. Mrs Glass würde sie jetzt womöglich sofort wiedererkennen; mit dem Gedächtnis alter Menschen verhielt es sich manchmal so.

»Mom!«, rief Angie.

Warum war Belinda überhaupt gekommen? Sie hätte wissen müssen, dass Scarlett aufkreuzen würde. Scarlett hatte nie Karriere gemacht, deshalb erregte sie gern auf andere Weise Aufmerksamkeit – wie etwa mit diesem dramatischen Auftritt. Sie hatte kein Taxi nehmen können wie alle anderen, sondern diesen prätentiösen Wagen samt Chauffeur mieten müssen.

Belinda würde sich nichts bieten lassen. Scarlett hatte mit Deacon geschlafen, als er noch mit Belinda verheiratet gewesen war. Nach Deacons Auftritt bei Letterman hatten er und Belinda einen fürchterlichen Streit gehabt, und Deacon war auf die Virgin Islands geflogen.

Belinda hatte die AmEx-Abrechnung für fünf Nächte in Caneel Bay gesehen und dann einen Anruf von Renée Zellwegers persönlicher Assistentin erhalten, die schwor, Deacon mit einer Blondine im Bikini auf einem Segelboot in Maho Bay gesehen zu haben.

*Blondine*, dachte Belinda. Da irrte sich die Assistentin; Deacon hatte Scarlett mitgenommen. Belindas Verdacht wurde so gut wie bestätigt, als Deacon sich zwei Monate, nachdem seine Scheidung von Belinda endgültig durch war, mit Scarlett verlobt hatte. Belinda hasste Scarlett Oliver. Sie würde ihr nie verzeihen.

»Mom!«, rief Angie noch einmal und wedelte mit dem Arm. »Komm!«

Auf keinen Fall. Sie würde einfach auf der Straße stehen bleiben, bis sie schmolz.

»Mom!«, sagte Angie. »Wir können dich alle sehen!«

Belinda winkte, als hätte sie erst jetzt bemerkt, dass ihre Tochter und – *Oh, sieh mal!* – andere Bekannte von ihr auf der Veranda versammelt waren.

Sie hatte keine Wahl. Sie schleppte sich die Einfahrt hoch und erklomm mit ihren letzten Kraftreserven die Verandastufen.

»Hallo, Leute«, sagte sie.

»Belinda«, sagte Laurel. »Schau doch, wer hier ist!«

»Hallo, Scarlett«, sagte Belinda.

Scarlett antwortete nicht. Ihre Augen waren rot und wässrig; sie weinte. Sie beglückte Belinda mit einer erstickenden, nach Chanel duftenden Umarmung. Scarlett benutzte Chanel seit ihrem achtzehnten Geburtstag; das taten alle Südstaaten-Debütantinnen, hatte sie Belinda in ihrem Bewerbungsgespräch anvertraut.

»Ich kann es nicht fassen, dass er nicht mehr *da* ist«, sagte Scarlett. Sie zitterte in ihren rubinroten Lackballerinas. Scarlett maß einen Meter sechsundachtzig und trug immer flache Schuhe. Belinda reichte Scarlett bis zu ihrem ein halbes A-Körbchen großen Busen. Als Scarlett für sie gearbeitet hatte, war sie vollbusiger gewesen, doch nachdem sie Ellery drei Jahre lang gestillt hatte – drei Jahre! –, waren ihre Brüste so gut wie verschwunden. »Ich. Fasse. Es. Nicht. Weißt du, dass er meinetwegen zu trinken aufgehört hat? Alkohol und Drogen – er hat mit allem Schluss gemacht. Und dann das!«

»Ist schon okay«, sagte Belinda. »Du musst stark sein für …« Belinda versuchte, sich aus Scarletts Umarmung zu lösen, aber das erwies sich als ebenso schwierig wie sich Kaugummi aus den Haaren zu zupfen.

»Ich hätte nicht wegfahren sollen«, sagte Scarlett. »Aber ich war einfach. So. Wütend. Und was er getan hat, war unverzeihlich.«

»Scarlett«, sagte Belinda, »du musst stark sein für deine Tochter.« Sie befreite sich und lächelte auf Ellery hinunter.

»Hallo, Ellery«, sagte sie. »Ich bin Belinda.«

»Nein«, widersprach Ellery. »Du bist Miss Kit Kat.«

»Stimmt«, sagte Belinda, bemüht, nicht bestürzt zu klingen. Sie hatte in drei Staffeln der HBO-Serie *Schulzeit* über eine Gruppe frühreifer Teenager an einem exklusiven Internat in New England die Hauptrolle der leicht durchgeknallten Direktorin Miss Kit Kat gespielt. Erlaubte Scarlett Ellery, sich diese Sendung im zarten Alter von neun anzusehen? »Ich bin Miss Kit Kat.«

»Ellery ist am Boden zerstört«, flüsterte Scarlett.

»Sicher«, sagte Belinda. Sie würde nicht zulassen, dass Scarlett das Trauern für sich allein beanspruchte. »Das sind wir alle.«

## *LAUREL*

Alles ging unglaublich schnell, aber diesmal freute Laurel sich ausnahmsweise sogar darüber, dass Scarlett gekommen war. Zum einen fühlte es sich *richtig* an – jetzt war Deacons ganze Familie versammelt, wie es sich gehörte –, und zum anderen hatte Laurel nun Unterstützung gegenüber Belinda.

Als JP gegangen war, traten alle anderen ins Haus. Laurel legte Scarlett ihre Hand auf den Arm. »Ich habe für dich und Ellery das Gästezimmer vorgesehen.«

»Das *Gästezimmer?*«, fragte Scarlett. »Das hier ist *mein* Haus. Ich übernachte im Elternschlafzimmer.«

»Da schlafe ich«, sagte Laurel. »Tut mir leid. Ich war als Erste hier.« *Und ich war als Erste mit ihm verheiratet,* dachte sie. *Und ich habe das Haus zusammen mit ihm gekauft.*

»Du bist hier der Gast«, sagte Scarlett. »Du solltest aus dem Elternschlafzimmer ausziehen und im Gästezimmer wohnen.«

Sofort revidierte Laurel ihre positiven Gefühle für Scarlett. Gegen sie war Belinda Glinda die Gute Hexe.

Aber dann, als Scarlett die Treppe mit ihren zwei riesigen Koffern hochstürmte, zog Belinda Laurel ins Wohnzimmer.

»Du hast Bob angerufen?«, flüsterte sie. »Du hast meinen Mann an seinem Arbeitsplatz angerufen und erklärt, du hättest ihm was zu sagen?«

Laurel schloss die Augen. Ja, sie hatte Bob Percil angerufen. Nachdem sie mit Hayes aus dem Krankenhaus zurückgekommen war, war sie *außer sich* gewesen. Buck hatte sie besänftigen wollen, aber sie hatte ihn weggeschickt. Er war Teil ihres Problems! Sobald es im Haus still gewesen war, war Laurel nach unten in die Küche gegangen und hatte sich aus den Spirituosenvorräten einen Jameson eingeschenkt, der sie ein bisschen beruhigte, also goss sie sich noch einen ein. Nach dem dritten fragte sie sich, ob es außer noch mehr Jameson etwas gab, das ihre Stimmung verbessern würde. Und an diesem Punkt beschloss sie, zum Ende der Einfahrt zu wandern … auf ein Signal zu warten … und in den berühmten Percil-Stallungen in Louisville, Kentucky, anzurufen.

*Das hier ist eine Nachricht für Bob,* hatte sie gesagt, nuschelnd, trotz ihrer Absicht, nüchtern, seriös, zuverlässig zu klingen. *Hier spricht Laurel Thorpe. Ich bin auf Nantucket und möchte Ihnen etwas über Belinda erzählen.*

Heute Morgen nach dem Aufwachen hatte sie vor Reue Magendrücken gehabt. Was hatte sie nur geritten? Sie war doch die Nette, die Gute, die Altruistin! Sie hatte eine Karriere daraus gemacht, Menschen zu helfen, Menschen zu *retten* – aber vierundzwanzig Stunden in Belindas Gegenwart hatten ein rachsüchtiges Luder aus ihr gemacht, das nicht einmal sie selbst wiedererkannte.

»Das stimmt«, gestand Laurel. »Ich habe bei ihm angerufen.«

»Und was, bitte schön, hattest du ihm zu sagen?«, fragte Belinda.

Belinda meinte wohl, sie käme mit *allem* durch. *Das ist das Problem,* dachte Laurel. Manche Leute waren einfach so. Sie hielten sich für unantastbar. Sie glaubten, für sie hätten Regeln keine Geltung.

»Was *denkst* du denn?«, gab Laurel zurück.

Bevor Belinda antworten konnte, hörten sie beide aus dem oberen Flur das Gepolter von Gegenständen und dann Scarletts Stimme. »Das Elternschlafzimmer ist meins! Das ist mein Haus!«

*Kann das wirklich wahr sein?*, fragte sich Laurel.

Buck tauchte im Wohnzimmer auf. »Soll ich ihr sagen, dass ihr nur ein Drittel des Hauses gehört?«

»Das ist jetzt nicht der richtige Zeitpunkt«, sagte Belinda.

»Genau«, sagte Laurel.

In diesem Moment kam Angie die Treppe heruntergesegelt und packte Laurel am Arm. »Ich muss mit dir reden.«

Laurel folgte Angie in die Küche.

»Hayes ist *überfallen* worden?«, sagte Angie.

»Ja«, bestätigte Laurel seufzend. »Er sagte, er war im Taxi unterwegs in die Stadt, und der Fahrer und er hatten eine Meinungsverschiedenheit über den richtigen Weg, also ist Hayes am Waldrand ausgestiegen. Und dann wurde er zusammengeschlagen und ausgeraubt.«

Angies Augenbrauen schossen in die Höhe. »Taxi?«, sagte sie. »Wahrscheinlich hat er diesen Spinner angerufen, der uns hergefahren hat. Der Typ war angezogen wie ein Pirat. Hayes hat sich seine Karte geben lassen.«

»Hayes hat der Polizei nichts erzählt«, sagte Laurel. »Er will die Sache auf sich beruhen lassen.«

»Ich hab ihn gefragt, was ich für ihn tun kann, und er hat gesagt, ich soll heute Abend Dads Suppe machen.«

»Oh, wie lecker. Vielen Dank, Schätzchen«, sagte Laurel. Tränen stiegen ihr in die Augen, obwohl sie das heutige Abendessen eigentlich gar nicht interessierte. Aber Deacon hatte in jenen längst vergangenen Sommern auf Nantucket mindestens ein Mal Meeresfrüchtesuppe gemacht.

»Und dann gibt es Rucolasalat mit warmem Ziegenkäse und ein Drei-Beeren-Crumble mit den Erdbeeren, die JP vorbeigebracht hat«, sagte Angie. »Und im Sconset Market besorge ich frisch gebackene Baguettes. Die kommen um vier Uhr aus dem Ofen.« Angie griff nach einem Notizblock und fing an, eine Liste zu machen.

Ellery kam in die Küche gehüpft. Sie studierte die Markierungen auf dem Türrahmen und verfolgte sie auf der Suche nach ihrem Namen mit dem Finger.

»Soll ich dich messen, Schätzchen?«, fragte Laurel. »Ich wette, du bist seit letztem Sommer ganz schön gewachsen.«

»Nein«, sagte Ellery. »Ich will, dass Miss Kit Kat mich misst.«

»Miss Kit Kat misst dich später«, sagte Scarlett, während sie in die Küche stürzte. Belinda und Buck waren inzwischen verschwunden, eine Tatsache, die Laurel nervte wie eine juckende Stelle, die sie nicht erreichte. Vielleicht waren sie oben in Bucks Zimmer und genossen ihre plötzliche Liebesaffäre. Zu Laurel sagte Scarlett: »Hör mal, tut mir leid, aber du musst verstehen, dass ich Deacons Frau bin und das Elternschlafzimmer *mein* Zimmer ist, *unser* Zimmer. Ich habe nicht mal im Gästezimmer geschlafen, als ich noch das Kindermädchen war. Damals hatte ich das Zimmer, wo jetzt Buck übernachtet.«

Laurel hatte Scarlett an einem von den Abenden kennen gelernt, an denen Deacon ihr Hayes zurückbrachte. *Ich fand, ihr zwei solltet euch kennen lernen*, hatte Deacon gesagt, *denn Scarlett wird auf Hayes aufpassen, wenn ich arbeite und Belinda unterwegs ist.*

Das hatte Laurel verblüfft; Hayes war damals vierzehn gewesen und konnte im Wesentlichen für sich selbst sorgen. Aber sie hatte Scarlett die Hand geschüttelt und bemerkt, wie schön sie war. Sie erinnerte sich, dass sie gedacht hatte: *Hoffentlich benimmt sich Deacon.*

Sie war schockiert gewesen, als Scarlett ein paar Monate später weinend bei ihr in der Bronx im Büro aufgekreuzt war. Sie glaubte, schwanger zu sein, und hatte Angst, es Belinda zu gestehen.

*Deacon hat mir erzählt, dass Sie Sozialarbeiterin sind*, sagte Scarlett. *Und dass Sie sehr jung waren, als Sie Hayes bekamen.*

*Neunzehn*, sagte Laurel. Sie hatte Scarlett Broschüren über einige der Möglichkeiten mitgegeben, die ihr offenstanden: Adoptionsagenturen, Kliniken, die einen Schwangerschaftsabbruch vornehmen würden. Aber dann, ein paar Tage später, rief Scarlett an und meinte, es sei falscher Alarm gewesen.

Laurel hatte sie nie gefragt, wer der Vater des Babys gewesen wäre.

Jetzt löste sich Scarlett in Tränen auf. »Mir ist *nichts* von ihm geblieben!«

Laurel war versucht zu sagen, dass es den Menschen mit Deacon immer so gegangen war – er hinterließ ihnen nichts. Doch dann fiel ihr die Geburtstagskarte ein, die er ihr geschickt hatte: *In ewiger Liebe.* Er hatte sie geliebt, er hatte Belinda geliebt, er hatte Scarlett geliebt.

»Wie geht es dir?«, fragte Laurel. »Du siehst erschöpft aus.«

»Ich habe seit sechs Wochen nicht geschlafen«, sagte Scarlett. »Wie hätte ich auch schlafen können? Ich habe Deacon verlassen und ihm Ellery weggenommen. Ich *wollte*, dass er leidet! Ich *wollte*, dass er unglücklich ist ohne uns! Ich habe ja nicht geahnt, dass er sterben würde!«

»Natürlich nicht«, sagte Laurel sanft. Sie warf einen raschen Blick auf Angie, die eine Liste von Zutaten auf einen Zettel kritzelte. »Das hat keiner von uns.«

Buck kam in seinen Boardshorts in die Küche spaziert.

»Ich gehe an den Strand«, verkündete er. »Möchte eine von euch mitkommen?«

»Warum fragst du nicht Belinda?«, fragte Laurel.

»Ich habe keine *Lust*, Belinda zu fragen«, entgegnete Buck.

»Belinda kann sowieso nicht schwimmen«, flüsterte Scarlett. »In all den Jahren, in denen ich mit Deacon, Belinda und den Kindern hier war, ist sie nie ins Wasser gegangen.«

Angie richtete sich zu ihrer vollen Größe auf, war jedoch immer noch nicht ganz so groß wie Scarlett. »Pass auf, wie du über meine Mutter sprichst«, sagte sie.

»Ach ja?«, sagte Scarlett. »Du ergreifst Partei für *Belinda*? Das ist ja was ganz Neues.«

»Es gibt keine Parteien mehr, Scarlett«, sagte Angie. »Der Wettstreit darum, wen er am meisten liebt, ist vorbei. Wir haben alle verloren.«

»Ich war so wütend auf ihn, dass ich ihm den Tod gewünscht habe«, sagte Scarlett. »Aber das war rein theoretisch. Ich habe es doch nicht ernst gemeint.« Unter Tränen ließ sie sich auf einen der Barhocker fallen.

Buck schaute verzweifelt auf Laurel, während Angie die

Achseln zuckte, sich die Schlüssel des Jeeps schnappte und sagte: »Bin bald zurück. Essen gibt es um sieben.«

Laurel streckte die Hand aus und berührte Scarletts Arm. »Hast du Lust auf einen Spaziergang? Oder auf eine Radtour? Wir könnten im Pond schwimmen gehen. Es ist so schön da.«

*»Schön?«*, sagte Scarlett. »Wie kannst du etwas schön finden oder erwarten, dass ich das tue? Mein Ehemann ist tot!« Diesen letzten Satz schrie sie laut heraus, und Laurel begann, wütend zu werden. Sie verstand die Sache mit dem Schlafzimmer – mehr oder weniger –, aber sie würde nicht zulassen, dass Scarlett sich in einen Koller hineinsteigerte. Scarlett hatte ihre Tochter mitgebracht und gab ein schreckliches Vorbild für sie ab. Laurel würde Scarletts Anspruchshaltung nicht dulden. Ja, Deacon war ihr Ehemann gewesen, aber auch Belindas Ehemann und vor langer Zeit Laurels Ehemann. Und er hatte drei Kinder hinterlassen, nicht eins.

»Ich werde jedenfalls zum Pond fahren«, sagte Laurel und marschierte zur Hintertür hinaus.

Wie das Haus selbst war der Schuppen genauso, wie Laurel ihn in Erinnerung hatte. Er enthielt zwei Fahrräder, die Deacon über Kleinanzeigen im *Inquirer and Mirror* gekauft hatte – das königsblaue hatte Deacon gehört und das silberne mit dem Korb Laurel. Außerdem beherbergte er einen Aufsitzmäher, einige Harken, eine Schneeschaufel, einen halben Sack Blumenerde und einen Schlauch mit Rasensprenger. Laurel fragte sich, ob Ellery Spaß daran hätte, wenn sie den Rasensprenger anschlossen, aber dann beschloss sie, sich keine Gedanken mehr um andere Menschen zu machen. Sie verbrachte ihr halbes Leben damit – indem sie ihre Probleme löste, ihren erbärmlichen Alltag ein bisschen erträglicher gestaltete –, doch jetzt, heute, würde sie mal an sich selbst denken. Sie würde eine schöne lange Radtour unternehmen. Sie würde im Pond schwimmen. Sie würde nach Hause kommen, im Freien duschen, ein hübsches Kleid anziehen und sich Deacons Suppe schmecken lassen.

*Das Beste aus der Situation machen,* dachte sie. Nantucket genießen, solange sie konnte.

Laurel atmete die kühle Luft im Schuppen ein paarmal tief ein. Sie roch tröstlich nach Benzin und gemähtem Gras. Dann zog sie ihr Rad nach draußen und rückte den Sitz zurecht. Es war wie das Wiedersehen mit einem alten Freund. Sie schob es bis zum Haus.

»Laurel!«

Laurel drehte sich um. Scarlett folgte ihr auf Deacons Rad.

»Ich komme mit!«, sagte sie.

Laurel war sich nicht sicher, ob sie überhaupt noch Gesellschaft wollte, vor allem nicht die von der Sorte Südstaatendiva, aber sie war zu nett, um Scarlett zurückzuweisen.

»Okay«, sagte sie, hüpfte auf ihr Rad und holperte die Einfahrt hinunter; der Wind und die Bewegung brachten sofortige Erfrischung. »Los geht's.«

Sie radelten bis zum Ende der Hoicks Hollow Road, dann bogen sie rechts in die Polpis ab. Zunächst fuhr Laurel vor, doch irgendwann holte Scarlett sie ein, und sie fuhren nebeneinander. Scarlett hatte den Rock ihres Kleides hochgezogen, damit er sich nicht in den Speichen verfing.

»Tut mir leid, dass ich so ausgerastet bin«, sagte sie.

»Ist schon gut«, sagte Laurel. »Bei uns allen liegen die Nerven blank.«

»In Belindas Gegenwart fühle ich mich unwohl«, sagte Scarlett. »Das war schon immer so.«

»Du warst ihr Kindermädchen«, sagte Laurel. »Sie hat dir jahrelang Angie anvertraut, und als du dann mit Deacon zusammenkamst, fühlte sie sich sicherlich betrogen.«

»Mit Deacon habe ich erst nach ihrer Scheidung etwas angefangen«, sagte Scarlett. »Aber das hat mir Belinda nie geglaubt. Als sie nach Deacons Auftritt bei *Letterman* diesen Riesenkrach hatten? Da wurde Deacon wegen Trunkenheit und Ruhestörung verhaftet, und danach ist er für eine Woche auf die Virgin Islands geflogen. Belinda wartete bei seiner Rückkehr auf ihn, obwohl sie, glaube ich, wusste, dass er mit einer Frau da gewesen war, und sie dachte, das sei ich gewesen. Aber ich war es *nicht*; es war eine andere. Und dann, etwa ein halbes Jahr später, habe ich Deacon zufällig in einem Nachtclub wiedergetroffen. Ich war mit ein paar Freundinnen von der Fotografenschule da, und Deacon war so betrunken, dass er kaum stehen konnte, aber er ließ sich meine Nummer geben und rief mich am nächsten Tag an. Diese Geschichte hat Belinda nie geglaubt; sie dachte, wir hätten schon während ihrer Ehe rumgemacht.«

»Weißt du noch, wie du, kurz nachdem du angefangen hattest, bei ihnen zu arbeiten, zu mir ins Büro gekommen bist?«, fragte Laurel.

Scarletts Blick folgte einem Schmetterling, der zwischen den Heckenrosen umherflatterte.

»Scarlett? Erinnerst du dich daran? Du dachtest, du seist schwanger. Ich habe mich immer gefragt … wenn du *wirklich* schwanger gewesen wärst, wäre das Baby von Deacon gewesen?«

»Nein!«, sagte Scarlett. »Du glaubst mir also auch nicht.«

»Ich habe nie verstanden, warum du zu mir gekommen bist«, sagte Laurel. »Du sagtest, du hättest Angst, es Belinda zu erzählen, und ich dachte, das bedeutete …«

»Ich hatte Angst, es Belinda zu erzählen, weil ich Belinda *vergötterte*. Ich meine, sie war ein *Filmstar.* So schön, so berühmt, so talentiert …«

Laurel konnte nicht anders, als ihr ins Wort zu fallen. »So unehrlich, so vollkommen skrupellos.«

»Das habe ich erst später erkannt«, sagte Scarlett. »Anfangs war sie für mich überlebensgroß, und von allen Mädchen, die sie interviewt hatte, hat sie ausgerechnet mir den Job gegeben. Ich war nicht auf dem College gewesen, hatte keine Ausbildung als Erzieherin, wusste nichts über Wiederbelebung, war überhaupt nicht qualifiziert, und sie hat mich trotzdem genommen. Sie hat *mich* ausgewählt. Sie meinte, sie hätte das Gefühl, ich sei dazu bestimmt, Teil ihres Lebens zu sein.«

»Na ja«, sagte Laurel, »das bist du dann ja auch geworden.«

»Ich konnte ihr nicht erzählen, dass ich versehentlich schwanger geworden war. Sie wäre sehr enttäuscht von mir gewesen. Deshalb habe ich mich an dich gewandt.«

»Und wer war der Mann?«, fragte Laurel. »Jetzt kannst du es mir doch sagen.«

»Bo Tanner, mein Exfreund von zu Hause«, gestand Scarlett. »Er war mit Anne Carter verlobt, meiner besten Freundin. Wenn ich wirklich schwanger gewesen wäre, hätte er sich von ihr getrennt und mich geheiratet, glaube ich. Mein Leben wäre völlig anders verlaufen.«

Laurel bog nach rechts in die Quidnet Road ein. Scarlett radelte schneller, um sie einzuholen. Als sie wieder nebeneinander fuhren, holte Laurel tief Luft. Es war sinnlos, jetzt nicht aufrichtig zu sein. Deacon war tot.

»Also … die Frau, die Deacon auf die Virgin Islands mitgenommen hat – das war ich.«

Scarlett schnappte nach Luft. *»Niemals!«*

»Doch«, sagte Laurel. Ihr missfiel Scarletts Tonfall, mit dem sie andeutete, es könne nicht Laurel gewesen sein, weil Laurel die ausrangierte erste Ehefrau und als solche nicht begehrenswert sei. »Mir ist klar, dass ich nicht so glamourös bin wie Belinda oder so jung und süß und hübsch wie du – glaub mir, das habe ich selbst zutiefst betrauert. Aber trotzdem brauchst du nicht so überrascht zu klingen.«

»Das ist es nicht«, sagte Scarlett schnell. »Es ist nur so, dass du so … anständig bist.«

Laurel zuckte die Achseln. Die Murmel aus Obsidian war aus ihrem Versteck entwischt; Laurel stellte sich vor, dass sie vor ihnen herrollte. »Was Belinda betraf, hatte ich keine Skrupel. Sie hat mir Deacon ohne zu zögern weggeschnappt. Aber es war nicht so, dass ich jahrelang auf der Lauer gelegen und auf eine Möglichkeit gewartet hätte, mich zu rächen. Als Deacon mich wegen Belinda verließ, habe ich das irgendwie sogar verstanden. Ich meine, da war er, dieser Junge, von seinen Eltern im Stich gelassen, in eine fremde Stadt zu seiner Tante verfrachtet, in der Schule ein totaler Außenseiter, der schließlich seine Berufung findet und Koch wird, und dann … *dann* … lernt er eine so berühmte Frau wie Belinda Rowe kennen, und sie verliebt sich in ihn. Ich sah ein, dass es Deacon unmöglich war, ihr zu widerstehen. Er dachte, sie könnte seine Karriere anschieben, und das hat sie ja auch getan. Er bekam den Job bei Raindance und dann die neue Sendung. Er reiste im ganzen Land herum, kochte für den Präsidenten und den Premierminister. All das war gut für ihn.« Laurel schüttelte den Kopf, sodass ihr Haar hinter ihr herflatterte. Sie konnte kaum fassen, wie befreiend es war, endlich jemandem diese Geschichte zu erzählen. »Als Deacon nach seinem Auftritt bei *Letterman* verhaftet wurde, rief er mich an, und ich habe Kaution für ihn gestellt.«

Laurel hatte die ganze schlechte Presse gesehen, die ihm der »Teelöffel Crack« einbrachte, der angeblich eine Zutat seines Venusmuschel-Dips Casino war; sie hatte den Kommentar der Gesellschaft für ein drogenfreies Amerika gelesen und die wütenden Beschimpfungen in den sozialen Medien, in denen es hieß, Deacon sei ein Abgesandter des Teufels, weil er den Drogenkonsum verharmlose. Laurel räumte ein, dass seine Worte unglücklich gewählt waren, aber sogar als Sozialarbeiterin fand sie, der Schaden halte sich in Grenzen. *Ein Abgesandter des Teufels?* Laurel war fassungslos, als Deacon sie anrief und ihr sagte, Belinda habe ihn fertiggemacht und ihm erklärt, er entwerte ihren »guten Namen« – und all das wegen einer flapsigen Bemerkung, zu der er sich in einer Late-Night-Show hatte hinreißen lassen. Laurel hatte Deacon versichert, Belinda werde sich schon wieder einkriegen; sie habe wie immer einfach überdramatisch reagiert.

Noch später in derselben Nacht erhielt Laurel einen zweiten Anruf von Deacon. Er war jetzt auf einer Polizeiwache nahe dem Washington Square Park. Man hatte ihn im Mischief Night verhaftet, dem Restaurant von Quentin York. Deacon hatte es für eine gute Idee gehalten, sich gründlich zu betrinken, dann dort durch die Hintertür in die Küche einzudringen und Yorks Personal das Kochen beibringen zu wollen. York war nicht erfreut gewesen und hatte Deacon aufgefordert zu gehen, Deacon hatte ihm einen Faustschlag versetzt, und York hatte die Polizei gerufen.

*Buck ist in den Flitterwochen*, sagte Deacon. *Ich wusste nicht, wen ich sonst anrufen sollte.*

Laurel holte Deacon von der Wache ab, nachdem sie seine Geldstrafe bezahlt und seine Papiere unterschrieben hatte, dann schaffte sie ihn zurück in sein Apartment, wo sie ihm eine Kanne Kaffee kochte und Aspirin verabreichte. In dieser Nacht schliefen sie beide nicht. Sie redeten und weinten miteinander und redeten wieder, und irgendwann schmiedeten sie den Plan, zusammen zu verreisen, an einen Ort, wo noch keiner von ihnen gewesen war. Es sollte dort warm sein, tropisch und zwanglos – und sie entschieden sich für St. John.

»Deacon brauchte eine Freundin«, sagte Laurel zu Scarlett. »Und ich kannte ihn am besten. Deacon war hinter seiner Fassade ein sehr zerbrechlicher Mensch.«

»Ich fasse es nicht, dass du es warst«, sagte Scarlett. »Ich habe ihn mehr als einmal gefragt, wen er mitgenommen hatte, aber er wollte es mir nie erzählen.«

Das wunderte Laurel nicht. Deacon war gut im Bewahren von Geheimnissen gewesen.

Sie bog auf die Straße ein, die zum Pond führte. Da gab es

einen breiten sichelförmigen Strand und einen Fahrradständer. Laurel drehte sich um, um sich zu vergewissern, dass Scarlett hinter ihr war.

»Ich gehe schwimmen«, sagte sie.

»Ich auch«, sagte Scarlett.

»Trägst du denn einen Bikini?«, fragte Laurel.

»Nein«, sagte Scarlett. »Ich schwimme in meinem Kleid. Ist doch egal. Mir ist einfach furchtbar heiß. Und ich bin so am Ende, dass ich meine Tochter tatsächlich bei einer Frau gelassen habe, der ich nicht traue.«

»Ellery ist gut aufgehoben bei Belinda«, sagte Laurel. »Belinda hat zwei Mädchen im selben Alter.«

»Die von einer Haushälterin großgezogen werden«, sagte Scarlett.

Laurel strebte vorbei an umgedrehten Kajaks und Doribooten auf den goldenen Sand zu. Jenseits des Ponds zwinkerte der Leuchtturm. Kinder bauten Sandburgen, während ihre Mütter Romane lasen und in Wachspapier gewickelte dicke Schinkensandwiches auspackten. Die Menschen hier genossen den Sommer ebenso wie früher Laurel.

Sie zog sich aus bis auf ihren Bikini und watete ins Wasser. Scarlett, die ihre rubinroten Slipper im Sand abgestellt hatte, war direkt neben ihr. Laurel musste zugeben, dass sie beeindruckt war. Sie hätte Scarlett für zu zimperlich gehalten, um in ihrem Kleid baden zu gehen.

Gemeinsam schwammen sie hinaus, Zug um Zug, eine nette Abwechslung zur Landratte Belinda. Scarletts Kleid wirbelte im Wasser um sie herum wie Blut. An ihren langen Wimpern hafteten Wassertröpfchen.

»Warum hast du dein Haar abgeschnitten?«, fragte Laurel.

Scarlett zuckte die Achseln. »Das habe ich getan, sobald ich hörte, dass er tot ist. Er liebte meine Haare, und welchen Sinn hatte es, sie zu behalten, wenn er nicht mehr da war, um sie zu würdigen?«

Laurel wusste nicht, was sie sagen sollte. Scarlett Olivers sehr lange, sehr dunkle Mähne war ihr Markenzeichen. Laurel konnte kaum glauben, dass sie sich davon getrennt hatte. Jetzt blieben ihr nur noch ihre Wimpern, ihre Wangenknochen, ihre Lippen. Hayes hatte einmal bemerkt, Scarlett sei in einer Fabrik für Männerfantasien erschaffen worden. »Du bist nach Savannah gefahren, nachdem …?«, fragte Laurel.

»Nachdem Deacon sich so sehr betrunken hatte, dass er Ellery in der Schule vergaß«, sagte Scarlett. »Seine eigene Tochter. Er ist in ein Striplokal gegangen und hat eine der Tänzerinnen überredet, mit ihm nach Nantucket zu fahren.«

»Er hat dir davon erzählt?«, fragte Laurel.

»Ja«, sagte Scarlett. »Ich wusste, dass er auf keinen Fall im McCoy's geblieben war. Sarah, die Barkeeperin, weiß nach all den anderen Dienstagen, die Deacon dort mit Trinken zugebracht hat, wann Ellery aus der Schule kommt. Sie hätte ihn zumindest losgeschickt. Als ich Deacon darauf hinwies, dass ich mir seine Geschichte von Sarah bestätigen lassen würde, ist er zusammengeklappt und hat gestanden.«

»Er hat mir versichert, dass zwischen ihm und der Stripperin nichts war«, sagte Laurel.

»Nein, nichts, nur dass er mit ihr nach Nantucket fahren wollte«, sagte Scarlett. »Da musste ich mich doch wohl betrogen fühlen! Und wer weiß, ob er die Wahrheit gesagt hat?

Während ich in Savannah war, hab ich nur darauf gewartet, dass er anruft und zugibt, das Mädchen geschwängert zu haben. Es war Betrug, Laurel.«

Laurel kannte das Gefühl nur zu gut.

Sie war nach der Schule zusammen mit Hayes in ihrem Apartment in der West 119th Street gewesen. Sie hatten sich den Globus angeschaut. Hayes war schon mit sieben Jahren fasziniert von fernen Ländern gewesen: Malaysia, Neuseeland, dem Sudan. Am Nachmittag stieß Deacon dazu, wie üblich. Er ging morgens ins Solo, um die Essensvorbereitungen zu überwachen, kam dann nach Hause und machte ein Nickerchen oder sah fern und schlief mit Laurel, bevor er um fünf ins Restaurant zurückkehrte. An diesem Tag stand Deacon in der Tür und beobachtete Laurel und Hayes eine Weile. Wenn er das tat, spiegelten sich in seinem Gesicht normalerweise Liebe und Verwunderung, als könne er sein großes Glück gar nicht fassen. Laurel empfand immer so. Sie staunte darüber, wie sie sich von verlegenen Teenagern in der Cafeteria der Dobbs Ferry High School in eine kleine, perfekte Familie verwandelt hatten. Laurel fragte sich seit längerem, wie sie ein zweites Baby zur Sprache bringen sollte. Sie befürchtete, Deacon würde von der Idee nichts halten. Er hatte drei Staffeln seiner Sendung *Vom Tag in die Nacht in den Tag mit Deacon* aufgenommen, und die Welt fing an, Notiz von ihm zu nehmen. Er war als Gastkoch nach Chicago und L.A. eingeladen worden sowie zum Food & Wine Classic in Aspen, allerdings ohne Laurel und Hayes. Jetzt war für ein weiteres Kind Geld da, aber vielleicht keine Zeit.

An diesem Tag sah Deacon traurig aus. Als er über den Dielenfußboden auf sie zukam, begann er zu weinen. Voller Panik blickte Laurel zu ihm auf. Was war geschehen? Hatte er seinen Job verloren? War jemand *gestorben*?

»Was ist los?«, fragte sie.

Deacon umarmte Hayes. »Magst du in dein Zimmer gehen und ein bisschen fernsehen, Kumpel? Ich muss mit deiner Mom reden.«

Hayes straffte seine schmalen Schultern; er war Laurels Wächter, ihr Beschützer. Doch er besaß nicht den Mut, sich seinem Vater zu widersetzen, also schlich er in sein Zimmer am Ende des Flurs.

»Was ist los?«, fragte Laurel erneut. »Was ist passiert?«

»Laurel«, sagte Deacon, setzte sich neben sie auf den Boden und ergriff ihre Hände.

Laurel wusste, dass sie etwas Schlimmes erwartete, ahnte aber nicht, *wie* schlimm es sein würde.

*Ich habe eine andere Frau kennen gelernt, ich habe mich verliebt, ich wollte es nicht, es ist einfach passiert. Es ist Belinda Rowe. Ich habe sie kurz in Los Angeles getroffen, und ein paar Wochen später kam sie zum Drehen nach New York und hat mich aufgespürt. Ich treffe mich seit vier Monaten mit ihr. Jetzt muss sie zurück nach L.A. und möchte, dass ich mitkomme. Ich habe lange und gründlich nachgedacht, und ich werde es tun. Ich verlasse dich, Laurel. Ich gehe mit Belinda Rowe nach L.A. Ich will die Scheidung.*

Laurel musterte ihren Ehemann. Er trug ein schwarzes T-Shirt, Jeans und schwarze Chuck Taylors. Sein dunkles Haar fiel ihm in die Augen, und er hatte einen Dreitagebart, der sexy an ihm aussah, aber dann wurde Laurel klar, dass er diese Stoppeln seit etwa drei Monaten hatte. Er trug außerdem eine schwere silberne Armbanduhr mit dunkelblau schillerndem Zifferblatt, eine TAG Heuer, die Deacon sich angeblich selbst geschenkt hatte, eine Extravaganz. Laurel war verdutzt und ein bisschen verstimmt gewesen über diesen Spontankauf. Sie hatten zwei Hypotheken zu bezahlen – für das Apartment und das Haus auf Nantucket – sowie die Gebühren für Hayes' Privatschule. Ihr Lebensstil erlaubte es eigentlich nicht, drei- oder viertausend Dollar für eine Uhr auszugeben, aber irgendwann hatte Laurel eingesehen, dass Deacon sich damit belohnen wollte. Er hatte in seiner Jugend keine schönen Dinge gehabt.

*Mit Belinda Rowe?*, sagte Laurel. Sie war total verblüfft. *Dem Filmstar?*

Deacons Augen leuchteten auf, bevor er es verhindern konnte, und dafür hasste Laurel ihn – damals und heute noch, dreißig Jahre später.

*Ja*, sagte er. *Sie will mich, Laurel.*

*Ich will dich auch*, sagte Laurel. *Du bist mein Mann. Du bist mein …* Ihr fiel gar kein Wort dafür ein. Sie war mit Deacon zusammen, seit sie fünfzehn gewesen war. Sie hatte nie auch nur Händchen gehalten mit einem anderen Mann. Er war ihr Anfang und – so hatte sie gedacht – ihr Ende. Er war ihr Ein und Alles. … *Meine ganze Welt*, sagte sie. Dann merkte sie, wie klein und armselig sie das klingen ließ. Sie besaß nicht einen Bruchteil von Belinda Rowes Weltläufigkeit.

Deacon umarmte sie fest, und Laurel ließ es zu, während Tränen – die echtesten, traurigsten Tränen, die sie je im Leben vergossen hatte – sein T-Shirt netzten. Sie sah sich mit der grausamen Wahrheit konfrontiert, dass das Wollen eines Menschen wertvoller war als das eines anderen.

Laurel und Scarlett waren bis in die Mitte des Ponds geschwommen, fast ohne dass Laurel es bemerkt hatte. Sie erlaubte sich selten, im Geiste zu jenem Tag zurückzukehren. Mit neuem Nachdruck bekannte sie sich dazu, wegen ihrer Reise nach St. John mit Deacon kein Quäntchen Schuldgefühl zu verspüren.

Laurel langte nach Scarletts Hand, und obwohl sie Wasser traten, umarmten sie sich.

»Es tut mir leid«, flüsterte Laurel. Sie schraubte sich nach oben, weiter und weiter, bis sie quasi Deacon im Himmel war und hinunterschaute auf den Leuchtturm, den Golfplatz, den Strand, eine Sichel aus goldenem Sand, und den Sesachacha Pond, in dem zwei seiner Ehefrauen – seine erste und seine letzte – schwammen und sich gegenseitig über den Schmerz hinwegtrösteten, den er ihnen zugefügt hatte.

## *Intermezzo*

*Deacon und Belinda, Teil II*

Er erträgt ihren Anblick nicht. Sie ist herrschsüchtig, egoistisch und ein Kontrollfreak, selbst wenn sie eine halbe Welt entfernt ist. Sie ist kleinlich. Es ärgert sie, wie nahe Deacon Angie steht, und deshalb nimmt sie Angie immer, wenn sie zu Hause in New York ist, zu exklusiven Mutter-Tochter-Ausflügen mit – ins Village, um Jeans zu kaufen, ins Theater, um sich das Musical *Rent* anzusehen, ins MoMa zu einer Van-Gogh-Ausstellung. Wenn Deacon vorschlägt, etwas zu dritt als Familie zu unternehmen, will sie nichts davon wissen und sagt: »Dann ignoriert ihr beide mich bloß.«

Als Angie elf ist, ist Scarlett vierundzwanzig, und sie teilt Deacon und Belinda mit, sie wolle kündigen, um eine Laufbahn als Fotografin einzuschlagen. Sie hat in den letzten Jahren ständig eine Kamera bei sich getragen und Fotos von Angie geschossen, um sie Belinda zu schicken, wenn sie zu Dreharbeiten unterwegs war. Jetzt möchte sie aus ihrem Hobby etwas Ernsthafteres machen.

Belinda verhilft ihr zu einem Interview mit Annie Leibovitz, und Annie stellt sie als Praktikantin ein.

»Gut für Scarlett«, sagt Deacon.

»Sie hat den Job als Kindermädchen bei uns nur angenommen, damit ich ihr irgendwann nützlich bin«, sagt Belinda.

»Sie war sechs Jahre bei uns«, sagt Deacon. »Da hat sie wohl mehr als genug getan.«

»Sie ist mir was schuldig«, sagt Belinda, und Deacon seufzt. Belinda führt in jeder Beziehung Buch; es dreht ihm den Magen um.

Angie ist vierzehn und im ersten Schuljahr an der Chapin. Sie hat eine Freundin namens Pierpont, die Ecke 94th Street und 5th Avenue wohnt. Angie verbringt viel zu viel Zeit mit Pierpont, die ein leichtsinniges, privilegiertes, unerhört hochnäsiges Mädchen ist. Was kann Deacon tun, um Angie von ihr fernzuhalten? Wenn er in New York ist, nimmt er sie mit zur Arbeit ins Restaurant. Sie ist ein Naturtalent, seit jeher. Sie will Koch werden wie er, sagt sie.

Eines Freitagabends betrinkt Pierpont sich mit Äthylalkohol und verliert ihre Unschuld an einen Trottel namens Chas, Letztklässler an der Collegiate. Um zwei Uhr morgens kreuzt sie heulend in den Waldorf Towers auf. Deacon ist mit Angie zu Hause, Belinda in L.A.

Deacon bleibt die ganze Nacht über mit den Mädchen auf. Er macht Omeletts und jede Menge Toast und hört Pierpont beim Weinen zu – und dann beim Kotzen. Am nächsten Morgen ruft er Belinda an und sagt, es müsse sich etwas ändern. Belinda müsse ihre Karriere auf Eis legen; sie müsse nach Hause kommen und Mutter sein. Sie habe sich so sehr ein Kind gewünscht – aber seit Angie in ihrer Obhut sei, sei Belinda ihr Beruf immer wichtiger gewesen als ihr Kind.

Belinda ist empört. Sie kann nicht nach New York kommen! Sie hat gerade angefangen, für HBO die Serie *Schulzeit* zu drehen, und hat einen Vertrag über drei Staffeln. Außerdem soll sie neben Philip Seymour Hoffman und James Gandolfini in einem Film mit dem Titel *Auf Teufel komm raus* mitspielen, der in Burbank gedreht wird. Ein Umzug nach New York in diesem Jahr ist für sie nicht realistisch und im nächsten wahrscheinlich auch nicht.

»In ein paar Jahren«, sagt Deacon, »wird Angie aus dem Haus sein. Komm zurück, solange sie noch hier wohnt.«

»Warum gibst *du* nicht *deinen* Job auf?«, fragt Belinda. »Ich verdiene hundertmal mehr als du.«

Noch im selben Jahr entwickelt Deacon sein Rezept für den Venusmuschel-Dip Casino. Er hat nie geglaubt, dass ein einziges Rezept einen Karriereschub bewirken könnte, doch da hat er sich geirrt. Die Zeitschrift *Gourmet* kürt es zum Rezept des Jahres, und Deacon wird richtig berühmt. Das *Wall Street Journal* veröffentlicht eine Kurzbiografie über ihn: Junge aus der Arbeiterklasse, der es von Stuy Town ans CIA und übers Solo an die Spitze der Restaurantkette Raindance geschafft hat. Dann wird Deacon zu David Letterman eingeladen. Als Buck ihm das erzählt, sitzen beide in verblüffter Sprachlosigkeit da, bis sie in Gelächter ausbrechen, als hätten sie jemandem einen großartigen Streich gespielt. Er tritt bei *Letterman* auf!

Deacon prahlt damit bei jedem, den er kennt, außer bei Belinda. Belinda ist schon fünfmal bei Letterman gewesen, sechsmal in der *Tonight Show* und dreimal bei Oprah, und sie war Gastgeberin bei *Saturday Night Live*. Landesweit im Fernsehen aufzutreten ist nichts Aufregendes für sie; es ist Arbeit.

Als er dann doch beiläufig erwähnt, dass er in der Sendung mitmacht, sagt sie: »Gut für dich. Zurück im Late-Night-Fernsehen.«

Für ihn fühlt es sich jedoch ganz anders an als *Vom Tag in die Nacht in den Tag mit Deacon*, obwohl er nicht genau erklären kann, warum. Seine erste Fernsehshow kam ihm irgendwie amateurhaft und entschieden unbedeutend vor, wie das Filmprojekt eines College-Studenten. Das hier ist *Letterman*!

In der Nacht vor dem Dreh kann Deacon nicht schlafen. Ihn plagt die Angst, dass er irgendetwas vermasseln könnte. Er ist ein schrecklicher Flucher – es heißt, dass Gordon Ramsay neben ihm der reinste Waisenknabe sei –, also versucht er, sich selbst zu hypnotisieren: *Ich werde nicht Sch**** sagen*. Er fürchtet, dass er Zutaten für das Rezept vergisst, obwohl er sie auf dem Teleprompter ablesen kann. Am meisten Angst hat er davor, langweilig zu wirken. Es ist ihm etwas unheimlich, dass so viele Menschen zuschauen – zwischen sieben und zehn Millionen, wenn man Nielsen glauben will – und er nicht weiß, wer dazugehört. Mrs Glass aus Nantucket vielleicht oder Gary Decca, ein ehemaliger Spieler im Footballteam von Dobbs Ferry, oder seine Mutter. Womöglich sieht ihn sein *Vater*! Deacon liegt wach bei der Vorstellung, wie sein Vater in einer verfallenen Hütte in New Orleans oder einem Motelzimmer in Reno Deacon bei *Letterman* sieht und erst Bedauern in ihm aufsteigt und dann Staunen über den Superstar, der Deacon geworden ist.

Die Producerin im Studio – sie heißt Nell und kann nicht älter als fünfundzwanzig sein – ist ungezwungen und sachlich. Natürlich, denn das hier ist ihr Job, ihr Alltag, wie für Deacon das Reduzieren von Soßen. Sie lächelt und bringt Deacon in die Green Box, wo es Kaffee und eine Platte mit Obst und Käse gibt und einen Fernseher, der von der Decke hängt und die Sendung abspielt, während sie aufgenommen wird.

»Entspannen Sie sich«, sagt Nell.

*Entspannen?*, denkt Deacon. Er hat angenommen, dass hier vielleicht eine Bar ist oder Bier in dem Minikühlschrank, doch dem ist nicht so, also holt er seinen Flachmann hervor und trinkt einen Jameson, um sich zu beruhigen.

Als er nach dem Drehen wieder in der Green Box ist, nimmt er vor Erleichterung noch einen Schluck. Er hat es geschafft! Irgendwie ist er da rausgegangen und hat sich den Kameras gestellt und war witzig und wortgewandt und gelassen. Er und David hatten einen geistreichen verbalen Schlagabtausch (*»Schlagabtausch«: blödes Wort*, denkt er), und David liebte das Rezept, so schien es jedenfalls.

Nell kommt zurück, um ihn hinauszubegleiten.

»War ich okay?«, fragt Deacon

Sie schenkt ihm ein verkniffenes Lächeln, was als Antwort genügen zu müssen scheint. Er beschließt, sich die Sendung zu Hause allein anzusehen – ohne Angie, ohne Buck. Belinda ist in L.A. Deacon setzt sich mit einem großen Glas Jameson in sein dunkles Schlafzimmer. Er hat Angst, dass etwas nicht stimmt, das er selbst nicht wahrnehmen kann, wie etwa seinen eigenen schlechten Geruch.

Aber es läuft gut, findet er. Er sieht etwas ungepflegt aus, doch das war immer sein Markenzeichen. Er klingt selbstsicher. Er bewirkt, dass Dave den Kopf in den Nacken wirft und lacht und dabei seine berühmte Zahnlücke zeigt.

In der Werbepause klingelt sein Telefon. Es ist Belinda. »Was zum Teufel ist los mit dir?«, fragt sie.

Was folgt, spottet jeder Beschreibung. Deacon ist Thema in jeder Nachrichtensendung. Der Ausschnitt, in dem Dave den Dip auf einem Knoblauch-Kräuterbutter-Baguette kostet und sagt: »Ich kann einfach nicht aufhören zu essen. Was ist da *drin*?«, und Deacon antwortet: »Ein Teelöffel Crack«, wird immer wieder abgespielt. Deacon wird von den Anti-Drogen-Leuten und dem rechten Politiker Avery Eubanks beschimpft, und ein flammender Leitartikel in der *New York Times* vergleicht ihn mit dem Washingtoner Bürgermeister Marion Barry. Und ein Mann, den Deacon für seinen Freund gehalten hat, Quentin York, ebenfalls Küchenchef in Manhattan, wird zitiert mit der Aussage, Deacon habe »auf einen Schlag den Ruf aller in der Gastronomie Beschäftigten ruiniert«.

Deacon verbringt Stunden am Telefon mit Buck und versucht, das Bestmögliche aus der Situation zu machen.

*Erzähl ihnen einfach, dass es ein Witz war!*, sagt er.

Aber es ist etwas Ernsthafteres erforderlich, etwas, das die mangelnde Sensibilität von Deacons Auftritt in der heutigen Zeit konterkariert. Siebzig Blocks nördlich von seinem Wohnort sind Drogen eine Plage biblischen Ausmaßes.

Buck hält sich an die alte Weisheit, dass nur keine Presse schlechte Presse ist, und es stimmt, dass sich die Reservierungen in allen drei Filialen nahezu vervierfacht haben, doch das kümmert Deacon wenig. Luther Davey ruft an, um Deacon mitzuteilen, er werde beurlaubt, bis sich der Tumult gelegt habe, und Deacon sagt: »›Tumult‹ ist ein blödes Wort, Luther.

Und du brauchst mich nicht zu beurlauben. Ich beurlaube mich selbst. Ich kündige.«

Deacons Job ist nicht das Einzige, was den Bach heruntergeht. Belinda ist *stinksauer* auf ihn. »Du hast nicht an deinen guten Namen gedacht, als du Letterman diese Antwort gabst«, sagt sie.

»Ich habe keinen guten Namen«, sagt Deacon.

»Okay«, sagt Belinda. »Dann hast du nicht an *meinen* guten Namen gedacht.«

Das macht Deacon *wütend*. Belinda interessiert nur, in welchem Licht sie dasteht.

»Im St. Vincent's sterben jede Stunde Crack-Babys«, sagt sie.

Deacon lacht höhnisch. Alles, was Belinda über Crack-Babys weiß, kennt sie aus einem sechsmaligen Auftritt als Gaststar in *High Street* in den Neunzigern.

»Es reicht mir mit dir«, sagt Deacon.

»Was soll das heißen?«, fragt Belinda.

»Was *glaubst* du denn?«, gibt Deacon zurück. Am nächsten Tag soll er eigentlich mit Angie in die Osterferien nach L.A. fliegen, aber er hat keine Lust dazu. Er schickt Angie allein hin – und beginnt dort, am Flughafen, sobald ihr Flieger abgehoben hat, zu trinken und hört nicht wieder auf, bis er die Hintertür von Quentin Yorks Restaurant eingetreten und Quentin vor seinem Küchenpersonal gedemütigt hat, eine Eskapade, die dazu führt, dass er verhaftet wird und – da Buck gerade in seine Flitterwochen nach Irland aufgebrochen ist – den einzigen Freund anruft, den er auf dieser Welt noch hat.

Laurel.

Sie hebt beim ersten Klingeln ab. *Ich bin gleich da*, sagt sie.

Um fünf Uhr morgens fahren sie, nachdem Deacon entlassen worden ist, zusammen in sein Apartment. Er denkt, sie würde ihm vielleicht eine Standpauke halten oder versuchen, ihn aufzumuntern, doch beides tut sie nicht. Sie lässt ihn seinen Kopf in ihren Schoß legen und streicht ihm über die Haare.

*Ich möchte mein Leben einfach hinter mir lassen,* sagt er.

*Dann lass es hinter dir,* sagt sie. *Ich komme mit.*

Sie buchen Flüge in die Karibik. Und fünf Übernachtungen in einer Suite mit Meerblick in Caneel Bay auf St. John. Die Suite hat zwei Schlafzimmer. Sie einigen sich darauf, dass Deacon in dem einen und Laurel in dem anderen wohnen wird.

*Erzählst du Belinda, dass du wegfährst?,* fragt Laurel.

Ganz bestimmt nicht. Angie wird ab Sonntag noch eine Woche verreist sein, und die Vorstellung, sich mit Laurel in ein karibisches Paradies zu stehlen, hat sich in seinem Kopf eingenistet. Laurel wird diejenige sein, die ihn rettet … wieder mal.

Er erinnert sich an eine Nacht in ihrem letzten Schuljahr. Laurel ist schwanger – sie war im Umstandskleid auf dem Highschoolball und trotzdem das bei weitem schönste Mädchen im Saal – und hilft Deacon jetzt dabei, seinen Abschlussaufsatz in Englisch zu schreiben. Er braucht mindestens eine 3, um seine Prüfung zu bestehen, und sie wissen beide, dass er das allein nicht schafft. Das Buch, um das es geht, ist Mary Shelleys *Frankenstein.* Sie bleiben die ganze Nacht auf und trinken Limonade und essen Tortilla-Chips, während Laurel Deacon sagt, was er schreiben soll und Deacon es schreibt. »Ich versuche, meine Worte in deine Worte zu verwandeln«, sagt sie. Um vier Uhr morgens schlafen sie voll angekleidet nebeneinander auf dem Sofa ein, Deacon mit der Hand auf Laurels schwangerem Bauch.

Deacon bekommt eine 3 plus.

Deacon und Laurel spazieren händchenhaltend durch den Ort Cruz Bay. Sie bleiben stehen, um einen Rumcocktail zu trinken, sie kaufen eine Mango, Deacon pflückt eine Hibiskusblüte und klemmt sie Laurel hinters Ohr. Sie ist leicht gebräunt und ungeschminkt, sie benötigt keine zwei Stunden vor dem Spiegel, sie willigt erfreut ein, mit ihm auf dem Reef Bay Trail zu den Felszeichnungen zu wandern, die sich Deacon unbedingt anschauen will. Er möchte etwas sehen, das Tausende Jahre überdauert hat.

Sie lieben sich. Es ist wie früher, es ist anders.

Nachts schwimmen sie unter den Sternen, dann gehen sie mit sandigen Füßen zu Bett. Als Deacon einen Albtraum hat, wacht sie mit ihm auf. Sie krault ihm den Rücken, bis er wieder eingeschlafen ist.

»Ich liebe dich, Laurel«, sagt er.

»Ich weiß«, sagt sie.

## *ANGIE*

Sie klopfte an die Tür von Hayes' Zimmer. Scarlett und Ellery waren eingetroffen, da musste Angie ihren Bruder vorwarnen.

Von drinnen ertönte ein gedämpftes Stöhnen, das Angie für eine Aufforderung hielt einzutreten. Sie machte die Tür auf.

»Hayes!«, sagte sie. »Was ist passiert?« Hayes lag flach auf dem Rücken im Bett. Die Hälfte seines Gesichts war bandagiert, der andere Teil blau-schwarz. Die Farben waren so dunkel und intensiv, dass sie wirkten wie aufgemalt. Angie trat ein paar Schritte näher. Hayes' Lippe war genäht, seine Wange geschwollen. »Was zum Teufel ist passiert?«

»Bin zusammengeschlagen worden«, sagte Hayes, wobei er kaum die Lippen bewegte. Auf einem Stuhl neben seinem Bett stand ein Tablett mit Saft und Toast, beides unberührt – und auf dem Fensterbrett ein halbes Glas Wasser neben einem Arzneifläschchen. Sie schaute auf das Etikett: *Oxycodon*.

»Wann?«, fragte sie. »Und von wem?«

Hayes zuckte die Achseln. »Letzte Nacht.«

Angie setzte sich aufs Bett und musterte ihren Bruder. Er sah genauso aus wie Deacon, jetzt allerdings wie ein Deacon, der durch den Fleischwolf gedreht worden war.

»Hast du diesen Taxifahrer angerufen?«, wollte sie wissen. »Diesen durchgeknallten Typen? Hat er das getan?«

»Nein!«, sagte Hayes. Die Vehemenz seiner Antwort überraschte Angie. *Definitiv der Taxifahrer,* dachte sie. Warum schützte er Pirate? Hatte Hayes ihm sexuelle Avancen gemacht? War Hayes schwul? Angie zog die Möglichkeit einen Moment lang in Betracht. Hayes hatte gelegentlich etwas Dandyhaftes – er liebte Fliegen und bunte Hemden und elegante Schuhe und war sehr eigen, was sein Äußeres betraf. Das war diese Woche natürlich alles auf der Strecke geblieben, weil ihr Vater gestorben war. Früher hatte Hayes immer Freundinnen gehabt, von denen die wichtigste Whitney Jo gewesen war. Hayes und Whit waren ewig lange zusammen gewesen, doch irgendwann hatte sie ihn verlassen, weil er sich nicht festlegen wollte. Nicht festlegen, weil er …? Nein, Hayes war nicht schwul. Er schützte Pirate aus einem anderen Grund.

»Wurdest du ausgeraubt?«, fragte Angie.

Hayes nickte.

»Was haben sie dir geklaut?«

»Alles.«

»Also … Geld, Führerschein, Kreditkarten?«

Wieder nickte Hayes.

»Ich fasse es nicht«, sagte Angie. »Haben wir nicht schon *genug* durchgemacht?« Sie blickte zur Decke hinauf, wo sie einen grauen Wasserfleck erspähte, der irgendwie einem Oktopus ähnelte. Das wäre dann wohl das Nächste: Das Dach würde einstürzen. Hayes sah so aus, wie Angie sich fühlte. Joel Tersigni hatte sie ausgeraubt; er hatte ihr Herz gestohlen, ihr ihre Zuversicht genommen, ihr Selbstvertrauen.

»Angie«, sagte Hayes. Sie merkte ihm an, dass er Schmerzen hatte. »Ist schon okay. Ich hab es mir selbst eingebrockt.«

»Was soll *das* denn heißen?«, fragte Angie. »Kein Mensch verdient es, ausgeraubt und verprügelt zu werden, Hayes.«

Hayes schloss die Augen, und Angie tat es leid, dass sie ihn angeblafft hatte. Irgendetwas war los mit ihm, aber er wollte ihr nicht verraten, was es war. Konnte sie ihm das verübeln? Sie hatte ja auch keine Lust, ihm zu erklären, dass sie sich mit einem verheirateten Mann eingelassen und dabei Schiffbruch erlitten hatte.

Sie beäugte das Arzneifläschchen. »Brauchst du eine Schmerztablette?«

Er hielt eine Hand hoch. »Nein, danke.«

»Bist du sicher?«

Er nickte.

»Was kann ich für dich tun, damit es dir besser geht?«

Er drehte den Kopf so, dass er sie mit seinem unbedeckten Auge anschaute, das rot geädert war. Er sah aus wie ein Halloween-Monster auf einem schlechten Trip. »Du könntest Dads Meeresfrüchtesuppe machen«, sagte er.

Angie musste zugeben, dass es eine Erleichterung war, aus dem Haus zu kommen, sich eine Zigarette anzuzünden und hinter dem Lenkrad von Deacons altem Pick-up Platz zu nehmen, einem 1964er Chevy C10, der nach Tabakrauch und Zimtkaugummi roch.

Angie versuchte, nicht daran zu denken, wie sie auf dem Beifahrersitz von Joels Lexus saß. Sie versuchte, nicht daran zu denken, wie seine Hände auf dem Steuer lagen, wie er jedes Mal, wenn er sie nach Hause brachte, »Colder Weather« spielte. Sie fuhr rückwärts aus der Einfahrt und die Straße entlang.

Mit Deacon hatte sie jeden Sommer dasselbe Ritual durchexerziert – morgens Fisch und Meeresfrüchte bei Sandole's und Obst und Gemüse auf der Bartlett's Farm kaufen, nachmittags in den Sconset Market, wo sie genau in dem Moment eintrafen, in dem Sally, die Bäckerin, die ersten Baguettes aus dem Ofen holte. Letztes Jahr hatte Deacon auf der Old South Wharf einen neuen Wein-und-Käse-Laden namens Table No. 1 entdeckt, wo es sowohl die kleinen in Schokolade und Whiskey getauchten Ziegenkäsetaler gab als auch die besonders leckere Ziegenkäserolle mit Ascherinde, sodass sie auch dieses Geschäft mit in ihre Tour aufnahmen.

Bei Sandole's in der 167 Hummock Pond Road würde sie zuerst Halt machen. Angie trat aufs Gas. Sie würde diesen Ausflug genießen, sagte sie sich, obwohl ihr Herz jetzt zweigeteilt war wie eine Muschel oder eine Nuss, von der die eine Hälfte voller Schmerz war und die andere voller Ablehnung. Sie dachte daran, was JP ihr über seine Freundin erzählt hatte – erst schwanger, dann doch nicht, dann hatte sie ihn wegen seines besten Freundes Tommy A. verlassen. So änderten sich die Dinge, oft ohne Vorwarnung. Noch vor sechs Wochen hatte Angie als Chef de Feu im Restaurant gearbeitet, im Wesentlichen eine zufriedene und geschäftige Person, wenn auch mit einem Fragezeichen, was die Rolle von Joel in ihrem Leben anging, und mit dem hartnäckigen Wunsch, neue Möglichkeiten zu finden, ihren Vater zu beeindrucken. Jetzt war ihr Leben etwas, das sie überstehen musste.

Angie schaltete das Radio ein. Die Clash sangen »Train in Vain«. Angie war so überwältigt, dass sie an den Straßenrand fahren musste. Wie standen die Chancen, dass der erste Song, den sie in Deacons Pickup hörte, gerade dieser war?

*Did you stand by me? No, not at all.*

Diese Worte waren auf Deacons Bizeps tätowiert gewesen.

Angie fing an zu weinen. Deacon hatte die Clash vergöttert – diesen Song hatte er am liebsten gemocht, »Lost in the Supermarket« am zweitliebsten. Und weil Deacon die Band geliebt hatte, hatte auch Angie sie geliebt. So funktionierte das, hatte Deacon ihr einmal erklärt. Erst liebst du die Musik, die deine Eltern gern hören – und dann, später im Leben, die, die deine Kinder lieben.

Angie schloss die Augen und lauschte, bis der Song verklungen war. *Das muss ein Zeichen sein*, dachte sie. Deacon war hier bei ihr. Sie schaute auf den Beifahrersitz – leer, aber vielleicht auch nicht. Sie wischte sich die Augen, sah auf die Straße hinter ihr und fuhr weiter. Sie hoffte, dass sie nicht der einzige Mensch auf der Welt war, der glaubte, dass das Autoradio versuchte, ihm etwas mitzuteilen.

Ein Glöckchen klingelte, als Angie in den schmucklosen Schuppen trat, der den Fischmarkt beherbergte. Auf einem Schild über den mit Eis gefüllten Boxen stand: *Jeder, der fragt, ob der Fisch frisch ist, muss sich wieder hinten anstellen.* Angie blickte sehnsüchtig auf die dicken, fleischigen Schwertfischsteaks, den rubinroten Thunfisch, die Riesengarnelen, die zarten Kabeljaufilets, den Berg aus Venusmuscheln, die Miesmuscheln mit ihren schwarzen, glänzenden Schalen. Es gab Dosen mit Pastete aus geräuchertem Blaubarsch und Guacamole aus Eigenproduktion; es gab Marinaden, Soßen, Beizen und Kräuterbutter.

Das Mädchen hinter der Theke lächelte Angie an und zeigte dabei tiefe Grübchen. Angie erinnerte sich an sie, hoffte jedoch, dass das Mädchen sie nicht erkannte. Angie hatte sich immer gefreut, wenn sie bei ihrer allsommerlichen Rückkehr auf die Insel von Leuten wiedererkannt wurde. *Hey, Sie sind wieder da! Wie war Ihr Winter?* Unter den jetzigen Umständen aber würde sie ein solches Gespräch kaum ertragen. Wenn Bill Sandole persönlich nach vorn gekommen wäre, hätte es Umarmungen und Tränen gegeben und ein *Ihr Verlust tut mir so leid* – alldem wollte Angie aus dem Weg gehen.

Sie war erleichtert, als das Mädchen einfach fragte: »Was hätten Sie gern?«

»Alles«, sagte Angie.

Sie verließ den Fischmarkt mit drei Dutzend Venusmuscheln, zwei Dutzend Miesmuscheln, einem Pfund perlweißer Jakobsmuscheln, die, wie ihr das Mädchen mit den Grübchen versicherte, noch am Tag zuvor den Meeresboden bevölkert hatten, und vier Flaschen Muschelsud. Und einer Dose Blaubarschpastete, denn der konnte Angie nicht widerstehen.

Als Nächstes ging es zum Markt der Bartlett's Ocean View Farm, die inmitten eines Flickenteppichs aus Maisfeldern und besonders schönen riesigen Blumenbeeten lag – mit Gladiolen, Kosmeen, Löwenmäulchen, Sonnenblumen, Lilien. Angie drosselte das Tempo und labte sich an den Farben. Am liebsten hätte sie sich zwischen die bunten Reihen gelegt und wäre nie wieder aufgestanden.

In der Markthalle empfingen sie große Zinkeimer voller Schnittblumen und die ehemalige Ladefläche eines Anhängers, die zum Tisch umfunktioniert worden war, auf dem hohe

Stapel hausgemachter Pies standen – mit Pfirsich, Blaubeeren, Waldfrüchten. Ein Kühlfach enthielt frische Salate, Brathähnchen und Einzelportionen Mousse au chocolat und Tiramisu. Angie wandte sich der Gemüseabteilung zu. Hier gab es Römersalat, Chicorée, Radicchio, Endivien und die verschiedensten Kräuter – Basilikum, Dill, Minze –, die die Luft mit ihrem Duft erfüllten. Angie wählte Dill, Schnittlauch, Petersilie und drei Köpfe zarten grünen Salat aus, dazu eine Knolle Knoblauch und zwei süße Zwiebeln.

Im Board Room waren Deacon und Angie Abend für Abend pflichtbewusst durch den Speiseraum marschiert, um VIPs zu begrüßen und den Leuten zu gratulieren, die etwas feierten – einen College-Abschluss, ihren fünfzigsten Geburtstag oder fünfundzwanzigsten Hochzeitstag, den Beginn ihres Ruhestands, eine Verlobung, ein Neugeborenes, ein erstes Enkelkind, eine Beförderung, einen Vertragsabschluss, den Aufbruch zu einer Reise. Aber eines Abend war Joel in die Küche gekommen und hatte zu Angie gesagt: »Draußen sitzt eine Frau mit ihrer Tochter. Die Tochter hat mir erzählt, dass ihre Mutter heute nach dem Tod ihres Mannes nach zweiundfünfzig Jahren Ehe zum ersten Mal wieder zum Essen ausgeht, und mich gefragt, ob du und Deacon wohl rauskommen und Hallo sagen würdet.«

Deacon und Angie hatten die Frau kennen gelernt, eine wohlhabend wirkende silberhaarige Dame um die achtzig, die ein himbeerfarbenes Kleid und eine Perlenbrosche trug und sie beide umarmte. Ein paar Tränen flossen bei Rosemary und ihrer Tochter Kendall, die erklärte, dass Martin, der Ehemann und Vater, vor drei Monaten an Herzinsuffizienz gestorben und für seine Frau eine dunkle Zeit gefolgt war. Doch dann, vor etwa einer Woche, hatte Rosemary nach dem Aufwachen befunden, sie sei jetzt wieder bereit zum Ausgehen, und sich ein schönes Abendessen im Board Room gewünscht. Es solle ihre Rückkehr in die Welt der Lebenden markieren, hatte sie gesagt.

Deacon hatte Rosemary auf die Wange geküsst und gesagt: »Willkommen zurück.«

Angie entsann sich, wie gut es sich angefühlt hatte zu erfahren, dass sie nicht nur für Menschen kochten, die hier ihr Glück zelebrierten, sondern auch für solche, die versuchten, ihr Unglück hinter sich zu lassen.

Genau das würde Angie heute Abend auch tun.

**Wikipedia: Belinda Rowe, Schauspielerin**

Kindheit und Jugend: Belinda Marjorie Rowe kam am 30. September 1964 in Iowa City, Iowa, zur Welt. Eltern: Calvin und Anne Rowe. Calvin Rowe war Pilot für das United States Post Office, Anne Hausfrau. Belinda besuchte die Iowa City High School, wo sie Cheerleader war, und hatte einen Teilzeitjob in Pearson's Drug Store in der Linn Street.

1982 zog Miss Rowe von Iowa City nach Los Angeles, Kalifornien. Schon nach einer Woche machte sie Probeaufnahmen für den Regisseur Donald Disraeli und bekam die Hauptrolle der Maggie Burns in dem Film *Brillante Tarnung* über ein Mädchen aus dem Mittleren Westen, das von zu Hause durchbrennt und per Anhalter nach Los Angeles fährt, um zum Film zu gehen.

»Es war eigentlich meine eigene Lebensgeschichte«, erklärte Miss Rowe Reportern bei der Filmpremiere. »Ich habe Iowa verlassen und nie zurückgeschaut. Ich wurde ein völlig anderer Mensch.«

Weitere Filme von Miss Rowe waren *Draufgänger Joe, Teenager auf Abwegen, Daniella und Charlie, Nichts als Ausflüchte, Dürre, Dringender Notfall, Zwischen zwei Wintern* – für den sie als Beste Nebendarstellerin nominiert wurde –, *Rot wie Blut, Die Tragödie des Macbeth, Kleopatra auf dem Nil* – für den sie als Beste Hauptdarstellerin nominiert wurde –, *Die Prärieschwestern, Das Delta* – für den sie den Oscar als Beste Hauptdarstellerin gewann –, *Auf Teufel komm raus, Drama Queen, Drama Queen 2* und *Darauf kannst du wetten*. Sie war Gaststar in zwei Staffeln von *High Street* und spielte in der HBO-Serie *Schulzeit* die Rolle der Miss Kit Kat, für die sie den Emmy als Beste Hauptdarstellerin erhielt. Seit 2006 ist Miss Rowe Sprecherin von Lululemon.

Privatleben: 1990 heiratete Belinda Rowe in einer Privatzeremonie in Beverly Hills den Sternekoch Deacon Thorpe. Im selben Jahr adoptierte das Paar in Australien eine Tochter, Angela Thorpe. 2005 ließ sich Miss Rowe von Thorpe scheiden und heiratete den in Kentucky ansässigen Pferdetrainer Robert Percil. Das Paar hat zwei Töchter, Mary und Laura, und lebt mit ihnen in Louisville, Kentucky.

## *BELINDA*

Belinda versteckte sich in ihrer düsteren, asketischen Zelle, Claras Zimmer, als sie das kleine Mädchen nach sich rufen hörte. Ellery. Genauer gesagt, rief Ellery nach »Miss Kit Kat«. Belinda erwog, sie zu ignorieren, denn sie wusste, dass Ellery sich nicht trauen würde, Claras Zimmer zu betreten; Deacon hatte all seinen Kindern beigebracht, sich davor zu ängstigen. Aber Ellerys Stimme klang so klar und süß, und Belinda vermisste ihre eigenen Töchter – verzweifelt, zutiefst –, daher ließ sie sich blicken.

»Miss Kit Kat, zu deinen Diensten«, sagte sie und klatschte auf die gebieterische Weise in die Hände, die sie für ihre Rolle kreiert hatte, eine Geste, die bedeutete: *Auf geht's, Mädels! Zähne zusammenbeißen!*

Das Lächeln auf dem Gesicht des Kindes war unbezahlbar. Manchmal, fand Belinda, fühlte es sich gut an, einfach nett zu sein.

»Wenn du möchtest«, sagte sie, »kann ich dir die Frisur machen, die Ashland in der Sendung hatte.«

»Den doppelt geflochtenen Fischgrätenzopf?«, fragte Ellery.

»Ja, genau«, sagte Belinda. »Husch husch! Besorgen wir uns eine Bürste.«

Es dauerte fast eine Stunde, aber am Ende sah Ellerys Zopf gar nicht schlecht aus.

»Ich bin fertig«, verkündete Belinda. Bei den Dreharbeiten zur letzten Staffel von *Schulzeit* hatte sie Turquoise, die Stylistin der Sendung, gebeten, ihr zu zeigen, wie man den Zopf flicht, weil sie ihn gern an Mary und Laura ausprobieren wollte. Doch die Mädchen waren wie ihr Vater nicht für Schnickschnack zu haben. Sie trugen ihre Reithosen praktisch auch im Bett und waren so versessen auf ihren Sport, dass man ihnen mit nichts Komplizierterem als einem Pferdeschwanz kommen konnte. Es war beinahe, als hätte Belinda die falschen Kinder aus dem Krankenhaus mitgebracht. Erst hatte sie den Wildfang Angie erdulden müssen, und jetzt musste sie Marys und Lauras Pferdebegeisterung ertragen. War es ein Wunder, dass Belinda die Gesellschaft der mädchenhaften kleinen Ellery in ihrem silbern glitzernden Kleid so genoss? Sie wusste, dass keine ihrer Töchter je ein solches Kleid anziehen würde. Belinda schnitt die Aufhängeschlaufen von ihrem schwarzen Stella McCartney ab und band damit die Enden von Ellerys Zopf zusammen. Dann holte sie ihren Handspiegel hervor und zeigte Ellery das Resultat.

Ellery klatschte entzückt in die Hände und umschlang Belindas Taille. »Oh, vielen Dank, Miss Kit Kat!«

»Sehr gern geschehen«, sagte Belinda. Es war ein wenig beunruhigend, dass Ellery sie wirklich für Miss Kit Kat zu halten schien. Das Mädchen war neun Jahre alt. Würde sie damit fertigwerden zu erfahren, dass Miss Kit Kat in Wahrheit die Schauspielerin Belinda Rowe war, die vor ihrer Mutter mit ihrem Vater verheiratet gewesen war? Und dass Scarlett früher als Angies Kindermädchen für Belinda gearbeitet hatte?

Nein, vermutlich nicht. Belinda lächelte Ellery im Spiegel an. So ein hübsches kleines Ding, mehr Scarlett als Deacon, aber das würde sich mit zunehmendem Alter ja vielleicht noch ändern. Belinda beneidete das Kind darum, dass es imstande war, sich seine Fantasiewelt zu erhalten. Wenn es wollte, dass Belinda Miss Kit Kat war, dann war Belinda eben Miss Kit Kat. Das war weniger schmerzhaft oder kompliziert, als sie als Belinda Rowe zu akzeptieren, besonders unter den gegebenen Umständen.

»Sollen wir uns das Puppenhaus in Angies Zimmer ansehen?«, fragte Belinda. Sie hatte das Puppenhaus immer als Angies Eigentum betrachtet, aber so viel sie wusste, war es in den letzten Jahren in Ellerys Besitz übergegangen.

»Das darf ich nicht«, sagte Ellery. »Ich bin noch nicht alt genug.«

»O doch, diesen Sommer schon«, sagte Belinda und führte Ellery an der Hand den Flur entlang.

Belinda schaute zu, wie Ellery die kunstvoll gestalteten zierlichen Möbel aus dem Haus nahm, um sie neu anzuordnen. Da waren das Himmelbett mit der Matratze in Spielkartengröße und die Porzellanwanne mit den Löwenfüßen und die venezianische Lampe mit den zwei Leuchtkugeln. Belinda erinnerte sich, wie sie genau hier gesessen und Angie beim Spielen mit dem Haus beobachtet hatte – obwohl sie damals stets ein Drehbuch im Schoß gehabt und nur aufgeblickt hatte, wenn Angie sie anflehte. *Mama, guck doch mal!* Allerdings hatte Belinda Nailor, den ehemaligen Hausmeister, dafür bezahlt, dass er das Haus im Winter in einem klimatisierten Lagerraum unterbrachte. Und siehe da – es hatte überlebt!

Belinda entsann sich, wie Angie gesagt hatte, Belinda seien ihre Eltern gleichgültig gewesen, was, wie Belinda einräumen musste, die schmerzliche Wahrheit war. Belindas Mutter war eine Hausfrau der alten Iowa-Schule gewesen, die Eintöpfe und Schmorbraten machte und Tomaten und Bohnen einweckte. Sie kochte immer viel zu viel, als ob es sie jeden Tag aufs Neue überraschte, dass sie keine sechs Kinder hatte. Belindas Geburt war unter solchen Komplikationen erfolgt, dass sich eine weitere Schwangerschaft für ihre Mutter ausschloss. Belindas Vater war ein Mann mit schütteren Haaren und so still, dass er praktisch mit den Möbeln verschmolz – bis auf die Samstage im Herbst, an denen er sein Iowa-Hawkeyes-Sweatshirt anzog, die passende Kappe aufsetzte und seine Mannschaft im Kinnick Stadion anfeuerte.

Belinda waren ihre Eltern immer klein erschienen – nicht von der Statur her, sondern was ihre Träume und Ambitionen betraf. Sie *wünschten* sich nichts, sie hatten keine *Sehnsüchte*. Es war ihr großes Pech, dass sie eine Tochter hatten, die ihnen von dem Moment an, in dem sie laufen konnte, entfliehen wollte. Sie waren streng mit ihr. Sie durfte sich nicht mit Jungen treffen oder sie, Gott bewahre, gar mit nach Hause bringen – was Belinda gezwungen hatte, sich heimlich fortzustehlen. Als sie fünfzehn gewesen war, hatte Craig Eskind immer am Ende der Moyers Lane in seinem Pick-up auf sie gewartet. Er hatte Belinda beigebracht, den grünen F-100 mit der eigenwilligen Knüppelschaltung zu fahren. Kleines Mädchen, großer Wagen – heute musste Belinda lachen, wenn sie daran dachte, wie sie hinter dem Lenkrad ausgesehen haben musste. Und ihre Eltern waren ihr nie auf die Schliche gekommen!

Belinda verließ Iowa City gleich nach ihrem Highschoolabschluss, vorgeblich zu einer Sommerreise mit ihren besten Freundinnen Judie und Joanne Teffeteller, von der sie aber nie zurückkehrte. Jetzt, da sie selbst Mutter war, erkannte sie, wie unaussprechlich *grausam* das gewesen war. Angie hatte recht: Belinda hatte ihre Eltern nie so geliebt, wie Angie Deacon geliebt hatte.

»Guck mal!«, sagte Ellery und zeigte auf die Toilette. Sie war mit einer Spülkette ausgestattet.

Belinda lächelte sie an. »Lustig, oder?« Sie hatte selten Zeit für Selbstbetrachtungen, was gut war, merkte sie, weil die fast immer dazu führten, dass ihr klar wurde, wie sehr sie die wichtigsten Menschen in ihrem Leben enttäuscht hatte.

*Craig Eskind*. Es war zehn Millionen Jahre her, dass Belinda auch nur an ihn gedacht hatte. Sie hatte ihm einmal mit ihrer Zahnspange die Lippe geritzt.

Belinda klatschte in die Hände. »Jetzt aber nach unten mit dir«, sagte sie mit ihrem Miss-Kit-Kat-Akzent, der halb britisch und halb snobistisch-verkniffen war. »Zeig Mummy deine neue Frisur und lass dir von ihr was zu essen machen.«

»Kommst du nicht mit runter?«, fragte Ellery und griff nach Belindas Hand. »Bitte?«

Belinda lächelte. Das war ein unbekanntes Gefühl: Jemand in diesem Haus wollte mit ihr zusammen sein. »Gut, wenn du darauf bestehst.«

Mummy war nirgends zu finden. Der einzige Mensch in der Küche war Buck, der mit Deacons Muschelschale in der Hand an der Theke saß und mit einem Finger den blauen Wirbel auf der Innenseite nachzeichnete.

»Wo sind alle?«, fragte Belinda.

Buck schaute kaum hoch. »Laurel und Scarlett machen eine Radtour«, sagte er.

»Ach ja?«, sagte Belinda. Das war eine beunruhigende Nachricht. Höchstwahrscheinlich sprachen sie über Belinda. Genau in diesem Moment redete Laurel bestimmt über Belindas Verfehlungen, und Scarlett gab sie telefonisch an die *New York Post* weiter. Belinda brach der Schweiß aus. »Wie lange werden sie denn unterwegs sein?«

Buck zuckte die Achseln.

Es war beinahe Mittag. Belinda hatte einen Mordshunger, und sie war sicher, dass auch Ellery hungrig war. Wer würde Ellery etwas zu essen machen? Wurde das von *Belinda* erwartet? Wenn das hier ein Rollentausch war, gefiel er ihr kein bisschen: Scarlett hatte ihre Tochter in Belindas Obhut gelassen, als wäre Belinda Ellerys Kindermädchen!

Sie betrachtete Buck. Er war in Gedanken versunken, ganz mit der Muschel beschäftigt. Sie waren in seinen persönlichen Moment der Trauer hineingeplatzt. Belinda erinnerte die Muschel an den Tag, an dem Deacon aus seiner Wohnung in der West 119th Street zu ihr ins St. Regis gezogen war. Er war mit einem Matchbeutel eingetroffen und der Segeltuchmappe, die seine Messer enthielt. Als er den Beutel aufgemacht hatte, hatte die Muschelschale obenauf gelegen, und Belinda hatte danach gegriffen.

*Was ist das?*, hatte sie gefragt.

Er hatte sie ihr praktisch weggerissen. *Das ist meine,* hatte er gesagt. *Die ist da, wo ich bin.*

Belinda hätte sich gern bei Buck entschuldigt, wusste jedoch nicht, wie sie das in Ellerys Gegenwart tun sollte. Sie berührte ihn leicht am Rücken. »Endlich siehst du entspannt aus«, sagte sie. Er fuhr zusammen. Belinda zog sofort ihre Hand zurück. Sie hatte das Recht verwirkt, Buck auch nur beiläufig, auch nur freundschaftlich zu berühren. »Möchtest du was essen?«

»Nein, danke«, sagte Buck.

Belinda öffnete den Kühlschrank. Zu Hause bereitete Mrs Greene immer das Essen zu. Bevor sie in ihr Leben getreten war, hatte Deacon für sie gekocht, und wenn sie drehte, waren es Caterer gewesen. Vor Deacon hatte Belinda sich aus lauter Angst, ein Gramm zuzunehmen, von Softdrinks und Salzgebäck ernährt.

Es gab ein ganzes Brathähnchen, das aber praktisch bis auf die Knochen abgenagt war, einige grüne Trauben, eine Schachtel Velveta – oh, wie Deacon Velveta *geliebt* hatte, den großartigsten Schmelzkäse der Welt! –, Milch, Butter, Bier und Wein. In den Schränken fand Belinda Brot, Frühstücksflocken, Erdnussbutter und Gelee vor.

Sie drehte sich zu Ellery um. Mit ihrer schönsten Miss-Kit-Kat-Stimme sagte sie: »Du kannst Frühstücksflocken haben, mein Herz, oder den zeitlosen Klassiker Toast mit Erdnussbutter und Gelee.«

»Ich esse Toast mit braunem Zucker«, sagte Ellery.

*Toast mit braunem Zucker.* Belinda konnte sich den Ausdruck äußerster Missbilligung auf Mrs Greenes Gesicht genau vorstellen. Belinda war beileibe keine Köchin, doch sie wusste, dass Scarlett es noch weniger war. Die Frau aß überhaupt nichts, und jetzt gab sie ihre schlechten Gewohnheiten an ihre Tochter weiter. Aber Belinda wollte nicht widersprechen. Toast würde sie hinkriegen. Sie hielt erneut in den Schränken Ausschau, diesmal nach braunem Zucker.

»Wir haben weißen Zucker«, sagte Belinda. »Damit wirst du dich begnügen müssen.«

In diesem Moment platzte Angie mit Tüten beladen in die Küche. Sie beäugte Belinda, die schon das Brotmesser in der Hand hatte.

»Lass mich das machen«, sagte sie.

»Das schaffe ich schon«, sagte Belinda. »Es wird nur Toast.«

»Mutter«, sagte Angie. Wenn Belinda sich nicht täuschte, hatte ihre Stimme einen schelmischen Unterton. Sie schaute auf. Angie warf ihr einen warnenden, zugleich aber auch belustigten Blick zu. »Wenn du helfen willst, kannst du die Einkäufe wegräumen.«

Belinda starrte die Tüten auf der Theke an.

»Was kalt ist, packst du in den Kühlschrank«, sagte Angie. »Alles andere stellst du neben den Herd.«

Buck stand auf. »Ich gehe jetzt endlich mal schwimmen«, sagte er. »Will jemand mit?«

»Ich komme gleich nach«, sagte Angie.

»Ich will mit!«, sagte Ellery.

»Erst musst du was essen, El«, sagte Angie.

»Und dann eine Stunde warten, bis du verdaut hast«, sagte Belinda.

»Nein«, widersprach Angie. »Das ist ein Ammenmärchen.«

»Wirklich?« Belinda war sich sicher, dass Mrs Greene anderer Meinung wäre.

Bucks Telefon klingelte. »Hallo?«, sagte er. »Hallo, hallo, *hallo?*« Er tippte mit dem Finger auf das Display. »Verdammt noch mal! Ich gehe zum Ende der Einfahrt. Wenn ich zurück bin, können wir schwimmen gehen.«

»Abgemacht«, sagte Angie.

Buck verschwand. Belinda holte Miesmuscheln und Venusmuscheln aus der Tüte. »Die kommen in den Kühlschrank?«

»Klar«, sagte Angie. »Das sind *Meeresfrüchte*.«

»Stimmt«, sagte Belinda. Es gefiel ihr nicht, dass ihre Tochter mit ihr redete, als wäre sie der Klassentrottel, doch zumindest sprach Angie überhaupt mit ihr. Sie legte alle Muscheln in den Kühlschrank. Sie würde sich jetzt einfach verdrücken.

»Ich gehe ein bisschen nach oben«, sagte sie. »In Claras Zimmer.«

»Aber da spukt es«, wandte Ellery ein.

»Macht nichts«, sagte Belinda. »Ich habe keine Angst vor Gespenstern.«

Oben hörte Belinda ein Stöhnen aus Hayes' Zimmer. Eine Sekunde lang dachte sie, sie hätte ihn in einem nicht für fremde Ohren bestimmten Moment erwischt – O *nein, schrecklich!* –, doch dann erkannte sie, dass er vor Schmerzen stöhnte. Sie klopfte an die Tür. »Hayes?«

Ein weiteres Stöhnen, das aber ein »Komm rein« enthielt.

Belinda öffnete die Tür. Der Anblick von Hayes' Gesicht – zu blutigem Brei zusammengeschlagen, die eine Hälfte verbunden, die andere verfärbt und unförmig – erschreckte sie mehr, als Claras Geist es getan hätte.

»Hayes!«, sagte sie. »Was ist passiert?«

»Bin verprügelt worden«, sagte er. »Kannst du mir bitte … meine … Tabletten geben?«

»Natürlich«, sagte Belinda. Sie hatte in einem furchtbaren Film mit dem Titel *Dringender Notfall,* der ihr fast eine Goldene Himbeere eingebracht und ihre Karriere beendet hätte, eine Krankenschwester gespielt. Jetzt nahm sie das Arzneifläschchen – Oxycodon – und schüttete ein paar Tabletten auf ihre Handfläche.

»Wie viele?«, fragte sie.

»Drei«, sagte Hayes.

Belinda checkte das Etikett: *1 bis 2 Tabletten alle sechs Stunden.* Und Hayes wollte drei. Belinda seufzte. Als Hayes klein gewesen war, hatte sie vergeblich versucht, ihn zu bemuttern. Über ein Jahr lang war er bockig gewesen, hatte mit Wutanfällen auf sie reagiert, inklusive wilden Umsichschlagens, und trotzig jedes Wort ignoriert, das Belinda sagte. Belinda hatte sich bei Deacon darüber ausgeheult. Sie hatte gewollt, dass sie drei – und dann, nachdem sie Angie adoptiert hatten, sie vier – eine Familie waren. Doch davon hatte Hayes nichts wissen wollen. Nacht um Nacht hatte er nach seiner Mutter geweint. Deacon hatte gesagt, Belinda solle sich keine Sorgen machen, sondern lieber versuchen, seine Freundin zu sein, aber Belinda wusste nicht, wie man mit einem kleinen Jungen Freundschaft schließt, und hatte daher auf Nachgiebigkeit und Bestechung gesetzt.

Einmal hatte Hayes in ihrem und Deacons Apartment in den Waldorf Towers eine Party veranstaltet, als sie in Schottland *Die Tragödie des Macbeth* drehte und Deacon, Angie und Scarlett sie dort besuchten. Hayes hatte den weiblichen Gästen vollen Zugang zu Belindas Kleiderschrank gestattet – so war sie ihm auch auf die Schliche gekommen. Bei ihrer Heimkehr lagen ihre Valentino- und YSL-Modelle als seidene Pfützen auf dem Fußboden, ihre Frisierkommode war mit vergossenem Bier verdreckt und ihre Birkin-Tasche mit Erbrochenem.

Ein andermal war Hayes in den Osterferien von der Vanderbilt nach L.A. gekommen und auf dem Parkplatz des Paradise Cove in einen Unfall verwickelt worden, als er mit Belindas Erlaubnis Deacons Porsche fuhr.

Diese Ereignisse waren lange her. Hayes war jetzt ein Erwachsener, ein erfolgreicher Mann mit beneidenswerter Karriere und einem Loft in SoHo, das er selten bewohnte, weil er ständig auf Reisen war. Aber Belinda fürchtete, dass noch etwas von dem kleinen Jungen in ihm steckte, der sie zu hintergehen wusste.

Sollte sie ihm drei Tabletten geben oder nur zwei, wie auf dem Fläschchen empfohlen wurde? Sie erinnerte sich an das, was Naomi Watts ihr erzählt hatte. *Er war irgendwie auf Drogen. So richtig weggetreten.*

Doch Hayes' Schmerzen waren begründet und nicht aufs Feiern zurückzuführen. Belinda gab ihm drei Tabletten. Er griff nach seinem Wasserglas, das leer war.

»Gib her, ich fülle es auf«, sagte Belinda. Wieder war sie nett, und es fühlte sich wunderbar an! Sie trug das Glas ins Bad und bracht es voll zurück. Hayes warf sich die Tabletten ein und sank dann erschöpft wieder aufs Bett.

»Danke.«

»Brauchst du sonst noch was?«

Er schüttelte den Kopf.

»Wenn dir was einfällt, ruf einfach«, sagte Belinda. »Ich bin in meinem Zimmer und ruhe mich ein bisschen aus.«

Sie wandte sich zum Gehen und sah dabei etwas auf dem Boden neben dem anderen Bett, wo Hayes' Matchbeutel offen dastand. Sie bückte sich, um es aufzuheben. Es war ein durchsichtiges Tütchen, das ein braunes Pulver enthielt, fein wie Staub. *Kokain?*, dachte sie. Nein, für Kokain war es zu dunkel. Das war …? Sie spähte in den Beutel und sah die unheilvoll glänzende Spitze einer Injektionsnadel. Also spritzte er sich etwas. Heroin? Sie blinzelte und erstarrte. *Heroin.* Als sie sich zu Hayes umdrehte, schien er zu schlafen.

Sie schob das Tütchen in ihre Tasche, trat aus dem Zimmer und machte die Tür hinter sich zu. Ihr Inneres verflüssigte sich vor Panik. Hayes hatte schon vor dem Überfall grauenhaft ausgesehen. Sie hatte es Deacons Tod zugeschrieben … aber er war ein Junkie.

*Okay, okay*, dachte Belinda. *Was soll ich tun?*

Es blieb jedoch keine Zeit, diese Frage abzuwägen, denn Belinda hörte Schritte auf der Treppe, und eine Sekunde später tauchte Laurel auf, die nur ihren geblümten Bikini trug und der das Haar in feuchten Strähnen über den Rücken fiel.

Als sie Belinda erblickte, rang sie nach Luft und schlug sich eine Hand vor die Brust. »Mein Gott!«

»Tut mir leid«, sagte Belinda.

»Ich hatte nicht damit gerechnet, dass hier oben jemand ist«, sagte Laurel. »Ich brauche nur ein Handtuch für die Außendusche …« Plötzlich veränderte sich ihre Miene, als sie registrierte, dass Belinda vor der Tür von Hayes' Zimmer stand. »Was machst du hier?«

»Ich …«, sagte Belinda. Das Tütchen brannte ihr ein Loch in die Tasche. Sollte sie es Laurel zeigen? Hayes war erwachsen, aber er war auch ein Kind, Deacons und Laurels Kind, Belindas Stiefkind. Sie sollte Laurel das Tütchen zeigen und ihr alles Weitere überlassen. Wenn Deacon da gewesen wäre, hätte Belinda es ihm sofort gegeben, keine Frage.

»Warst du in Hayes' *Zimmer*?«, fragte Laurel mit der Stimme einer Furie. »Hast du …? Belinda Rowe, bitte sag mir, dass du nicht gerade aus dem *Zimmer meines Sohns* gekommen bist!«

Belinda fiel die Kinnlade herunter. Laurel glaubte … was? Dass Belinda …? Hayes zu nahe getreten war? Mit ihm *geschlafen* hatte? Eine Welle der Übelkeit überflutete sie.

*Arrrrr!* Sie hatte *so einen* Schlamassel angerichtet. Sie flüchtete an Laurel vorbei die Treppe hinunter.

Sie musste das Heroin loswerden. Am Fuß der Treppe verdrückte sie sich in die Gästetoilette, einen traurigen kleinen, schlecht riechenden Raum. Sie würde das Tütchen hinunterspülen. Aber dann warnte sie ihr gesunder Menschenverstand, dass die Rohrleitungen in diesem Haus uralt und unzuverlässig waren und der Versuch, sich des Tütchens so zu entledigen, eine Verstopfung oder Überschwemmung oder eine Kontaminierung des ganzen Hauses bewirken könnte. Wenn sie das Tütchen einfach in den Müll warf, würde es vielleicht jemand entdecken. Am Ende steckte Belinda es in das Einmachglas voller Strandglas, das hinter der Toilette stand. Obenauf lag der dunkelbraune, mattierte, nahezu runde Boden einer Bierflasche mit dem aufgebogenen Rand. Das Stück war so matt, dass es aussah wie mit Sand überkrustet. Belinda hatte es vor Jahren selbst gefunden, als Angie zehn oder elf und das Sammeln von Strandglas ihr Lebenszweck gewesen war. Deacon und Angie waren beide beeindruckt von dem Fund gewesen –

*Nicht schlecht für ein Präriemädchen!* –, und Angie hatte ihn mit dem obersten Platz im Einweckglas ausgezeichnet.

Jetzt benutzte Belinda ihn dazu, Hayes' Heroin zu verstauen.

Sie betätigte die Klospülung, ließ einen Moment lang Wasser ins Waschbecken laufen und tauchte dann gerade noch rechtzeitig aus der Gästetoilette auf, um zu hören, wie Scarlett Ellery zu einem Mittagsschläfchen die Treppe hochscheuchte. »Gefällt dir mein Zopf, Mommy?«, fragte Ellery. »Miss Kit Kat hat ihn geflochten.«

»Weißt du, Schatz, in Wirklichkeit ist sie nicht Miss Kit Kat«, sagte Scarlett.

»Ist sie doch«, widersprach Ellery.

»Nein«, sagte Scarlett. »Sie hat sie nur vor langer Zeit im Fernsehen gespielt. Das tut eine Schauspielerin, um Geld zu verdienen. Sie gibt vor, ein anderer Mensch zu sein.«

*Gibt vor, ein anderer Mensch zu sein?*, dachte Belinda. Bis vor fünf Sekunden hatte sie noch vorgegeben, eine Person zu sein, die höflich zu den anderen Ehefrauen ihres Exmannes war – aber damit war jetzt Schluss. Diese Bemerkung, geäußert in einem besonders herablassenden Ton, brachte das Fass endgültig zum Überlaufen. Belinda *reichte* es.

Sie trat in die Küche und fand Angie Muscheln schrubbend an der Spüle vor.

»Ich muss mal ein bisschen raus«, sagte Belinda. »Meinst du, ich könnte Deacons Wagen nehmen?«

Angie drehte sich um. *Sie ist so wunderschön geworden*, dachte Belinda. Sie liebte den Schwung von Angies Hals, die Länge und Dichte ihrer Wimpern. Sie selbst und Deacon hätten auch mit tausend Versuchen kein so schönes Kind zeugen können. »Ist alles okay?«

Belinda lächelte, doch das war geheuchelt. Sie hasste nichts mehr als Mitleid. *Wenn ich Mitleid will,* hatte sie einmal zu Deacon gesagt, *schlage ich es im Wörterbuch zwischen »Migräne« und »Mobbing« nach.* Sie wollte nicht, dass Angie Mitleid für sie verspürte, aber die Ereignisse des Tages hatten ihren Tribut gefordert.

»Ich würde gern was in der Stadt erledigen«, sagte sie. »Darf ich Deacons Wagen nehmen?«

»Sicher«, sagte Angie. »Der Schlüssel steckt.«

»Danke«, sagte Belinda. »Ich bin bald zurück.«

Belinda stieg in Deacons antiken Pick-up, einen würdigen Nachfolger seines geliebten Willys-Jeeps. Deacon hatte für alte Autos geschwärmt, und was hatte Belinda ihm gekauft? Einen nagelneuen Porsche. Wenn sie aufmerksamer gewesen wäre, hätte sie ihm etwas wie das hier geschenkt.

O bittere Reue!

Belinda bog in die Straße ein.

Sie hatte Laurel und Scarlett so satt, dass sie nicht übel Lust verspürte, zum Flughafen zu fahren und nach Hause zu fliegen. Aber das wäre dasselbe wie die Dreharbeiten zu einem Film mittendrin abzubrechen. Sie hatte sich bemüht, Teil dieses Wochenendes zu sein, und sich in das Familiendrama hineinziehen lassen. Sie konnte nicht abreisen. Sie musste bestimmte Dinge regeln.

Außerdem hatte sie eine Idee.

Sie fuhr auf der Pleasant Street in die Stadt und dann links in die Main. Sie erinnerte sich an alles: das gelbe Haus an der Ecke mit den prachtvollen Blumentöpfen auf der Veranda, das Three Bricks – jeweils ein Haus für jeden der Starbucks-Söhne – und das königsblaue viktorianische Haus für die Tochter, das noch hübscher war. Der Wagen holperte über das Kopfsteinpflaster, sodass Belindas Zähne klapperten. Sie passierte das Bürgerkriegsdenkmal und fuhr weiter die Main Street entlang, bis sie die Nummer 141 erreichte, das George Gardner House, erbaut um 1835. Jeder Besucher Nantuckets hatte ein Lieblingshaus, und das hier war Belindas. Sie hielt davor an und bewunderte die Symmetrie der weißen Schindelverkleidung, das dekorative Geländer des Ausgucks auf dem Dach, die ionischen Säulen, die eindrucksvolle Balustrade, die vier aus Ziegeln gemauerten Schornsteine. Das Haus war schlicht, elegant und einzigartig zugleich. Der Vorgarten war üppig bewachsen, die Hortensien standen in herrlicher blauvioletter Blüte, und die Buchsbäume waren sorgfältig beschnitten. Es war traumhaft! Es beschwor ein kultiviertes Zeitalter herauf, Sommerpartys mit Männern mit Strohhüten und Frauen mit Sonnenschirmen, auf denen alle Limonade mit Schuss und Gin Fizz tranken. Belinda erhaschte einen Blick auf den Wintergarten an der Rückseite des Hauses und auf ein Stück des azurblauen Swimmingpools. In der Ferne sah sie den weißen Turm der Kirche der freien Gemeinden. Belinda war hingerissen.

Sie würde es tun.

Sie parkte den Pick-up, ging über den Backsteinweg auf die Haustür zu und klopfte.

»Mom!«, rief ein junger Mann drinnen.

»Mach auf!«, sagte die Stimme einer Frau.

Die Tür ging auf. Ein Junge von etwa sechzehn stand vor Belinda. Er trug Schwimmshorts in den Farben der amerikanischen Flagge und ein weißes T-Shirt, auf dem in orangeroten und blauen Buchstaben BUCKNELL WATER POLO zu lesen war, und aß eine Nektarine.

»Hi«, sagte er zu Belinda. »Möchten Sie zu meiner Mom?«

»Also …«, sagte Belinda. Er war zu jung, um ihr Fan zu sein oder sie auch nur zu erkennen, vermutete sie. Er würde Jennifer Lopez oder Reese Witherspoon erkennen. Aber nicht Belinda Rowe. Sie würde ihr fortgeschrittenes Alter später betrauern; jetzt war sie auf einer Mission. »Ja, ich denke schon.«

Er hielt ihr die Tür auf. »Sie ist in der Küche und macht Sandwiches.«

»Ich habe nichts anderes erwartet«, sagte Belinda. »Und die Küche ist …?«

»Dahinten«, sagte er und zeigte den Flur entlang. Dann galoppierte er, zwei Stufen auf einmal nehmend, die Treppe hinauf, und Belinda trat ein.

Von innen war das Haus noch bezaubernder als von außen. So – so! – sollten Menschen wohnen: mit Perserteppichen und Antiquitäten und erlesenen Stoffen, mit sauberen Kaminen hinter glänzenden Feuerböcken aus Messing und Fenstern mit durchdacht gewählten Vorhängen. Belinda ging langsam und nahm dabei die makellos weiße Wandtäfelung und die Kronleuchter und die leise Musik von Mozart in sich auf, die aus unsichtbaren Lautsprechern ertönte. Dann steckte sie den Kopf in die Küche, wo an der Theke eine Frau stand, eine

Reihe von Brotscheiben vor sich. Es roch schwach nach Sellerie und Kräutern.

»Hähnchensalat«, sagte Belinda. »Mein Lieblingsbelag.«

Der Kopf der Frau schnellte nach oben. »Oh!«, rief sie. Sie war hübsch – ziemlich hübsch sogar – mit der Fülle ihrer hellbraunen Locken, die auf ihrem Kopf festgesteckt waren, und den großen braunen Augen. Sie blinzelte ungefähr vierzig Mal, während sie Belinda anschaute.

»Werde ich verrückt?«, sagte sie. »Oder ist gerade eben Belinda Rowe in meine Küche spaziert?«

»Ja«, sagte Belinda. So weit, so gut; die Frau hatte nicht geschrien oder gedroht, die Polizei zu rufen. Die Frau erkannte sie. »Hallo. Und Sie sind …?«

»Marianne«, erwiderte die Frau. »Marianne Pryor. Sind Sie …? Haben Sie sich verlaufen? Oder hat mein Mann Sie geschickt, um … mich auf den Arm zu nehmen? Bin ich im Fernsehen?«

»Nein, nein«, sagte Belinda. »Es tut mir leid. Ich wollte Sie nicht erschrecken. Ich bin einfach reingekommen, weil ich … mit Ihnen über Ihr Haus reden möchte.«

»Mein Haus?«

»Ja«, bestätigte Belinda. »Ich würde es gern kaufen.«

Eine Stunde und zwei Gläser Chardonnay später stieg Belinda wieder in Deacons Wagen, diesmal in sehr gedrückter Stimmung.

Das Haus stand nicht zum Verkauf, nicht einmal für Belinda Rowe, nicht einmal für sechs Millionen in bar. Nicht dass Marianne Pryor keine liebenswürdige und entgegenkommende

Frau war – sie hatte sich als beides erwiesen, Belinda das ganze Haus gezeigt und dann das Gästehaus und den Poolbereich samt Umkleidezelt und Fitnessraum. Mit jedem Schritt, den Belinda machte, verliebte sie sich mehr in das Anwesen.

*Genau das will ich,* dachte sie. Es war das exakte Gegenteil von Deacons Haus. *Es beweist Stil und Geschmack; es hat moderne Annehmlichkeiten – einen Wäschetrockner, funktionierende Badewannen, WLAN, eine Wärmeschublade in der Küche, eine Mikrowelle!*

Das Letzte, was sie besichtigten, war das voll ausgebaute Souterrain mit oberirdischen Fenstern. Hier gab es Wandschränke und einen mit Kiefernholz getäfelten Raum mit Etagenbetten für Kinder, ein Familienzimmer mit großen, bequemen Sofas und einem Riesenfernseher. An den Wänden hingen Filmplakate: *Rocky, An jedem verdammten Sonntag, Fargo* und … *Brillante Tarnung.*

Jetzt war es Belinda, die blinzelte. Das Poster zu *Brillante Tarnung* zeigte sie selbst mit siebzehn, wie sie mit ausgestrecktem Daumen an der Route 66 stand. Belinda starrte in ihr jüngeres Gesicht.

»Sie …«, sagte sie, Marianne zugewandt.

Marianne zuckte die Achseln. »Ich bin ein ganz großer Fan. *Brillante Tarnung* ist mein absoluter Lieblingsfilm.«

*Gewonnen!,* dachte Belinda. Sie hatte sich in diesem Haus sehen können – und jetzt sah sie sich *tatsächlich* in diesem Haus.

Sie würde jede Summe bezahlen, beschloss sie. Sie würde alles Menschenmögliche tun. Sie würde dem Sohn oder einer der hübschen Töchter, die sich am Pool sonnten, in ihrem nächsten Film eine kleine Rolle verschaffen.

»Bitte!«, sagte Belinda, als sie ihr zweites Glas Wein fast ausgetrunken hatte. »Verkaufen Sie mir das Haus!«

»Das kann ich nicht«, entgegnete Marianne Pryor. »Die Mutter meines Mannes ist hier aufgewachsen, mein Mann ist hier aufgewachsen, und meine Kinder wachsen hier auf. Mein Mann hat mir oben auf dem Ausguck seinen Heiratsantrag gemacht. Wir sind hinten im Garten getraut worden.«

»Ich gebe Ihnen sechs Millionen Dollar«, sagte Belinda.

Marianne legte Belinda ihre Hände auf die Schultern. Sie hatte schöne Haut, leicht gebräunt, und nur ein paar Lachfältchen in den Augenwinkeln. Sie strahlte eine gewisse Ruhe und Klugheit und Ausgeglichenheit aus. Belinda sah ihr an, dass sie ein privilegiertes Leben führte, es aber nicht als selbstverständlich nahm. Wahrscheinlich praktizierte sie Yoga, sprach jeden Tag ein Dankgebet, kochte ohne Fertigprodukte, verbrachte mit ihren College-Freundinnen alljährlich ein Wochenende in der Sonne, spielte die Anstandsdame bei Schulbällen und liebte Weihnachten.

»Belinda«, sagte Marianne. »Für uns ist dies kein Haus. Es ist unser Heim. Und nicht nur das, es ist eine Lebensweise. Unsere Sommer spielen sich hier ab. Dieses Haus ist Teil unserer Vergangenheit, es ist unsere Gegenwart, es wird unsere Zukunft sein. Es ist das, was wir sind. Es ist nicht zu verkaufen.«

»Aber Sie könnten sich ein Haus am Strand kaufen«, sagte Belinda. »Ein Haus in der Hulbert Avenue mit Blick auf den Hafen.«

»Ich sehe, dass Sie mich nicht verstehen«, sagte Marianne. »Wir wollen nirgendwo anders hinziehen. Das könnten wir nicht. Sie hätten ebenso gut hereinkommen und mich bitten können, eins unserer Kinder adoptieren zu dürfen.« Sie trank ihren Wein aus. »Es ist nichts Persönliches. Wenn ich dieses Haus verkaufen wollte, dann definitiv an Sie.«

Belinda lächelte, doch das war Theater. »Verstehe«, sagte sie. »Danke, dass Sie es mir gezeigt haben.« Mehr Theater. Sie hätte nie anklopfen dürfen. Sie hätte nie hereinkommen sollen.

»Es war wirklich nett, Sie kennen zu lernen«, sagte Marianne. »Dass Sie in meine Küche spaziert sind, ist mit das Aufregendste, was mir je passiert ist.«

»Aber ich kann Sie nicht umstimmen?«, sagte Belinda.

»Es tut mir leid«, sagte Marianne. *Jetzt spielt* sie *Theater,* dachte Belinda.

Sie verabschiedeten sich, und Marianne winkte Belinda von der Treppe aus hinterher, als sie abfuhr.

*Zurück in die Hoicks Hollow Road,* dachte sie. Und zu all den Freuden, die sie dort erwarteten.

## *BUCK*

Es war Margaret, die anrief.

»Was gibt's Neues, Goose?«, sagte Buck. Es war fast zwölf Uhr an einem Sonntag, da werkelte Margaret sonst immer in ihrem Garten herum.

»Sitzen Sie?«, fragte Margaret.

»Nein«, sagte Buck und beäugte den Stein mit der aufgemalten grünen 33, der das Ende der Einfahrt markierte. »Ist es so schlimm?«

»Harv hat sich gemeldet«, sagte Margaret. »Das Restaurant hat wöchentliche Ausgaben von hunderttausend Dollar. Lebensmittel, Miete, Gehälter, das Hickoryholz, der Putztrupp, Blumen, Wäsche, Heizung, Wasser, Strom … und so weiter. Allein für Kaviar geben sie pro Woche siebentausendfünfhundert aus. Und all die niedlichen kleinen Farmen, die Deacon so liebte? Die müssen ihm Eier aus Gold verkauft haben.«

»Aber das Essen ist schweineteuer«, wandte Buck ein.

»Dennoch sind die Kosten nicht gedeckt«, sagte Margaret. »Das Restaurant arbeitet mit Verlust, und vergessen Sie nicht, dass es nach Deacons Tod einen Monat geschlossen war, in dem das Personal trotzdem sein Gehalt bekam, und die verdorbenen Lebensmittel haben eine Unmenge gekostet.«

»Es besteht also keine Chance, von Deacons Geld was zurückzukriegen?«, fragte Buck. Im tiefsten Herzen hatte er das schon gewusst, aber geglaubt … Na ja, die Preise *waren* astronomisch. Für einen Martini an der Bar zahlte man achtundzwanzig Dollar! Er hatte gedacht, es gäbe vielleicht einen Kühlschrank voller Bargeld.

»Nichts«, bestätigte Margaret. »Deacon war der letzte von sechs Investoren, deshalb wäre er, selbst wenn das Restaurant jetzt Profit abwirft, auch der letzte, der Kohle sieht.«

»Das war's dann mit dem Haus«, sagte Buck.

»Haben Sie es ihnen schon erzählt?«, fragte Margaret.

»Nur Laurel und Belinda. Scarlett ist erst heute Morgen aufgekreuzt.«

»Scarlett ist *gekommen*?«, sagte Margaret in demselben Ton, in dem sie mit Lanie, Bucks Praktikantin, die überraschenden Wendungen der Handlung von *Ray Donovan* erörterte.

»Ist sie«, bestätigte Buck.

»Wow«, sagte Margaret. »Jetzt haben Sie es also mit allen drei Ehefrauen zu tun. Wie werden Sie denn *damit* fertig?«

*Schlecht*, dachte Buck. Er musste die Sache mit Laurel in Ordnung bringen – aber wie?

»Es geht schon, Margaret, danke.«

»Okay«, sagte Margaret, klang jedoch, als wüsste sie, dass die Situation alles andere als okay war. »Rufen Sie an, wenn Sie mich brauchen.«

»Mache ich«, sagte Buck und legte dann auf.

In diesem Moment sah er, wie zwei Personen die Straße entlang auf ihn zuradelten – Laurel und Scarlett. Sie waren beide nass. Scarletts rotes Kleid klebte an ihrem Körper, aber Buck mühte sich bewusst, nicht hinzuschauen.

»Hi, Buck!«, sagte Scarlett. Ihre Stimmung hatte sich deutlich gebessert. »Wir sind zum Pond gefahren, und ich bin im Kleid schwimmen gegangen.«

»Du bist ja die reinste Becky Thatcher«, sagte Buck und lächelte Laurel an. Ihre feuchten Haare fielen ihr über die gebräunten Schultern. Sie schien in Richtung Leuchtturm zu starren; höchstwahrscheinlich wich sie einfach seinem Blick aus. Sie war immer noch wütend.

»Ich habe gerade mit meiner Sekretärin telefoniert«, sagte er. »Es gibt ein paar geschäftliche Angelegenheiten, die ich mit Laurel besprechen muss. Wenn du uns also entschuldigst, Scarlett …?«

Scarlett fiel die Kinnlade herunter. »Du hast geschäftliche Angelegenheiten mit *Laurel* zu bespechen? So ein Unsinn! *Ich* war Deacons Ehefrau. Irgendjemand muss hier mal anerkennen, wer seine Witwe ist. Das bin ich.«

»Du bist die Witwe, ja, klar«, sagte Buck und hoffte, das würde als Anerkennung genügen. »Aber im Moment muss ich mit Laurel reden.«

»Ich bin am Verhungern«, sagte Laurel. »Kann das nicht warten, bis ich was gegessen habe?«

Scarlett hüpfte von ihrem Rad. »›Geschäftlich‹ heißt ›finanziell‹. Ich würde gern an dem Gespräch teilnehmen.«

»Das Gespräch werden wir führen, ganz sicher«, sagte Buck. »Aber erst muss ich mit Laurel reden.«

»Unglaublich!«, sagte Scarlett und schnaufte, während sie das Rad die steinige Einfahrt hinaufschob.

Als sie außer Hörweite war, sagte Buck zu Laurel: »Darf ich dich zum Mittagessen einladen?«

»Nein.«

»Laurel, bitte.«

»Du scheinst es nicht zu begreifen«, sagte Laurel. »Ich teile mir keinen Mann mit Belinda. Das habe ich einmal getan, und ich tue es nie wieder. Du hattest deine Chance bei mir, Buck, aber die hast du dir vermasselt.«

Er schaute auf. Es gab hier so viel Himmel, während man ihn in Manhattan nur stückchenweise sah. »Ich weiß, dass ich Mist gebaut habe«, sagte er. »Aber ich interessiere mich nicht für Belinda, und sie interessiert sich ganz bestimmt nicht für mich. Was gestern passiert ist« – o Gott, *gestern*? Ihm kam es vor, als wäre es drei Jahre her –, »war so unbeabsichtigt wie der Einschlag eines Asteroiden. Und so unwichtig wie …« Buck suchte im Geiste nach etwas besonders Unwichtigem. »Die Schnürsenkel einer Ameise.«

Laurel lächelte nicht einmal. »Für mich war es wichtig«, sagte sie. »Ich brauche jemanden, dem ich vertrauen kann.«

»Ich werde mir dein Vertrauen wieder verdienen«, sagte Buck. »Und wenn es den Rest meines Lebens dauert. Aber jetzt geh erst mal mit mir essen. Bitte!«

Laurels Miene wurde freundlicher. »Okay«, sagte sie. »Aber nur, weil ich solchen Hunger habe und es ein Lokal gibt, wo ich schon immer hinwollte.«

In der Stadt parkte Laurel den Jeep vor einem Restaurant namens Black-Eyed Susan's mit einem großen Fenster und Blumenkästen, aus denen bonbonfarbene Petunien quollen. Bucks Magen knurrte als Reaktion auf den verlockenden Duft von gebratenem Speck, der herausdrang. Er hatte seine Boardshorts wieder gegen seinen halben Anzug eingetauscht und fuhr sich mit der Hand übers Gesicht. Seinen Rasierapparat hatte er seit seiner Abreise aus New York nicht mehr benutzt, sodass seine Bartstoppeln jetzt grau waren. Es gab nichts Schlimmeres; er fühlte sich wie sein eigener Großvater. Doch wenn schon! Er war mit Laurel zusammen. Das allein sollte zählen.

»Es wird wohl eher sowas wie ein Frühstück«, sagte Laurel. »Ist das okay?«

Buck hätte am liebsten gesagt, dass er seine Gucci-Slipper essen würde, solange er das gegenüber von Laurel tun konnte, aber er wollte nicht wie ein Speichellecker klingen.

Buck und Laurel bekamen einen Tisch für zwei an dem großen Fenster, wo sie beobachten konnten, wie sich draußen auf der Straße der Tag entfaltete. Laurel bestellte einen Latte, das Gemüse-Rührei mit Pesto, das Geflügelwürstchen Yucatán und die Kartoffelpuffer Santa Fe mit einer Extraportion saurer Sahne.

»Entschuldige«, sagte sie. »Ich habe einen Mordshunger.«

Buck kam sich im Vergleich zu ihr enthaltsam vor: schwarzer Kaffee und das Corned-Beef-Haschee mit zwei pochierten Eiern und Roggentoast.

»Können Sie da noch einen Löffel Hollandaise draufgeben?«, fragte er die Kellnerin.

»Das hört sich schon besser an«, sagte Laurel und rieb sich die Hände. »Davon will ich *definitiv* einen Happen.«

Buck fasste es nicht, dass er seinem Frühstück gerade siebenhundert Kalorien hinzugefügt hatte, nur um eine Frau zu beeindrucken. Aber schließlich war es ja keine x-beliebige Frau.

Buck atmete den Duft von Kaffee und Speck ein und versuchte sich zu entspannen. Das Black-Eyed Susan's war ein gemütlicher Ort, eine Art Von-der-Farm-auf-den-Tisch-Lokal, wo alles auf einem Koch- und Grillfeld in der Länge des Tresens zubereitet wurde. Es lief Musik, eine melodisch spielende Country-Band. Wie lange war es her, dass Buck *Musik* zur Kenntnis genommen hatte? Er und Deacon waren mal auf einem Rolling-Stones-Konzert gewesen, allerdings vor Ellerys Geburt. Buck wünschte, er würde den Text dieses Songs kennen; er freute sich so darüber, mit Laurel hier zu sein, dass ihm nach Mitsingen zumute war.

Mutter und Tochter in den gleichen Sommerkleidern aus Toile setzten sich draußen auf die Bank; ein älterer Herr in leuchtend gelben Bermuda-Shorts führte eine französische Dogge spazieren. Ein junges Pärchen – auf der Highschool? Auf dem College vielleicht? Buck konnte kein Alter mehr schätzen – blieb direkt vor dem Fenster stehen und begann sich zu küssen, als wäre eben nach einem jahrzehntelangen Krieg der Frieden ausgerufen worden. Buck sah eine Sekunde lang zu, dann schaute er beiseite. So würde er Laurel gern küssen.

»Glaubst du, die Leute halten uns für ein Paar?«, fragte er.

»Das spielt keine Rolle, denn wir sind keins«, sagte Laurel. »Ich bin wegen der Kartoffelpuffer hier.«

»Weißt du, ich habe alles versucht, was in meiner Macht steht, um das Haus zu retten«, sagte Buck. »Wenn ich das Geld hätte, würde ich es dir geben, und du müsstest es mir nicht zurückzahlen, das schwöre ich.«

»Ich weiß, Buck, ist schon okay.« Laurel runzelte die Stirn. »Ich dachte, Deacon ginge es finanziell gut. Er lebte wie ein

Rockstar – das Apartment in der Hudson Street, die teure Schule für Ellery –, und ich weiß, dass er Hayes unterstützt hat.«

»Er hat sein Einkommen durchgebracht. Ich meine, versteh mich nicht falsch: Letzten Dezember hatte er noch eine Million Dollar auf dem Konto. Aber sobald die weg waren, fing der Niedergang an. Die Fernsehtantiemen brachten ihm Geld ein, aber nach der Provision für mich und vierzig Prozent Steuern … Ich meine, es ist eine Kochsendung, nicht *American Idol*. Ich habe einen entwerteten Scheck über hundert Riesen gefunden, der auf etwas namens Skinny4Life ausgestellt war. Hast du je davon gehört?«

»Nein.«

»Es klingt nach einem von Scarletts Projekten«, sagte Buck. »Aber falls es nicht irgendwas gibt, von dem ich nichts weiß, hat es sich noch nicht ausgezahlt. Einer der Gründe dafür, dass sie nach Nantucket gekommen ist, war der, dass sie nicht mehr an Geld rankam – ihre Kreditkarten wurden abgelehnt, Schecks sind geplatzt.«

»Oje«, sagte Laurel. »Was ist mit Scarletts Eltern?«

»Brace hat letztes Jahr Bankrott erklärt«, sagte Buck. »Deacon hat seinen Anwalt bezahlt.«

»Wen kennen wir sonst noch, der bei Kasse ist?«, fragte Laurel und fing Bucks Blick auf. »Ich weigere mich, Belinda zu bitten.«

»Sie hat das Geld.«

»Das ist mir egal«, sagte Laurel. Sie trank einen Schluck von ihrem Kaffee und schlang dann ihre Hände um den Becher. »Ich habe sie vor Hayes' Zimmer erwischt.«

»Und was hat sie da getan?«

»Schuldbewusst ausgesehen.«

»So verkorkst ist selbst Belinda nicht«, sagte Buck.

»Ich traue ihr alles zu«, sagte Laurel. »Und ich nehme kein Geld von ihr.«

»Okay«, sagte Buck. »Dann bete um ein Wunder.«

»Hast du es Scarlett schon erzählt?«, fragte Laurel.

»Nein«, entgegnete Buck.

»Auweia«, sagte Laurel. »Sie wird sich nicht darüber freuen.«

»Gelinde gesagt.«

Ihr Essen kam. Buck machte sich über sein vor Hollandaise triefendes Corned-Beef-Haschee her. Es war ein Deacons würdiger Genuss, bei dem Buck vor Wonne die Augen verdrehte. Er nahm noch einen gierigen Happen, dann schaute er durch das Fenster auf den Mann mit der Dogge. Gelbe Shorts. Konnte *er* gelbe Shorts tragen?

»Ich glaube, ich brauche was Neues zum Anziehen«, sagte Buck.

Eine halbe Stunde später wanderten Buck und Laurel in einen Laden namens Murray's Toggery, ein altmodisches Bekleidungsgeschäft, so preppyhaft, dass Lisa Birnbach einen Purzelbaum geschlagen hätte (Lisa wäre fast einmal Bucks Klientin geworden). In der Herrenabteilung wimmelte es von Madraskaros und in kühnen Farben bedruckten Stoffen. Es gab drehbare Gestelle mit drolligen Krawatten – gelbe mit rosa Ankern, marineblaue mit blauvioletten Delfinen –, stapelweise Pullover mit Zopfmuster und eine ganze Wand mit Regalen voller altrosa Hosen. Auf einem Schild stand: *Heimat des Nantucket-Rots*. Was immer das heißen sollte.

»Ich habe diesen Laden schon immer geliebt«, sagte Laurel, »aber Deacon konnte ich nicht mal in seine Nähe locken. Er mochte keine Hemden mit Kragen. Soll ich was für dich aussuchen?«

»Tob dich aus«, sagte Buck.

In der Umkleidekabine probierte Buck Polohemden an – in Hellblau, Marineblau, Gelbgrün und Rosa – und Khakishorts in drei verschiedenen Schattierungen und stellte dann jedes Outfit Laurel vor, die auf dem, wie er es bei sich nannte, Jurorenstuhl saß und ihm mit dem Daumen ein Angenommen oder Abgelehnt signalisierte.

»Du siehst fantastisch aus!«, schwärmte sie. »Zwanzig Jahre jünger! Wie ein vollkommen neuer Mensch.«

Ihr Verkäufer, der Wyatt hieß, war sehr darauf aus, dass Buck sich den so genannten »Insel-Look« zulegte, und brachte ihm ein Paar karierte und ein Paar mit weißen Walen bestickte Shorts.

Buck machte sich lustig über die Wal-Shorts, willigte dann aber doch ein, sie zusammen mit dem – *Warum zum Teufel nicht?* – rosa Polohemd anzuprobieren. Im Geiste sagte er zu Deacon: *Es würde dir recht geschehen, wenn ich das hier beim Verstreuen deiner Asche trage*.

Dann dachte Buck: *Wieso eigentlich nicht?* Er würde die Wal-Shorts und das rosa Polohemd kaufen.

Er linste hinter dem Vorhang der Umkleidekabine hervor. »Dieses Outfit nehme ich«, sagte er zu Laurel. »Und ich trage es morgen, wenn ich mich von unserem alten Freund verabschiede.«

## *Intermezzo*

*Deacon und Scarlett, Teil I*

Das Zeitalter des Promi-Kochs ist angebrochen. Mario Batali und Bobby Flay, Daniel Boulud und Anthony Bourdain und Thomas Keller – der größte von allen – sind jedem ein Begriff. Sobald Deacon bei Raindance aufgehört hat, und sobald er und Belinda offiziell getrennt sind – beide Ereignisse befördern ihn auf die Titelseiten der Boulevardpresse –, bietet das Food Network ihm eine halbstündige Sendung mit dem Titel *Aufgespießt* an. Die Produzenten wollen Deacons Böser-Junge-Image ausschlachten, solange es noch allgemein präsent ist. Im Mittelpunkt sollen seine diabolischen Rezepte stehen – die karamellisierte Foie-gras-Pastete, der in Zigarrenrauch gegarte Gestreifte Zackenbarsch, die Hummer-*momos* mit der cremigen Sriracha-Soße.

Buck ist hin und weg. Deacons schändliches Verhalten hat sich als seine Rettung erwiesen – wieder mal.

Nur zwei Wochen, nachdem seine Scheidung von Belinda endgültig durch ist, nimmt Deacon seine alte Lebensweise wieder auf. Nachmittags ist er mit Drehen beschäftigt, dann geht er aus und trinkt. Zu seinen Stammkneipen gehören das McCoy's, das McCorley's, der Cupping Room, die Spring Lounge, Mother's Ruin, Fish, die White Horse Tavern und El

Teddy's. Manchmal trifft er sich mit Buck im Ryan's Daughter, weil Buck nicht gern südlich der 14th Street unterwegs ist, besonders nicht nach 9/11.

Dass Angie bei ihm lebt, hilft, Deacon in Schach zu halten. Er ist um sieben oder halb acht zu Hause, um ihr etwas zu essen zu machen und darauf zu achten, dass sie zumindest so tut, als erledige sie ihre Hausaufgaben. Für ein Wochenende im Monat kommt jedoch Belinda in die Stadt, und Angie muss es mit ihr verbringen. Belinda hat Deacon das Apartment in den Waldorf Towers überlassen und wohnt jetzt im Standard im Meatpacking District.

Als Belinda zum ersten Mal ihre mütterlichen Pflichten erfüllt, weiß Deacon nicht recht, was er mit sich anfangen soll. In Angies Gegenwart verhält er sich korrekt, aber die ist bei ihrer Mutter, und Deacon will Belinda unbedingt aus dem Wege gehen.

Also begibt er sich auf eine richtige Sauftour: Spring Lounge, Gatsby's, White Horse, Jekyll & Hyde, Ear Inn, Four-Faced Liar. Im Four-Faced Liar stößt er auf eine Junggesellenparty von zwei Männern, die heiraten wollen, und von denen der eine, ein Typ namens Morgan, früher Sommelier bei Raindance war. Morgan überredet ihn, sich ihrer Gruppe anzuschließen, und sie ziehen weiter nach SoHo, in Bars, die so exklusiv sind, dass sie nicht einmal Namen haben – Privatclubs, Flüsterkneipen. Sie sind schwach beleuchtet und voller wunderschöner Menschen. Deacon ist nicht darauf vorbereitet und underdressed, doch das scheint niemanden zu kümmern. Alle kennen ihn. Wo auch immer sie auftauchen, gibt es Gratisgetränke – aber vielleicht sind sie gar nicht gratis, sondern Morgans künftiger Ehemann zahlt sie; Becker arbeitet als Firmenanwalt für Merrill Lynch. Deacon ist durcheinander, desorientiert und betrunken und wird jede Minute deprimierter. Die hiesige Partyszene ist oberflächlich und hohl, voller Poseure, Angeber, Scharlatane und Schauspieler wie er. Er ist Koch, doch irgendetwas am Kochen vor der Kamera gibt ihm das Gefühl, ein Blender zu sein. Er sehnt sich danach, wieder in einer richtigen Küche zu stehen, aber nicht bei Raindance. Raindance war zu sehr Fabrik. Er sehnt sich nach seinen Zeiten im Solo zurück, als ihm alles noch als unmittelbar und echt erschien. Als er mit Laurel zusammen war.

Es ist fast drei Uhr morgens. Soll er Laurel anrufen? Nach ihrer Heimkehr von St. John ist sie in ihr altes Leben als Seelenretterin in der Bronx zurückgekehrt – und er in seins. Er hat seitdem nicht mit ihr gesprochen und ist sich ziemlich sicher, dass sie keine Lust auf den nächtlichen Anruf eines Betrunkenen hat.

Die Junggesellenparty hat er aus den Augen verloren, was ein Segen und ein Fluch ist. Morgan hätte ihn zumindest in ein Taxi bugsiert. Deacon kennt den Namen des Clubs nicht, in dem er sich gerade befindet, also wüsste er nicht, selbst wenn er Laurel oder Buck erreichen würde, wo er sie hinbestellen soll. Er sieht eine gepolsterte Bank, die mit etwas bezogen ist, das schwarzer Nerz zu sein scheint. Auf dem Tisch davor steht ein Glas Eiswasser. Deacon stürzt es dankbar hinunter und denkt, er könnte vielleicht einfach hier schlafen und, wenn er aufwacht, nach Hause stolpern.

Jemand schiebt sich neben ihm auf die Bank und legt ihm eine Hand aufs Bein. Er fährt hoch. Es ist eine junge Frau mit einem glänzenden Vorhang aus langen dunklen Haaren. Sie lächelt ihn an. Irgendwoher kennt er das Lächeln.

»Deacon?«, sagt sie. »Bist du es?«

Es dauert mehrere Sekunden, bis er darauf kommt, wer sie ist und woher er sie kennt, und ob das hier Realität oder ein Traum ist. Die Stimme klingt *sehr vertraut*, und er kennt sie gut, glaubt er, und doch kann er sie nicht zuordnen. Der Jameson hat alle Gehirnzellen vernichtet, die er bräuchte, um angemessen zu interagieren.

Er nickt, denn er kann mit ziemlicher Gewissheit sagen, dass er Deacon ist.

»Du erkennst mich nicht, oder?«, sagt sie. »Ich bin's, Scarlett!«

*Scarlett?* Deacon blinzelt. Als Letztes hat er von ihr gehört, dass sie immer noch ihren Traum verfolgt, Fotografin zu werden. Angeblich hat sie sich der Entourage von Pilly Dodge angeschlossen, den Deacon kennt, weil Pilly für die Titelseite der *Vogue* ein Foto von Belinda geschossen und Belinda davon geschwärmt hat, was für ein Genie er sei – besser als Weber und Demarchelier zusammen.

»Was machst du hier?«, fragt er.

»Ich wohne um die Ecke«, sagt sie. »Ich hab ein Apartment in der Sullivan Street.« Deacon nickt und ist froh, dass Scarlett nicht nach Brooklyn gezogen ist wie all die anderen coolen und smarten Leute in New York.

»Aber was machst du *hier*?«, fragt er erneut und deutet auf den Club um sie herum.

»Im Yukio's?, sagt sie. »Meine Freunde und ich sind nur hergekommen, um was zu essen. Ich sterbe vor Hunger. Bist du hungrig? Sie haben hier die wahnsinnigsten Edamame mit Meersalz, und es heißt, dass mehr Kalorien nötig sind, um sie zu verdauen, als sie selbst haben, also nimmt man ab, wenn man sie isst. Soll ich dir welche bestellen?«

»Ja«, sagt Deacon.

Er wird nicht lügen; das wäre jetzt sinnlos. Er hat sich ausgemalt, mit Scarlett Oliver zu schlafen, seit sie zur Tür hereinkam, um sich als Kindermädchen zu bewerben. Manchmal denkt er zurück an den Abend auf Nantucket, als sie ihn zu sich in die Außendusche einlud – sie war direkt auf der anderen Seite der Tür, nass und nackt –, und verflucht sich. Er hat seine Chance vertan! Dann wieder gratuliert er sich zu seiner Zurückhaltung. Er hat zwar Hunderte anderer Sünden begangen, aber er war nicht der Typ, der das Kindermädchen verführt hat.

Inzwischen liegen die Dinge jedoch anders. Scarlett ist nicht mehr das Kindermädchen. Sie ist eine Frau, die ihre eigenen Beschlüsse fassen kann. Sie beschließt, Deacons Angebot, mit ihm nach Hause zu kommen, *nicht* anzunehmen, willigt aber ein, am nächsten Abend im Le Bernardin mit ihm essen zu gehen.

Das Essen im Le Bern besteht aus zwölf Gängen mit jeweils passenden Weinen und allen möglichen Leckerbissen, die Küchenchef Eric Ripert ihnen herausschickt. Scarlett sieht in einem roten Kleid und mit den glatten langen Haaren, die ihr blasses Gesicht rahmen, und den verruchten roten Lippen absolut umwerfend aus. Sie ist exquisit.

Aber eine große Esserin ist sie nicht, fällt ihm auf. Ganz anders als Laurel oder Belinda. Als Scarlett für sie arbeitete, trug sie immer ein Heft bei sich, aus dem sie ablas, wie viele Kalorien eine Weintraube hatte (acht) oder ein Schokoladeneclair (zehntausend), doch damals gönnte sie sich wenigstens gelegentlich etwas Leckeres. Heute lässt sie die meisten der sehr teuren Gänge unberührt stehen, bis der Kellner sie davon befreit.

Kann Deacon eine Beziehung zu einer Frau eingehen, die Essen nicht genießt? Normalerweise würde er verneinen, aber er ist so hingerissen von ihrer Schönheit, dass er Ja sagt.

Sie treffen sich dreimal – im Le Bernardin, im Blue Hill und im Per Se –, bevor sie mit ihm schläft. Der Sex ist nicht ganz so explosiv, wie er gehofft hat – Laurel und Belinda waren beide ungezügelt in der Liebe –, doch auch das stört ihn nicht. Sie ist so wunderschön, dass er sich fühlt, als würde er einen Michelangelo lieben.

»Warst du je ernsthaft mit jemandem zusammen?«, fragt Deacon. »Hattest du was mit Pilly?«

»Nur kurz«, sagt Scarlett. »Jeder, der mit ihm arbeitet, schläft irgendwann mit ihm, schätze ich.«

Aber … sie ist nach wie vor richtig verliebt in Bo Tanner, sagt sie. Bo ist ihr ehemaliger Freund, den sie in Savannah hatte. Er arbeitet da unten als Anwalt und ist mit Anne Carter verheiratet, Scarletts bester Freundin aus Kindertagen.

»Immer noch Bo?«, fragt Deacon. Er hat so manche Stunde damit verbracht sich anzuhören, wie Scarlett nach Bo, dem Football-Star, Bo, dem Präsidenten von Delta Chi an der University of Georgia, schmachtete. Deacon ist eifersüchtiger auf Bo Tanner als auf das angebliche Genie Pilly Dodge.

»Irgendwie schon, ja«, sagt Scarlett. »Er schreibt mir Briefe, wenn er genug Bourbon intus hat. Anne Carter weiß nichts davon.«

Deacon kann gar nicht glauben, welche Eifersucht ihn verzehrt. Er nimmt Scarlett fest in die Arme. Er möchte, dass sie ihm gehört. Wie kann er sie dazu bringen?

Schon am nächsten Tag geht er zu Harry Winston und verprasst neunzigtausend Dollar – seine ganzen Ersparnisse im Grunde – für einen Solitär-Verlobungsring. Neunzig Riesen: Die Zahl lässt ihn erschauern, obwohl er sich immer noch nicht sicher ist, dass der Brillant groß genug ist.

Für den Abend lädt er Scarlett zum Essen in seine Wohnung ein. Angie erzählt er nur, dass sie einen Überraschungsgast haben werden; er verrät nicht, wen. Deacon macht eine kalte Zucchinisuppe mit Curry, eine Quiche mit gerösteter roter Paprika und geräuchertem Gouda, einen zarten Feldsalat – Scarlett versucht, vegetarisch zu essen, wenn sie kann, hat sie ihm anvertraut –, und er macht den Champagnerkuchen mit Champagnerglasur und Erdbeeren in Champagnersirup. Dabei fühlt er sich ein bisschen komisch, weil er dieses Rezept für Belinda erfunden hat, aber er überzeugt sich selbst damit, dass es, wenn es bei Belinda gewirkt hat, auch bei Scarlett wirken wird.

Als Scarlett vor der Tür steht und Deacon sie hereinbittet, fällt Angie die Kinnlade herunter. Sie funkelt Deacon an. »Das soll wohl ein Witz sein, oder?«

Scarlett scheint das zu überhören. »Angie!«, sagt sie. »Ich kann gar nicht glauben, wie groß du geworden bist! Komm her und gib mir was Süßes!«

»Du datest meinen Vater?«, fragt Angie. »Du *datest* ihn?«

Scarlett ausgestreckte Arme sinken herab.

»Angie«, sagt Deacon. »Lass das Theater.«

»Ich finde das ekelhaft«, sagt Angie. Sie schnappt sich ihre Jacke, ihr Portemonnaie, ihr Telefon. »Ich fahre zu Pierpont.«

»Nein, das tust du nicht«, sagt Deacon. »Du bleibst hier und isst mit mir und unserer alten Freundin Scarlett.«

Angie öffnet die Tür zum Flur und geht ohne ein weiteres Wort.

Scarlett bricht in Tränen aus. »Sie hasst mich.«

»Es war eine blöde Idee, sie überraschen zu wollen«, sagt Deacon. »Ich hätte ihr erzählen sollen, dass du kommst. Und was es mit dem ganzen Aufwand auf sich hatte.«

»Aufwand?«, fragt Scarlett.

Deacon schenkt zwei Gläser Rosé-Champagner von Billecart-Salmon ein. Er wird es einfach tun, ein Aufschub wäre sinnlos. Angie ist fünfzehn Jahre alt; sie wird über ihre imaginären Probleme mit der Situation hinwegkommen.

Deacon zieht die Samtschatulle hervor. Scarletts Augen werden groß; sie sind ein Kaleidoskop aus Grün, Blau, Grau. Er öffnet die Schatulle, sodass der Ring sichtbar wird. »Willst du mich heiraten?«

Jetzt, da er wieder im Fernsehen auftritt, ist er Futter für die Boulevardpresse. Die Nachricht von Deacons Verlobung mit Scarlett Oliver, dem ehemaligen Kindermädchen seiner Tochter, knappe zwei Monate nach seiner Scheidung von Belinda Rowe, schafft es auf die Titelseiten von *Us Weekly* und dem *National Enquirer* – zusammen mit Paparazzi-Fotos von dem Klunker an Scarletts Finger.

Belinda ruft wutschnaubend an. »Hast du Scarlett nach St. John mitgenommen? Ich vermute, das hast du. Wahrscheinlich hast du sie schon die ganze Zeit über gevögelt, als sie für uns arbeitete!«

Deacon will nicht über St. John reden. Zu leugnen, dass Scarlett mit da war, könnte ihn der Gefahr aussetzen, eingestehen zu müssen, dass er Laurel mitgenommen hat.

»Das geht dich nichts an, Belinda«, sagt er.

»Wir waren noch verheiratet, Deacon, als du nach St. John geflogen bist. Da geht es mich sehr wohl was an.«

»Scarlett und ich sind verliebt ineinander«, sagt er, »und wir werden heiraten.«

»Sie ist zu jung für dich«, sagt Belinda. »Und zu oberflächlich. Merk dir meine Worte: Du rennst in dein Unglück!«

Deacon legt auf.

Deacon und Scarlett sind neun Monate lang verlobt, und diese neun Monate kosten Deacon ein Vermögen. Scarlett will nicht zu Deacon in die Waldorf Towers ziehen, weil er dort mit Belinda gelebt hat, und ihr eigenes Apartment in der Sullivan Street teilt sie sich mit einem anderen Mädchen. Also engagiert Deacon eine Maklerin, die zufällig auch Gourmetköchin und ein Fan seiner Sendung ist. Veronika hat jedoch übertriebene Vorstellungen von seinem Einkommen, denn erst nach fünf Anläufen zeigt sie ihm etwas, das gerade eben noch in seiner Preisklasse liegt, nämlich eine geräumige lichtdurchflutete Dreizimmerwohnung in einem frisch renovierten Gebäude mit Portier in der Hudson Street.

»Wenn Ihnen die nicht gefällt«, sagt Veronika. »können wir

auch die Brücke überqueren und uns in Brooklyn umschauen.«

Deacon nimmt das Apartment, obwohl es sich anfühlt, als würde er einen unzerkleinerten Holzapfel herunterschlucken.

Als Nächstes möchte sich Scarlett als Fotografiestudentin am University College einschreiben. Von Pilly hat sie alles gelernt, was sie kann, sagt sie, und vor ihm von Dexter Candis und davor von Annie Leibovitz. Was sie jetzt brauche, sei der Erwerb von Grundkenntnissen.

Deacon würde zu gern darauf hinweisen, dass sie dieses ganze Fotografie-Ding *komplett von hinten* aufgezäumt hat. Wenn er nun sein Praktikum bei Marco Pierre White gemacht hätte, bevor er wusste, wie man eine Zwiebel hackt? Küchenchef wäre er nicht geworden, so viel ist sicher. Außerdem hat er Vorbehalte gegen das University College, das weder eine Universität noch ein College ist, sondern eine »Anstalt der höheren Bildung«, deren einziger Existenzzweck es zu sein scheint, sich den vielen, vielen Dilettanten in Manhattan zu widmen, die bereit sind, Geld für Kurse zu verschleudern, die ihnen weder Ansehen noch einen akademischen Grad einbringen.

Aber Scarlett ist fest entschlossen. Mit vielen *Oohs* und *Aahs* rattert sie die Namen der »Professoren« herunter, die Deacon samt und sonders unbekannt sind. Sie beharrt darauf, sie seien alle talentiert, alle Meister ihres Fachs, und Deacon gibt widerwillig nach, obwohl es sich diesmal anfühlt, als würde er eine ganze Grapefruit schlucken.

*Es wäre schön, wenn sie Grundkenntnisse erwirbt,* denkt er. Alles, was sie in ihren Jahren mit Annie, Dexter und Pilly gelernt zu haben scheint, ist das Feiern. Sie kennt die Namen aller Türsteher in allen angesagten Clubs, doch nachdem Deacon ein paarmal mit ihr ausgegangen ist, gibt er auf. Er kann die Szene nicht *ausstehen,* in der Scarlett sich tummelt, und überdies muss er sich zu Hause um Angie kümmern. Außerdem hat er seinen eigenen Traum: Er möchte eine Gruppe Investoren um sich scharen und in Midtown sein eigenes Restaurant eröffnen, das Board Room heißen und wegweisend sein soll, sogar für Manhattan, wo schon fast alle Wege beschritten wurden.

Er ist so beschäftigt mit der Planung seines neuen Ladens, dass er sich insgeheim fragt, ob das mit dem Heiraten eine so gute Idee war. Sobald das Lokal läuft, wird Deacon rund um die Uhr arbeiten. Und er befürchtet, dass an Belindas Behauptung, Scarlett sei oberflächlich, etwas dran ist. Sie macht drei Stunden täglich Sport und isst so gut wie nichts. Deacon hat vergeblich versucht, sie zu füttern. Sie spricht über Sue, ihre neue Kosmetikerin, über Mikey, mit dem sie im Fitness-Studio trainiert, und einen DJ namens Go-Go im Club Barcelona; sie spricht darüber, dass sie eines Tages für *Vogue, Cosmopolitan, Elle,* die französische *Vogue* arbeiten will. Sie spricht über Reisen nach Afrika, auf die Philippinen, nach Tokio. Als Hayes seinen Job bei *Fine Travel* ergattert, bittet Scarlett ihn, in der Bildredaktion ein gutes Wort für sie einzulegen. Dabei hat sie erst drei Wochen Unterricht hinter sich.

Deacon beschließt, die Verlobung zu lösen, und zwar pronto, denn es sind schon Hochzeitsvorbereitungen im Gange. Die Trauung soll im Juli in Savannah im Garten von Scarletts Elternhaus stattfinden. Ihr Onkel, ein Richter, wird sie vornehmen. Eine Woche vorm Verschicken der Einladungen sagt

Scarlett, sie müsse mit ihm reden. Sie hat sich in letzter Zeit seltsam und distanziert verhalten. Deacon nimmt an, dass sie genauso empfindet wie er und die Verlobung lösen will.

»Scarlett, gibt es etwas, das du mir sagen willst?«, fragt er sie.

»Ja«, erwidert sie. »Ich bin schwanger.«

Die Eröffnung des Board Room wird überschwänglich gefeiert, als Ellery sechs Monate alt ist. Scarlett hat beschlossen, sich ein Jahr lang vom University College freizunehmen, um sich um das Baby zu kümmern und daran zu arbeiten, dass sie ihre alte Figur zurückbekommt.

Alles läuft glatt.

Deacon konsumiert Kokain für zweitausend Dollar wöchentlich, und eine Flasche Jameson hält sich bei ihm drei bis vier Tage. Er redet sich ein, beides sei Medizin: Das Kokain braucht er, um wach zu bleiben, den Whiskey, um einzuschlafen. Jeder, der glaubt, er habe ein »Problem«, hat noch nie ein Restaurant eröffnet.

Ellery ist sechs Jahre alt, und ihre Haare sind zu zwei Zöpfen geflochten. Sie tritt den Pfadfindern bei, und ihre Wichtelgruppe trifft sich im Souterrain des Cowgirl, einer Bar im West Village. Deacon bringt sie jede Woche hin und setzt sich mit Mutter Janelle und Greta Rae und Vater Potter oben an den Tresen. Sie trinken ein paar Bier und vertilgen schüsselweise Erdnüsse, deren Schalen sie auf den Boden werfen. Sie sprechen über ihre Kinder und die Schule und ein bisschen auch über ihr Leben. Deacon ergötzt seine neuen Freunde mit den Namen der Prominenten, die im Board Room essen – Beyoncé,

Clint, Kiefer. Potter ist Wirtschaftsjournalist bei der *Huffington Post* und Janelle bei *CBS This Morning* für Haare und Makeup zuständig; Greta Rae ist mit einem großen Tier aus der Werbebranche verheiratet.

Deacon wünscht sich immer, das Wichteltreffen möge nie enden. Es ist die glücklichste Stunde seiner Woche.

Und dann taucht Potter eines Tages nicht auf, und Janelle und Greta Rae kommen rotäugig und verweint herein.

*Hast du es noch nicht gehört?*, fragen sie.

*Was?*, fragt er zurück.

*Potter war auf Crystal Meth und hat sich vor die U-Bahn geworfen*, sagte Janelle. *Er ist tot.*

Deacon schwört sich, nie wieder zu trinken oder zu rauchen oder etwas zu schniefen, und hält bis Mitternacht durch.

# *LAUREL*

Am liebsten würde sie den Rest ihres irdischen Lebens in der Außendusche verbringen. Das Nacktsein unter freiem Himmel mit der Brise vom Meer und dem warmen Wasser, das ihr mit luxuriös hohem Druck in Kaskaden über den Rücken rann, hatte etwas, das Laurel mit sich selbst ins Reine brachte. Und dies war eine der letzten Gelegenheiten, sich daran zu erfreuen.

Laurel bereute ihr Gespräch mit Scarlett. Sie hätte ihr *niemals* von St. John erzählen dürfen.

Scarlett war auf dem Heimweg auf das Thema zurückgekommen. »Du sagst also, dass Deacon dich nach dem großen Krach zwischen ihm und Belinda angerufen hat und ihr dann beide nach St. John geflogen seid.«

Oh, wie sehr Laurel sich gewünscht hatte, die ganze Geschichte widerrufen zu können, aber das ging nicht. Sie nickte.

»Ich glaube, das verstehe ich«, sagte Scarlett. »Deacon wollte wahrscheinlich jemanden bei sich haben, mit dem er sich wohlfühlt.«

Als ob Laurel ein alter Schuh wäre, ein Lied, das er auswendig kannte, eine Schale Reispudding mit Rosinen. Vielleicht hatte es ja auch so begonnen … die Pläne waren geschmiedet worden, ohne dass einer von ihnen gewusst hätte, was sie bedeuteten. Deacon hatte gesagt, dass er Laurel einen »richtig schönen« Urlaub »schulde«.

*Du schuldest mir gar nichts, Deacon,* hatte Laurel entgegnet. Und Deacon hatte gesagt: *Wir mieten uns eine Suite im Caneel Bay Resort. Du verdienst das Beste.*

Das Hotel war grandios gewesen, das wunderbarste, in dem Laurel je gewohnt hatte. Deacon hatte am Honeymoon Beach eine Suite mit Meerblick gebucht. Sie hatten das Bett nur verlassen, um sich mehr Laurent-Perrier-Rosé einzuschenken und reife Mango und knusprige Meeresschnecken-Krapfen mit Curry-Aioli zu essen. Sie gingen mitten in der Nacht unter einer Decke aus Sternen nackt schwimmen. Einmal waren wilde Esel am Strand gewesen, die sie erst erschreckt und dann Lachkrämpfe bei ihnen ausgelöst hatten. Sie segelten hinüber nach Jost van Dyke und tranken Painkillers im Soggy Dollar. Eines Abends waren sie in das Städtchen Cruz Bay gefahren und hatten Rumpunsch getrunken und zu den Klängen einer Steeldrum-Band getanzt.

*Du bist so sexy,* hatte Deacon gesagt. *Es macht solchen Spaß mit dir.*

Laurel tauchte in ein Badetuch gewickelt aus der Außendusche auf. Es war fast schlimmer zu wissen, dass ein Drittel des Hauses, das sie verlieren würden, ihr gehört hätte. Wenn Buck es ihr nicht erzählt hätte, wäre sie bei ihrer Abreise am Dienstagmorgen dankbar dafür gewesen, dass sie eine letzte Chance für einen Aufenthalt bekommen hatte, und hätte nicht dieses Gefühl von *Verlust* verspürt. Für wie kurze Zeit –

eine Minute? zwei? – sie auch geglaubt hatte, das Haus sei ihres, die bloße Vorstellung hatte sie begeistert wie ein von buntem Feuerwerk erleuchteter Himmel. Sie hätte sich das Haus auf Nantucket, wo sie die glücklichsten Tage ihrer dreiundfünfzig Jahre verbracht hatte, mit Hayes und Angie und irgendwann mit deren Kindern teilen können.

Laurel seufzte. Deacon hatte nie mit Geld umgehen können. Er war arm aufgewachsen, und als er endlich ein anständiges Gehalt bezog – mit dem Job im Solo und dann mit seiner ersten Fernsehsendung –, gab er es mit vollen Händen aus. Er war großzügig und übertrieb dabei manchmal, indem er ganze Runden Getränke spendierte oder Ähnliches. Wenn Deacon Geld hatte, hatten alle in seiner Umgebung etwas davon. Laurel war nicht überrascht gewesen zu hören, dass er den Anwalt von Scarletts Vater bezahlt hatte. Das war typisch für ihn.

Laurel setzte sich einen Moment auf die Terrasse und blickte über den Golfplatz und den Pond; der Leuchtturm zwinkerte ihr zu, als hätte er ein Geheimnis. Als Buck aus dem Haus kam, trug er nur seine Badehose und ein Handtuch um den Hals. In den Händen hatte er ein Bier und ein Glas Wein.

»Ein Gruß aus der Küche von Chef Thorpe«, sagte er. Laurel blinzelte ihn an. »Chef Angela Thorpe.« Er reichte Laurel den Wein. »Du siehst bezaubernd aus in dem Badetuch.«

»Buck.«

Er nahm neben ihr Platz. »Die Sache mit Belinda war ein Fehler. Ich werde ihn mein Leben lang bereuen, vor allem, wenn er bedeutet, dass ich jetzt keine Chance mehr bei dir habe.«

Laurel nippte an ihrem Wein. *Belass es dabei*, dachte sie. Die

Situation war schwierig für alle. Dann hörte sie die Stimme von Ursula.

Alle Männer gehen fremd. So sind sie eben.

Laurel hätte gern geglaubt, dass es Männer gab, die *nicht* fremdgingen. Sie hätte gern geglaubt, dass Buck einer von ihnen war.

»Woran sind deine Ehen gescheitert?«, fragte sie ihn.

Buck lachte. »Muss das wirklich sein?«

»Ich bin neugierig«, sagte sie. Jessica, seine erste Frau, hatte sie ein wenig gekannt. Am Anfang von Bucks und Deacons Freundschaft waren sie an den seltenen Abenden, an denen die zwei Männer beide frei hatten und Laurel einen Babysitter hatte auftreiben können, zu viert ausgegangen. Also wahrscheinlich dreimal. Jessica war ein bisschen snobistisch gewesen. Sie war mit Bucks Cousine Macy auf die Nightingale-Bamford School gegangen; so hatten sie und Buck sich kennen gelernt. Als sie hörte, dass Laurel aus Dobbs Ferry stammte, hatte sie angenommen, dass sie auf der Masters gewesen war, und ein langes Gesicht gemacht, als Laurel sagte: »Nein, nur auf der regulären Dobbs Ferry High School.«

Jessica war eine von vielen gewesen, die Laurel nach der Trennung von Deacon komplett fallen gelassen und sich dem Team Belinda angeschlossen hatte. Als Laurel sie einmal zufällig im Frick Museum getroffen hatte, war Jessica grußlos an ihr vorbeigerauscht.

Mae hatte sie bei Hayes' Abschlussfeier an der Vanderbilt kurz kennen gelernt, doch als Hayes einen Job gefunden hatte und nach SoHo gezogen war, hatte Buck schon die Scheidung eingereicht.

»Na ja, Jessica wollte Kinder und ich nicht. Das war das Ende von Ehe Nummer eins«, sagte Buck. »Und Mae hat nie das Bett gemacht und beim Duschen jedes Mal das Bad überschwemmt, und sie hat mit offenem Mund gekaut. Das war das Ende von Ehe Nummer zwei.«

»Du warst nie untreu?«, fragte Laurel.

»Die Arbeit ist eine grausame Geliebte«, sagte Buck. »Die meisten Frauen ertragen es nicht, an zweiter Stelle zu stehen.«

»Ich wette, ich arbeite mehr als du«, sagte Laurel.

»Möglich«, sagte Buck. »Dann könnten wir doch beide vielbeschäftigt sein, und keiner wäre dem anderen böse, und wir wären glücklich bis an unser Lebensende.«

»Buck.«

Er griff nach ihrer Hand. »Ich mag dich, Laurel.«

Gegen ihren Willen flatterte ihr Herz. So hatte sie sich nicht mehr gefühlt, seit sie im ersten Highschooljahr gewesen war und Deacon gefragt hatte, ob er sie nach Hause bringen dürfe, und sie dann auf dem Parkplatz des Grand Union stehen geblieben waren und er sie zum ersten Mal geküsst hatte. Laurel hatte vermutet, dass er, weil er aus New York kam, sehr selbstsicher sein würde, aber sie hatten sich beide durch ihren ersten Kuss hindurchgeholpert – mit Lippen, Zungen, Zähnen, Händen.

Laurel dachte an diesen ersten Kuss, als Buck sich vorbeugte, und plötzlich waren seine Lippen auf ihren, und er war wesentlich geschickter als Deacon im Jahr 1977. Dieser Kuss war wunderbar; Buck schmeckte nach Meer. Sein Mund öffnete sich, seine Zunge fand ihre, sanft und doch beharrlich, und Laurel dachte: *Wow, die Chemie stimmt.* Nichts war mit dem elektrischen Schock eines ersten Kusses zu vergleichen.

Aber dann ertönte eine Alarmglocke in Laurels Kopf, schrill und durchdringend. Sie würde es nicht tun. Sie wich zurück.

»Tut mir leid«, sagte sie. »Ich kann nicht.«

»Laurel …«, sagte er.

Sie schüttelte den Kopf und stand auf, wobei sie ihr Badetuch eng um sich zog. Ein Teil von ihr wusste, dass sie störrisch war und vermutlich blöd und dass sie sich von Belinda etwas so Süßes wie diesen Kuss nicht vergiften lassen sollte.

»Ich mag dich auch, Buck«, sagte sie. »Aber ich habe Prinzipien.« Und damit trat sie ins Haus und schloss die Schiebetür sacht hinter sich. Sie war nicht schwach geworden, doch der Kuss hatte sie entflammt, und Sterne glitzerten in ihrem Kopf, ihrer Brust, ihren Beinen.

Das Gute war, dass sie sich nicht mehr wie ein alter Schuh fühlte.

## *ANGIE*

Um Viertel vor fünf war es Zeit, nach Sconset zu fahren, um die Baguettes zu holen. Belinda hatte den Pick-up heil zurückgebracht, was eine Erleichterung war, aber sie wirkte ein bisschen beschwipst und roch nach Wein.

»Wo warst du?«, fragte Angie. »In einer Bar?«

»Sei nicht albern«, sagte Belinda.

Es *war* albern. Angie versuchte sich vorzustellen, wie Belinda im Nautilus oder im Starlight einen Barhocker erklommen und an einem Sonntagnachmittag allein etwas getrunken hatte. Vielleicht hatte sie Johnny B. im Ventuno ihr Herz ausgeschüttet. *Sitze in einem Haus fest mit den anderen Ehefrauen meines Exmannes und deren Kindern.*

»Du hast irgendwo was getrunken«, sagte Angie. »Und du hast hier keine Freunde. Also musst du in einer Bar gewesen sein.«

»Das geht dich überhaupt nichts an, Miss Meisterdetektiv«, sagte Belinda und machte sich auf den Weg nach oben.

Angie klemmte sich hinter das Lenkrad von Deacons Wagen und schob den Sitz ein gutes Stück nach hinten. Als sie das Ende der Einfahrt erreicht hatte, fing ihr Telefon an zu piepsen. Sie bog auf die Hoicks Hollow Road ein, und da sie nur zehn Meilen pro Stunde fuhr und niemand auf der Straße war, checkte sie ihr Handy.

Sie rang nach Luft und hielt am Straßenrand.

Das Telefon zeigte einen verpassten Anruf von Joel Tersigni.

Er hatte um fünf nach zwei angerufen, vor knapp zwei Stunden, an einem Sonntagnachmittag. Dory arbeitete nicht am Wochenende, also musste sie zu Hause sein – oder bei einem Lacrosse-Spiel der Jungen. Vielleicht war sie aber auch immer noch im Besitz von Joels Handy, und es war sie, die angerufen hatte. Vielleicht war sie auf weitere Nachrichten oder Fotos gestoßen; vielleicht hatte Joel ihr intime Details mitgeteilt. Angie hätte gern zurückgerufen – o Gott, wie gern –, doch wenn Dory abhob … Nein, das konnte Angie nicht riskieren. Sie malte sich aus, wie sie die Sehne des Bogens zog, durch das Visier den Pin justierte und den Pfeil losließ. *Whiiiiiiie!* Sie stellte sich vor, wie sie erst Joel und dann Dory das Herz aufspießte. Todesschuss.

Sie dachte an JP mit seiner Mütze und seiner Sonnenbrille, mit seinem unbeschwerten Lächeln und seiner Leidenschaft für die Natur. Wäre es einfacher, ihn zu lieben, jemanden, der in ihrem Alter war, der Zeit für sie hatte und Interesse daran, ihr Dinge zu zeigen? Jemanden, der selbst verletzt worden war und ihr das eine oder andere übers Überleben beibringen konnte?

Als sie auf den Parkplatz des Sconset Market einbog, empfing sie der Duft von warmem, frisch gebackenem Brot. Angie liebte Brot. Früher hatten sie und Deacon gern ein Spiel namens Letzte Mahlzeit gespielt. Ihre Angaben wechselten je nach Jahreszeit und Stimmung, aber Angie hatte immer mit Brötchen und süßer Butter begonnen. Und Deacon mit Pizza.

Der Laden war winzig und altmodisch, ähnlich wie andere Kleinstadtsupermärkte, nur dass er eine hervorragende Auswahl französischer Käse führte – Angie suchte sich einen weichen, klebrigen Langres aus, der schwer zu bekommen war, sogar in New York. Dann stellte sie sich in die Schlange vor der Kasse, wo sich in einem Strohkorb Baguettes stapelten.

»Zwei, bitte«, sagte sie. »Und den Langres.«

Sie bezahlte und trug die warmen Laibe und den Käse hinaus zum Chevy. Als sie den Zündschlüssel drehte, erwog sie, nach Coatue zu fahren und nach JP Ausschau zu halten, um ihn zum Essen einzuladen. Doch dann entschied sie sich dagegen. Laurel, Belinda und Scarlett würden zum ersten Mal überhaupt miteinander essen. Kein Außenstehender sollte dieser Situation ausgesetzt werden.

Zurück im Haus, holte Angie die blau-weiß karierte Bistro-Tischdecke aus der Anrichte und vier Servietten aus demselben Stoff sowie drei Leinenservietten, die sie an den Goldstift aus dem Zeichenstiftkasten ihrer Kindheit erinnerten. Sie deckte den Tisch. Die großen, flachen Schalen im Küchenschrank waren unpraktisch für Frühstücksflocken, für Suppe jedoch perfekt, und Angie stellte einen flachen Teller unter jede, und obwohl das Geschirr nicht einheitlich war, sah es okay aus. Mehr oder weniger. Sie schüttelte den Kopf, als sie daran dachte, wie extravagant Deacon bei der Auswahl des Geschirrs für den Board Room gewesen war. Für vier der neun Gänge war es von verschiedenen Kunsthandwerkern des Nordostens speziell angefertigt worden, überwiegend als Unikat. Die Kaviarsets hatten pro Stück zweihundert Dollar gekostet. Deacon argumentierte, dass ein Essen im Board Room für die meisten Leute ein einmaliges Erlebnis sei, deshalb solle es in jeder Hinsicht unnachahmlich, unvergesslich sein.

Der heutige Abend würde auch ein einmaliges Erlebnis werden, da war Angie sich ziemlich sicher, aber das Geschirr würde niemanden interessieren.

Sie stellte eine Schüssel aus Holzlaminat für Muschelschalen auf den Tisch und holte aus dem Wohnzimmer zwei scheußliche Kerzenhalter, die früher als Industriespulen gedient hatten. Darin steckten Kerzen, die einmal elfenbeinfarben gewesen sein mochten, jetzt aber vergilbt waren wie Zähne.

Dann legte sie das Besteck auf, das ebenfalls ein ziemlicher Mischmasch war. Angie und Deacon hatten gescherzt, die Innsleys hätten wohl viele Partys besucht und von jeder ein Andenken mitgenommen.

Angie weichte die Butter auf, bestreute sie mit Meersalz und garnierte sie mit einem kleinen Estragonzweig von der Farm.

Als sie sich umdrehte, sah sie Hayes mit halb verbundenem Gesicht, das unbedeckte Auge jedoch einigermaßen klar und fokussiert, in die Küche gehumpelt kommen, irgendwie gebeugt, aber zugleich aufrecht. »Schick«, sagte er, mit dem Kopf auf die Butter deutend.

»Ich versuche nur, alles so schön herzurichten, wie ich kann«, sagte Angie.

Er berührte ihren Rücken und gab ihr mit der unversehrten Hälfte seines Mundes einen Kuss auf die Wange. »Danke. Haben wir Wein?«

Um sieben Uhr versammelten sie sich auf der Terrasse zu einer richtigen Cocktailstunde. Angie hatte die Blaubarschpastete, die Cracker, die Trauben, den Langres und ein Schälchen mit Goldfischlis für Ellery auf den Tisch gestellt und Ellery einen Shirley Temple samt drei Maraschinokirschen gemacht.

»Maraschino« würde auf die Blöde-Wörter-Liste kommen, beschloss Angie. Was bedeutete es überhaupt? Unnatürlich rot und widerwärtig süß? Und doch hatte Deacon Maraschinokirschen geliebt. Bei Raindance hatte er ein Rezept für Ananas-Brotpudding mit Maraschinokirscheis entwickelt, aber ironisches Retro war damals noch nicht cool gewesen, deshalb hatte Luther Davey es von der Karte nehmen lassen.

Laurel trat in einem weißen Sommerkleid aus dem Haus; Buck folgte in Khakishorts und einem gelbgrünen Polohemd. Sie setzten sich zu Hayes, der mit einem randvollen Glas Wein auf einem der äußerst unbequemen Klappstühle hockte. Ihm sei kalt, sagte er, *eiskalt,* obwohl ein schwüler Tag hinter ihnen lag. Er war in eine Häkeldecke gehüllt, die er sich aus einer Truhe im Wohnzimmer geholt hatte und die stark nach Mottenkugeln roch.

»Ich glaube, das war früher Claras Decke«, sagte Angie, entlockte Hayes jedoch nicht einmal ein Lächeln.

»Schaut euch diese Leckereien an!«, sagte Laurel und nahm sich einen Cracker und ein beeindruckend großes Stück Langres.

Belinda kam in einem fließenden, einseitig schulterfreien babyblauen Kleid auf die Terrasse geschwebt, das beim Kostümball der Met nicht fehl am Platze gewesen wäre.

»Na ja«, sagte Angie kopfschüttelnd, »es passt zu deinen Zehennägeln.«

»Armani Privé«, verkündete Belinda. »Ich habe es für die Preisverleihungen gekauft, dann aber doch nicht getragen. Wo ist Scarlett?«

»Sie und Ellery sind vor einer Weile nach oben gegangen, um ein Nickerchen zu machen«, sagte Laurel. »Soll ich sie wecken?«

»Weck sie«, sagte Angie. »Was ich gekocht habe, reicht für eine Marschkapelle.«

»Lass sie schlafen«, sagte Belinda.

»Mutter«, sagte Angie. »Das hier sollte ein Familienessen sein.«

»Ich wecke sie«, sagte Laurel.

Scarlett und Ellery kamen in die Küche gestolpert, als Angie gerade die Meeresfrüchtesuppe verteilte, eine cremige Brühe, in der mild geräucherte Chorizo, durchscheinende Zwiebelstücke und duftende Kräuter schwammen. Dann gab sie dieselbe Anzahl Miesmuscheln und Venusmuscheln und fast noch glasiger Jakobsmuscheln in jeden Teller. Als Nächstes holte sie den panierten Ziegenkäse aus dem Ofen. Die Scheiben waren goldbraun, und Angie wusste, dass sie in der Mitte schmelzend weich sein und perfekt zu dem scharfen Rucola und den festen, reifen Pfirsichen passen würden.

Ellery quengelte, und Scarlett war auch nicht viel besser, als sie sich stöhnend und ächzend auf ihren Stuhl fallen ließ. Sie stellte eine hohe lila Dose neben ihren Teller, auf der in rosa Kursivschrift *Skinny4Life* stand.

»Ich will nichts essen«, sagte Scarlett. »Ich habe das hier.«

»Was *ist* das?«, fragte Laurel. »Skinny4Life? Ein neues Diätprodukt?«

Scarlett warf ihr einen vernichtenden Blick zu, antwortete aber nicht. Angie fasste es nicht, wie unhöflich Scarlett war. Wenn sich jemand die Mühe machte, einem eine selbstgekochte Mahlzeit zu servieren, aß man sie. Man kreuzte nicht mit einer Dose auf.

»Wein?«, fragte sie, kaum imstande, ihren Ärger zu verbergen.

Scarlett verschränkte die Arme und schüttelte den Kopf. »Nein, danke.«

»Also, *ich* möchte Wein«, rief Belinda.

*Du meinst wohl* mehr *Wein*, dachte Angie.

»Angie, das sieht wunderbar aus«, sagte Laurel. »Vielen Dank.«

»Du hast dich selbst übertroffen, Ange«, sagte Hayes.

»Dein Vater wäre sehr stolz auf dich«, sagte Buck.

Scarlett entwich ein Schluchzen. Laurel hob ihr Glas. »Auf unsere Köchin.«

Angie ließ sich behutsam auf ihrem Stuhl nieder. Sie hatte Angst vor etwas, wusste aber nicht recht, wovor. Sie stieß mit Belinda an, mit Laurel, Buck und Hayes.

Scarlett sprang auf. »Tut mir leid«, sagte sie. »Ich kann das nicht.«

»Scarlett, bleib doch einfach bei uns sitzen, auch wenn du nichts essen willst«, sagte Laurel. »Bitte?«

»Sag mir nicht, was ich tun soll!«, sagte Scarlett. »Du hast mir den ganzen Tag verdorben mit deiner ekelhaften Geschichte über St. John, Laurel Thorpe.«

»St. John?«, fragte Belinda. »Welche ekelhafte Geschichte über St. John?«

»Ich weiß, du hast immer gedacht, dass Deacon mich nach

St. John mitgenommen hat, als ihr diesen Riesenkrach gehabt hattet«, sagte Scarlett. »Aber heute habe ich erfahren, dass er mit Laurel da war.«

»Was?«, sagte Belinda.

»Scarlett!«, schrie Laurel. Angie zuckte zusammen. Sie hatte noch nie erlebt, dass Laurel so laut wurde wie jetzt. »Was ist *in dich* gefahren? Das habe ich dir *im Vertrauen* erzählt!«

Belinda hob das Kinn. »Habe ich das richtig verstanden?«

»Laurel war diejenige, die mit Deacon nach St. John geflogen ist«, sagte Scarlett. »Nicht ich. Ich habe dir gesagt, dass ich es nicht war, aber ich wusste, du glaubst mir nicht.«

»Das soll wohl ein Witz sein«, sagte Belinda. »Laurel?«

Laurel saß mit den Händen im Schoß und gesenktem Kopf da. Dann schaute sie zu Scarlett auf und sagte: »Ich habe dir vertraut und dir ein Geheimnis verraten, das ich über zehn Jahre lang für mich behalten hatte, und keine acht Stunden später erzählst du es der Person, die es am meisten verletzt. Ich fasse es nicht.«

Angie fasste es auch nicht. Sie hatte sich solche Mühe gegeben mit diesem Essen, weil sie alle hatte zusammenbringen wollen, doch bevor jemand auch nur einen Happen zu sich genommen hatte, hagelte es Vorwürfe über einen Vorfall, der sich vor langer Zeit ereignet hatte.

Angie erinnerte sich, dass Deacon nach St. John verschwunden war; es war in ihrem ersten Jahr an der Chapin gewesen, ein Jahr, das von den Eheproblemen ihrer Eltern überschattet worden war.

Hayes griff mit den Fingern in seinen Teller und holte eine Miesmuschel heraus. »Wirklich gut, Schwesterherz«, sagte er.

Angie starrte ihn an. Er war vollkommen weggetreten!

»*Du* bist mit Deacon nach St. John geflogen?«, fragte Belinda. »*Du* warst das?«

Laurel nickte. »Es tut mir wirklich leid, Belinda.« Doch Angie fiel auf, dass sie nicht reuevoll klang.

»Renées Assistentin hat mir *erzählt,* dass Deacon mit einer Blondine zusammen war«, sagte Belinda, »aber ich habe ihr nicht geglaubt.«

»Weil du dachtest, dass ich es war«, sagte Scarlett.

»Dir ist doch klar, dass wir noch *verheiratet* waren«, sagte Belinda. »Ich meine, wir hatten unsere Schwierigkeiten, doch das gab ihm nicht das Recht, in die Karibik zu verschwinden und eine andere Frau zu vögeln.« Sie lachte. »Aber je länger ich darüber nachdenke, desto mehr leuchtet es mir ein. Du hast dich all die Jahre über nach ihm gesehnt. Du hattest nie wieder einen festen Freund, hast nie wieder geheiratet. Und als er dich gefragt hat, ob du mitkommen wolltest, hast du die Gelegenheit beim Schopf ergriffen. Du bist nie über ihn hinweggekommen.«

»Vielleicht hast du recht«, sagte Laurel. »Vielleicht bin ich das nicht. Wir sind seit unserem *ersten Highschooljahr* zusammen gewesen. Wir sind zusammen aufgewachsen. Wir haben gemeinsam Autofahren gelernt, wir haben uns zusammen für die Wahl registrieren lassen, ich bin schwanger geworden, und wir haben ein Kind miteinander gekriegt. Ich habe ihn zu dem Mann gemacht, der er war, und er mich zu der Frau, die ich bin. Ich hatte niemals eine Affäre. Ich war ihm treu, und in vielerlei Hinsicht bin ich das immer noch, denn ich habe nie jemanden so geliebt wie Deacon und werde es auch nie tun.

Vielleicht ist das bemitleidenswert. Aber es gibt noch etwas, über das ich nie hinweggekommen bin, und das ist die Art und Weise, wie du in unser Leben stolziert bist und ihn mir weggenommen hast. Deacon war *verheiratet*, als du ihn in dein Zimmer im St. Regis eingeladen hast. Wir hatten ein kleines Kind.«

Hayes hob eine Hand. »Kann ich bestätigen. Das war ich.«

»Der Ausflug nach St. John war also … was?«, fragte Belinda. »Deine *Rache*?«

Laurel zuckte die Achseln.

»Oh, ich verstehe«, sagte Belinda. »Es war wieder nur so eine Situation, in der ich ohne Belang für dich war.«

Angie riss sich ein Stück Baguette ab und bestrich es mit Butter. Jetzt wusste sie, warum sie Angst gehabt hatte. Essen war nur Essen und keine Zauberei. Es konnte weder die Vergangenheit verändern noch altes Unrecht wiedergutmachen.

»Ich bin nach Savannah geflogen, weil …«, sagte Scarlett. Sie zögerte und blickte auf Ellery hinab, die auf ihrem Stuhl fest eingeschlafen war. »Deacon hat sich betrunken, ist in einem Striptease-Club gelandet und hat beschlossen, mit einer der Tänzerinnen nach Nantucket zu fahren. Er hat Ellery in der Schule völlig vergessen. Statt sie abzuholen, hat er sich ans Steuer des Saabs von irgendeinem Flittchen gesetzt, das halb so alt war wie er.«

Buck hatte mit seiner Suppe zu kämpfen. »Das hat er dir erzählt?«

»*Mir* hat er erzählt, dass mit der Stripperin nichts vorgefallen ist«, sagte Laurel. »Und was spielt das jetzt noch für eine Rolle, Scarlett?«

»Ich möchte nicht, dass Angie oder Hayes glauben, ich hätte New York aus einem anderen Grund verlassen«, sagte Scarlett. Sie funkelte Angie an. »Sicher hat dein Vater dir erzählt, ich sei wegen Bo Tanner nach Savannah geflogen.«

»Bo Tanner?« Es dauert eine Minute, bis Angie einfiel, wer Bo Tanner war: Scarletts ehemaliger Freund, damals in ihren Tagen als Kindermädchen. Aber Bo Tanner hatte eine andere geheiratet, eine Freundin von Scarlett. Angie erinnerte sich, dass Scarlett deswegen geweint hatte.

»Dein Vater war sehr eifersüchtig auf Bo«, sagte Scarlett. »Absolut grundlos.« Sie beugte sich vor und rüttelte Ellery wach. »Komm, Liebling, wir gehen nach oben ins Bett, und du bist mir zu schwer, um dich zu tragen.«

Ellery rieb sich die Augen. »Ich möchte, dass Miss Kit Kat mir vorliest.«

»Vielleicht, wenn ich aufgegessen habe, Engelchen«, sagte Belinda.

»Ich lese meiner Tochter vor, vielen Dank«, sagte Scarlett.

»Aber ich will Miss Kit Kat«, sagte Ellery.

»Du wirst Miss Kit Kat morgen früh sehen«, sagte Scarlett. »Wir beide gehen jetzt sofort nach oben und zu Bett.« Sie scheuchte Ellery von der Terrasse in die Küche, wo sie Wert darauf legte, die Schiebetür so fest zuzuknallen, dass Angie befürchtete, sie würde von der Laufschiene springen.

»Ich bin *sicher*, dass sie mit Bo Tanner schläft«, sagte Belinda. »Als sie für uns arbeitete, hat sie ihm immer noch nachgetrauert. Außerdem kommen wir nie über unsere erste Liebe hinweg, oder, Laurel?«

»Mutter«, sagte Angie, »lass uns bitte über was anderes reden.«

Laurel spießte eine Jakobsmuschelhälfte auf. »Nein«, sagte sie. »Das ist wohl so.«

***Deacons Meeresfrüchtesuppe***

24 kleine neue Kartoffeln (2 cm im Durchmesser)
1 Esslöffel Olivenöl extra vergine
2 Esslöffel Butter
1 mittelgroße Zwiebel, geschält und gehackt
3 Knoblauchzehen, gehackt
115 g milde spanische Chorizo
1 Esslöffel frischer gehackter Estragon
1 Tasse trockener Weißwein
1 Tasse Crème double
Meersalz und frisch gemahlener schwarzer Pfeffer nach Geschmack
350 g frische Jakobsmuscheln, Seitenfortsätze entfernt, längs halbiert
900 g frische Littleneck-Venusmuscheln, unter kaltem Wasser gut abgespült
450 g frische Miesmuscheln, geschrubbt
2½ Esslöffel frische gehackte Petersilie

Kartoffeln in einen Topf geben und großzügig mit Wasser bedecken. Bei mittlerer Hitze zum Kochen bringen, dann 12 bis 14 Minuten sieden lassen.

Unterdessen Olivenöl und Butter in einem 30 cm hohen Topf mit passendem Deckel bei mittlerer Temperatur erhitzen. Zwiebel- und Knoblauchstücke hinzufügen und 5 bis 7 Minuten sautieren, bis sie weich und glasig sind. Gewürfelte Chorizo hinzufügen und unter gelegentlichem Umrühren 5 bis 7 Minuten weitergaren, bis das Fett sich aufgelöst und die Chorizo angefangen hat knusprig zu werden. Estragon einrühren und eine weitere Minute kochen. Den Wein hinzugießen und 3 bis 5 Minuten sieden lassen, bis er auf die Hälfte reduziert ist.

Kartoffeln abgießen und halbieren. In den Topf geben und behutsam mit dem Inhalt vermischen. Crème double hinzufügen und 4 bis 5 Minuten sieden lassen, bis die Suppe leicht angedickt ist. Nach Geschmack mit Salz und Pfeffer würzen.

Halbierte Jakobsmuscheln gleichmäßig über die Zutaten im Topf verteilen. Venusmuscheln und Miesmuscheln so auf der Suppe arrangieren, dass sich die Gelenkstellen unten befinden. Deckel auf den Topf legen und die Temperatur erhöhen, sodass die Flüssigkeit in 5 bis 6 Minuten etwas verdampft und die Muscheln sich öffnen. Alle danach noch geschlossenen Muscheln entsorgen. Die Suppe mit Petersilie bestreuen. In tiefe Teller füllen und darauf achten, dass alle Zutaten gleichmäßig verteilt sind. Sofort mit knusprigem Brot oder Brötchen servieren.

ERGIBT 4 PORTIONEN

## *BUCK*

Buck zappelte auf seinem Stuhl herum, während Angie das Beeren-Crumble servierte. Er sollte nach oben gehen und Scarlett über das Haus auf den neuesten Stand bringen, damit er es hinter sich hatte und sie die Nachricht verdauen konnte.

Buck hielt seine Gabel über die tiefroten, mit goldenen Streuseln bedeckten Beeren und die Schlagsahne mit Vanillearoma und beschloss, bis zum nächsten Morgen zu warten.

Hayes versuchte, sich aus seinem Stuhl hochzustemmen. »Ich muss nach oben«, sagte er.

»Willst du keinen Nachtisch?«, fragte Buck.

»Du hast heute Abend kaum ein Wort von dir gegeben, Hayes«, sagte Belinda. »Ist alles in Ordnung?«

Laurel beugte sich vor. »Schatz?«

Hayes' Kopf fiel nach vorn, und er fing an zu schnarchen.

»Der Ärmste, er hat eine Menge durchgemacht«, sagte Laurel. »Buck, hilfst du mir, ihn ins Bett zu bringen?«

Buck wandte sich widerwillig von seinem Crumble ab und stützte Hayes mit einem Arm, während Laurel den Stuhl verrückte und sich mühte, ihn zu wecken. »Hayes, Schätzchen, hopp-hopp!«

Hayes stand auf, aber es dauerte lange, ihn ins Haus, durch die Küche und die Treppe hinaufzubugsieren. Sobald er in seinem Zimmer war, krachte er wie ein gefällter Baum auf sein Bett. Laurel deckte ihn zu, strich ihm über die Haare und küsste ihn auf seine mit blauen Flecken übersäte Stirn. Dann schlichen sie und Buck in den Flur und schlossen die Tür.

Laurel sah Buck im schwachen Schein der Lampe an. »Glaubst du, irgendwas stimmt nicht mit ihm?«

Buck wollte sich nicht dazu äußern. Er war kein Experte für Frauen und noch weniger für Kinder, auch wenn das Kind vierunddreißig Jahre alt war. Wenn man ihn gedrängt hätte, hätte er gesagt: *Verdammt, ja, irgendwas stimmt nicht mit Hayes*. Zugegeben, der Junge hatte gerade seinen Vater verloren, daher konnte niemand von ihm erwarten, dass er bester Stimmung war, aber Hayes war außergewöhnlich fertig. Einfach fertig. Und das auch schon, bevor er allein losgezogen war und man ihn so furchtbar zusammengeschlagen hatte.

»Wir trauern alle«, sagte Buck.

Laurel trat auf ihn zu und hob ihm ihr Gesicht entgegen. Er fragte sich, ob das eine Einladung war, sie zu küssen. Er hätte es nur zu gern getan, doch sie hatte ihre Wünsche klar formuliert, deshalb umarmte er sie nur, strich ihr über den Rücken und führte sie die Treppe hinab nach unten, wo, so hoffte er, sein Crumble auf ihn wartete.

### *Drei-Beeren-Crumble*

1 Pfund frische Erdbeeren, geputzt und halbiert

1 Pfund ungesüßte Blaubeeren, frisch oder tiefgefroren

1 Pfund ungesüßte Himbeeren, frisch oder tiefgefroren

¾ Tasse Kristallzucker

3 Esslöffel Mehl

⅓ Tasse Cassis

***Streusel***

1 Tasse Mehl
½ Tasse Kristallzucker
½ Tasse hellbrauner Zucker
¾ Teelöffel Zimt
¼ Teelöffel Salz
1 Tasse schnellkochende (keine Instant-)Haferflocken
12 Esslöffel gekühlte ungesalzene Butter, in kleinen Stücken
Vanilleeis oder Schlagsahne

Backofen auf 180 Grad vorheizen.

Beeren, Zucker, Mehl und Cassis gut miteinander vermengen und die Mischung in eine 20 x 28 cm große Back- oder Auflaufform aus Keramik füllen.

Mehl, Kristallzucker, braunen Zucker, Zimt, Salz und Haferflocken in die Schüssel eines Standmixers mit Rührarm geben. Bei niedriger Geschwindigkeit alles miteinander verrühren. Die gekühlte Butter hinzufügen und die Masse bei niedriger bis mittlerer Geschwindigkeit weiter verrühren, bis die trockenen Zutaten feucht und krümelig sind. Streusel über die Beeren streuen, sodass sie fast vollständig bedeckt sind.

Das Crumble 50 bis 60 Minuten backen, bis der Fruchtsaft Blasen wirft und die Streusel goldbraun sind. Warm mit einem Klacks Vanilleeis oder Schlagsahne servieren.

ERGIBT 6 BIS 8 PORTIONEN

## *ANGIE*

*Wenigstens hat das Essen gut geschmeckt,* dachte Angie, als sie den ekelhaft klebrigen grauen Inhalt der Skinny4Life-Dose im Ausguss entsorgte. Das Gespräch – na ja, darüber hatte sie keine Kontrolle gehabt.

Laurel und Buck boten an aufzuräumen. Belinda entschuldigte sich mit Kopfschmerzen, und Angie folgte ihrer Mutter aus der Küche.

»Alles in Ordnung?«, fragte sie.

»Weißt du, Laurel Thorpe ist nicht die Heilige, für die du sie hältst«, sagte Belinda. »Sie hatte ein heimliches Rendezvous mit deinem Vater, als du ein Kind warst, als wir noch eine Familie waren. Ihr ganzes Gutmenschentum ist Fassade. Letzte Nacht hat sie Bob angerufen …«

»Was? Wer hat Bob angerufen?«

»Laurel«, sagte Belinda.

»Wozu?«

»Um mich zu verpetzen. Ich hatte einen kleinen Zusammenstoß mit Buck …«

»Mit Buck?«, zischte Angie. Ihr schwirrte der Kopf. Sie hatte keinen Überblick mehr über die Situation. Laurel mit Deacon, Scarlett mit Bo Tanner, Belinda mit … Buck?

»Sie hat total übertrieben«, sagte Belinda. »Es war nichts.

Sie hat Bob angerufen, damit er mir gegenüber die Oberhand hat.«

»Ich will nichts mehr hören«, sagte Angie. »Du machst mich fertig.«

»Ich mache dich fertig?«, gab Belinda zurück. »Ich bin hier die Einzige, die sich um dich kümmert. Weißt du, wo ich heute war? Ich bin in die Stadt gefahren, um dir ein Haus zu kaufen.«

»Was?«

»Ich wollte die Nummer 141 in der Main Street kaufen«, sagte Belinda. »Das Haus mit den weißen Säulen und der Glasveranda. Ich habe an die Tür geklopft und ihnen ein Angebot gemacht.«

»O mein Gott, Mutter«, sagte Angie. Sie versuchte, sich die Szene vorzustellen. »Du bist verrückt, weißt du das?«

»Ich wollte dir helfen, Liebling«, sagte Belinda. »Ich habe es für dich getan. Ich wollte ein anderes Haus kaufen. Ein besseres Haus.«

»Ich will nicht, dass du mir ein anderes Haus kaufst!«, sagte Angie. »Ich will *dieses* Haus, kapierst du das nicht? Dieses Haus und nur das. Hier habe ich mit Deacon gewohnt. In dem Zimmer da haben wir Monopoly gespielt, wenn es regnete. Ich war der Schuh und Deacon die Schubkarre und Hayes der blöde kleine Hund. In diesem Haus habe ich meine ersten Venusmuscheln gekostet und im Garten Glühwürmchen gefangen; hier haben wir auf der Terrasse gesessen und den Großen Bären gesucht. Auf dem Sofa da sind wir beim Lesen unserer Sommerlektüre für die Schule eingeschlafen. In dein Zimmer, also Claras Zimmer, wurden wir verbannt, wenn wir erst um zwei Uhr morgens von einer Party kamen. Dieses Haus ist

Deacon. So etwas wie ein ›besseres‹ Haus gibt es nicht. Tu nicht, als wäre es so.«

»Okay, okay, beruhige dich«, sagte Belinda. »Ich habe nur versucht zu helfen.«

»Wenn du helfen willst«, sagte Angie, »dann fang an, mit den anderen auszukommen.«

»Vielleicht könnten sie auch anfangen, mit mir auszukommen«, schlug Belinda vor.

»Stimmt, das hatte ich ganz vergessen«, sagte Angie. »Die Welt dreht sich ja um dich.« Damit trat sie auf die Veranda, um eine Zigarette zu rauchen. Sie strich mit dem nackten Fuß über das Brett, das JP neu eingesetzt hatte. Deacon war zuerst mit Laurel, dann mit Belinda und dann mit Scarlett auf die Insel gekommen, hatte aber sicher nie beabsichtigt, dass die drei sich hier *gleichzeitig* aufhielten – auch nicht nach seinem Tod.

Während Angie einen Rauchschwall ausstieß, bog ein Auto in die Einfahrt. Es war ein Minivan mit einem leuchtend orangeroten Zylinder: All Point Taxi. Ein Mann stieg aus.

Es war … Joel Tersigni.

*Joel!* Angie versuchte zu atmen, konnte aber nur husten.

Joel.

Angie nahm einen letzten Zug von ihrer Zigarette, dann schnipste sie sie ins Gras, das so ausgedörrt und braun war, dass sie befürchtete, es würde sich entzünden, doch die Glut erlosch sanft.

Sie schaute zu Joel auf. Ein Sturm von Gefühlen toste in ihr, aber sie stemmte sich gegen ihn.

»Angie«, sagte er.

»Was machst du hier?«, fragte sie.

Er bezahlte den Fahrer und holte die schwarze Nylontasche aus dem Wagen, die er sonst ins Fitness-Studio mitnahm. Sie war offensichtlich sein ganzes Gepäck.

»Dory hat mich rausgeworfen«, sagte er. »Ich bin zu dir nach Hause gefahren, aber dann ist mir eingefallen, dass du hier bist, also habe ich die Fähre genommen. Ich wusste nicht, wo ich sonst hinsollte.«

»Ich habe dich angerufen, und Dory hat abgenommen«, sagte Angie. »Sie hat schreckliche Dinge zu mir gesagt.«

»Ich weiß, Babe«, sagte Joel. »Sie hat mir mein Handy geklaut und mich gezwungen, ihr alles zu gestehen.«

»Wie *das* denn? Ich dachte, wenn wir erwischt werden, wäre der Plan, dass wir *leugnen leugnen leugnen*.«

»Sie hatte Zugang zu meinen Handyprotokollen, detaillierte Informationen, an die man nur rankommt, wenn … na ja, wenn man Anwalt oder Spion ist. Sie wusste eine Menge, aber ich war mir nicht sicher, wie viel genau – und dann hat sie mich mit einem Trick dazu gebracht, ihr den Rest auch noch zu verraten, und gedroht, damit an die Öffentlichkeit zu gehen: es der Presse zu stecken, deiner Mutter, unseren Freunden in New Canaan, meinen *Eltern*.«

Joels Eltern, den Betreibern des Biblical Dinner Theater in Pigeon Forge, Tennessee. Ehebruch würde sie nicht gnädig stimmen, vermutete Angie.

»Sie meinte, wenn ich in aller Stille und ohne was mitzunehmen ginge, würde sie allen erzählen, ich mache Urlaub, und dann, nach dem Sommer, wenn die Jungs wieder zu Hause wären, würde sie erklären, wir hätten beschlossen, uns zu trennen, in gegenseitigem Einverständnis.«

Joel und Angie drehten sich um und sahen, wie das Taxi rückwärts aus der Einfahrt fuhr und dann die Hoicks Hollow Road hinunter. Als Joel sich wieder Angie zuwandte, bemerkte sie, wie fertig er aussah. Er streckte die Arme aus. »Komm her.«

Sie zögerte, weil sie daran dachte, wie JP einen Pfeil für sie aufnockte, wie er sagte: *Du musst den Pin justieren.*

Doch sie war nicht stark genug, um Joel zu widerstehen. Sie liebte ihn. Achtundvierzig Stunden des Schweigens hatten daran nichts geändert. Sie trat vor, und er umschlang sie.

»So ist es gut«, flüsterte er ihr ins Ohr. »Ich hab dich vermisst. Ich habe versucht, meine Ehe zu beenden, ohne damit mein ganzes Leben zu ruinieren. Dory ist knallhart, Ange.«

Angie nickte an Joels Brust. Es hatte ihr gefehlt, ihr Gesicht an sein Herz zu legen; ihr hatte sein Geruch gefehlt. Und sie verstand, was er meinte. Sie, Angie, war eine Insel – besonders jetzt, nach Deacons Tod. Sie war für niemanden verantwortlich; sie besaß nichts. Joel hatte eine Frau und Kinder, ein Haus, ein Auto, eine Gemeinde, Freunde. Am Dienstagabend, wenn das Restaurant geschlossen war, hatte er eine Pokerrunde. Er war Mitglied im Lions Club, und in der Adventszeit organisierte er eine Spendengala für Kinder. Sein Leben war mehr als nur der Board Room und New York und sie. Viel mehr.

Angie hob Joel ihr Gesicht entgegen, und er küsste sie, zum ersten Mal, seit sie in der 73rd Street in seinem Wagen gesessen hatte. Sie verlor sich in diesem Kuss. »Wo können wir hin?«, flüsterte er.

»Ins Haus«, sagte sie und zog an seiner Hand.

»Ist deine Mutter da?«, fragte er.

»Leider ja«, sagte Angie. »Du wirst sie morgen früh kennen lernen.«

Angie führte Joel auf die Veranda. Sie trat über das Brett, das JP repariert hatte; sie durfte jetzt nicht an JP denken. Der vordere Flur war leer. Angie ging mit Joel die Treppe hoch in ihr Zimmer. Sie bedeutete ihm, leise zu sein, und schloss die Tür. Er nahm Angie in die Arme und legte sie auf das Bett.

Mund, Hals, Brüste, Zunge, Brustwarzen, Rippen, Bauch, die Innenseite ihrer Oberschenkel … ohhhhh. Joel. *Joel!* Er musste ihr seine Hand in den Mund stecken, damit sie nicht aufschrie und jemanden weckte. Sex, Sex, Sex, Sex, Sex. Er bedeutete nichts, fand Angie. Und er bedeutete alles.

## *BELINDA*

Ein kleines Mädchen in einem silbrig glitzernden Kleid mit doppelt geflochtenem Fischgrätenzopf kippt den Inhalt des Gefäßes auf den Boden und fängt an, ihn nach Farben zu sortieren: Weiß, Braun, Grün, Blau, Violett. Es ist zerbrochenes Glas, aber nicht scharfkantig. Die Scherben haben glatte Ränder und matte Oberflächen. Es ist Strandglas – aus dem Meer angespült, nachdem es jahrelang durch Sand und Salzwasser gewirbelt wurde. Zwischen den Scherben findet das Mädchen eine Tüte mit etwas, das aussieht wie brauner Zucker. Die Kleine liebt braunen Zucker; sie isst ihn auf Toast. Sie öffnet das Tütchen und leert es in ihren Mund.

Belinda wachte mit einem Ruck auf.

*Nein!*

Sie schaute sich in dem dunklen Raum um: Nantucket. Belinda lag in Claras schmalem, unbequemem Kindermädchenbett unter einem dünnen Laken. Sie hatte einen bösen Traum gehabt von … von … es entglitt ihr. War verschwunden. Sie erinnerte sich nicht mehr, wovon sie geträumt hatte. Es war etwas Schlimmes, etwas mit einem Loch oder einer Höhle.

Dann fiel es ihr wieder ein. Es war um Ellery gegangen. Um Ellery, die das Heroin für Zucker gehalten und es gegessen hatte.

Guter Gott, Belinda hatte das Heroin einfach unten in der Gästetoilette versteckt. Nach einem Glas Wein und dem verstörenden Gespräch beim Abendessen hatte sie das völlig vergessen.

Belinda schlüpfte aus dem Bett und schlich hinunter in die Toilette. Das Heroinpäckchen war genau da, wo sie es deponiert hatte, unter ihrem speziellen Stück Strandglas. Sie zog es heraus und trug es wieder nach oben.

Mit dem Heroin im Schoß saß sie auf ihrem armseligen Bett. Was sollte sie tun?

Auf Zehenspitzen durchquerte sie den Flur und klopfte an die Tür von Hayes' Zimmer. Keine Reaktion. Bestimmt schlief er fest. Das war Belinda egal. Sie machte die Tür auf und trat ein.

Hayes lag schnarchend im Bett. Der Matchbeutel, der am Nachmittag offen gestanden hatte, war jetzt fest geschlossen. Belinda wusste, was sie darin finden würde: weitere Tütchen, Spritzen, einen Gummischlauch, einen Löffel, ein Feuerzeug. Sie würde Hayes' Sachen nicht durchwühlen, während er schlief. Aber sie wollte mit ihm reden.

Sie setzte sich auf die Bettkante und rüttelte ihn wach. Er öffnete die Augen und sah sie und dachte höchstwahrscheinlich, er wäre jetzt derjenige, der einen bösen Traum hatte. Er versuchte, sich aufzusetzen. Belinda legte ihm eine Hand auf den Arm, um ihn zu beruhigen, und einen Finger auf ihre Lippen. Das Letzte, was sie wollte, war, dass Laurel hereingestürzt kam und Belinda diesmal *in* Hayes' Zimmer vorfand.

»Hayes«, sagte sie. »Ich muss mit dir sprechen.«

»Jetzt?«, fragte er mit heiserer Stimme. »Mitten in der

Nacht? Worüber zum Teufel?« Er rückte näher an die Wand, weg von Belinda.

Sie hielt das Tütchen hoch. »Das hier habe ich auf dem Boden gefunden, als ich vorhin bei dir war«, sagte sie und schüttelte es. »Es ist Heroin, oder?«

Hayes griff danach, doch Belinda entzog es ihm. »Beantworte meine Frage, Hayes. Ist das Heroin?«

»Es ist meins«, sagte Hayes. »Gib es mir.«

»Hayes«, sagte Belinda. »Ist es Heroin?«

Hayes ließ seinen Arm aufs Bett sinken. »Ja.«

Belinda nickte. Sie war froh über sein Geständnis. Er hatte zugegeben, dass es seins war. Er hatte es nicht abgestritten.

»Wie oft nimmst du es?«, fragte sie.

»Das geht dich *nichts* an«, sagte Hayes. »Jetzt gib es mir und lass mich allein, bitte.«

»Es geht mich *sehr wohl* was an«, widersprach Belinda. »Du bist mein Stiefsohn. Ich habe dich gern, und ich will nicht, dass du dir das antust.«

Hayes schnappte sich das Tütchen aus Belindas Hand. »Du weißt nichts darüber«, sagte er. »Du weißt nichts über mein Leben. Du weißt nichts über mich.«

»Ich kenne dich seit fast dreißig Jahren, Hayes«, sagte Belinda.

»Lass mich in Ruhe, bitte«, sagte Hayes.

»Ich könnte es ja deiner Mutter erzählen«, sagte Belinda.

»Warum solltest du sie damit belasten? Sie hat genug Sorgen.«

»Wenn du mein Kind wärst, würde ich es wissen wollen.«

»Ja, ich *bin* aber nicht dein Kind«, sagte Hayes. »Angie ist ein braves Mädchen. Du hast Glück gehabt.«

»Ich erzähle Laurel nichts«, sagte Belinda. »Aber du musst es tun. Ich bin sicher, dass sie in New York Leute kennt, die sich damit befassen. Behandlungseinrichtungen, Methadon-Programme, Kliniken …«

»Meine Mutter hat *genug* am Hals«, sagte Hayes. »Und überhaupt, es ist nicht so schlimm, wie du denkst. Ich bin nur Gelegenheitskonsument.«

»Gelegenheitskonsument von Heroin«, sagte Belinda. »Verstehe. Ich nehme an, der Grund dafür, dass du aussiehst, als hättest du fünfzehn Runden mit Floyd Mayweather hinter dir, ist der, dass du auf der Suche nach Drogen warst?«

Das Tütchen fest umklammernd rollte Hayes sich von ihr weg zum Fenster. »Gute Nacht, Belinda«, sagte er.

»Erzähl es deiner Mutter vor morgen Abend, sonst tue ich es«, sagte Belinda. »Sie liebt dich.« Damit stand sie auf. »Wir alle lieben dich, Hayes.«

## *HAYES*

Wir alle lieben dich, Hayes.

Er schloss die Augen. Da war der Schlaf, wie ein Ozean. Er musste bloß hineinspringen.

Erzähl es deiner Mutter. Seine Mutter würde enttäuscht sein. Nein, streichen. Seine Mutter würde am Boden zerstört sein. Sie hatte nur ein Kind, Hayes, ihren Goldjungen. Laurel war bei seiner Geburt neunzehn gewesen und achtundzwanzig, als Deacon sie verließ. Es hatte in Deacons Leben viele Menschen gegeben – erst Belinda, dann Angie, dann Scarlett und Ellery und immer Buck –, Laurel dagegen war einfach nur Laurel geblieben. Hin und wieder hatte sie lockere Beziehungen gehabt, und sie hatte sich ihrem Beruf gewidmet, Hayes aber trotzdem irgendwie das Gefühl vermittelt, dass es vor allem anderen ihr wichtigster Job war, seine Mutter zu sein.

Belinda hatte ihn in die Ecke gedrängt. Sie würde es Laurel sagen, wenn er es nicht tat. Vielleicht bluffte sie aber auch. Sie war eine ziemlich gute Schauspielerin.

Hayes hatte gehört, dass ein Heroinentzug die reinste Hölle war, dass es einem grauenhaft ging, dass man sich erbrach und einnässte, furchtbare Krämpfe bekam, dass das Verlangen nach Stoff einen fast umbrachte. Erwachsene Männer weinten, schrien, flehten, bettelten um einen Schuss. Hayes glaubte nicht, dass er es schaffen würde. Er war intelligent, und er war kultiviert – aber stark war er nicht. Von Heroin loszukommen war anscheinend ähnlich wie eine eingeölte Stange hochzuklettern – ohne jeden Halt und ständig in Gefahr abzurutschen. Und wenn man rutschte, war es, als fiele man in ein Loch ohne Boden.

Das Heroin war eine Zufallsbekanntschaft gewesen, ein Stolperstein, etwas, das Hayes ein einziges Mal hatte probieren wollen, als kulturelle Erfahrung. Die Opiumpfeife war ihm in einem dreihundert Jahre alten Teakholzhaus in einem tiefgrünen Tal in einem Teil Chinas angeboten worden, den nur wenige Westler zu Gesicht bekamen. Das Wochenende war Hayes so fremdartig erschienen, dass es fast surreal war, als wäre er eine Figur in einem Märchenbuch. Er hatte versucht, sich den lokalen Sitten anzupassen – wenn einem jemand eine Opiumpfeife anbot, rauchte man. Er hatte nie vermutet, dass sie ihn auf direktem Wege zu den Straßendealern in New York führen würde.

Es war Hayes unmöglich zu beschreiben, was für ein Wahnsinnsgefühl das High war. Es war besser als Sex, besser als ein kaltes Bier nach einem langen Tag am Strand, besser als eine Beförderung mit einer riesigen Gehaltserhöhung, besser als Kaviar auf Blini mit einem Klacks saurer Sahne, besser als Liebe. Heroin war reinste Euphorie, ein Spaziergang in den Wolken, übermenschliche Kraft und völliger Friede zugleich. Er konnte es nicht aufgeben.

Wie war er so geworden? Er war ein Junkie. Wie hatte er das zulassen können? Er hatte vorsichtig sein wollen, doch das war er nicht gewesen. Belinda hatte ihn mit ihren harten, kalten Augen aus blauem Flintstein durchschaut. Wäre es paranoid von ihm zu glauben, dass sie es seit seiner Kindheit auf ihn abgesehen hatte? Belinda hatte gewollt, dass Hayes sie liebte; er erinnerte sich an ihre Deals und Bestechungen. Sie hatte Hayes zum Set von *Die Truman Show* mitgenommen, damit er Jim Carrey kennen lernte; sie hatte Hayes und seine Highschool-Freundin Shauna unbeaufsichtigt in dem Haus in L.A. wohnen lassen; sie hatte ihm die Schlüssel von Deacons Porsche gegeben, wenn er darum bat. Aber Hayes hatte sich nie an der allgemeinen Belinda-Vergötterung beteiligt; dessen war sie sich schmerzhaft bewusst, und wahrscheinlich hasste sie ihn ein bisschen dafür. Sie hatte dieses Wochenende mit der Erwähnung von Naomi Watts eingeleitet, die Hayes getroffen hatte, als er high wie sonst was gewesen war.

Hayes hatte so großen Mist gebaut! Er hätte Whitney Jo heiraten sollen. Er hätte sich einen Job bei einer anderen Zeitschrift aussuchen sollen, der weniger Reisen erforderte; er sollte inzwischen eigentlich Vater sein. Aber der Gedanke an ein sesshaftes Leben – mit geregeltem Tagesablauf, einer Hypothek, einem Ehering, mit Adventsessen, einem Rasensprenger, mit Laubsammeln und Fahrten zur Müllkippe, Elternversammlungen und ganzen Sonntagnachmittagen auf dem Fußballplatz – schnürte ihm die Kehle zu. Ebenso gut hätte er sich gleich eine Plastiktüte über den Kopf ziehen können.

Am Ende hatte Hayes – nachdem Whitney Jo eine Anspielung nach der anderen gemacht, immer wieder Magazine voller Anzeigen für Brillantringe im Bad liegen gelassen und sich beschwert hatte, dass sie in einem Jahr schon siebenmal Brautjungfer gewesen war – gekniffen. Er wollte das nicht. Er war ein Vagabund und litt an Fernweh und einem schweren Fall von Angst, etwas zu verpassen. Er mochte Flughäfen und einen steifen Wodka-Tonic in der VIP-Lounge; er genoss harmlose Flirts mit Stewardessen, und er liebte es, Orte zu besuchen, die er noch nicht kannte: Kathmandu, Marrakesch, Dakar, Dubai, Sydney, Tahiti, Wien, Shanghai. Einchecken, auschecken: Das war das Leben, das er schätzte. Kein Zuhause zu haben war sein Zuhause.

Und jetzt drohte Belinda, das alles platzen zu lassen. Er versuchte, sich den Entzug vorzustellen. Er versuchte sich vorzustellen, wie die Behandlung in einer Klinik ablief. Nein, das schaffte er nicht. Er wollte nicht mit einem Therapeuten sprechen oder in einem Kreis anderer Süchtiger sitzen und ihnen anvertrauen, was ihm in seiner Jugend angetan worden war. Er war nie misshandelt oder vernachlässigt, sondern gefördert und geliebt worden – sogar von Belinda. Indem sie drohte, Laurel alles zu erzählen, ihm aber Zeit ließ, es selbst zu tun, zeigte Belinda ihm ihre Liebe. Sie sorgte sich um ihn.

Seine Mutter. Ihr alles erzählen? Das konnte er nicht.

Doch vielleicht stand es nicht so schlimm um ihn, wie er dachte. Bisher war er mit dem Oxycodon allein gut ausgekommen – sowie einem Bröckchen um die Mittagszeit. Vor fast zwölf Stunden. Obwohl er jetzt, nach dem Gespräch mit Belinda, wenn er ehrlich war, einen Schuss gebrauchen konnte, einen richtigen Schuss, keinen halben, auf den er sich seit seiner Ankunft beschränkt hatte.

Er griff nach dem Tütchen und holte seinen Löffel und seine Spritze aus dem Matchbeutel. Er zitterte ein wenig, als er das Heroin aufkochte, als er es in die Spritze zog, als er mit den Zähnen an dem Gummischlauch zerrte, bis seine Ader anschwoll. Als er sich den Druck setzte.

Ahhhhhhhh.

## *LAUREL*

Sie und Buck räumten zusammen auf. Sie füllten den Salatrest in eine kleinere Schüssel, wickelten einen Kanten Baguette ein und deckten die Butter ab. Laurel nahm die leere Skinny4Life-Dose zur Hand, die neben der Spüle stand.

»Hier ist die Lösung *eines* Rätsels«, sagte sie.

Bucks Arme steckten bis zu den Ellenbogen in schaumigem Wasser. »Er hat hunderttausend Dollar in das Zeug investiert.«

»Wahrscheinlich hat sie Vorräte für ein ganzes Leben«, sagte Laurel und warf die Dose in den Mülleimer.

»Ich fasse es nicht, dass Deacon so ein Trottel war«, sagte Buck.

»Er wusste, dass er das Haus verlieren würde«, sagte Laurel. »Trotzdem hat er nach jedem Strohhalm gegriffen. Und dann ist er hergekommen, um sich vom Amerikanischen Paradies zu verabschieden.«

»Sicher wusste er es schon an dem Abend, als er in diesem Striptease-Club landete«, sagte Buck. »Er wollte mit dem Mädchen nach Nantucket fahren. Das war eine Verzweiflungstat.«

»Woran er wohl am Schluss gedacht hat?«, sagte Laurel. »Er wollte am nächsten Morgen mit JP fischen gehen, also hat er vielleicht daran gedacht – wie er die Angel auswirft, ein Ziehen verspürt und sich freut, wenn er einen Fisch an der Leine hat.« Sie begann zu schluchzen. Von allen hier im Haus hatte nur Laurel Deacon als Jugendlichen gekannt. Er hatte nie geglaubt, dass er das Gute verdiente, das ihm widerfuhr – angefangen mit Laurel. Immer wieder hatte er zu ihr gesagt: *Du bist das erste Gute, das mir passiert*. Gott, daran hatte sie seit vielen Jahren nicht mehr gedacht. In ihrer Highschoolzeit hatte er sie immer ganz fest gedrückt, wenn er sie bis an ihre Haustür gebracht hatte, als hätte er befürchtet, sie könnte über Nacht verschwinden. Als ihm also klar geworden war, dass er das Haus auf Nantucket verlieren würde, hatte er darin womöglich eine Bestätigung seiner alten Ängste gesehen. Er würde das verlieren, was er am meisten liebte.

»Die Asche kommt morgen«, sagte sie und wischte sich die Augen. Was von Deacon Thorpe übrig blieb, würde in einen Schuhkarton passen. Der Küchenchef und das Lästermaul und der unglaubliche Küsser und der stolze, liebevolle Vater waren jetzt Bröckchen und Krümel, die sie ins Wasser werfen würden. Es war unbegreiflich. Es war falsch. Und doch, jeder starb. Auch Laurel würde – mit all ihren Gedanken und Gefühlen, all ihrer Liebe und ihrem Mitleid – eines Tages aufhören zu sein, und wenn sie erst einmal weg war, würde sie niemals zurückkehren. Niemals war eine lange, lange Zeit.

Sie trocknete das von Buck abgewaschene Geschirr ab und stellte es in den Schrank. Existenzielle Überlegungen machten ihr Angst. Sie glaubte lieber, dass sie noch dreißig oder vierzig Jahre bei relativ guter Gesundheit und in guter Gesellschaft vor sich hatte.

Sie warf ihr Geschirrtuch hin und umschlang von hinten Buck, der gerade den Schmutz aus dem Ausguss spülte.

»Kommst du mit mir nach oben und schläfst mit mir?«, fragte sie.

Er drehte den Wasserhahn zu. »Was hast du gesagt?«

Laurel lachte verlegen. »Nichts weiter«, sagte sie.

»Nein, tut mir leid. Das Wasser ist gelaufen, deshalb habe ich dich nicht gehört.« Er ergriff ihr Kinn. »Was hast du gesagt?«

Jetzt konnte sie ihre Bitte zurückziehen oder abändern, doch es fühlte sich an, als würde sie von einer unsichtbaren Kraft angespornt. »Ich habe dich gefragt, ob du mit mir nach oben kommst und mit mir schläfst.«

»Wirklich?«

Sie biss sich auf die Unterlippe. Sollte sie erklären, dass sie plötzlich sehr große Angst vorm Sterben hatte?

Buck brauchte keine Erklärung. Er fasste sie an der Hand und führte sie die Treppe hinauf, und es kam ihr so natürlich und selbstverständlich vor, als würde dies das erste Mal von vielen, vielen Malen in dreißig oder vierzig Jahren sein.

# MONTAG, 20. JUNI

# *ANGIE*

Jemand klopfte an ihre Tür. Ihre Lider flogen auf. Sonnenlicht sickerte unter der Jalousie hindurch ins Zimmer; es war Morgen. Joel lag splitterfasernackt schräg neben ihr im Bett. Hastig breitete Angie das Laken und die fadenscheinige Chenilledecke über ihn. Sie wollte auf keinen Fall, dass Ellery hereinmarschiert kam und Joel in Angies Bett sah. Rasch zog sie Shorts und ein T-Shirt über und öffnete die Tür. Davor stand mit zerzausten Haaren Laurel in ihrem Bademantel, die Augen auf Halbmast hinter einer Brille, die Angie noch nie an ihr gesehen hatte.

»Entschuldige, dass ich dich störe, Schätzchen«, sagte sie. »Aber JP ist unten und meint, ihr zwei seid verabredet für heute Morgen.«

Angie rang nach Luft. »Wie spät ist es?«

»Halb neun«, sagte Laurel.

Halb neun schon? Der zuverlässige und pünktliche JP wollte Angie zu ihrem Bogenschießunterricht abholen. Aber jetzt, da Joel hier war, hatte Angie keine Lust dazu. Sie musste weder sich noch sonst jemandem mehr etwas beweisen. Joel war gekommen. Sie, Angela Thorpe, wurde begehrt; sie wurde geliebt.

Oh, wie gern hätte sie Laurel losgeschickt, um JP die

schlechte Nachricht zu überbringen! Doch das wäre unfair gewesen. Angie würde es selbst tun.

Barfuß eilte sie die Treppe hinunter und blinzelte in das Sonnenlicht, das durch die Haustür hereinfiel. JP stand mit seiner Blues-Brothers-Sonnenbrille und Augenschirm respektvoll draußen und grinste.

»Hallo, Dornröschen«, sagte er. »Zieh deine Schuhe an. Ich hab Kaffee für dich in meinem Cottage.«

Angie lächelte reumütig. Ihr war schrecklich zumute. Wenn Joel nicht aufgekreuzt wäre, wäre sie JP freudig und dankbar gefolgt. Er hätte den traurigen Tag, der vor ihr lag, erträglich gemacht.

»Wir müssen das auf ein andermal verschieben«, sagte sie.

»Oh«, entgegnete er und nahm seine Sonnenbrille ab, um sie besser mustern zu können. »Ist alles okay?«

»Alles prima«, sagte sie und senkte die Stimme. »Mein Freund Joel? Der, von dem ich dir erzählt habe? Der ist letzte Nacht gekommen. Er ist oben.«

JPs Gesicht nahm einen Ausdruck an, der zwischen Niedergeschlagenheit und Skepsis lag.

»Ich wusste nicht, dass er kommen würde«, sagte Angie. »Er ist buchstäblich einfach aufgetaucht.« Dann sagte sie: »Ich fasse es nicht, dass ich gerade das Wort ›buchstäblich‹ benutzt habe.«

»Okay«, sagte JP. Er gab sich keine Mühe, seine finstere Miene vor ihr zu verbergen, und Angie fragte sich, was genau ihm missfiel. Sicher, sie hatte ihm seine Zeit gestohlen, weil er extra von Coatue hergekommen war, aber höchstens zwanzig Minuten. Vielleicht missbilligte er es auch, dass Joel noch verheiratet war. Oder … oder JP hatte sich darauf gefreut, Zeit mit Angie zu verbringen. Irgendwie glaubte sie, dass dies der Grund war, und sie fühlte sich wirklich schlecht, doch sie hatte JP nichts vorgelogen – und ihm ganz bestimmt nichts versprochen.

»Tut mir leid, dass du umsonst gekommen bist«, sagte sie.

»Mach dir keine Sorgen«, sagte JP. »Bis heute Abend dann auf dem Boot.«

»Genau«, sagte Angie. Sie fragte sich, ob Joel wohl zusammen mit ihrer Familie die Asche verstreuen wollen würde, und dann, ob Laurel oder Scarlett damit ein Problem haben würden. Während sie darüber nachdachte, drehte JP sich um und ging die Einfahrt hinunter zu seinem Jeep. Angie wusste nicht genau, warum, aber sie folgte ihm.

»Hör mal, JP, es tut mir leid«, sagte sie. »Ich fühle mich ganz mies. Ehrlich, ich hatte vergessen, dass du heute Morgen kommen würdest.«

JP lachte. »Der Typ muss ja der Wahnsinn sein, wenn du deinen Schießunterricht vergisst.« Er schenkte ihr ein aufrichtiges Lächeln. »Ich freue mich, dass er gekommen ist. Du verdienst es, alles für jemanden zu sein, Angie.«

Aus irgendeinem Grund stiegen Angie Tränen in die Augen. »Ich war alles für jemanden«, sagte sie. »Aber der ist tot.«

JP streckte die Hand aus und wischte die Träne ab, die ihr übers Gesicht lief. Dann stieg er in seinen Jeep, drehte den Zündschlüssel und winkte ihr beim Losfahren zu.

»Warte!«, rief Angie. Sie wedelte mit den Armen, um ihn zum Zurückkommen zu bewegen. Sie würde ihre Schuhe anziehen und mit JP mitfahren, sich den Bogen umhängen, einen Pfeil aufnocken, den Pin justieren und – *whuusch!* – die Zielscheibe treffen.

Doch JP sah und hörte sie nicht. Er fuhr die Straße entlang, und nachdem er außer Sichtweite war, drehte Angie sich um und ging zurück ins Haus.

Joel saß aufrecht im Bett. Die Jalousie war hochgezogen.

»Wer war das?«, fragte er.

»Wer?«

»Äh … der Typ in dem Jeep? Der Typ, dem du nachgerannt bist? Der Typ, der dein Gesicht berührt hat? Wer war das?«

»Das war JP«, sagte Angie. »Er ist Ranger draußen auf Coatue.«

»›Ranger draußen auf Coatue‹?«, wiederholte Joel. »Muss ich verstehen, was das heißt?«

»Nein«, sagte Angie. »Musst du nicht. Tut mir leid.«

»Verheimlichst du mir was?«, fragte Joel.

»Nein«, beteuerte Angie. Einerseits hätte sie Joel gern alles über JP erzählt: *Er verbringt den Sommer in einer Hütte auf einer einsamen Landzunge, er steht bei Sonnenaufgang auf und geht fliegenfischen am Coskata Pond, er sammelt Venusmuscheln und Jakobsmuscheln, er macht eine irre Fuchsrebenkonfitüre, er meldet Haisichtungen, er rettet Touristen mit Sonnenbrand, deren Jeeps im Sand stecken geblieben sind. Er ist Bogenschütze und bringt mir das Schießen bei.* Aber andererseits wollte Angie JP für sich behalten. »Er ist ein Freund. Ein Freund von mir.«

## *BUCK*

Seine morgendlichen Träume handelten von Pizza. Er war wach genug, um zu wissen, dass er träumte, wach genug, um sich zu erinnern, dass er nicht viel geschlafen, sondern den größten Teil der Nacht Laurel Thorpe geliebt hatte, wach genug, um zu merken, dass Laurel aufstand, und zu denken: *Nein, bitte geh nicht weg,* wach genug, um die Verheißung der Morgensonne zu sehen – ein weiterer wunderschöner Tag, an dem er das Leben leben wird, wie es auf Nantucket üblich ist –, und gleichzeitig schlief er noch und träumte von Pizza.

Er war in New York City geboren und aufgewachsen, deshalb war die einzige richtige Pizza für ihn Pizza mit einem sehr dünnen knusprigen Boden, Tomatensoße und massenhaft zähflüssigem Mozzarella. Für Buck musste der Käse zähflüssig sein; er liebte es, die Fäden um die Spitze des Teigdreiecks zu schlingen, bevor er es in den Mund steckte. Deacon hatte seine Pizza gut durch gemocht, hart und ein bisschen spröde, ein Faible, das Buck nie hatte nachvollziehen können. Wenn sie zusammen Pizza essen gingen – vielleicht zwei- oder dreihundertmal im Laufe von dreißig Jahren –, bestellten sie beide ihre eigene, weil zwei Männer mit so unterschiedlichen Vorlieben sich nie eine hätten teilen können. Buck war Purist, was den Belag anging – ausschließlich Salami. Deacon ließ sich alles

Mögliche servieren – Fleischklößchen, Zwiebeln und Champignons oder Oliven, grüne Paprika, Würstchen. Deacon ließ weiße Pizza als Pizza gelten, Buck dagegen nicht. Deacon aß auch viereckige neapolitanische Pizzastücke und die »Tomaten-Pie«, die Leute aus Philadelphia Pizza nannten, was Buck nicht tat.

In Bucks Traum waren er und Deacon bei Ray's am St. Mark's Place, und vor ihnen stand eine Pizza mit zähflüssigem Käse. Buck schaute zu Deacon auf, der eine Zigarette rauchte, und fragte: »Willst du die wirklich essen?« Und Deacon sagte: »Nein, Mann, ich bin weg.« Er drückte die Zigarette in dem schäbigen schwarzen Plastikaschenbecher aus, stand auf und ging, begleitet von einem Bimmeln, zur Tür hinaus. Buck wollte ihm folgen, schaffte es aber nicht, wie es in Träumen oft vorkommt. Irgendetwas hielt ihn auf seinem Stuhl fest. Er starrte die Pizza einen Moment lang an, dann griff er nach einem Stück, schlang die Mozzarellafäden um die Spitze und steckte es sich in den Mund.

Buck wachte auf, als Laurel eben wieder ins Bett kletterte. Sie hatte ihren Bademantel ausgezogen und war köstlich nackt.

»Ich habe jemanden an der Haustür gehört«, sagte sie. »Es war JP. Er wollte wohl zu Angie.«

Buck schlang seine Arme um Laurel. Im Laufe der Nacht hatte er ein paarmal Anflüge von Schuldgefühl verspürt, weil er mit der Exfrau seines besten Freundes schlief. Er fragte sich, ob der Traum gerade eben ihn hatte beruhigen sollen. Deacon war gegangen; Buck hatte ihm nicht folgen können. Er sollte bleiben und weiterleben, ein so erfülltes und glückliches

Leben führen, wie er konnte. Das hätte Deacon gewollt. Falls Buck sich irrte und Deacon es nicht wollte … na ja. Buck küsste Laurel auf die Schulter.

Laurel wollte noch ein wenig schlafen, also schlich Buck sich allein nach unten, um Kaffee zu machen. Im Rest des Hauses war es still – anscheinend war keiner sehr erpicht darauf, noch einmal eine Szene wie die von gestern Abend zu erleben; deshalb stellte Buck überrascht fest, dass der Kaffee schon gemacht war und Scarlett in einem roten Kimono, auf dessen Rücken ein weißer Storch gestickt war, draußen auf der Terrasse saß. Sie wirkte friedvoll, während sie den Ausblick genoss – der Nebel hob sich eben vom Moor –, und Buck dachte, es sei wohl besser, sie in Ruhe zu lassen.

Doch dann wurde ihm klar, dass dies seine Chance war.

Er trat hinaus. Scarlett drehte sich um, und als sie sah, dass er es war, schenkte sie ihm ein erleichtertes Lächeln.

»Darf ich mich setzen?«, fragte er.

Mit großer Geste deutete sie auf den Platz neben sich.

Buck nahm sich einen Moment Zeit, um seinen Kaffee zu trinken. Er wollte für dieses Gespräch den richtigen Ton treffen – tröstlich, aber nicht gönnerhaft.

»Scarlett«, sagte er, »ich muss ein paar Dinge mit dir besprechen.«

Sie zog die Augenbrauen hoch, sagte jedoch nichts. Buck kam es vor, als würde er mit einer Pantomimin kommunizieren.

»Ich habe Deacons Papiere durchgesehen«, sagte er. »Das Wichtigste ist, dass Deacon dir und Belinda und Laurel in seinem Testament jeweils ein Drittel dieses Hauses hinterlassen hat.«

Scarlett regte sich nicht, antwortete nicht. Beklommenheit stieg in Buck auf. Hatte sie ihn verstanden?

»Verstehst du, was ich dir sage?«, fragte er.

Scarlett nickte.

»Das ist allerdings reine Theorie, denn das Haus wird Anfang nächsten Monats zwangsversteigert.« Er schaute auf seine Uhr. »In elf Tagen. Deacon hatte drei Hypotheken darauf aufgenommen, die er seit Januar alle nicht mehr bedient hat. Ende Dezember hatte ein Investor seine Einlagen zurückgezogen – dein Onkel übrigens –, und Deacon hat sie mit einer Million Dollar von seinem Brokerkonto ersetzt. Das Haus ist mit vierhunderttausend Dollar belastet, und die gibt der Nachlass einfach nicht her. Der besteht eigentlich nur aus einem sechstel Anteil am Board Room. Und es existiert die Police für eine Lebensversicherung über zweihundertfünfzigtausend Dollar, in der du und Ellery als Nutznießer genannt sind. Diese Viertelmillion gehört dir. Damit solltest du dich über Wasser halten können, bis sich etwas anderes ergibt.« Buck hielt inne und holte tief Luft. Er hatte es geschafft. Er hatte es ihr gesagt. Plötzlich wurde er munterer. »Ich habe gesehen, dass er Skinny4Life einen Scheck ausgestellt hat. Ist das eine Investition, die sich vielleicht noch auszahlt?«

»Nein«, sagte Scarlett. »Die Firma ist pleite. Mir ist davon nur einer der großen Koffer geblieben, die ich mitgebracht habe, voller Dosen.«

Buck schloss die Augen. Die letzte Hoffnung platzte wie eine Seifenblase.

Scarlett wandte sich auf ihrem Stuhl zu ihm um und zog sich ihren Kimono um die Beine. Sie war barfuß, und ihre Zehennägel waren hochrot lackiert. Rot war ihre Erkennungsfarbe – das verstand Buck, aber es nervte ihn auch. »Ich hab ihm das alles eingebrockt, Buck.«

»Er hat an dich geglaubt«, sagte Buck. »Er wollte dir zu einer Karriere verhelfen, die dich glücklich macht.«

»Das meine ich nicht«, sagte Scarlett. »Ich meine, wie alles anfing.«

Buck wartete. Er war sich nicht sicher, von welchem Anfang sie sprach.

»Wir waren schon eine Zeitlang verlobt«, sagte Scarlett. »Aber als es dann mit dem Restaurant losging, als er die Investoren zusammenhatte, merkte ich, dass er mir entglitt. Er wollte die Verlobung lösen, das spürte ich. Und ich liebte ihn so sehr. Ich hatte ihn so lange gewollte. Die ganze Zeit über, in der ich für ihn und Belinda arbeitete, war ich total verknallt in ihn. Er war so talentiert, so witzig, so … respektlos. Und so sexy mit seinen Tattoos und dem finsteren Blick einerseits und als liebevoller Daddy andererseits. Ich sah, wie er mich anschaute, und fragte mich, ob es möglich wäre, ihn Belinda wegzunehmen. *Belinda Rowe,* die ich als Teenager *vergöttert* hatte. Du kannst dir nicht vorstellen, wie aufregend es war, mir auszumalen, dass ich haben konnte, was sie hatte, dass ich gewissermaßen sie werden konnte. Ich musste ihn behalten. Und deshalb … habe ich mein Diaphragma weggeworfen und wurde absichtlich versehentlich schwanger.«

»Oh«, sagte Buck.

»Und er blieb.«

»Natürlich ist er geblieben«, sagte Buck. »Er liebte dich.«

»Wirklich?«

»Ja«, sagte Buck.

»Er hat mir von dem Mädchen in dem Striptease-Club erzählt und mir versprochen, dass er mit dem Trinken und den Drogen Schluss machen würde, und ich habe ihm gesagt, dass ich ihm nicht glaube, dass das zu wenig sei und zu spät komme und dass er mich verloren habe und es seine eigene Schuld sei. Ich wusste, er war sauer, weil Onkel Cal seine Investition zurückgezogen hatte, und ich wusste, er dachte, der Grund sei, dass Bo Tanner und ich eine Affäre hatten und mein Onkel Bescheid wusste und sein Geld nicht länger Deacon überlassen wollte. Aber mir war nicht klar, dass Deacon Onkel Cals Geld durch sein eigenes ersetzt hatte. Er hat mir erzählt, er hätte einen anderen Investor gefunden, jemanden, der seine Vision teilte.«

»Und, hattest du?«, fragte Buck. »Eine Affäre mit Bo Tanner? Hast du sie *noch*?«

Scarlett zuckte die Achseln, und der Kimono verrutschte so, dass ihre Schulter sichtbar wurde. Sollte das eine Antwort sein oder ein Ablenkungsmanöver?

»Im Rückblick ist es so offensichtlich!«, sagte sie. »Deacon war plötzlich ganz versessen darauf, ein Kochbuch zu schreiben, aber das lief nicht gut. Man hätte meinen können, dass er unter wahnsinnigem Zeitdruck stand. Er raufte sich ständig die Haare, schlief schlecht und erzählte immer wieder dieselbe Geschichte, wie er auf der Highschool in Englisch fast durchgefallen wäre, irgendwie aber doch bestanden, sich irgendwie durchgemogelt hatte. Und dann trat diese Frau in meinem Fitness-Studio mit dem Skinny4Life-Projekt an mich heran, und ich dachte: *Da macht Deacon niemals mit.* Aber als ich ihn darauf ansprach, war er Feuer und Flamme. Im Januar investierte er hunderttausend, weil er glaubte, bis Ende Juni hätte sich das verdoppelt oder verdreifacht. Aber die Sache ging schief. Wie alles andere, was ich ausprobiert habe.«

»Scarlett …«, sagte Buck.

»Ich habe ihn ausbluten lassen«, sagte Scarlett. »Ich habe ihn mies behandelt. Ich hatte *tatsächlich* eine Affäre mit Bo Tanner, und ich bin ziemlich sicher, dass Deacon Bescheid wusste, und dass das *tatsächlich* zum Rückzug meines Onkels beitrug. Eigentlich ist also alles meine Schuld.«

»Du wusstest nicht, dass er sterben würde«, sagte Buck. »Das wusste keiner von uns. Glaubst du, es gibt nichts, was ich dann anders gemacht hätte?«

»Du musstest nichts anders machen«, sagte Scarlett. »Er liebte dich. Ihr beide wart Oscar und Felix.«

Buck lächelte. »Ich hätte besser auf ihn aufgepasst. Ich hätte besser für ihn verhandelt. Ich hätte ihn zum Merchandising gedrängt. Meine Güte, es gibt so vieles, was ich anders gemacht hätte. Ich hätte dafür gesorgt, dass er aufhört zu rauchen.«

»Zumindest wusste er, dass du ihn liebst«, sagte Scarlett. »Das kann ich für mich nicht sagen.«

»Komm schon, Scarlett …«

»Buck«, sagte sie und schaute in die Ferne. »Ich wäre hier draußen gern noch eine Minute allein.«

»Er wusste, dass du ihn liebst, Scarlett.«

»Bitte«, sagte sie.

Buck trat durch die Tür und wäre fast mit Joel Tersigni zusammengestoßen, der in der Küche stand und eine Flasche Gatorade herunterkippte.

*Joel Tersigni?*

Buck öffnete den Mund, um zu sprechen, doch Joel streckte als Erster die Hand aus und sagte: »Buck, Mann, wie geht's? Das Wochenende war bestimmt nicht einfach.«

Buck schüttelte Joel die Hand und sah, wie Angie sich mit schüchterner Miene näherte. Dann fiel ihm ein, dass sie ja mit diesem Widerling liiert war. Wenn Joels Ehefrau davon erfuhr, würde es Morddrohungen geben. Denn ein Unglück kam selten allein! Deacon hätte es gar nicht gefallen, dass Angie sich mit Joel eingelassen hatte. Nein, kein bisschen.

»Schön, dich zu sehen«, sagte Buck zu Joel. Das war gelogen. Buck konnte kaum glauben, dass Angie ihn hierher eingeladen hatte.

»Guten Morgen«, trällerte Belinda, die in einem Etuikleid mit Leopardenmuster die Treppe herunterkam und aussah, als wolle sie auf dem Rodeo Drive shoppen gehen. Sie beäugte Joel Tersigni. »Wer ist *das* denn?«

»Mom«, sagte Angie, »das ist Joel. Joel, meine Mutter, Belinda Rowe.«

Joel ergriff Belindas Hand so ehrerbietig, als sei sie die Königinmutter. »Sehr erfreut, Sie kennen zu lernen, Ma'am.«

»Ma'am?«, gab Belinda zurück. »Ich bin kaum älter als Sie.«

»Er ist erst vierzig, Mom«, sagte Angie.

»*Erst* vierzig?«, sagte Belinda. »Fünfzehn Jahre älter als du.«

»Vierzehn«, korrigierte Angie.

»Sie war schon immer eine Haarspalterin«, sagte Belinda zu Joel.

Laurel trat in die Küche, gefolgt von Hayes.

»Wer möchte Avocado-Toast?«, fragte sie.

»Ich nehme welchen«, sagte Hayes. »Ich habe einen Mordshunger.« Er warf Belinda einen Blick zu. »Ich hatte eine harte Nacht.«

Scarlett kam von der Terrasse herein.

»Möchtest du Avocado-Toast, Scarlett?«, fragte Laurel. »Der ist vegan.«

»Nein, danke«, entgegnete Scarlett. »Ich hab mein Frühstück oben.«

Und damit entfleuchte sie aus der Küche, und ihr Kimono flatterte hinter ihr her wie eine rote Fahne.

# LAUREL

Sie würde sich nicht fortreißen lassen.

Aber es war schwierig.

Ob sie es sich nun eingestanden hatte oder nicht, sie war einsam, wahrscheinlich, weil ihre Ansprüche so hoch waren – und die St. Ann's Avenue in der Bronx sich nicht eben dafür eignete, passende Männer kennen zu lernen. John Buckley aber genügte ihren Ansprüchen, jedem einzelnen, und das Beste war, dass er sie schon kannte. Vermutlich würde es eine Phase der Entdeckungen geben – was sie mochte, was er mochte, und wo sich ihre Vorlieben überschnitten –, doch sie hatten dreißig Jahre der Freundschaft, auf denen sie aufbauen konnten. Was für eine Erleichterung! Laurel war vierundfünfzig, und das, was sie am meisten am Eingehen einer neuen Beziehung in ihrem Alter schreckte, waren all die Erklärungen, die sie einem unbekannten Verehrer hätte abgeben müssen.

Trotzdem würde sie sich nicht fortreißen lassen. Wenn die Ehe mit Deacon Thorpe sie eines gelehrt hatte, dann, dass die Menschen, die man am meisten liebte, einen am schlimmsten verletzten, wie unschuldig ihre Absichten zu Beginn auch gewesen sein mochten. Laurel wollte sich nicht zu heftig oder zu schnell verlieben. Sicher, Buck hatte sie letzte Nacht acht Stunden lang geliebt – ihre Augenlider geküsst, ihr Hüftbein gestreichelt und ihr das Laken über die Schulter gezogen, als sie endlich schlafen gingen –, aber das hieß nicht, dass sie ihm vertrauen konnte. Der einzige Mensch, dem sie vertrauen konnte, war sie selbst.

Als Buck nach unten gegangen war, um Kaffee zu machen, versuchte Laurel, noch einmal einzuschlafen, doch sie war zu aufgedreht, deshalb nahm sie ihren Roman zur Hand, *Euphoria* – »Euphorie« hatte jetzt eine ganz neue Bedeutung –, aber sie konnte sich nicht konzentrieren und schaffte kaum ein Kapitel. Sie beschloss, das sehr zerwühlte Bett zu machen und dann nach unten zu gehen, um ihre Rolle als Herbergsmutter einzunehmen.

Überrascht stellte sie fest, dass fast alle im Haus schon wach waren. Hayes folgte ihr die Treppe hinunter, und in der Küche fanden sie Belinda, Buck, Angie und einen Mann vor, den Laurel sofort als groß, dunkelhaarig und attraktiv klassifizierte und der ihr als Joel Tersigni vorgestellt wurde, Speiseraummanager im Board Room. Dies war also Angies Freund, ein verheirateter Mann.

Laurel griff über die Theke und sagte: »Ich bin Laurel Thorpe. Ehefrau Nummer eins.«

»Tut mir leid, dass ich mich so aufdränge«, sagte Joel.

»Das muss Ihnen nicht leidtun«, sagte Laurel, aber ihr Lächeln fühlte sich gezwungen an. Sie musste zugeben, dass es ihr allein mit der Familie lieber gewesen war. Doch jetzt, im Beisein eines Außenstehenden, würden alle vielleicht etwas mehr darauf achten, was sie sagten.

Es klopfte an der Haustür. Laurel ging den Flur entlang und sah einen hübschen jungen Mann in einer braunen Uniform auf der Veranda. UPS. Er hielt ein Paket, ungefähr so groß wie ein Brotkasten, in der Hand.

»Eine Sendung für Laurel Thorpe?«, sagte er.

»Das bin ich«, sagte sie und fragte sich, was um alles auf der Welt das sein konnte. Der Gedanke an die St. Ann's Avenue und die Mietschulden ihrer Klienten ließ sie befürchten, dass ihre Assistentin Sophie ihr einen Stapel Akten geschickt hatte. Sie nahm das Paket entgegen, unterschrieb die elektronische Quittung, und dann dämmerte es ihr: Dies war die Asche. Dieses Päckchen, überreicht wie ein Versandhauspullover, enthielt das, was von Deacon übrig war.

Natürlich wählte Scarlett genau diesen Moment, um mit einer lila Dose Skinny4Life in der Hand die Treppe herunterzukommen. Sie trug jetzt weiße Shorts und ein knappes rotes Oberteil, das zeigte, wie schrecklich dünn sie war. Mit ihren kurzen Haaren sah sie aus wie ein halbwüchsiger Junge.

»Was ist das?«, fragte sie.

Während Laurel noch überlegte, was sie sagen sollte, kam Scarlett selbst darauf.

»Darf ich?«, sagte sie.

Laurel reichte ihr das Paket und dachte: *Sei vorsichtig damit!* Scarlett war seit ihrer Ankunft so unausgeglichen, dass Laurel sich gut vorstellen konnte, wie sie die Asche in die Toilette kippte.

Aber Scarlett stellte ihre Dose auf den Endpfosten des Geländers und nahm das Päckchen in die Arme wie einen neugeborenen Säugling – und dann küsste sie es und hinterließ dabei rote Mundabdrücke. Sie gab Laurel das Paket zurück und machte sich auf in die Küche.

*Sie hat ihn geliebt*, dachte Laurel.

Sie starrte das Päckchen an. Dass Scarlett es ihr zurückgegeben hatte, kam ihr vor wie eine symbolische Geste. Anscheinend würde Laurel am Ende Deacons Hüterin sein.

Joel Tersigni kam in Boardshorts die Treppe herunter.

»Gehen Sie schwimmen?«, fragte Laurel.

»Gleich«, sagte Joel. »Aber erst möchte ich mit Scarlett reden. Ihr mein Beileid aussprechen.«

»Natürlich«, sagte Laurel. Sie fand Joel recht freundlich, ein bisschen routiniert vielleicht, ein bisschen unaufrichtig, ein kleiner Heuchler, doch vielleicht suchte sie auch nach Fehlern. Es war Joels Job, gewandt und beflissen zu sein. Laurel verstand, dass Angie sich in ihn verliebt hatte; er wirkte wie ein professioneller Herzensbrecher.

*Alle Männer gehen fremd. So sind sie eben.*

Laurel ergriff die Gelegenheit, um nach oben zu gehen und nach Angie und Hayes zu schauen. Angie war in ihrem Zimmer und räumte auf, und Hayes saß auf der Kante seines Betts und starrte auf seine Hände.

»Kommt mit in mein Zimmer«, sagte Laurel. »Alle beide.«

Gehorsam folgten sie Laurel in ihr Zimmer, wo sie die Tür schloss. Sie hielt ihnen das Päckchen hin. »Die Asche ist gekommen.«

»Oh«, sagte Hayes und wich zurück, als hätte sie einen Käfig mit Klapperschlangen in der Hand. »Wow.«

Mit einem Stift von ihrem Nachttisch schlitzte Laurel den Karton auf. Eingewickelt in mehrere Schichten Luftpolsterfolie lag eine Plastikurne vor ihr, etwa so groß wie eine Ananas.

*Plastik?*, dachte Laurel. Als sie das Wort »Urne« gehört hatte, hatte sie angenommen, sie wäre aus Keramik oder vielleicht, weil Deacon Koch gewesen war, aus Gusseisen. Sie lächelte bei der Vorstellung, dass Deacons Asche in einer Le-Creuset-Urne aufbewahrt war; das wäre passend gewesen.

Angie nahm die Urne, öffnete sie, spähte hinein. »Kann das wirklich wahr sein?«, sagte sie. Es klang wie eine aufrichtige Frage. »Immer, wenn ich glaube, dass ich es richtig begriffen habe, versetzt es mir einen Schlag, wie beim ersten Mal. Er ist tot.« Angie schüttelte die Urne. »Das hier ist er.«

Laurel erinnerte sich daran, wie sie Deacon zum allerersten Mal gesehen hatte. Er hatte immer geglaubt, das sei beim Mittagessen in der Cafeteria gewesen, aber in Wahrheit hatte Laurel ihn schon morgens beim Aussteigen aus dem Schulbus entdeckt. In Laurels Klasse hatte sich herumgesprochen, dass ein neuer Mitschüler aus New York City eintreffen würde, und Laurel hatte sich jemand Interessanten erhofft. Als sie Deacon sah, brach ihr ein wenig das Herz. Schon damals hatte sie eine Schwäche für Außenseiter gehabt. Beim Lunch hatte sie nach ihm Ausschau gehalten, da sie angenommen hatte, dass er allein essen würde.

Sie hatte ihn unbedingt retten wollen.

## *ANGIE*

Du hast versprochen, mit mir baden zu gehen«, sagte Ellery. Sie stand in einem rosa Lamébikini in der Tür von Angies Zimmer, wo Angie gerade anfing aufzuräumen, damit sie endlich packen konnte. Gleichzeitig versuchte sie, einen klaren Kopf zu bekommen. Die Asche hatte sie ganz durcheinandergebracht.

»Tue ich ja«, sagte sie.

»Ich will *jetzt* los.«

»Ich sage es nur ungern«, sagte Angie, »aber das klingt quengelig. Dabei wissen wir beide, dass du nicht quengelst. Wer ist der einzige Quengler in der Familie?«

»Hayes«, sagte Ellery.

Angie lächelte sie an und streckte die Arme aus. »Komm her.«

Ellery umschlang Angie, und Angie atmete den süßen Duft ihrer Haare ein, die sich aus den Zöpfen lösten.

Anfänglich hatte Angie Ellerys Anwesenheit auf der Welt missfallen, ebenso wie die von Mary und Laura. Sie hatte nicht verstanden, wieso ihre Eltern noch weitere Kinder haben mussten. Reichte Angie ihnen denn nicht? Zu Mary und Laura hatte Angie praktisch gar keine Beziehung; zum letzten Mal hatte sie sie vor anderthalb Jahren zu Thanksgiving gesehen, und ihr vorherrschendes Gefühl war Verwirrung gewesen. Beide Mädchen sahen genauso aus wie Bob und waren wortkarg und pferdenärrisch wie Bob; es war, als hätte Belinda gar keine Gene beigesteuert. Weil jedoch Ellery in New York lebte und Deacon Angie ermuntert hatte, Zeit mit ihrer Schwester zu verbringen, hatten sie und Ellery inzwischen eine enge Beziehung. Allerdings war sie siebzehn Jahre älter, sodass sie sich manchmal eher wie Ellerys Mutter oder Tante fühlte als wie ihre Schwester.

Angie hatte erwartet, dass Ellery wegen Deacons Tod viel mehr weinen und Theater machen würde, als sie es tat, doch dann war ihr klargeworden, dass Neunjährige zu jung sind, um das Konzept eines »Für immer weg« zu verstehen. Ellery und Scarlett hatten sich fast zwei Monate in Savannah aufgehalten; wahrscheinlich glaubte Ellery in einem Winkel ihres Gehirns, dass Deacon, wenn sie irgendwann nach New York und in das Apartment in der Hudson Street zurückkehrte, dort sein würde.

»Gehen wir Joel holen«, sagte Angie. »Der will sicher auch schwimmen.«

»Ich wusste nicht, dass Joel herkommen würde«, sagte Ellery.

»Nein, ich auch nicht«, sagte Angie.

Als Angie und Ellery auf die Terrasse traten, fanden sie Joel hinter Scarletts Stuhl stehend vor, wo er ihr den Rücken massierte. Scarlett rekelte sich und stöhnte genüsslich: »O Gott, nicht aufhören. Das fühlt sich *so gut* an.«

Angie wurde überschwemmt von einer Woge ekelhafter,

hässlicher Eifersucht, wie sie sie noch nie verspürt hatte, nicht einmal, wenn sie an Joel mit Dory dachte.

»Du hast magische Hände«, sagte Scarlett. »Ich hab gar nicht gemerkt, wie verspannt ich war.«

»Du hast eine Menge durchgemacht«, sagte Joel und fuhr fort, ihre Schultern und Oberarme zu kneten. »Überall Knoten.« Er atmete tief ein. »Hast du zufällig Chanel aufgetragen? Das ist mein Lieblingsduft bei Frauen.«

»Wir wollen jetzt baden gehen!«, sagte Angie.

Scarlett riss die Augen auf. »Baby, du siehst zum Anbeißen aus in diesem Bikini. Ehrlich, ich könnte dich vernaschen!«

Angie verdrehte die Augen. Scarlett behauptete ständig, dass Ellery *zum Anbeißen* aussähe, als wäre Ellery ein Plätzchen oder ein Muffin, was mit ihrer tief verwurzelten Angst vor Essen zu tun haben musste und mit der unterdrückten Lust darauf – das hatten Angie und Deacon jedenfalls bei einem ihrer diensttäglichen Abendessen gemutmaßt.

»*Unfassbar*, dass Joel hier ist, oder?«, sagte Scarlett. Die Jahre in New York hatten ihren Südstaatenakzent abgeschliffen, aber wenn sie etwas wollte, setzte sie ihn wieder ein, intensiv und melodisch wie ihre Namensschwester in *Vom Winde verweht*. Aus »hier« wurde »hiah«. Angie sah, wie Joels Gesicht einen debilen Ausdruck annahm.

*Nein, ganz und gar nicht*, hätte sie fast gesagt. *Joel ist mein Freund*. Aber sie war nicht selbstbewusst genug, um das zu verkünden. Sie war sich nicht einmal sicher, ob es stimmte. Sie hatte Joel nie als ihren Freund bezeichnen dürfen. Und jetzt, da er Dory los war, konnte er jeder beliebigen Frau nachstellen, dämmerte es Angie. Angie war ihm vielleicht recht gewesen, als er noch gebunden war, aber wenn er nun eine andere Frau begehrenswerter fand? Wenn er nur den rechten Augenblick abwartete, um sich Scarlett Oliver zuzuwenden, Deacon Thorpes frischgebackener Witwe? Scarlett hatte offenbar keine Ahnung, wieso Joel aufgetaucht war. Womöglich glaubte sie, er sei nur gekommen, um sie zu trösten.

»Gehen wir nun schwimmen oder nicht?«, fragte Angie. Ihr Ton war barscher, als sie beabsichtig hatte. Wenn es eine Quenglerin in der Familie gab, dann war sie es jetzt. Doch so langsam sollte sich Joel wirklich zu ihr bekennen. Wenn er nach Nantucket gekommen war, weil er sie liebte, dann wollte sie, dass er das sagte. War er aber gekommen, weil er nicht wusste, wo er sonst hinsollte, konnte er sich gleich wieder verziehen. Sie dachte das voller Bitterkeit, wie das toughe Mädchen, für das sie jeder hielt, doch in Wahrheit war sie für diese Situation überhaupt nicht gewappnet.

»Ich bleibe hier bei Scarlett«, sagte Joel.

Angie blinzelte und dachte, sie habe sich verhört.

»Vielen Dank«, sagte Scarlett. »Ich kann wirklich einen Freund gebrauchen.«

»Du kommst also nicht mit?«, fragte Angie.

Joel lächelte sie geduldig an, als wäre sie eine begriffsstutzige Schülerin. »Ich bleibe hier bei Scarlett.«

»Aber du bist doch auf Nantucket, weil du bei mir sein wolltest, oder?«, sagte Angie. »Weil wir seit einem halben Jahr ein Liebespaar sind.«

»Angie«, sagte Joel und deutete mit einem Nicken auf Ellery, und Angie empfand sofort tiefe Scham. Die Kleine hatte ihren Vater verloren und musste nicht zusätzlich mit Informationen über das Sexleben ihrer Schwester belastet werden. Joel strich Scarlett mit den Händen über den Rücken, und sie stöhnte auf; sie war so hingerissen davon, wie er sie berührte, dass sie Angies Worte nicht verstanden zu haben schien.

»Können *wir* dann gehen?«, fragte Ellery und zog an Angies Arm. »Du und ich?«

»Danke, dass du Ellery mitnimmst«, sagte Scarlett mit geschlossenen Augen, während ihr Kopf nach vorn kippte. »Ich weiß das wirklich zu schätzen.«

»Da bin ich mir sicher«, sagte Angie mit so viel Gehässigkeit, wie sie aufbringen konnte. »Viel Spaß bei der Rückenmassage.« Sie drehte sich um und hätte Ellery fast vom Boden hochgerissen, so schnell versuchte sie wegzukommen.

»Siehst du?«, hörte sie Scarlett sagen. »Alle hassen mich. Ich glaube, sogar Angie.«

Als sie die Einfahrt hinuntergingen, fragte Ellery: »Warum weinst du?«

Angie wischte sich die Tränen ab. Sie *hasste* Joel Tersigni! Hasste ihn!

»Daddy ist tot«, sagte sie. Sie blieb stehen und hockte sich hin, damit sie auf Augenhöhe mit Ellery war. Ellery hatte grüne Augen wie Scarlett, hübsch und klar, mit dunklen Ringen um die Iris. Ihre Nase war mit Sommersprossen bestäubt. Sie war ein hübsches Mädchen – nicht schön, aber niedlich und hübsch, und Angie freute sich darüber. »Das verstehst du doch, oder? Daddy ist tot, und er kommt nicht zurück.«

Ellery nickte feierlich, und ihre Augen füllten sich mit Tränen. Angie kam sich vor wie ein Monster. Wer sprach denn so mit einer Neunjährigen? Ihr, Angie, ging es schlecht, und sie wollte, dass es auch Ellery schlecht ging. Sie nahm Ellery in die Arme. »Es tut mir leid«, sagte sie. »Tut mir leid, Baby.«

Ellery tätschelte Angie den Rücken, als sei sie diejenige, die Trost brauchte. »Ist schon gut, Buddy«, sagte sie. »Du kannst nichts dafür.«

## *Intermezzo*

*Deacon und Scarlett, Teil II*

Scarlett hat eine Affäre, und Deacon kann es ihr nicht verübeln. Bis auf Ellery haben sie nichts gemeinsam. Deacon arbeitet ständig, und wenn er nicht die Küche leitet, entwickelt er Rezepte für sein Kochbuch. Dienstags, wenn das Restaurant geschlossen ist, isst er mit Angie zu Abend, weil Scarlett abends nie etwas isst. In letzter Zeit hat Scarlett sich für diese Abende einen Sitter besorgt und ist »mit den Mädels ausgegangen«. Doch irgendwann stellt Deacon fest, dass sie nicht mit den Mädels ausgeht, sondern mit Bo Tanner. Mit Bo, ihrem alten Beau.

Wie Deacon das entdeckt, ist ein Klassiker. Er sucht eine Pinzette, weil er sich ein Stück Gurkenschale unter den Daumennagel gerammt hat, und sein Daumen ist ganz heiß geworden und fängt an zu pochen. Für gewöhnlich hat Scarlett eine Pinzette in ihrer Nachttischschublade. Aber in ihrer Nachttischschublade liegt ein Stapel Zettel, Briefe und Karten von Bo Tanner, die letzte von vor drei Tagen.

Deacon seufzt tief und schaut an die Decke. Irgendwie freut er sich, dass er nicht auf E-Mails oder Textnachrichten gestoßen ist. Briefe erscheinen ihm altmodisch; sie erscheinen ihm südstaatengemäß und vornehm. Sie erscheinen ihm aufrichtig, und obwohl er sich nicht hinsetzt und sie durchliest, verraten ihm die flüchtigen Blicke, die er auf sie wirft, die ganze Geschichte. Bo liebt Scarlett, er hat sie immer geliebt; er hätte Anne Carter nie heiraten dürfen. Der einzige Grund dafür war der, dass Scarlett in den Norden gezogen ist und Anne nicht.

Er legt die Briefe zurück. Eine Pinzette findet er im Bad.

Sechs Wochen später bricht Scarlett beim geringsten Anlass in Tränen aus, und als Deacon sich erkundigt, was los sei, sagt sie, sie habe ihre Periode und fast drei Pfund zugenommen. Deacon vermutet, dass Bo Schluss gemacht hat, fragt jedoch nicht nach.

Es ist der 21. Dezember, einen Tag nach der Weihnachtsfeier des Restaurants, und Scarletts Onkel, der Ehrenwerte Richter Calhoun Oliver, kommt mit seiner Ehefrau Abigail und Scarlett zum Abendessen in den Board Room. Richter Oliver ist einer der sechs Investoren, hat aber noch nie hier gegessen – hauptsächlich, weil er die Mason-Dixon-Linie nicht gern überquert. Doch Abigail wünscht sich seit langem, New York in der Adventszeit zu sehen – die Rockettes, die Schaufenster von Bergdorf's –, und weil der Richter ja auch nicht jünger wird, haben sie beschlossen, die Reise anzutreten.

Deacon spürt schon vor dem Eintreffen des Richters, dass Unheil in der Luft liegt. Zunächst einmal ist sein gesamtes Personal verkatert, müde, schlecht gelaunt, reizbar und generell leicht neben der Spur. Lily, für Deacon normalerweise die »Beste Kellnerin Aller Fünf Stadtbezirke«, hat letzte Nacht bis um fünf Uhr morgens auf dem Tresen getanzt, und sie döst ein, als Deacon allen die Tagesgerichte erklärt, verschläft das ganze Personalessen. Joel Tersigni hat dunkle Ringe unter den Augen, und Deacon erwägt, ihn und Lily nach Hause zu schicken, aber für Veränderungen in letzter Minute ist keine Zeit.

*Das war's,* denkt er. Es wird keine Weihnachtsfeiern mehr geben.

Als der Richter eintrifft, kommt Joel in die Küche gestürzt. Die Südstaatler haben einen zusätzlichen Gast mitgebacht, und Joel steckt in der Klemme. Er kann die vier entweder an einen für drei bestimmten Tisch quetschen oder sie an einem vierer in Sibirien platzieren, wo sie jedes Mal, wenn die Tür zur Straße aufgeht, einem Schwall eisiger Luft ausgesetzt wären.

»Sonst gibt es keinen Tisch?«, fragt Deacon.

»Nein, nirgends«, sagt Joel.

»Dann eben Sibirien«, sagt Deacon. Bei neun Gängen und den dazugehörigen Weinen passen sie nie an den Dreier-Tisch. »Gib ihnen jeweils zwei Kaschmirschals. Wer ist der zusätzliche Gast?«

Joel zuckt die Achseln. »Irgendein Typ.«

Deacon kommt heraus, um die Gäste zu begrüßen, kurz nachdem ihnen ihr erstes Amuse-Gueule serviert wurde: eine einfache Jakobsmuschel, pochiert in Limettensaft und bestreut mit Meersalz. Die Muschel des Richters liegt unberührt da, ebenso wie Scarletts. Das fällt Deacon auf, bevor er den vierten Gast begutachtet. »Irgendein Typ« ist ein hochgewachsener Mann mit sandfarbenen Haaren in marineblauem Blazer und mit einer altmodischen blau-rot gestreiften Ripskrawatte.

»Herzlich willkommen!«, sagt Deacon.

Der Richter erhebt sich. »Chef Thorpe«, sagt er. »Meine Frau Abigail kennen Sie ja. Und ich möchte Ihnen meinen Rechtsanwalt Robert Tanner vorstellen.«

Rechtsanwalt Robert Tanner steht auf. Er und Deacon schütteln sich die Hände. »Nennen Sie mich Bo«, sagt er.

Deacon wendet sich Scarlett zu. Ihr Kopf ist über die ungegessene Muschel gebeugt, als spräche sie ein Gebet.

Deacon geht zurück in die Küche und schließt sich in seinem Büro ein. Er kann gar nicht glauben, welche Wut ihn verzehrt. Er wusste Bescheid über Bo Tanner und traf die erwachsene Entscheidung, die Affäre zu ignorieren und ihren Lauf nehmen zu lassen. Bo Tanner ist verheiratet; er trägt einen Ehering. Scarlett ist auch verheiratet. Sie hat sich als sehr unbeständig erwiesen. Sie hält nichts länger als ein paar Monate durch; sobald ein Projekt oder Geschäft den Reiz des Neuen verloren hat, geht sie zum nächsten über. Deshalb ist anzunehmen, dass sie irgendwann auch an Bo das Interesse verliert.

Nur dass sie … ihn schon seit der Highschoolzeit liebt. Vielleicht sogar länger; das weiß Deacon nicht mehr. Diese Liebe ist eine, die sie bis in alle Ewigkeit verfolgen wird. Deacon sollte sie einfach gehen lassen. Er erwägt, ihr gleich jetzt eine SMS zu schicken: *Ich will die Scheidung*. Es schmerzt ihn, sich die Erleichterung und Freude vorzustellen, die ihr eine solche Nachricht bereiten würde. Ihn schmerzt der Gedanke, dass auch seine dritte Ehe gescheitert ist.

Es hat brenzlige Situationen in Deacons Leben gegeben, in denen er seinen Vater gebraucht hätte: als Hayes geboren wurde, als er davorstand, Laurel zu verlassen, als er sich bei Letterman so unerhört danebenbenommen hat … und genau jetzt. Deacon hat zehntausendmal mit dem Gedanken gespielt, einen Privatdetektiv auf Jack Thorpe anzusetzen. Er wird es morgen tun, beschließt er. Es ist ihm egal, wie viel es kostet. Er will wissen, was aus seinem Vater geworden ist.

Fürs Erste holt Deacon eine Flasche Jameson aus seiner untersten Schreibtischschublade und gießt sich einen Whiskey ein. Er fasst es nicht, dass Scarlett ihren Liebhaber in *sein Restaurant* mitgenommen hat! Das ist jenseits von Gut und Böse. Es sprengt die Grenzen allen menschlichen Anstands. Es kümmert Deacon nicht, ob der Richter darauf bestanden hat. Scarlett hätte das irgendwie verhindern müssen.

Als Harv anklopft, reagiert Deacon nicht.

Als Angie anklopft, reagiert er auch nicht.

Lily klopft an und sagt dann: »Der Tisch des Richters wollte den Gang mit dem sexy gegrillten Tintenfisch nicht, Chef. Er fand den Namen anstößig.«

Deacon gießt sich noch ein Glas ein.

Als Deacon in den Speiseraum zurückkehrt, ist er betrunken. Die Gäste sind mitten im Gang sechs, beim Lachs, und Scarletts Portion liegt ungegessen auf ihrem Teller. In Deacon steigt Wut auf.

Wie sieht es aus, wenn selbst die Ehefrau des Küchenchefs ihr Essen stehen lässt? Dann fällt ihm ein, dass Scarlett gerade eine Saftkur macht. Er hat sie heute Morgen gebeten, die Kur um seinetwillen zu unterbrechen. Wer fängt, wenn er bei klarem Verstand ist, vier Tage vor Weihnachten mit einer Saftkur an?

Er schaut in die Runde. Der Richter hat sein Essen kaum angerührt. Nur Abigail und Bo Tanner scheint es zu schmecken.

»Alles in Ordnung?«, fragt Deacon.

Der Richter räuspert sich und will etwas sagen, doch Deacon hat keine Lust, es sich anzuhören. Der Richter ist ein weitschweifiger, aufgeblasener Esel, der nichts von dem zu schätzen weiß, was Deacon auf den Teller zu zaubern versucht.

Deacon stellt sich seitlich hinter Bo Tanner und flüstert ihm ins Ohr: »Halten Sie sich zum Teufel noch mal von meiner Frau fern.«

»Deacon«, zischt Scarlett. »Du bist unhöflich.«

Deacon richtet sich auf. »Guten Appetit«, sagt er. Dann marschiert er zurück in die Küche und kommt dabei an Angie und Joel Tersigni vorbei, die vor dem begehbaren Kühlschrank zu nahe beieinanderstehen.

»Zurück an die Arbeit!«, ruft er ihnen zu. Er geht in sein Büro und schließt die Tür ab.

*Joel und Angie?*, denkt er. *Nur über meine Leiche.*

Er schenkt sich noch ein Glas ein.

Am nächsten Tag ruft der Richter Deacon an und fordert seine Investition von einer Million Dollar zurück. Deacon ist verkatert und zerknirscht. Er entschuldigt sich für sein Verhalten. »Lassen Sie es mich heute wiedergutmachen, Euer Ehren. Ich verspreche Ihnen die Mahlzeit Ihres Lebens.« Jedes Restaurant habe mal einen schlechten Tag, sagt er. Der Richter müsse verstehen, dass die Adventstage immer eine schwierige Zeit seien.

Der Richter versteht es nicht. Deacon soll ihm sein Geld zurückgeben, wie es die Klausel im Investitionsvertrag bestimmt.

Der Richter war vor neun Jahren der letzte Investor gewesen, den Deacon gebraucht hatte, um mit den Bauarbeiten zu beginnen, und in seinem Eifer hatte er ihm eine legale Reißleine gewährt, eine Befreiung-aus-dem-Gefängnis-Karte, die der Richter jetzt spielen will – sonst wird Deacon von Bo Tanner hören, seinem Rechtsbeistand.

»Ja, Sir«, sagt Deacon.

Deacon verbringt die Woche zwischen Weihnachten und Neujahr damit, jeden Stammgast anzurufen, den er kennt, in der Hoffnung, dass einer von ihnen bereit ist, in den Board Room zu investieren. Aber diese Typen sind nicht dumm; sie wissen, was es kostet, ein Restaurant zu führen, und dass sich ihre Investition wahrscheinlich niemals auszahlen wird.

Deacon muss jemanden auftreiben, dem das Restaurant um seiner selbst willen wichtig ist. Der Einzige, der ihm einfällt, ist er selbst. Er überweist eine Million Dollar von seinem Privatkonto auf das Konto des Board Room. Mit den Folgen wird er sich später befassen.

Er heuert einen Privatermittler namens Lyle Phelan an, ehemals Mitarbeiter der New Yorker Polizei. Lyle Phelan verlangt einen Pauschalbetrag von dreißigtausend Dollar für das Aufspüren eines Vermissten, egal, wie lange die Suche dauert. Er werde Jack Thorpe finden, versichert er Deacon. Garantiert. Detective Phelan erinnert Deacon an Officer Murphy, der vor so langer Zeit in die Wohnung seiner Eltern in Stuy Town gekommen ist. Deacon stellt den Scheck aus.

In den folgenden Wochen geht es mit Deacon finanziell stetig bergab. Mit Tantiemen kann er erst wieder im August rechnen, deshalb arbeitet er an einem Exposé für sein Kochbuch. Buck hat ihm Kontakt mit einer Literaturagentin namens Kim Witherspoon verschafft, die ungeduldig auf Neuigkeiten von ihm wartet. *Ich stelle es mir als teils Kochbuch, teils Autobiografie vor,* sagt sie. *Alle Welt will unbedingt etwas über Ihr Privatleben erfahren.* Sie prophezeit ihm einen Wettstreit der Verlage und einen Vorschuss im sechsstelligen Bereich.

Von der Nantucket Bank treffen Briefe ein, die Deacon aber nicht öffnet. Er weiß, dass sie nichts Gutes enthalten. Auch die für seine Wohnung zuständige Hausverwaltung schreibt ihm, dass er mit der Miete im Rückstand ist. Debi, seine Sachbearbeiterin, ist ein Riesenfan von Deacon, und er bietet ihr ein Abendessen für zwei im Board Room an, wenn sie ihm noch einen Monat Zeit lässt. Die Kinder kann er allerdings nicht ignorieren. Er stellt einen Scheck an den Genossenschaftsvorstand des Gebäudes aus, in dem Hayes wohnt, und zahlt die zweite Hälfte von Ellerys Schulgebühren.

Er geht unter. Bis er seine Tantiemen bekommt, wird er sie dreimal ausgegeben haben. Die Notizen zu seinem Kochbuch sind nichts, was er irgendjemandem zeigen möchte. Schreiben ist schwer! Alle Welt will unbedingt etwas über sein Privatleben erfahren, doch Deacon hat ernsthafte Vorbehalte, es öffentlich zu machen. Er würde Belinda zu einer schriftlichen Zustimmung bewegen müssen, und die wird sie ihm nie geben. Schreiben ist wirklich schwer! In der Highschool ist er in Englisch beinahe durchgefallen. Die Notizen liegen in einer roten Mappe mit den Briefen von der Bank auf seinem

Schreibtisch im Board Room. Deacon findet es zu schrecklich, sie auch nur anzuschauen, deshalb verstaut er die Briefe in einer Schublade und schickt die rote Mappe an Kim Witherspoon. Kann sie damit etwas anfangen?

Wahrscheinlich nicht, meint sie. Er hat ihr nur einige unzusammenhängende Anekdoten geschickt und das Rezept für den Venusmuschel-Dip Casino, das in den letzten zehn Jahren schon fast ein dutzendmal veröffentlicht und abgedruckt worden ist.

*Vielleicht sollten Sie sich einen Ghostwriter zulegen*, sagt sie. *Das tun viele.*

Aber das kostet Geld, das er nicht hat. Er sollte den Leuten einfach geben, was sie wollen: die Details seines Liebeslebens, angefangen mit der Cafeteria der Dobbs Ferry High School.

Nein, das kann er nicht. Er wird sich ans Essen halten.

Scarlett benimmt sich seit dem Fiasko beim Abendessen gut. Deacon hat ihren Nachttisch überprüft: Alle Briefe, Zettel und Karten sind verschwunden, und es tauchen keine neuen auf. Als Scarlett bemerkt, wie er sich mit seinem Kochbuch plagt, fragt sie: *Warum dieser Eifer?* Er erklärt ihr, dass sie ein bisschen knapp bei Kasse sind und das Kochbuch ihnen einen fetten Vorschuss einbringen könnte.

Scarlett hört »knapp bei Kasse« und schlägt ihm vor, bei einer Firma für Nahrungsergänzungsmittel namens Skinny4Life einzusteigen. Der Prospekt behauptet, eine Investition werde sich in neunzig bis hundertzwanzig Tagen verdreifachen.

»Sollen wir das tun?«, fragt Scarlett. Sie klingt, als ob sie erwartet, dass er ablehnt, doch er ist zu diesem Zeitpunkt so verzweifelt, dass er ein Wunder braucht, und wer sagt denn, dass nicht Skinny4Life dieses Wunder ist? Scarlett trinkt das Zeug seit Wochen, und sie ist tatsächlich sehr, sehr dünn. Deacon stellt einen Scheck über hunderttausend Dollar aus, sein letztes Geld. Scarlett ist hocherfreut! Sie nützt seine gute Stimmung aus und fragt, ob sie im April im Omega Institute in Rhinebeck, New York, für achttausend Dollar an einwöchigen Schweigeexerzitien teilnehmen könne. Deacon sagt Ja; sie solle den Betrag über seine American-Express-Karte abrechnen.

In den Iden des März taucht Lyle Phelan im Restaurant auf. Joel Tersigni führt ihn in Deacons Büro.

Detective Phelan präsentiert Deacon ein Blatt Papier. Jack Thorpe lebte in Flanders, New York, und arbeitete als Koch in einer Denny's-Filiale. Er bewohnte ein möbliertes Zimmer, war Einzelgänger, trank in einer Bar namens Alibi und starb am 11. Oktober 1997 bei einem Autounfall.

»Sieht aus, als hätte er am Steuer einen Herzinfarkt gehabt«, sagt Detective Phelan. »Tut mir leid, dass ich keine besseren Nachrichten für Sie habe.«

Deacon nickt. Flanders, New York, liegt auf Long Island. *Er war mir so nahe*, denkt Deacon. *Die ganzen Jahre über.* Er begleitet Detective Phelan zum Ausgang; dann geht er zurück in sein Büro und schließt die Tür ab. *Ein perfekter Tag mit meinem Sohn. Das ist doch nicht zu viel verlangt, oder?* Deacon fängt an zu weinen.

Scarlett ist seit anderthalb Tagen bei ihren Exerzitien, als Deacon ein komisches Gefühl überkommt. Die Teilnehmer dürfen ihre Handys nicht benutzen, deshalb kann er sie nicht anrufen. Er ruft in der Zentrale des Omega Institute an und sagt: »Ich würde meiner Frau Scarlett Oliver gern eine Nachricht hinterlassen. Es ist dringend.«

»Wem?«, fragt die Sekretärin und erklärt ihm, für diese Woche habe sich keine Scarlett Oliver im Institut angemeldet.

»Wie steht es mit Scarlett Thorpe?«, will Deacon wissen. Es ist seine letzte Hoffnung: Scarlett benutzt diesen Namen nur selten.

»Nein, tut mir leid«, sagt die Sekretärin.

Scarlett hat sich also sieben Tage Urlaub ohne Telefon erkauft. Wohin hat Bo Tanner sie verschleppt? Auf eine einsame Insel in der Karibik? Deacon erinnert sich an seine Zeit mit Laurel auf St. John. *Alles rächt sich irgendwann*, denkt er. Scarlett tut nichts, was Deacon nicht auch getan hat.

Am nächsten Tag erhält Deacon einen Anruf von einer unbekannten Nummer, und da er denkt, es könne Scarlett sein, nimmt er ab.

Es ist Julie von der Nantucket Bank, die für Deacon immer die »Überaus Tüchtige Julie« gewesen ist. Sie schwärmt für Deacon als Koch und Deacon als Mensch, und er weiß, dass das Haus bisher nur ihretwegen noch nicht zwangsversteigert wurde.

»Es wird knapp, Deacon«, sagt sie. »Das Wasser steht Ihnen bis zum Hals.«

An diesem Dienstag – das Restaurant ist geschlossen – fängt Deacon schon mittags an, in seiner Wohnung zu trinken. Dann geht er an den einzigen Ort, wo er glaubt, anonym zu sein:

zum Times Square. Er trinkt im TGI Friday's, dann im Olive Garden. *Das ist der Tiefpunkt*, denkt er. Im Olive Garden wird seine Kreditkarte abgelehnt, also bezahlt er bar, dann geht er hinüber zum Board Room, schließt die Tür auf und schnappt sich aus dem Regal hinter dem Tresen eine Flasche Jameson. Dr. Disibio wird ihr Fehlen sofort bemerken – er hat den Laden perfekt im Griff –, deshalb hinterlässt Deacon ihm auf einer Cocktailserviette eine Nachricht. Vom Restaurant aus geht er nach Westen und landet in einem Etablissement namens Skirtz. Dort trifft er eine Tänzerin, die Taryn heißt und Deacon aus dem Fernsehen kennt. Deacon fragt, ob sie ein Auto habe. *Ja*, sagt sie, *im Parkhaus gegenüber.* Deacon fragt, ob er es benutzen dürfe. *Du kannst mitkommen*, sagt er. *Wir fahren nach Nantucket.*

Deacon wacht auf dem unnachgiebigen Ledersofa in Bucks Apartment auf. Sein erster Gedanke ist der, dass Bucks Innenarchitektin eine Sadistin sein muss. Sein zweiter Gedanke ist ein wirres Durcheinander aus gebrochenen Versprechen und unerfüllten Verpflichtungen. Er hat etwas vergessen – aber was?

Er hat vergessen, Ellery von der Schule abzuholen. Buck malt ein düsteres Bild davon, wie traurig und verfroren Ellery war, als *er* sie dann mit dem Taxi abholte, und ein noch schrecklicheres Bild von dieser Zicke Madame Giroux mit ihrer strengen französischen Missbilligung. Deacon hat allerdings eine noch viel grässlichere Vision. Er sieht Ellery mit ihren schweren dunklen Haaren – die er ihr seit frühester Kindheit gebürstet hat –, zusammengehalten mit dem obligatorischen marineblauen Kopfband. Er sieht ihren karierten Uniformrock und ihre frische weiße Bluse mit dem Bubikragen unter der marineblauen Strickjacke. Ellery hasst ihre Uniform, weil sie, obwohl erst neun, modebewusst ist und die Tatsache, dass sie ebenso aussieht wie die anderen Mädchen, ihre Individualität unterdrückt. Scarlett liebt die Uniform und die Schule; beides erinnert sie an *Madeline*, ein Buch, das sie als Kind gelesen hat.

In Deacons Vorstellung war Ellerys Rucksack vollgepackt mit Bibliotheksbüchern und Material für Hausaufgaben. Bestimmt hatte sie auf dem Schulhof mit ihren Mitschülerinnen Fangen oder Murmeln gespielt. Eine nach der anderen trafen die Mütter ein – Eleanor Rigby, Proud Mary, Runaround Sue (Deacon hat die letzten vier Jahre damit verbracht, sich für jede einen Rock'n'Roll-Spitznamen auszudenken) –, und das Schlusslicht bildete die Mutter, die Deacon Layla nannte. Layla war ein Häufchen Elend – mit Sicherheit depressiv, womöglich auch drogensüchtig –, besaß aber eine schläfrige Schönheit, die Deacon, als Einziger vielleicht, zu schätzen wusste. Gelegentlich war er Layla auf dem Weg zum Schulhof um einen Moment, einen halben Block voraus.

Und gestern sah Ellery, wie Layla kam, um ihre Tochter abzuholen, und die Erkenntnis traf sie wie ein Schlag: Deacon würde nicht mehr kommen.

Es ist Ellerys Gesichtsausdruck, wie Deacon ihn sich ausmalt – jenseits von Niedergeschlagenheit, jenseits von Trübsinn –, der ihm in der Seele wehtut.

Es gibt keine Entschuldigung für das, was geschehen ist. Scarlett ruft »aus dem Omega Institute in Rhinebeck« an und macht ihn komplett zur Schnecke. Sie ist am nächsten Tag zurück in New York, packt ihre Sachen, nimmt Ellery von der Schule und teilt Deacon mit, dass sie ihn endgültig verlassen werde.

Er könnte ihr sagen, er wisse, dass sie nicht in Rhinebeck war. Er könnte ihr sagen, dass er über Bo Tanner Bescheid weiß. Aber was sollte das bewirken außer einer weiteren Traumatisierung Ellerys?

Er wird aufhören zu trinken, versichert er Scarlett. Und Drogen zu nehmen.

*Ich glaube dir nicht,* sagt Scarlett.

*Ich bin durch damit,* sagt Deacon.

*Das ist mir egal,* sagt Scarlett. *Tut mir leid, Deacon. Es ist mir schlichtweg egal.*

## *BELINDA*

Sie musste nur noch einen Tag ohne Mary und Laura überstehen, doch irgendetwas an Ellerys Gegenwart machte die Abwesenheit ihrer Töchter nahezu unerträglich, und so streifte Belinda Laurels Flip-Flops über und machte sich auf den Weg zum Ende der Einfahrt. Bob anzurufen war sinnlos; heute, am Montagmorgen, hatte er sein wöchentliches Treffen mit Dr. Mary Ellen Plume, der Tierärztin. Belinda würde es mit dem Telefon im Haus probieren müssen.

Mrs Greene nahm beim ersten Klingeln ab. In dieser Hinsicht war sie zuverlässig, der letzte Mensch in Amerika, der ans Festnetz glaubte.

»Hier bei Percil, guten Morgen.«

»Guten Morgen, Mrs Greene«, sagte Belinda. Sie ging die Straße entlang in Richtung Sankaty Head Beach Club in der Hoffnung, der Empfang würde sich verbessern. »Ich würde gern mit den Mädchen sprechen.«

»Ach du meine Güte«, sagte Mrs Greene. »Die sind seit Sonnenaufgang reiten.«

»Schade«, sagte Belinda. »Ist Stella bei ihnen?«

»Ja, und Mr Percil«, sagte Mrs Greene.

»Tut mir leid, aber wollen Sie sagen, dass Bob heute Morgen mit Stella und den Mädchen reiten gegangen ist?«

»Das will ich sagen.«

»Verstehe«, sagte Belinda. »Hat Stella bei uns übernachtet, seit ich weg bin?«

»Das weiß ich natürlich nicht«, sagte Mrs Greene. »Mit Sicherheit ist sie noch hier, wenn ich abends um acht gehe, und sie ist hier, wenn ich morgens um sieben komme.«

Belinda biss sich auf die Zunge. *Übernachtet sie in meinem Zimmer?*, hätte sie am liebsten gefragt. *Schläft sie in meinem Bett?*

»Mrs Greene?«, fragte sie. »Gibt es sonst noch was, das ich wissen sollte?«

»An Ihrer Stelle«, erwiderte Mrs Greene, »würde ich nach Hause kommen.«

»Vor morgen kann ich unmöglich fahren«, sagte Belinda. »Wir verstreuen heute Abend Deacons Asche.«

Mrs Greene schwieg respektvoll, und Belinda erinnerte sich, wie sie einmal, als die Mädchen klein gewesen waren – Mary Kleinkind und Laura erst ein Säugling –, während ihres Mittagsschläfchens, wenn Belinda immer ihren Text probte, mit dem Drehbuch in der Hand in die Küche gekommen war, um sich etwas von Mrs Greenes Bananenpudding zu holen. Mrs Greene hatte ferngesehen, und es dauerte nur eine Sekunde, bis Belinda Deacons Stimme erkannte. Mrs Greene schaute sich ganz hingerissen *Aufgespießt* an. Deacon machte gerade den Venusmuschel-Dip Casino; es war die klassische Folge.

Als Belinda den Kühlschrank öffnete, fragte sie: »Haben Sie meinen Exmann in unsere Küche eingeladen, Mrs Greene?«

Mrs Greene drehte sich zu Belinda um und sagte mit sanfterer, aufrichtigerer Stimme als sonst: »Wie ist er?«

»Wer, Deacon?«

Mrs Greene bedachte sie mit einem gouvernantenhaften Nicken.

Belinda hätte alles Mögliche antworten können. *Deacon ist liebevoll, er ist charmant, er ist ein wunderbarer Vater, er ist großartig im Bett.* Aber das alles hatte Mrs Greene wahrscheinlich selbst schon gemutmaßt.

»Er ist gebrochen«, sagte Belinda. »Er war gebrochen, als ich ihn kennen lernte, und ich konnte ihm nicht helfen.«

Jetzt sagte Mrs Greene: »Das wird sicher sehr schwer für Sie.«

»Vielen Dank, Mrs Greene«, sagte Belinda. »Für alles.«

»Bitte sehr«, sagte Mrs Greene und legte auf.

Oh, wie gern hätte Belinda geglaubt, dass Bob mit den Mädchen reiten gegangen war, um schöne Momente mit ihnen zu verbringen. Doch sie wusste es besser. Der Grund war Stella mit ihren Titten und ihrem Arsch und ihrem Akzent.

Belinda stapfte zurück ins Haus und ging nach oben in Claras Zimmer, wo sie eine Lorazepam einwarf. Was Betäubungsmittel betraf, war sie nicht viel besser als Hayes.

Würde sie sich von Bob scheiden lassen müssen? Die Vorstellung war traurig und ermüdend.

Von der Lorazepam schlief Belinda ein. Es hatte fast etwas Hedonistisches, an einem Sommernachmittag bei offenem Fenster ein Nickerchen zu halten, während die Brise vom Meer die duftigen weißen Gardinen blähte und das Geräusch von Schritten auf der Treppe und Angies, Bucks, Laurels Stimmen heraufwehten. Heute war ihr letzter Tag. Belinda würde Angie schrecklich vermissen. Und Buck und Laurel auch, merkte sie, und Hayes und Ellery.

Und Deacon natürlich.

Belinda wachte um vier Uhr auf, als sie lautere Schritte hörte und eine generell geschäftige Atmosphäre das Haus beherrschte wie ein bevorstehendes Gewitter. Was war los? Dann verstand sie das Wort »Boot«, und ihr wurde klar, dass es an der Zeit war, zum Hafen zu fahren und Deacons Asche zu verstreuen.

*Boot. Hafen.*

Belinda schüttete zwei weitere Lorazepam aus dem Fläschchen auf ihre Handfläche und schluckte sie. Sie hatte von Anfang an gewusst, dass geplant war, Deacons Asche im Nantucket Sound zu verstreuen, irgendwie aber die Tatsache verdrängt, dass sie, Belinda Rowe, dazu in ein Boot würde steigen müssen.

Entsetzen ergriff sie. Es war, als fordere man jemanden mit Höhenangst auf, sich auf der Spitze des Burj Khalifa auf ein Sprungbrett zu stellen und zu wippen. Sie würde es nicht schaffen. Sie konnte nicht mit. Sie würde nach unten gehen und verkünden, dass sie zu Hause bliebe. Sie würde sich erbieten, auf Ellery aufzupassen. Sollte man eine Neunjährige wirklich bitten, die Asche ihres Vaters zu verstreuen?

Belinda setzte sich auf die Bettkante und machte ihre Yoga-Atemübung.

»Mom!«, schrie Angie von unten. »Komm! Wir wollen los!«

Sie hatte ihr Bedauern äußern, sich entschuldigen, sagen wollen: *Tut mir leid, aber ich kann unmöglich Boot fahren*. Doch aus irgendeinem Grund, vielleicht war es die beruhigende Wirkung des Lorazepam, ließ sie sich scheuchen wie ein Schaf. JP, der Ranger, war in seinem silbernen Jeep gekommen; er würde die eine Hälfte von ihnen zum Hafen fahren und Buck die andere. Laurel stieg bei Buck ein, natürlich, und Scarlett und Ellery kletterten hinter ihr in den Wagen.

»Rückt mal ein Stück«, sagte Joel Tersigni. »Ich fahre mit euch.« Er setzte sich neben Scarlett.

Belinda fing den giftigen Blick auf, den Angie Joel zuwarf.

»Wir fahren mit Ihnen!«, sagte Belinda fröhlich zu JP.

Der Ranger beobachtete Angie ebenfalls. »Alles okay?«, fragte er sie.

Sie zuckte die Achseln und wollte auf der Rückbank des Jeeps Platz nehmen, aber Belinda sagte: »Nein, nein, Liebling. Hayes und ich sitzen hinten. Geh du nach vorn.«

Hayes berührte sein Gesicht, als wollte er sich vergewissern, dass es noch da war. Galant half er ihr auf den Rücksitz, dann lächelte er sie an und fragte: »Und wie geht's dir?«

Sie musterte ihn. High oder nicht? Es war nicht zu erkennen. Höchstwahrscheinlich high, aber bemüht, es sich nicht anmerken zu lassen. Doch Belinda war dankbar für seine »Normalität« und dafür, dass er ihr ihren mitternächtlichen Besuch nicht nachzutragen schien. Aber er wusste doch wohl noch, dass sie sein Geheimnis kannte, oder?

»Besser denn je«, sagte sie.

Sie hatte ein Feld-Wald-und-Wiesen-Motorboot erwartet, weiß und zweckmäßig, doch das Fahrzeug, das JP steuerte, war ein altmodisches Holzboot in der Farbe von dunklem Honig. Es war schnittig und atemberaubend und erinnerte Belinda an einen von Bobs Araberhengsten. Sogar sie, die alles, was sie über Boote wusste, so auf ihrem Daumennagel hätte unterbringen können, dass immer noch Platz für das Vaterunser geblieben wäre, erkannte, dass dies ein besonderes Exemplar war.

Buck stieß einen Pfiff aus.

»Das ist die *Lena Marie*«, sagte JP. »Sie ist eine klinkergebaute Einzelanfertigung aus Mahagoni von 1950. Sie hat meinem Großvater gehört.«

»Was für eine Schönheit«, sagte Buck.

Das Boot war wirklich elegant. Wenn Belinda jemals ein Boot besteigen würde – sie hatte noch keine endgültige Entscheidung getroffen –, dann dieses. Eine amerikanische Fahne flatterte am Heck.

»JP, das ist mehr, als ich zu hoffen wagte«, sagte Laurel. »Vielen Dank.«

*Vielen Dank, Laurel, unsere Sprecherin,* dachte Belinda. Rasch warf sie einen verstohlenen Blick auf Scarlett, um zu sehen, wie sie es fand, dass Laurel die Poleposition einnahm oder dass sie die Urne mit Deacons Asche umklammerte, als berge sie ihr eigenes schlagendes Herz. Scarlett hielt mit der einen Hand Händchen mit Ellery und umfasste mit der anderen Joel Tersignis eindrucksvollen Unterarm.

»Ja, *vielen* Dank«, betete Scarlett nach. Sie ließ Joel los und streckte JP ihre Hand entgegen. »Ich bin Scarlett Oliver, Deacons Witwe.«

JP nickte. »Schön, Sie kennen zu lernen. Ihr Verlust tut mir sehr leid. Deacon war ein guter Freund von mir.«

»Und das ist unsere Tochter Ellery«, sagte Scarlett.

»Was meinst du, Ellery?«, fragte JP. »Hast du Lust, mir beim Bootfahren zu helfen?«

»Ja!«, sagte Ellery. Sie trug wieder ein Partykleid, diesmal ein marineblaues Modell mit U-Ausschnitt und Zipfelsaum.

»Hervorragend!«, sagte JP. »Die Person, die dem Kapitän assistiert, heißt Erster Maat.«

Belinda lächelte. Sie hätte wissen müssen, dass der Ranger gut mit Kindern umgehen konnte.

»Ich bin Joel Tersigni«, sagte Joel und trat vor, um JP die Hand zu schütteln. »Ich leite Deacons Restaurant in Manhattan.«

»Den Speiseraum«, sagte Angie. »Du leitest den Speiseraum, nicht das Restaurant.«

Joel ignorierte Angies Kommentar und trat vom Anleger ins Boot, was Belinda anmaßend fand. Es sollte eine bestimmte Hierarchie für das Besteigen des Bootes geben, und an deren Spitze stand sicher nicht Joel. Trotzdem stellte er sich an den Rand und griff nach Scarletts Hand, dann hob er Ellery hoch und hinein. Es gab eine hufeisenförmige Sitzreihe im Bug und zwei Bänke, eine mitten im Boot und eine hinten am Motor, wo JP saß. Joel ließ sich mit Scarlett und Ellery auf der mittleren nieder, als wären sie eine Familie.

*Was ist hier los?*, fragte Belinda sich. Sie war entsetzt darüber, wie dieser Joel Angie ignorierte. Hatten sie sich gestritten? Oder verließ Joel Angie einfach wegen Scarlett, wie er seine Frau wegen Angie verlassen hatte? Einmal Betrüger, immer Betrüger – man sehe sich nur Bob Percil an. »Joel, ich würde wirklich gern neben Scarlett sitzen, wenn es Ihnen nichts ausmacht«, sagte Belinda.

»Mutter«, sagte Angie.

»Scarlett und ich haben noch gar nicht miteinander geredet«, sagte Belinda. Sie griff nach der Hand des Rangers und stieg vorsichtig ins Boot. Es schaukelte unter ihr, und sie fragte sich, ob sie das Vorhersehbare tun und ohnmächtig werden oder sich erbrechen werde. Doch ihre Empörung spornte sie an. Joel Tersigni mochte ein Herzensbrecher sein, aber er würde Angie nicht vor den Augen ihrer Familie demütigen. Das würde Belinda einfach nicht zulassen. Sie rückte Joel mit ihren ein Meter siebenundfünfzig auf den Leib, bis er sich erhob und ihr mit offensichtlichem Widerwillen seinen Platz überließ.

Laurel saß mit Buck in dem Hufeisen, und Joel setzte sich neben Buck. Hayes stand im Bug wie eine ramponierte Gallionsfigur. Angie landete neben Ellery, die neben JP saß.

»Alle bereit?«, fragte JP.

Belinda umklammerte die Bank unter sich mit einer Hand und den Bootsrand mit der anderen. Das Wasser im Hafen war spiegelglatt, und sie glitten zügig hindurch. Die Sonne hatte den Stand erreicht, wo sie nicht mehr heiß, sondern nur noch warm war und dem Wasser und den Segeln der anderen Boote einen goldenen Schimmer verlieh. Wie hatte Deacon es immer genannt? Die goldene Stunde.

Segler auf anderen Booten winkten der *Lena Marie* zu.

»Sie ist wunderschön!«, rief ein Mann. »Ebenso wie ihre Passagiere!«

Belinda lächelte, obwohl es falsch war anzunehmen, dass er sie meinte, wenn Scarlett, Laurel, Angie und die süße Ellery an Bord waren. Und Buck, der ein rosa Polohemd und ein Paar mit Walen bestickte Shorts trug. Er hatte sich tatsächlich auf die katastrophale Sommermode in New England eingelassen.

JP umschiffte die anderen Segelboote und Motorjachten und steuerte das Brant Point Lighthouse an. Hayes setzte sich neben seine Mutter und legte ihr seinen Kopf auf die Schulter. Laurel drückte die Urne fest an sich und umschlang mit dem anderen Arm ihren Sohn. Belinda schloss die Augen und stellte sich vor, auf dem Trockenen zu sein.

Belinda hatte gar nicht vorgehabt, mit Scarlett zu reden, fragte aber mehr oder weniger unabsichtlich: »Was glaubst du, wie weit wir rausfahren?«

Scarlett antwortete nicht. Als Belinda sie anschaute, waren ihre Lippen ein grimmiger Strich.

»Ach, komm schon, Scarlett«, sagte Belinda.

»Komm schon, was?«

»Wir müssen unsere Vergangenheit hinter uns lassen. Du, Laurel und ich sitzen alle im selben Boot.« Belinda lachte über ihren eigenen Witz. »Ha! Wir sitzen buchstäblich *im selben Boot*. Wir verstreuen die Asche des Mannes, mit dem wir alle verheiratet waren. Nicht nur du, meine Liebe. Wir alle.«

»Ich hatte ein Kind mit ihm«, sagte Scarlett.

»Ich auch!«, sagte Belinda.

Scarlett rümpfte die Nase. »Das ist nicht dasselbe.«

Der Wind kam von hinten, deshalb war es unwahrscheinlich, dass Angie von diesem Wortwechsel etwas mitbekam, aber trotzdem war Belinda … »wütend« und »entrüstet« trafen es nicht annähernd. Sie war ungeheuer verletzt. Sie beugte sich zu Scarlett und senkte ihre Stimme. Für alle anderen sahen sie vermutlich aus wie zwei Frauen, die sich ein Geheimnis anvertrauten.

»Wenn du damit sagen willst, dass Angie weniger Deacons Kind ist als Ellery, weil sie adoptiert wurde …« Belinda zögerte. »Oder, noch schlimmer, weil sie *schwarz und adoptiert* ist, zeigst du damit nur, wie hässlich du im Inneren bist, Scarlett. Vielleicht hätte ich vorsichtiger sein sollen, als ich dich einstellte.«

»Ich liebe Angie«, sagte Scarlett. »Und ich war in all den Jahren, in denen du sie in meiner Obhut gelassen hast, gut zu ihr. Ich habe sie praktisch großgezogen. Deacon und ich haben sie wie ein Ehepaar großgezogen.«

Belinda umklammerte den Sitz unter sich so fest, dass sie spürte, wie der Nagel ihres Mittelfingers abbrach, aber sie hatte zu viel Angst, um loszulassen und den Schaden zu inspizieren. Sie waren jetzt außerhalb des Hafens und tuckerten um die steinerne Mole.

»Das Boot ist eigentlich nicht dafür gebaut«, hörte Belinda JP hinter sich zu Angie sagen. »Aber dein Dad wollte, dass seine Asche im Nantucket Sound verstreut wird, deshalb fahren wir dorthin. Außerdem ist es ein ruhiger Abend.«

Ein *ruhiger* Abend? Das Boot war inzwischen eine mexikanische Springbohne, wenn es auf eine Welle traf. Würde es noch schlimmer werden? Belinda malte sich aus, wie der Bug sich so weit hob, dass das ganze Fahrzeug umschlug und sie alle ins Nasse beförderte.

*Ins Nasse.* Wenn das hier vorbei war, würde Belinda sich ein großes Glas Wein genehmigen. Oder, noch besser, eine Margarita.

All diese Gedanken lenkten sie von Scarletts letzter Aussage ab – aber nur für Sekunden.

»Ich habe dich meine Tochter nicht großziehen lassen«, sagte sie. »Du warst ihr Kindermädchen. Du hast auf sie aufgepasst, wenn ich arbeitete.«

»Du warst nie da«, sagte Scarlett. »Nie.«

»Und was soll es heißen, dass du und Deacon Angie wie ein ›Ehepaar‹ großgezogen habt? Hast du damals schon mit ihm geschlafen, Scarlett? Ich weiß ja mittlerweile, dass es Laurel war, die er nach St. John mitgenommen hat, aber das bedeutet nicht, dass ihr beide es nicht schon Jahre zuvor miteinander getrieben habt. Als ich in Schottland war? In Vietnam?«

»Haben wir nicht«, sagte Scarlett. »Aber als wir dann später zusammen waren, hat er mir gestanden, dass er die ganze Zeit über Fantasien von mir hatte. Also kann man vermutlich davon ausgehen, dass er, wenn er mit dir geschlafen hat, immer an mich dachte. So getan hat, als wärst du ich.«

Belinda hätte sie am liebsten geohrfeigt oder gar erwürgt. »Wie kannst du es wagen, Scarlett? Wie kannst du nur?« Belinda stand auf. Sie musste weg hier – doch sie saß in der Falle. Sie bahnte sich ihren Weg zum Heck, wo sich ihre Gedanken im Brummen des Motors und im scharfen Geruch nach Diesel verloren. Das Lorazepam benebelte und verwirrte sie; sie hätte nicht so viele Tabletten nehmen dürfen.

Aber verzweifelte Situationen erfordern verzweifelte Maßnahmen.

## *ANGIE*

Die Bootsfahrt wäre auch ohne Joel eine Qual gewesen, doch seine Anwesenheit machte sie tausendmal schlimmer. Angie hätte ihm gleich bei seiner Ankunft sagen müssen, er solle umkehren. Sie hätte später mit ihm sprechen können, in New York, wo sie nicht hätte miterleben müssen, wie er versuchte, sich an Scarlett heranzumachen.

*Ist egal,* redete sie sich ein. Er konnte Scarlett gern anbaggern, aber er würde damit auf die Nase fallen.

Es war nicht egal. Es tat weh. Es war demütigend.

Sie versuchte, sich auf die vor ihr liegende Aufgabe zu konzentrieren. JP steuerte das Boot über die anschwellenden Wogen in den Sund und stellte dann kurz vor der Küste, wo der Cliffside Beach Club lag, den Motor ab.

Laurel stand auf und hielt Buck die Urne hin.

»Sind wir bereit?«, fragte Buck.

*Nein,* dachte Angie. Sie würde nie bereit sein.

Hayes stand auf. Belinda stand auf. Scarlett stand auf und machte ein paar wackelige Schritte, bevor sie unter Joels Arm Zuflucht fand. Angie *fasste* es nicht. Sie spürte eine Hand auf ihrem Arm: JP.

*Alles okay?*, formte er mit dem Mund.

Angie erhob sich und schenkte ihm ein schwaches und niedergeschlagenes Lächeln. Es war sowohl tröstlich als auch äußerst peinlich zu wissen, dass sie nicht die Einzige war, die Joels hemmungslose Jagd auf Scarlett bemerkt hatte. JP hatte Ähnliches durchgemacht. Seine Freundin war jetzt mit einem anderen zusammen, und er hatte es überlebt.

»Ich glaube, ich sollte ein paar Worte sagen«, sagte Buck, »aber ich weiß nicht, welche.«

Hayes machte einen stolpernden Schritt und griff in die Urne. Er holte eine Handvoll Überreste heraus – Knochensplitter, vermutete Angie, und Pulver, das wie Talkumpuder aussah.

»Ich liebe dich, Dad«, sagte er und warf seine Handvoll ins Wasser.

»Ich will es auch probieren!«, rief Ellery und flitzte nach vorn. Sie langte in die Urne, nahm sich eine erstaunliche Menge heraus und schleuderte sie über Bord.

Scarlett schluchzte in Joels Schulter.

JP stupste Angie an. Sie griff in die Urne und dachte: *Das ist nicht Deacon.* Deacon war der Mann, der sie auf seine Schultern gehoben hatte, damit sie die hungrige Giraffe mit Blättern füttern konnte. Deacon war es, der endlos Monopoly mit ihr gespielt hatte, wobei es seine Lieblingsstrategie gewesen war, sich sofort Häuser und Hotels zu kaufen, und dann die Hälfte der Zeit zusehen musste, wie sie zwangsversteigert wurden, während Angie ihn schröpfte. Deacon war es, der das letzte Glas Wein immer für Angie aufhob. Deacon war es, der sie anrief, wenn auf der Avenue C ein neuer Jamaikaner eröffnet hatte. *Da müssen wir hin! Kannst du in fünf Minuten da sein?*

*Er war mein Vater*, dachte Angie. *Aber mehr als das war er mein Freund.*

Sie nahm eine Handvoll Asche und ließ sie ins Wasser fallen, dann wischte sie sich die Hand an ihren Shorts ab und drehte sich zu JP um. Er trug seine Sonnenbrille, doch sie sah das Glitzern einer Träne, die ihm das Gesicht hinunterlief. Er lächelte sie an. *Ich dachte, es würde dich auf andere Gedanken bringen. Auf was anderes, das du dir wünschen kannst.* Bestimmt hatte JP gewusst, dass nichts das übertreffen konnte, was Angie sich jetzt wünschte und für den Rest ihres Lebens wünschen würde: noch fünf Minuten mit Deacon, um ihn zu umarmen und sich von ihm zu verabschieden.

Laurel warf eine große Handvoll Asche ins Meer, mit so viel Schwung, als wäre sie Passagierin an Bord der *QE2*, die Konfetti in die jubelnde Menge auf dem Kai wirft. Buck folgte ihrem Beispiel, denn er war, das erkannte Angie in diesem Moment, vernarrt in Laurel und würde alles tun, um sie glücklich zu machen.

Buck hielt Scarlett die Urne hin, doch die wandte das Gesicht ab und jammerte: »Ich kann nicht! Ich kann einfach nicht!«

Belinda kam angestolpert und steckte ihre Hand in die Urne. Sie beugte sich tief über den Bootsrand, als hätte sie Angst, Deacons Überreste zu werfen, und wollte sie lieber ganz sanft auf die Wasseroberfläche legen. »Gute Nacht, süßer Prinz«, sagte sie. Angie verdrehte die Augen. Natürlich musste ihre Mutter Shakespeare zitieren.

## *BELINDA*

Nachdem die Zeremonie vorbei war, trödelten alle ein bisschen herum. Belinda kehrte zum Heck zurück, wo sie so weit wie möglich von Scarlett entfernt war.

»Was für ein herrlicher Abend«, sagte JP. »Wir fahren gleich zurück.«

Scarlett stand auf. Zuerst dachte Belinda, sie hätte in Bezug auf die Asche ihre Meinung geändert, was gut gewesen wäre. Wenn sie sie jetzt nicht verstreute, würde sie das immer bedauern. Aber statt um die Urne zu bitten, strebte Scarlett mit ausgestreckten Armen auf Belinda zu.

»Belinda«, sagte sie. »Hör mal.«

»Nein«, sagte Belinda und wich zurück. In diesem Augenblick wurde Scarlett Stella oder vielleicht auch eine jüngere Scarlett, die Scarlett, die *tatsächlich* Deacons Fantasie entzündet hatte, als er noch mit Belinda verheiratet gewesen war.

»Bleib mir bitte vom Leib«, sagte Belinda, machte noch einen Schritt nach hinten und erkannte ihren Fehler sofort. Hinter ihr war nichts außer – nach einem Moment, in dem die Zeit stillstand – dem Wasser.

## *ANGIE*

Platsch!

Zunächst herrschte verblüfftes Schweigen. Wenn es jemand anders gewesen wäre, hätte Angie vielleicht gelacht. Aber es war Belinda.

»Sie kann nicht schwimmen!!«, rief Angie. »JP, meine Mutter kann nicht schwimmen!«

JP sprang auf die Bank und von dort aus über den Bootsrand ins Meer. Ein paar Sekunden später tauchte er wieder auf und sagte: »Ich sehe sie nicht!«

Buck tauchte ins Wasser. Laurel tauchte ins Wasser. Das Boot schaukelte, und Angie hielt sich am Rand fest, um sich aufrecht zu halten. JP tauchte noch einmal ab. Ellery schlang ihre Arme um Angies Beine.

»Miss Kit Kat?«, sagte sie.

»Es wird schon gut gehen«, sagte Scarlett.

»Sie kann nicht schwimmen!«, sagte Angie zu ihr. »Du weißt doch, dass sie nicht schwimmen kann!«

»Ich wollte mich bloß bei ihr entschuldigen!«, erklärte Scarlett und wandte sich Joel zu. »Ihr sagen, dass es mir leidtut.«

Joel spähte über den Bootsrand ins Wasser, sprang aber nicht hinein.

Mom! Es konnte nicht sein, dass Angie beide Eltern auf einmal verlor. Es durfte nicht sein. Belinda war eine Kämpferin. *Schwimm!*, dachte Angie. *Such dir den Weg nach oben!* Hatte nicht jeder ein angeborenes Gefühl dafür, was er im Wasser tun musste?

JPs Kopf tauchte auf. Er zog Belinda an die Oberfläche. Belinda sog Luft ein, hustete und würgte. Sobald genug Sauerstoff in ihr war, begann sie zu heulen. Auch Angie brach in Tränen aus. »Mom!«, sagte sie.

Buck kletterte an Bord und schaffte es zusammen mit JP, Belinda aufs Boot zu hieven. Laurel folgte, dann JP. Hayes saß mit dem Kopf in den Händen da. »Mann«, sagte er, »das wird mir einfach zu viel.«

JP funkte dem Hafenmeister, der einen von seinen Assistenten losschickte, um sie auf dem Anleger mit Handtüchern und Decken zu empfangen. Belinda klapperten die Zähne, und sie hatte am ganzen Körper eine Gänsehaut. Angie geleitete ihre Mutter zu JPs Jeep, und Hayes half dabei, Belinda auf den Vordersitz zu verfrachten.

Sie mussten warten, bis JP das Boot vertäut hatte, und währenddessen sah Angie Joel, Scarlett und Ellery hinten in den roten Jeep steigen und Laurel und Buck vorn Platz nehmen.

»Wer ist der Typ mit dem Spitzbart?«, fragte Hayes. »Kennen wir den?«

»Er ist mein Freund«, sagte Angie. Hayes war so vergesslich! Angie hätte ihn am liebsten an der Nase gepackt und gesagt: Mann, Hayes, pass mal besser auf! Aber sie wollte keinen weiteren Familienzwist anzetteln, und außerdem beneidete sie Hayes um seine Fähigkeit, alles auszublenden.

»*Dein* Freund?«, fragte Hayes. »Ich dachte, er sei Scarletts Freund.«

»Genau«, sagte Angie.

»Aber das würde ja wohl nicht hinhauen«, sagte Hayes. »Schließlich war sie mit Dad verheiratet, und der ist erst seit ein paar Wochen tot.«

»Genau«, murmelte Belinda. Angie legte ihr eine Hand auf die Schulter und ließ sie da, bis JP in den Wagen stieg.

»Nach Hause in die Hoicks Hollow Road?«, fragte er.

»Ja, bitte«, sagte Angie. Sie hätte sich gern für ihre Familie entschuldigt, wusste jedoch nicht, wie.

In der Hoicks Hollow Road Nummer 33 herrschte auf der Einfahrt reger Betrieb. Belinda hatte etwas Farbe und Schwung zurückgewonnen. Sie richtete sich auf.

»Da ist jemand gekommen«, sagte sie. »Ist es Bob?«

»Könnte sein«, sagte Angie. Das wäre eine nette Überraschung für ihre Mutter. Der rote Jeep stand bereits vor dem Haus, ebenso wie … der Lincoln, Pirates Taxi.

»Was will der Typ hier?«, fragte Hayes.

»Ja, was will er?«, gab Angie die Frage an ihn zurück. »Schuldest du ihm Geld?«

»Eher umgekehrt«, sagte Hayes.

»Pirate ist die Geißel von Nantucket«, sagte JP. »Er ist letztes Jahr hergezogen und stolziert in diesem idiotischen Kostüm rum, als ob ihm die ganze Insel gehört. Und es ist kein Geheimnis, dass er mit Drogen dealt.«

Jetzt sah Angie, wie ein Mann – groß und schlank, mit Jackett und Krawatte – aus dem Taxi stieg. Nicht Bob.

»Wer ist das?«, fragte sie.

Scarlett sprang aus dem roten Jeep und warf sich dem Mann in die Arme.

»Tja«, sagte Belinda.

Der Mann war Bo Tanner. Angie richtete sich auf dem Rücksitz von JPs Jeep auf, und Scarlett machte sie miteinander bekannt.

»Bo, das ist Angie, die Tochter von Belinda und Deacon. Angie, das ist Bo Tanner.«

Er streckte seine Hand aus. Angie war sich nicht sicher, was sie tun sollte. Deacons Asche war vermutlich noch nicht einmal auf dem Meeresboden gelandet, und schon lernte Angie seinen Nachfolger kennen. Sie schüttelte Bo die Hand. »Ich hab schon viel von Ihnen gehört.«

Das zumindest stimmte.

Als Angie sich umdrehte, sah sie, dass Joel auf sie wartete.

»Du solltest gehen«, sagte sie. »Schaff deine Sachen aus meinem Zimmer und lass dich von Pirate zur Fähre bringen.«

Joel griff nach ihrem Arm, doch sie schlug ihn beiseite. »Fass mich nicht an.«

»Ange.«

Seine Stimme hätte mit ihrem verlangenden Unterton ihre Entschlossenheit fast zunichtegemacht. Sie wäre so gern auf ihn zugetreten und hätte ihren Kopf an sein Herz gelegt. Den Unsinn mit Scarlett konnte sie verzeihen; wahrscheinlich war es ihm einfach unangenehm gewesen, seine Gefühle für Angie offen zu zeigen. Aber dann fielen ihr JPs Worte ein: *Du verdienst es, für jemanden alles zu sein.* Das würde sie für Joel niemals sein. Wenn er sie jetzt auch nicht für Scarlett Oliver sitzen ließ, dann irgendwann für eine andere Frau, so wie er es bei Karen und Winnie gemacht hatte. Angie bediente sich einer Kraft tief in ihrem Innern, von der sie bisher nichts gewusst hatte; das hier war schwieriger, als die Sehne eines Bogens zu ziehen. »Verschwinde, Joel«, sagte sie. »Und übrigens: Du bist gefeuert.«

»Du kannst mir nicht kündigen«, sagte Joel. »Das kann nur Harv.«

»Okay, dann warte drauf, dass Harv es tut«, meinte Angie. »Auf jeden Fall bist du gefeuert.«

Angie und JP halfen Belinda vom Wagen ins Haus.

»Ich kann laufen«, sagte Belinda. »Es geht mir gut, wirklich.«

Angie schaute JP an. »Wir wollen Pizza bestellen«, sagte sie. »Dads Lieblingsessen. Kannst du bleiben?«

»Ich düse nur schnell zu meinem Cottage und ziehe mich um«, sagte JP. »Dann komme ich gern zurück.«

»Mein Held«, sagte Belinda.

JP fuhr ab, und Joel war weg. Laurel, Buck, Hayes und Ellery saßen in der Küche, als Belinda und Angie hereinkamen, gefolgt von Scarlett und Bo.

»Bo isst mit uns zu Abend!«, verkündete Scarlett und strahlte Laurel an. »Ist dir das recht?«

Laurel öffnete den Mund, doch kein Ton kam heraus. Schließlich sagte sie: »Es ist unser Abschiedsessen für Deacon, Bo. Sind Sie sicher, dass Sie dabei sein wollen?«

Bo lächelte. »Nein«, sagte er und streckte die Handflächen

aus, als wollte er zeigen, dass er nichts Böses im Schilde führte. »Ich fahre zurück in mein Hotel, glaube ich.« Zu Scarlett sagte er: »Genieß den Abend mit den anderen; ich hole dich und Ellery morgen früh ab. Wiedersehen, Leute«, verabschiedete er sich mit einem knappen Winken.

»Ich hab Hunger«, sagte Ellery.

»Ich bestelle jetzt die Pizza«, sagte Laurel.

»Ich kapiere es nicht«, sagte Hayes. »Wer war der Typ?«

## *LAURE L*

Sie ließen sich von Sophie T's vier Pizzen liefern – drei gut durch und mit verschiedenen Belägen und eine nur mit Salami und zähflüssigem Käse.

»Die ist für Buck«, sagte Laurel, nachdem sie die Kartons auf der Küchentheke aufgereiht hatten.

»Ihr könnt alle was davon abhaben«, sagte Buck, während er sich das größte Stück aussuchte und die Mozzarellafäden um die Spitze schlang.

»Ja, Mann, ein Stück nehme ich gern«, sagte JP.

»Ich auch«, sagte Ellery. Sie saß auf Angies Schoß.

»Hey, sollen wir dich endlich messen?«, fragte Angie.

»Ja!«, stimmte Ellery zu.

»Ich glaube, letztes Jahr haben wir es vergessen«, sagte Scarlett. Sie trank eine Dose Skinny4Life und ein Glas Wein. »Ich erinnere mich gar nicht. Die Jahre verschwimmen alle ineinander.«

Angie stellte Ellery an den Türrahmen und überprüfte die Markierungen. »Hier ist eine für Ellery vom 12.8.2015. In Dads Handschrift.«

»Dann muss er es doch getan haben«, sagte Scarlett. »Wie konnte ich was anderes annehmen – er hat es nie vergessen. Es war eine seiner Regeln.«

»Wie die Wäscheleine«, sagte Belinda »Und das Draußen-Duschen.«

»Das Leben leben, wie es auf Nantucket üblich ist«, sagte Buck.

»In der Hoicks Hollow Road«, sagte Hayes. »Unserem zweiten Zuhause.«

Angie markierte den Türrahmen über Ellerys Kopf. »Sieh mal, wie du gewachsen bist«, sagte sie.

Später, nach dem Abendessen, stand Laurel mit Angie, Hayes und JP vorn auf der Veranda. Angie rauchte eine Zigarette, und die anderen blickten hoch zu den aufgehenden Sternen. Buck räumte die Küche auf, und Belinda hatte sich erboten, Ellery vorzulesen.

»Na ja, schön war es nicht, aber wir haben überlebt«, sagte Angie. Sie drückte ihre Kippe mit der Sohle ihres Clogs aus und wandte sich JP zu. »Danke, dass du mit uns gegessen hast.«

»Danke, dass ihr mich dazu eingeladen habt«, sagte JP. »Aber jetzt sollte ich nach Hause.«

»Ich bringe dich noch zum Wagen«, sagte Angie.

Laurel und Hayes sahen zu, wie Angie und JP die Verandatreppe hinuntergingen.

»Sie würden ein süßes Pärchen abgeben«, sagte Laurel. »Findest du nicht?«

Hayes wandte sich zu ihr. »Mom, ich habe ein Problem.«

»Ein Problem?«, fragte sie.

»Mit Drogen, glaube ich«, sagte Hayes. Seine Augen füllten sich mit Tränen. »Es tut mir leid, Mom.«

Laurel führte Hayes die Treppe hinauf, und sie traten in

sein Zimmer, wo Laurel die Tür zumachte und abschloss, damit keiner sie störte.

»Ich habe versucht, vorsichtig zu sein«, sagte Hayes. Er weinte jetzt ganz offen, ihr attraktiver, gebildeter Sohn, so welterfahren, so kultiviert und doch derselbe kleine Flachskopf, den sie nach einem langen Tag voller Sonne und Sand ins Bett gesteckt hatte, wo er schon halb schlief, bevor sein Kopf auf dem Kissen lag.

Sie ließ ihn in ihrem Schoß weinen und streichelte ihm die Haare; so hatte sie auch Deacon immer getröstet.

»Was ist es?«, fragte sie. »Was nimmst du denn?«

»Heroin«, sagte er. »Es war keine Absicht, Mom.«

*Heroin*, dachte Laurel und schloss die Augen.

## *BELINDA*

Belinda las Ellery aus einem Bilderbuch mit dem Titel *A Penny for Barnaby* vor. Darin ist Bär Barnaby auf Nantucket und will gar nicht mehr weg … Deshalb folgt er, um garantiert hierher zurückzukehren, der alten Tradition, einen Penny von Bord der Fähre zu werfen, als sie den Leuchtturm von Brant Point passiert.

Belinda war Barnaby: Sie wollte gar nicht mehr weg.

In der zunehmenden Dunkelheit lag sie neben Ellery und versuchte, sich an sich selbst als kleines Mädchen zu erinnern. Sie war mager gewesen, rothaarig und sommersprossig und hatte unbedingt das einhändige Radschlagen und dann das Seiltanzen lernen wollen; das hatte sie nach der Schule auf der Wiese hinter ihrem Garten geübt. Sie war besessen gewesen vom Fernseher, den ihre Mutter als »Glotze« bezeichnete. Sie schaute sich *Bezaubernde Jeannie, That Girl* und *Die Partridge Familie* an und träumte davon, wie Barbara Eden, Marlo Thomas, Susan Dey zu sein. Dann, in der Highschool, probte sie mit ihren Freundinnen Judie und Joanne Teffeteller, eineiigen Zwillingen, den Rückwärtssalto. Ihr gemeinsames Ziel war es, Cheerleader bei den Iowa Hawkeyes zu werden. Nach der Schule arbeitete Belinda jetzt in Pearson's Drug Store an der Lunchtheke. Sie trug ein Polyesterkleid und ein Namensschild und ein Haarnetz und servierte Sandwiches – mit Thunfischsalat, Schinken und Gewürzgurke, Hähnchensalat und Eiersalat – und Einzelportionen Suppe von Campbell's in Dosen, die aus einem Automaten geschossen kamen, wenn Belinda einen Hebel herunterzog. Sie arbeitete jeden Tag außer Dienstag; dienstags gingen sie und die Teffeteller-Zwillinge ins Kino. An dem Nachmittag, an dem sie *Eine ganz normale Familie* gesehen hatten, hatte es geregnet, entsann sie sich. Es war der erste Film gewesen, der Belinda das Herz brach, und sie hatte noch lange, nachdem die Zwillinge gegangen waren, um im Fieldhouse Burger zu essen, im leeren Saal gesessen und über das eben Gesehene nachgedacht.

Im Sommer nach ihrem Highschool-Abschluss waren Belinda und die Zwillinge nach Kalifornien gefahren, und Belinda war geblieben, hatte ihre Ersparnisse von Pearson's für ein Motelzimmer am Santa Monica Boulevard ausgegeben und war in den Büros von ICM aufgekreuzt, ohne einen Termin zu haben. Das hätte leicht schiefgehen können; dann wäre Belinda gezwungen gewesen, nach Hause zurückzutrampen oder Ihre Eltern telefonisch um Geld für die Busfahrt zu bitten, doch sie hatte Glück gehabt, weil Sally Bloom zum Mittagessen unterwegs war, als Belinda am Empfang wartete, und Sally stehen geblieben war, um sie sich genauer anzuschauen. Innerhalb einer Woche hatte Belinda eine Rolle in *Brillante Tarnung*. Und das war's gewesen, wie es so schön heißt. Belinda hatte ihr gesamtes Erwachsenenleben damit verbracht, sich als andere Personen auszugeben.

Sobald Ellery schlief, ihr Atem tief und stetig war, ihr hübsches Gesicht trotz des turbulenten Tags für die Erwachsenen friedvoll wirkte, schlich sich Belinda aus dem Raum und den Flur entlang in Claras erbärmliches Zimmer. Belinda besaß in Louisville eine dreihundertdrei Hektar große Pferdefarm, die ein fünfhundertzwanzig Quadratmeter großes Wohnhaus sowie sechs Ställe, vier Nebengebäude, drei Reithallen und eine Rennbahn umfasste. Sie war Dauermieterin einer Penthouse-Suite im Standard in New York und der Präsidentensuite im Beverly Wilshire. Doch irgendwie fühlte sie sich hier in dieser spartanischen Unterkunft wohler, die nichts zu bieten hatte bis auf den Blick aus dem Fenster. *Einfachheit,* dachte Belinda, als sie sich aufs Bett legte, *wird unterschätzt.*

## *LAUREL/BELINDA/SCARLETT*

Laurel konnte nicht schlafen. Sie lag neben Buck im Bett – er war ihr eine wunderbare Unterstützung gewesen, indem er Hayes mit wenigen Telefonaten die Aufnahme ins Eagleville Hospital etwa zwei Stunden südlich von New York in ein vierwöchiges Entzugsprogramm ermöglicht hatte –, aber auch nachdem Buck schnarchend – ein gleichmäßiges und beruhigendes Geräusch wie das heranrollender Wellen – eingeschlafen war, blieb Laurel zappelig. Beine unters Laken, ein Bein drunter und eins drüber, Kopfkissen hierhin und dahin, auf die linke Seite, auf die rechte Seite, auf den Rücken. Sie befahl sich, ihre Ängste wegen Hayes beiseitezuschieben. Er würde Hilfe bekommen. Morgen würden sie fahren; schon am Abend würde er in der Obhut von Profis sein. Es gab nichts, was sie sonst noch tun konnte, aber trotzdem blieb die Frage: warum? War es ihre Schuld? Hatte sie ihm nicht genug Liebe oder Aufmerksamkeit geschenkt? Er hatte ihr erzählt, dass er zum ersten Mal vor einem Jahr auf seiner Reise ins Landesinnere von China Opium geraucht hatte und es dann aus dem Ruder gelaufen war. War es Deacons Schuld? Lag es daran, dass Hayes in zerrütteten Familienverhältnissen aufgewachsen war? Laurel wusste, dass sie albern war, doch die Fragen drängten sich ihr auf. *Hör auf, darüber nachzudenken*, sagte sie sich. *Niemand hat Schuld.*

Sie beschloss, in die Küche hinunterzugehen. Sie brauchte eine Tasse Kamillentee oder einen Jameson – vielleicht auch beides.

Scarlett war den größten Teil ihres Lebens in Bo Tanner verliebt gewesen – seit sie ihn in der fünften Klasse in Miss Louisas Benimm-Unterricht gesehen hatte.

Aber das war eine andere Geschichte.

Um zehn Uhr schaute Scarlett nach Ellery, die fest schlief. Scarlett schlich auf die Terrasse und durch den Garten und schob ein Fahrrad aus dem Schuppen. Im Licht der Sterne und des Halbmonds radelte sie die Hoicks Hollow Road entlang, dann bog sie links in die Polpis Road ein. Die Abendluft war warm genug, um ohne Jacke zu fahren, und erfüllt vom Zirpen der Grillen.

Bo übernachtete in den Wade Cottages in Sconset. Als Scarlett in die mit Muschelschalen belegte Einfahrt bog, sah sie ihn im Mondlicht stehen und auf sie warten. Gentleman wie immer. Er führte sie hinein.

Scarlett war so verzweifelt bei dem Gedanken, das Haus auf Nantucket zu verlieren, dass sie Bo fast gefragt hätte, ob er ihr Geld leihen könne, damit sie es retten konnte. Aber sie hatte in letzter Zeit schon viel von ihm verlangt. Sie hatte ihn gebeten, Anne Carter zu verlassen – die seit frühester Kindheit Scarletts Freundin war –, war dann jedoch, als Bo einwilligte, nicht imstande gewesen, sich von Deacon zu trennen. Als Scarlett befand, dass ihre Ehe mit Deacon am Ende sei, hatte sie Bo noch einmal gebeten, Anne Carter zu verlassen, und wieder hatte Bo zugestimmt. Während Bos Auszug war Deacon gestorben.

Bo verdiente als Rechtsanwalt reicher Geschäftsleute aus Georgia – die meisten ansässig in Savannah, manche aber auch in Atlanta –, die auch Interessen im Norden hatten, gutes Geld. Aber er würde Anne Carter Unterhalt zahlen müssen, und außerdem war Nantucket nicht seine Sommerspielwiese. Er war immer ein Fan von Folly Beach gewesen.

Kurz nach Mitternacht radelte Scarlett zurück; die Dunkelheit war samtig und nahezu undurchsichtig. Überall sonst auf der Welt hätte Scarlett Angst gehabt, hier jedoch fühlte sie sich sicher. Sie vergoss auf dem Heimweg ein paar Tränen, weil es immer traurig war, wenn etwas endete, und der Tag war ein emotionales Feuerwerk gewesen. Sie hatte sich bei Belinda nur für die grässlichen Dinge entschuldigen wollen, die sie zu ihr gesagt hatte; die anderen, fürchtete sie, glaubten womöglich, sie habe beabsichtigt, Belinda über Bord zu schubsen. Als JP das erste Mal ohne Belinda aufgetaucht war, waren Scarletts Glieder bleiern geworden, und in ihrer Magengrube hatte sich Eiseskälte ausgebreitet. Sie hatte ihre Probleme mit Belinda, aber das hieß noch lange nicht, dass sie ihr den Tod wünschte.

Als Scarlett auf Zehenspitzen ins Haus trat, sah sie Licht in der Küche. Da, an der Theke, saß Laurel mit einem dampfenden Becher Tee und einem Jameson vor sich.

»Das sieht gut aus«, sagte Scarlett.

Als Belinda nachts aufwachte, meinte sie, von unten Stimmen zu hören. Sie spitzte die Ohren, war sich jedoch nicht sicher.

Ihr wurde ganz anders, als sie sich ausmalte, dass das Gemurmel von Clara Becks Geist herrührte. Sie kniff die Augen zu, um den Schlaf herbeizuzwingen.

Die Stimmen verstummten, setzten dann wieder ein. Belinda richtete sich auf.

*Wahrscheinlich wollen sie was von dir. Geld oder einen Gefallen. Oder beides.*

Eigentlich hatte niemand etwas von ihr gewollt; darauf würde Belinda Bob ausdrücklich hinweisen. Laurel hatte es sogar strikt *abgelehnt*, Geld von Belinda anzunehmen. Vielleicht würde es deshalb noch Streit geben – obwohl Laurel vermutlich empfand wie Belinda: Alles war erlaubt, um ihnen dieses Haus zu erhalten. Belinda erinnerte sich an das, was Marianne Pryor gesagt hatte: *Für uns ist dies kein Haus. Es ist unser Heim. Und nicht nur das, es ist eine Lebensweise. Unsere Sommer spielen sich hier ab. Dieses Haus ist Teil unserer Vergangenheit, es ist unsere Gegenwart, es wird unsere Zukunft sein. Es ist das, was wir sind.*

Ob es Belinda gefiel oder nicht, die Sommer der Thorpes spielten sich hier ab, im Amerikanischen Paradies.

Sie würde es retten – um Angies willen, um Hayes' willen und um Ellerys willen. Sie würde sich nicht mit den Rückständen aufhalten, sondern alle drei Hypotheken abzahlen, wie viel das auch kosten mochte. Und in der Zeit, die sie hier verbrachte, würde sie das Elternschlafzimmer bewohnen! Obwohl sie sich vielleicht auch hin und wieder zu einem heimlichen Nickerchen in Claras Zimmer stehlen würde.

Belinda erhob sich und schlich die Treppe hinunter. Die Stimmen wurden lauter und deutlicher. Jemand war in der Küche. Belinda steckte den Kopf hinein: Laurel und Scarlett saßen nebeneinander an der Theke, jeweils mit einer Tasse Tee und einem Jameson vor sich.

»Oh, hallo«, sagte Belinda.

Die beiden sahen sie an. Wortlos stand Scarlett auf, holte ein Schnapsglas aus dem Schrank und goss Belinda Whiskey ein.

»Tee?«, fragte Laurel.

»Muss nicht sein«, sagte Belinda.

Scarlett und Laurel hoben ihre Gläser.

»Ein Hoch auf uns«, sagte Laurel.

»Auf uns«, sagte Scarlett.

»Auf uns«, sagte Belinda.

Sie stießen an, und sie tranken.

Ein zweiter Whiskey folgte. Und dann ein dritter ... bevor Belinda verkündete, dass sie die Hypotheken abzahlen würde.

»Ich will nicht, dass ihr versucht, mir das auszureden. Und ich will nicht, dass ihr mir dankt. Ich tue es nicht für euch. Ich tue es für unsere Kinder.«

In Laurels Augen stiegen Tränen auf. »Und unsere Enkel.«

»Vielen Dank, Belinda«, sagte Scarlett.

Belinda funkelte sie an. »Was habe ich gerade gesagt?« Sie trat hinüber an den Türrahmen. »Warum werden eigentlich nur die Kinder gemessen?«, fragte sie. »Warum nicht wir? Ich jedenfalls hätte gern meine eigene Markierung.«

Laurel stand auf. »Ich auch.«

Scarlett holte einen Stift aus der Kramschublade.

»Du als Erste, Laurel«, sagte Belinda.

Scarlett maß Laurel. Sie war über zwei Zentimeter größer, als Hayes mit dreizehn gewesen war.

Dann maß Laurel Belinda. Sie war ein wenig kleiner, als Angie mit zwölf gewesen war.

Belinda stellte sich auf eine Trittleiter, die Mrs Innsley vermutlich benutzt hatte, um an die hohen Schränke und Regale zu gelangen, und maß Scarlett. Sie war größer als alle anderen.

Als sie fertig waren, traten die drei ein paar Schritte zurück, um ihre Namen auf dem Türrahmen des Amerikanischen Paradieses zu bewundern: LAUREL 20.6.2016, BELINDA 20.6.2016, SCARLETT 20.6.2016.

*Sieh mal,* dachte Belinda, *wie wir gewachsen sind.*

# DIENSTAG, 21. JUNI

## *ANGIE*

Sie hatte gedacht, sie wäre als Erste wach; JP wollte sie um acht abholen. Er hatte angeboten, ihr noch eine Schießstunde zu geben.

Joel hatte ein T-Shirt dagelassen. Angie hatte es einen Moment lang in der Hand gehabt; sie hatte es sogar an ihre Nase geführt und seinen Geruch eingeatmet. Es tat weh, sich daran zu erinnern, wie er sie umarmt, sein Gesicht an ihren Hals geschmiegt, an ihrem Pferdeschwanz gezupft hatte. Sie hatte sich in ihn verliebt, und er hatte sie enttäuscht. Ihre erste Beziehung als Erwachsene hatte sie was gelehrt? Dass Männer arglistig und opportunistisch waren. Dass Menschen das Wort »Liebe« benutzten, ohne nachzudenken. Wahre Liebe existierte – in dieser Hinsicht war sie Optimistin –, aber sie hatte sie nicht beim schnellen Sex in der Vorratskammer gefunden oder in den heimlichen Stunden mit Joel in ihrem Apartment.

Als sie sich in der Küche Kaffee machen wollte, saßen dort bereits, in ein leises Gespräch vertieft, Laurel, Buck und Belinda.

»Was ist los?«, fragte Angie.

Die drei starrten sie an.

»Ich bringe Hayes in die Entzugsklinik«, sagte Laurel.

Angie nickte und versuchte, die Worte zu verdauen. *Hayes.*

*Entzug.* »Ist er einverstanden? Oder handelt es sich um eine Intervention unsererseits? Wovon ist er abhängig?«

»Von Heroin«, sagte Laurel. »Er hat eingewilligt. Es gibt eine Einrichtung in Pennsylvania, etwa zwei Stunden südlich von New York. Wir fahren noch heute Vormittag.«

»Oh, wow«, sagte Angie. Sie dachte daran, wie Hayes ausgesehen hatte, als sie ihn vor ihrer Wohnungstür angetroffen hatte. *Wie ein Penner von der Ludlow Street.* Er würde einen Entzug machen; das war ein Grund zur Hoffnung. Aber genauer darüber nachzudenken war ihr jetzt zu viel, deshalb lenkte Angie sich damit ab, die logistischen Seiten dieser neuen Entwicklung ins Auge zu fassen.

»Wie komme ich nach Hause?«, fragte sie.

»Du bist zu Hause«, sagte Belinda.

Als Angie dastand und mit dem Pfeil auf die Scheibe zielte, spürte sie, dass sie sich entspannte. JP bemerkte es, denn er sagte: »So ist es gut. Du atmest. Jetzt justiere den Pin.«

Sie musste die Zielscheibe nicht heute treffen. Jetzt, da sie wusste, dass sie den ganzen Sommer über auf Nantucket bleiben würde, war der Druck gewichen. Sie konnte daran arbeiten, ihre Haltung und Technik zu optimieren, und wenn sie danebenschoss, war das auch nicht schlimm.

Sie konnte ja morgen wiederkommen und es erneut probieren.

»Ich muss zugeben«, sagte Belinda, »dass ich neidisch bin.«

»Das kannst du auch sein«, sagte Angie. Es war unglaublich, wie sehr sie sich darüber freute, hierbleiben zu können;

unglaublich auch, dass sie Nantucket beinahe ganz verloren hätte. Das hatte ihre Mutter verhindert. Belinda! Jetzt würde Angie jeden Tag an den Strand gehen, und sie würde an Deacons Kochbuch arbeiten; es würde ein Traumsommer werden. Nur eins würde fehlen. »Hab ich dir schon erzählt, dass JP mir das Bogenschießen beibringt?«

»Er ist ein Schatz«, sagte Belinda.

Das fand Angie auch, aber sie hatte keine Lust, ihre nagelneue Freundschaft mit ihrer Mutter zu erörtern.

»Ich glaube, ich komme nach dem vierten Juli noch mal her«, sagte Belinda. »Dann besuchen Mary und Laura für drei Wochen ein Reitcamp. Wäre es dir recht, wenn ich für drei Wochen komme?«

»Was willst du hier denn drei Wochen lang tun?« *Außer mich in den Wahnsinn treiben?*, dachte Angie.

Belinda zwinkerte verschmitzt, und Angie wurde urplötzlich klar, warum ihr Vater sich so heftig in sie verliebt hatte. »Schwimmen lernen«, sagte sie.

*Publishers Weekly*

***Vermächtnis: Die Rezepte von Deacon Thorpe, Vorwort von Quentin York***

Fans von Deacon Thorpes Fernsehsendungen *Vom Tag in die Nacht in den Tag mit Deacon* und *Aufgespießt* sowie Gäste, die das Glück hatten, einen der heißbegehrten Plätze im Board Room, Mr Thorpes Restaurant in Midtown Manhattan, zu ergattern, werden sich darüber freuen, dass das Vermächtnis des Küchenchefs – der im Mai 2016 verstarb – durch die Stimmen seiner Kinder weiterlebt. Seine Tochter Angela Thorpe machte 2010 ihren Abschluss am Culinary Institute of America in Hyde Park und arbeitete in den letzten vier Jahren als Chef de Feu im Board Room. Hayes Thorpe, sein Sohn, war bis Juni 2016 Reporter für die Zeitschrift *Fine Travel.* Zusammen präsentieren die Thorpe-Sprösslinge eine Vielzahl der beliebtesten Rezepte aus den Fernsehsendungen und dem Restaurant sowie einige gut gehütete Geheimrezepte der Familie und von Ms Thorpe entwickelte Kochanleitungen. Sie alle werden gerahmt von einem unerschütterlich aufrichtigen und oft humorvollen Porträt ihres Vaters. Seinen beiden ältesten Kindern zufolge (Thorpe hatte mit seiner dritten Frau Scarlett Oliver noch eine Tochter, Ellery, zehn Jahre alt) kämpfte Deacon Thorpe den größten Teil seines Lebens gegen die Dämonen Alkohol und Drogen an, fand bei den Frauen, die er liebte – seiner Jugendliebe und ersten Ehefrau Laurel Thorpe, seiner zweiten Frau Belinda Rowe, Schauspielerin und Oscar-Preisträgerin, und der oben erwähnten Ms Oliver – jedoch emotionalen Halt. *Vermächtnis* ist mehr als ein Kochbuch; es ist der berührende Tribut an eine kulturelle Ikone, die viele Amerikaner vermissen. Es feiert Mr Thorpes großartigstes Vermächtnis: die Liebe.

*New York Times,* Hochzeitsanzeigen

**Oliver – Tanner**

Scarlett Oliver und Robert »Bo« Tanner wurden gestern in der Cathedral of St. John the Baptist in Savannah, Georgia, getraut. Reverend Clarence Meets leitete den Gottesdienst.

Ms Oliver, Witwe des Sternekochs Deacon Thorpe, wurde nur von ihrer Tochter Ellery Thorpe begleitet. Sie ist die Tochter von Bracebridge und Prudence Oliver, ansässig in Savannah, Georgia.

Mr Tanner ist als Jurist auf die Verwaltung von Privatvermögen in Savannah, Georgia, und New York City spezialisiert. Er ist der Sohn von Beulah Tanner und dem verstorbenen Harrison Robert Tanner. Mr Tanners erste Ehe wurde geschieden.

*Deacons und Angies Blöde-Wörter-Liste (überarbeitet)*

1. Protégé
2. buchstäblich
3. Halbschwester/-bruder
4. Oxymoron
5. Schlagabtausch
6. schick
7. Syllabus
8. ausgedörrt
9. Tumult
10. Doggybag
11. flatterhaft
12. Unikum
13. Kondolenz/Beileid
14. Maraschino

*National Enquirer*, 31. August 2016

**Belinda Rowe reicht Scheidung von Pferdetrainer ein … Ihr Ex, Sternekoch Deacon Thorpe, rät ihr aus dem Grab: »Lass ihn sausen!«**

*LAUREL SIMMONS THORPE und*
*JOHN EDWARD BUCKLEY JUN.*
*nebst Familien laden Sie herzlich zur Feier ihrer Hochzeit ein.*
*17. September 2017*
*Nantucket Island, Massachusetts*
*Amerikanisches Paradies, 33 Hoicks Hollow Road*
*UAWG bis 10. August*

# *EPILOG: EIN PERFEKTER TAG*

Er wird nach Nantucket fahren, um sich zu verabschieden.

Er hat es seit Monaten kommen sehen, und doch fühlt es sich an wie eine frische Wunde. Er muss entweder das Haus opfern oder das Restaurant, und das Restaurant aufzugeben würde bedeuten, siebenundvierzig Menschen arbeitslos zu machen und zuzusehen, wie sein Lebenstraum in Flammen aufgeht. Eigentlich bleibt ihm keine Wahl.

Außerdem hat er seine dritte Ehe in den Sand gesetzt. Deacon weiß, er sollte stolz darauf sein, dass seine Verbindung mit Scarlett überhaupt so lange gehalten hat und dass sie ein so wunderbares und intelligentes Geschöpf wie Ellery gezeugt haben. Und er ist jetzt trocken. Das Stärkste an ihm ist seine Willenskraft.

Er plant einen Ausflug, einen letzten Aufenthalt auf Nantucket. Ob er wohl so angenehm und ungetrübt werden wird wie der Tag, an dem ihn sein Vater auf die Insel mitgenommen hat? Er wird alles dafür tun.

Er beschließt, die langsame Fähre zu nehmen, wie er und Jack es vor so vielen Jahren taten. Vierzig Jahre sind vergangen, doch er erinnert sich noch an sein seliges Staunen. Deacon kauft sich einen Becher Kaffee und nimmt ihn mit aufs Oberdeck. Im Laufe der Zeit haben sich immer mehr Leute über die langsame Fähre lustig gemacht – mit der anderen Fähre oder dem Flugzeug geht es schneller –, aber Deacon genießt die Fahrt. Sie erscheint ihm wie ein altmodisches Abenteuer. Er schaut aufmerksam hin, als die Insel in Sicht kommt, und dann, als sie sich ihr nähern, blinzelt er. Rekeln sich Seehunde auf der Mole? Ja, einer. Deacon schwenkt seinen leeren Becher. Der Seehund bellt.

Er hat kein Gepäck mitgebracht, nur seine Sonnenbrille, sein Handy (dessen Akku dringend aufgeladen werden muss) und seine Brieftasche. Er sehnt sich nach seinem alten Willys-Jeep, aber der hat letzten Sommer den Geist aufgegeben. Der Mechaniker, den Deacon anrief, um ihn wiederzubeleben, meinte, er sei ein hoffnungsloser Fall. Der Rahmen sei durchgerostet, der Motor hinüber. Ersatzteile und Reparaturen würden Deacon fünfzehntausend Dollar kosten, weitaus mehr, als die Karre wert sei.

*Seien Sie dankbar für all die Jahre, die sie Ihnen geschenkt hat,* sagte der Mechaniker.

Der kuriose alte Pick-up, den er sich danach gekauft hat, steht vorm Haus, deshalb muss Deacon ein Taxi nehmen. Das erste in der Schlange ist ein unglaublich gut erhaltener 1965er Lincoln Continental mit Portaltüren – und einem Fahrer, der gekleidet ist wie ein Pirat. Wer ist der Typ? Auf Deacon wirkt er ein bisschen wie aus einem Freizeitpark entsprungen, aber vielleicht ist der Junge einfach ein wagemutiger Unternehmer. Im Zweifel für den Angeklagten!

»Bringen Sie mich zum Ende der Hoicks Hollow Road, bitte«, sagt Deacon.

Trotz der Wärme trägt der Fahrer einen langen Samtmantel, und seine dunklen, fettigen Haare hängen ihm bis auf die Schultern. Natürlich trägt er auch eine Augenklappe, und er starrt Deacon mit seinem einen unbedeckten Knopfauge im Rückspiegel lange an. Dann fragt er: »Sind Sie Deacon Thorpe?«

»Fürchte, ja«, sagt Deacon und hätte fast gelacht. Ein Pirat, der sich Kochsendungen ansieht! »Jetzt zur Hoicks Hollow Road, bitte. Geh nicht über Los, zieh keine zweihundert Dollar ein.«

»Hä?«

»Das ist aus Monopoly«, sagt Deacon. »Dem Brettspiel.«

Ausdrucksloser Blick.

»Schon gut«, sagt Deacon.

Die Luft auf Nantucket ist gehaltvoll auf eine Weise, wie Schlagsahne gehaltvoll ist. Enthält sie mehr Sauerstoff? Sie riecht nach Kiefern und Salz. Heute ist ein umwerfend schöner Tag mit reichlich Sonnenschein und einem Himmel so blau, dass es Deacon fast das Herz bricht. Letztlich ist es Schönheit, die ihn schmerzt – seine Unfähigkeit, ihr zu entsprechen, ihrer würdig zu sein, sie in seinem Herzen zu bewahren.

Der Pirat fährt die Polpis Road entlang, vorbei an Ackerland und Lattenzäunen. Sie passieren das winzige rosenumrankte Cottage, das in einer Kurve der Straße steht. Ständig halten Touristen an, um es zu fotografieren. Deacon müsste als jahrelanger Inselbewohner eigentlich immun gegen seine Reize sein. Das in eine Decke aus Rosen der Sorte »New Dawn« gehüllte Häuschen ist jedoch zu hübsch, um es zu ignorieren. Sein Anblick erfüllt ihn mit Freude.

Der Pirat fährt am Sesachacha Pond vorbei.

»Es hat dreißig Jahre gedauert«, sagt Deacon, »bis ich den Namen richtig aussprechen konnte: *Si-seck-a-dscha.*«

Der Fahrer nickt knapp; vermutlich ist ihm das völlig egal, aber Deacon ist stolz auf sich. Jahrzehntelang hat er sich mit dem Namen gequält und geklungen, als hätte er den Mund voller Murmeln. Doch JP hat ihn in seine einzelnen Silben zerlegt, und jetzt klingt Deacon wie ein Wampanoag-Indianer. JP ist ein Ass in diesen Dingen: Er kann jeden Watvogel identifizieren, jeden Baum und Strauch, und er erkennt, welcher Fisch angebissen hat – Blaubarsch, Gestreifter Zackenbarsch, Bonito –, nur daran, wie er an der Leine zieht. Der Typ ist einfach erstaunlich, und Deacon würde ihn liebend gern mit Angie verkuppeln. Natürlich kann er nicht über Angies Leben bestimmen, aber wäre es nicht wundervoll, wenn sie sich in JP verlieben und auf Dauer nach Nantucket ziehen würde? Sie könnte hier ihr eigenes Restaurant eröffnen, im Winter auf Reisen gehen und Deacon vielleicht ein Enkelkind schenken.

Er erblickt den Leuchtturm von Sankaty Head. Als Ellery klein war, hat er ihr immer erzählt, er sei eine riesige Zuckerstange. Er vermisst Ellery schmerzlich – ihren Duft nach dem Baden, die Sommersprossen, die ihre Nase sprenkeln.

Der Pirat setzt den Blinker und biegt nach links ab.

*Die gute alte Hoicks Hollow Road,* hat Jack gesagt. *War früher mein zweites Zuhause.*

Als der Pirat Deacon absetzt, gibt Deacon ihm das Geld für die Fahrt sowie zwanzig Dollar Trinkgeld. »Legen Sie sich einen Papagei zu«, sagt er mit einem Grinsen.

Deacon zieht sich eine Badehose und ein langärmeliges T-Shirt an und greift sich aus dem Wäscheschrank ein Badetuch. Er holt sich ein Fahrrad – das für ihn immer noch Laurels Rad ist – aus dem Schuppen und wirft das Tuch in den Korb. Dann strampelt er die Hoicks Hollow Road entlang zum Sankaty Head Beach Club. Er und Belinda standen über zehn Jahre lang auf der Warteliste, und dann, im Sommer nach ihrer Trennung, bekam Deacon eine Aufnahmebestätigung, die er ablehnte, weil sie Belinda Rowes Namen enthielt, und es war kein Geheimnis, dass in Privatclubs intakte Familien lieber gesehen wurden als kaputte.

Ray Jay Jr. arbeitete noch im Strandclub, als Deacon und Laurel das Amerikanische Paradies kauften. Deacon sah ihn gelegentlich mit einer Zigarette in seinem kleinen weißen Ford Escort, traute sich aber nie so richtig, sich ihm vorzustellen, weil er Ray Jay Jr. nicht erzählen mochte, dass Jack Thorpe seine Mutter und ihn kurz nach ihrem Aufenthalt auf Nantucket verlassen und Deacon ihn nie wiedergesehen hatte. Dann las er im *Inquirer and Mirror,* dass Ray Jay Jr. an einem Herzinfarkt gestorben war – und damit gab es niemanden mehr auf Nantucket, der sich an Jack Thorpe erinnerte, außer Deacon selbst. Das war traurig, aber irgendwie auch eine Erleichterung.

Deacon betritt den Strandclub durch die Schwingtür und verspürt das alte, vertraute Gefühl, nicht ganz hierherzugehören. Er hat keine Ahnung, ob dieser Teil seines Plans funktionieren wird, doch was soll's, er wird es probieren.

Die blonde Halbwüchsige mit dem runden Gesicht am Einlass ist zu jung, um sein Fan zu sein, und sie schaut Deacon skeptisch an, als er einräumt, dass er kein Mitglied ist, sondern nur jemand auf einer nostalgischen Mission, der hier sehr gern mittagessen würde. Er sagt, er sei ein alter Freund des ehemaligen Managers Ray Jay Jr.

»Ich weiß nicht, wer das ist«, sagt das Mädchen. »Ich hole mal meinen Chef.«

Der Chef ist ein junger Mann – etwa in Hayes' Alter – mit sauber getrimmtem Bart und rechteckiger Brille. Deacon hätte fast gelacht. Jetzt hat er alles gesehen – Hipster haben den Sankaty Head Beach Club infiltriert! Aber auch aus zehn Metern Entfernung bemerkt er, dass sich auf seinem Gesicht ein Ausdruck des Erkennens abzeichnet.

»Hallo, ich bin Claude«, sagt der junge Mann und streckt eine Hand aus. »Was können wir für Sie tun, Chef Thorpe?«

Deacon schüttelt Claude die Hand. »Schön, Sie kennen zu lernen, Claude. Ich war vor vierzig Jahren mit meinem Vater hier mittagessen, und das würde ich gern heute wieder tun.«

Claude nickt. »Wir haben den Poolbereich erst am Montag für die Saison geöffnet. Es wäre uns eine Ehre, Sie zum Lunch einladen zu dürfen.«

Der Sankaty Head Beach Club hat sich in vierzig Jahren wenig verändert, obwohl die Liegen und Sonnenschirme und Handtücher – gelb-weiß gestreift – neu sind. Deacon setzt sich an einen Tisch mit Blick auf den Pool, der kleiner und blasser ist als in seiner Erinnerung. Er bestellt einen doppelten Cheeseburger, Pommes und eine eiskalte Cola.

»Sind Sie sicher, dass Sie kein Bier möchten?«, fragt Claude.

»Ja«, sagt Deacon. Sobald Claude gegangen ist, um Deacons Bestellung weiterzuleiten, zieht er sein T-Shirt aus und tritt an den Rand des Beckens. Am anderen Ende ist eine Frau mit

Zwillingsmädchen, ein paar Jahre jünger als Ellery, die beide Schwimmflügel tragen. Der Bademeister ist ein stämmiger Collegestudent in roter Badehose und einem grauen Kapuzen-Sweatshirt, der seine Trillerpfeife kreiseln lässt. Die Sonne verschwindet hinter einer Wolke, und Deacon erschauert, doch er befiehlt sich, kein Weichei zu sein. Er hat größere Sorgen als kaltes Wasser.

Er taucht hinein.

Nach dem Essen dankt er Claude überschwänglich und gibt den zwei Beiköchen Autogramme – dann ist er wieder auf dem Fahrrad und unterwegs zum Strand von Sconset.

Es ist nach wie vor schönes Wetter und sonnig, aber Frühling und nicht Sommer, daher weiß Deacon nicht, wie lange er es am Strand aushalten wird. Er legt sein Badetuch in den Sand und stürzt sich ins Wasser. Im Vergleich hierzu war der Pool im Club eine Badewanne, aber das schreckt Deacon nicht ab. Er schwimmt hinaus und lässt die Wellen über seinem Kopf zusammenschlagen. *Das war's,* denkt er. Sein letzter Tag auf Nantucket auf absehbare Zeit. Natürlich kann man nie wissen, was passiert. Vielleich taucht plötzlich ein potenter Investor auf, vielleicht schreibt Deacon sein Kochbuch fertig, vielleicht wirft der Board Room nach und nach mehr Profit ab, sodass Deacon ein anderes Haus auf der Insel kaufen kann.

Doch das wird nicht dasselbe sein, soviel weiß er. Es war das Amerikanische Paradies, wo er die Sommer mit Hayes und Angie und Ellery verbrachte. In diesem Haus hat er mit seinen drei Ehefrauen gewohnt, den schönsten, kompliziertesten Frauen, die er kennt.

Deacon schwimmt, bis seine Gliedmaßen taub vor Kälte sind. Er hat Magenschmerzen; womöglich ist er nach dem Essen zu früh ins Wasser gegangen. Er steigt hinaus und lässt sich in der milden spätnachmittäglichen Sonne auf sein Handtuch fallen.

Es ist die goldene Stunde. Deacon erinnert sich, wie er seinen Vater am Strand auf sich zukommen sah; er hat noch seinen unergründlichen Gesichtsausdruck vor Augen. Er zeigte Traurigkeit und Bedauern, vermutet Deacon. Vielleicht wünschte Jack Thorpe sich, er hätte sein Leben anders geführt oder wäre ein besserer Mensch gewesen – ein besserer Ehemann, ein besserer Vater.

Deacon wird von Rührung überwältigt. Alles hat ein Ende – der Tag endet, der Sommer endet, eine Ära endet. In ein, zwei Minuten wird er auf sein Rad steigen und zum Amerikanischen Paradies zurückfahren, sich hinten auf die Terrasse setzen, eine Zigarette rauchen, eine kalte Cola light trinken und den Sonnenuntergang betrachten.

Aber zuvor wird er bleiben und die letzte Wärme des Tages und das Geräusch der ans Ufer schlagenden Wellen genießen.

Er denkt an das, was er vor so vielen Jahren gern zu seinem Vater gesagt hätte.

*Lass uns hierbleiben, Dad. Bitte lass uns überlegen, wie wir hierbleiben können.*

## *ANMERKUNGEN DER AUTORIN*

Wie viele meiner langjährigen Leser wissen, liebe ich es, über Essen zu schreiben. Dieser Roman, *Ein Stern am Sommerhimmel,* stellt vier Rezepte vor, die passgenau für seine Handlung entwickelt wurden. Es sind echte Rezepte, die wir alle zu Hause nachkochen können.

Die ersten beiden für den Venusmuschel-Dip Casino mit Kräuterbutterbaguette und den Champagnerkuchen stammen von Jessica Merchant, die momentan meine kulinarische Obsession ist. Sie ist Verfasserin des Kochbuchs *Seriously Delish,* in dem jedes Gericht wahnsinnig lecker ist, und Gründerin der Website How Sweet Eats. Wenn Sie die aufsuchen, werden Sie mir danken, weil sie fantastisch und hervorragend ist und alle Rezepte klingen, als seien sie Teil eines meiner Romane (was jetzt ja sogar stimmt). Und außerdem ist Jessica die Mutter des süßesten Babys aller Zeiten, das ich gern als mein eigenes ausgebe.

Die letzten zwei Rezepte für die Meeresfrüchtesuppe und das Drei-Beeren-Crumble sind Kreationen von Sarah Leah Chase, seit über zwanzig Jahren meine Freundin und Doyenne der Feinschmeckerszene von Nantucket. Sarahs kulinarische Karriere auf der Insel begann Anfang der 1980er damit, dass sie das Que Sera Sarah eröffnete, einen Laden für Lebensmittelspezialitäten mit Catering. Sie hat sieben Kochbücher geschrieben, darunter die Bestseller *Nantucket Open-House Cooking* (das in den letzten dreiundzwanzig Jahren meine Sensibilität für Lebensmittel geschärft hat) und *Cold-Weather Cooking*. Sarahs jüngster Geniestreich ist das im Sommer 2015 erschienene *New England Open-House Cookbook*. Geplante Veranstaltungen und Neuigkeiten für Gourmets postet Sarah auf ihrer Facebook-Fanpage: facebook.com/sarahleahchase.

## *DANKSAGUNGEN*

Ich möchte damit beginnen, dass ich den beiden Menschen danke, denen dieser Roman gewidmet ist. Anne und Whitney Gifford sind Freunde seit meinem Umzug nach Nantucket. Sie machten sich nicht nur mitten in einer Fondue-Party auf die Jagd nach einer Babyschaukel für meinen Sohn Maxx (inzwischen sechzehn), sondern ließen mich auch fünf kalte Winter hindurch ihr Zweithaus als persönliche Schreibwerkstatt nutzen. In der roten Bibliothek in der Barnabas Lane entstanden *Eine Sommeraffäre, Auf hoher See, Das Sommerhaus, Inselglück* und *Ein Tag im Sommer.* In jüngerer Zeit waren mir Anne und Whitney beim Kauf meines neuen Hauses behilflich. Sie stehen mir nahe wie Familienangehörige, und ich weiß unsere Freundschaft und ihre bedingungslose Liebe sehr zu schätzen.

Joe Gamberoni hat mir alles beigebracht, was ich über das Jagen auf Nantucket wissen musste. Leider war ich (im Gegensatz zu Angie) nicht stark genug, um die Sehne eines Bogens zu ziehen (es ist wesentlich schwerer, als es aussieht). Joes Kenntnisse über Jagd und Wild sind umfassend, und er beantwortete geduldig all meine Fragen.

Dank an Mark Goldweitz für das »Ausleihen« seines Bootes, der *Lena Marie,* an meine Figuren, damit sie Deacons Asche stilvoll verstreuen konnten.

Michael May, Geschäftsführer des Nantucket Preservation Trust, war ein Retter in letzter Minute, indem er mir Betsy Tylers ausführliche und differenzierte Geschichte des Hauses 141 Main Street schickte und mir damit erlaubte, meine Lieblingsszene in diesem Buch auszugestalten.

Reagan Arthur hat es wieder geschafft. Sie ist schlichtweg die talentierteste Lektorin überhaupt und hier der wahre Superstar, denn sie bewirkt ständig Wunder, weil sie mich zu immer besserem Schreiben ermuntert und den interessantesten Handlungsverlauf aus mir herauskitzelt. Jeder Fan von Elin Hilderbrand sollte auch ein Reagan-Arthur-Fan sein.

Dass Michael Carlisle und David Forrer von Inkwell Management meine Agenten sind, ist ein besonderes Glück – sie zu Freunden zu haben macht mich noch glücklicher.

Alle, die je einen meiner Romane gelesen haben, erkennen vermutlich, dass Nantucket ein spezieller Ort ist. Nichts trägt mehr dazu bei als die Menschen, die dort leben. Ein Dankeschön an all meine Freunde, die Freunde meiner Kinder, die Kinder meiner Freunde. Ich kann unmöglich jeden nennen, der mein Leben bereichert und die Insel für mich zu einem Zuhause macht, aber dieses Jahr sage ich: Ein Hoch auf Rebecca Bartlett, Wendy Rouillard, Wendy Hudson, Debbie Briggs, Beau und Elizabeth Almodobar, Heidi Holdgate, Shelly Weedon, Matthew und Evelyn MacEachern, Marty und Holly McGowan, Mark und Gwenn Snider und das gesamte Personal des Nantucket Hotel, Angus und Melissa MacVicar, Mark und Eithne Yelle, Helaina Jones, Kevin, Sheila, Liam und Paddy Carroll, Jeff, Liza, Kai und Dylan Ottani (Pura Vida!), Manda Riggs, David Rattner und Andrew Law, Norm und Jen Frazee,

Jen und Steve Laredo, Martha und John Sargent, Jessica Hicks, die unvergleichliche Erin Frawley und zu guter Letzt Chuck und Margie Marino.

Ein Dankeschön an meine Schwester Heather Osteen Thorpe für alles, immer.

Abschließend danke ich dreien der coolsten Menschen, die ich kenne – außerdem habe ich noch das Privileg, sie großzuziehen: Maxwell, Dawson und Shelby. Ich liebe euch mehr, als ich das Atmen liebe.

Elin Hilderbrand

hat ihre besten Ideen am Strand oder in den belebten Straßen von Boston. Ihre drei Kinder beknien sie regelmäßig, im Beisein anderer Leuten nicht lauthals zu singen oder zu tanzen. Die Autorin lebt mit ihrer Familie auf Nantucket, Massachusetts, wo auch ihre Geschichten spielen. Ihre Bücher stehen regelmäßig in den Top Ten der New-York-Times-Bestsellerliste.